KB263377

일본 고대 한인작가 연구

이연숙

일본 고대 한인작가 연구

이연숙

도서
출판 박이정

이연숙(李姸淑)

부산대학교 국어국문학과를 졸업하고 동대학원 국어국문학과 석·박사과
정(문학박사)과 동경대학교 석사·박사과정을 수료하였다.
현재 동의대학교 국어국문학과 교수로 있으며, 한일문화교류기금에 의한
일본 오오사카여자대학 객원교수(1999. 9~2000. 8)를 지낸 바 있다.

저서로는 『한국 고전문학 작품선』(세종출판사, 1997), 『한국 고전문학의
이해』(공저, 세종출판사, 1997), 『新羅鄕歌文學硏究』(박이정출판사, 1999),
『韓日 古代文學 比較硏究』(박이정출판사, 2002)
논문으로는 「신라인의 달신앙」, 「신라 처용설화의 생성 배경고」
그외 다수가 있다.

일본 고대 한인작가 연구

2003년 11월 10일 초판 1쇄 인쇄
2003년 11월 15일 초판 1쇄 발행

지은이 : 이연숙
펴낸이 : 박찬익
펴낸곳 : 도서출판 **박이정**

편　집 : 홍현보, 김숙영, 김설경
영　업 : 김인수, 박찬일, 송경오

130-070 서울시 동대문구 용두동 129-162
전화 922-1192~3 팩스 928-4683
http://www.pjbook.com　book@pjbook.com
온라인 : 우체국 010447-02-011581 국민 576037-01-001536
등　록 : 1991년 3월 12일 제1-1182호
ISBN 89-7878-673-1 (93810)　　　　　　　값 15,000원
* 잘못된 책은 바꾸어 드립니다.
* 저자와 협의하여 인지를 생략합니다.

이 책은 일본 고대문학 속의 한인계 작가를 추정하고 그 작가들의 작품을 소개한 것이다.

이 분야에 대한 구체적이고 체계적인 연구와 기본적인 자료가 거의 없는 실정이고 보니 많은 오류가 있을 수 있겠지만, 언젠가는 누군가에 의해 이루어져야 하는 작업이기에 용기를 내었다.

제1부는 일본 고대 시가집인 『萬葉集』 속의 한인계 작가를 추출한 것이다. 그리고 작품은 남아 있지 않지만 『萬葉集』에 등장하는 인물 중 한인계라 추정되는 자들도 역시 소개하였다.

한인계 작가의 작품은 원문이나 번역문을 실을 경우 분량도 엄청날 뿐더러 우리말 번역은 많은 시간을 요하는 작업이므로 생략하고, 필요한 경우 연구자들이 작품을 바로 찾아 이용할 수 있도록 작품 제목과 권수, 작품 번호를 들었다.

그리고 일본의 천황 중에도 모계 쪽으로 한반도와 관련되는 경우가 있지만 이번 책에서는 일단 제외하였다.

그리고 제2부에서는 일본의 고대 한시집 속의 한인계 작가를 추정히고 그 작품들을 실었다.

고대의 한일 교류사를 생각할 때 일본 『萬葉集』이나 한시집에 한인계 작가가 상당수 있을 것이라는 막연한 추정들을 하기도 하고 한국과 일본의 일부 학자들이나 소설가, 그리고 방송매체 등에서는 일본 천황가가 한국계와 관련이 있다는 내용을 다루기도 했다. 그러나 대부분의 일본 고대문학 연구자, 역사가들에게 이것은 거의 금기시되는 부분이었다. 그런데 2001년 12월

책머리에

23일 일본의 아키히토 천황이, 일본 황가가 고대 한반도의 왕족과 깊은 혈연 관계가 있다는 사실을 이례적으로 발언하였고, 이것을 24일에 각 언론마다 대서특필하였는데 일본 천황의 그러한 발언은 2003년 올해 초에도 다시 한 번 있었다. 일왕의 발언을 놓고 한국과 일본의 역사학자들의 반응도 다양하였지만 이런 발언을 계기로 한일교류의 올바른 연구와 문학 연구를 위하여 이 분야에 대한 진지하고 구체적인 연구가 이루어지기를 바란다.

이 책에서 한인계로 보았지만 제외될 수 있는 작가도 있을 것이며, 한인계로 추정될 수 있는 작가들이 더 있지만 추정 이상의 자료를 아직 찾지 못하여 한인계에서 제외시킨 작가들도 많이 있다. 관심 있는 연구자들에 의해 이 작업이 보완되고 수정될 수 있기를 바란다.

이번에도 책을 낼 수 있도록 허락하여 주시고 작년에 낸 책『韓日 古代文學 比較硏究』가 2003년도 문화관광부 우수 학술 도서로 선정되게 하여 주셔서 격려를 해주신 하나님께 모든 영광과 감사를 돌려 드린다. 믿음 안에서 잘 자라는 여름이, 인철이와 지켜주시는 모든 분들께도 항상 고마운 마음이다.

어려운 출판 여건 가운데서도 책 출판을 기꺼이 맡아주신 박이정의 박찬익 사장님께 감사드린다. 이번에도 책 편집을 맡아 힘써 준 성은아 연구원에게 깊은 고마움을 표한다.

2003년 가을에 저자

제 2 장

일본 고대 한시집의 한인계 작가

―백제 · 발해를 중심으로―

『만엽집』의 한인계 작가

『만엽집』의 한인계 작가

『萬葉集』의 韓人系 作家

I. 서론

한국과 일본은 고대에 있어서 밀접한 문화교류 관계를 가져왔다. 따라서
한국의 문학이 일본의 고대 문학에 지대한 영향을 미쳤으리라는 추정은 지
금까지 자주 지적되었다. 일본의 고대 시가집인『萬葉集』에 대해서도 中西
進은,

> 본디 萬葉集의 노래를 출발시키고 있는 것이 고대 조선으로부터의 충격력
> 이었다. 좀 지나치게 쓰는 것 같아서 주저되지만 저 백촌강의 싸움이 없었다
> 면 萬葉集도 없었을지 모르겠다. 天智2년(663), 당에 대해서 최후의 저항을
> 한 백제는 일본의 도움도 소용없이 크게 패하고 밀었다. 따라서 징부의 고관
> 들은 일본으로 망명, 일본의 조정은 그들을 맞이하여 후퇴한 전선을 일본에
> 구축한 것이 되었다. 각지의 築城, 수도의 移動, 그리고 軍事教鍊이 행하여
> 졌으나, 다행이 唐의 來襲은 없었다. 그 결과, 백제의 문화를 일본이 계승하
> 는 형식으로 역사가 흘러갔다. 그 속에 탄생한 것이 萬葉集이다.1)

고 언급하고 있다. 또 星野五彦은,

---

1) 中西 進,『万葉の時代と風土』(角川書店, 1980), pp.106~107.

> 고대 문예에 한정되지 않고 고대문화 일반에 대해서 귀화인의 역할은 크며,
> 그것은 최근의 高松塚古墳의 발굴에 의해 한층 확실해진 감이 있다. 이 高松
> 塚古墳이 시사하는 것처럼 대륙문화의 일본에의 전파는 예상외로 많으며 또
> 밀접한 것을 알 수 있다.2)

고 하였다.

이를 두고 보더라도 한반도의 문화, 인적교류가 일본의 고대『萬葉集』에 얼마나 많은 영향을 끼쳤는가 하는 것을 추정할 수 있다.

그러나 한인계 작가에 대한 본격적인 연구는 아직 없는 것 같으며, 대체로 이에 대한 연구는 단편적으로, 혹은 어느 특정 작가를 중심으로 일부 시도되었을 뿐이다.

따라서 이에 대한 체계적인 연구를 할 필요가 있을 것이다. 왜냐하면 이에 대한 연구는 고대 우리 문학의 자료가 영성하여 그 특질을 명확히 파악할 수 없는 실정임을 감안할 때 이 연구를 통하여 우리 문학의 미비한 자료를 보완하고 그 본질을 파악할 수 있는 단서를 마련할 수 있기 때문이다. 이에 본 논문에서는 일본 고대 시가집인『萬葉集』을 중심으로 하여, 우선 한인계 작가를 추출하는 데에 중점을 두고자 한다.

한인계 작가들이 추출된다면 그 다음에 이들의 작품을『萬葉集』의 일본인 작가들의 작품과 비교함으로써 이질적인 특성이 파악될 것이고 이 이질적인 특성은 바로 한국 고대문학의 특성과 관련지어질 수 있을 것이기 때문이다. 이 연구를 위하여 주로 문헌적 방법을 원용하였다.

실제로 이 연구를 하면서 과연 한인계 작가가 어느 정도일까, 그리고 이들 작가가 한인계라는 것을 어떻게 증명할 수 있을 것인가 어려움이 무척 많았다. 그러나 연구를 진행해 가는 동안 한인계 작가가 한 사람씩 떠오르고 또

---

2) 星野五彦,「萬葉集にぉける歸化人」,『國學院雜誌』, 1973, 10월호, p.28.

필자 자신이 한인일 것이라고 막연하게나마 일단 추정을 하였던 작가들의 대부분이 과연 한인계 작가임이 밝혀짐으로써 많은 보람과 자신감을 얻을 수 있었음이 이번 연구의 큰 성과라 하겠다.

다만 이번의 연구에서는 여러 문헌과 논문을 종합하여 한인계 작가를 추출하는 데 중점을 두었다. 문학 연구자들에게나 역사 연구자들 사이에 아직 논란이 끊임없이 계속되는 작가들도 있지만 어느 누구 한 사람이라도 도래인, 혹은 한인계로 본 작가이면 일단 모두 한인계로 수용하는 입장을 취하였다. 따라서 이 논문은 완결된 것이라기보다는 하나의 중간 과정으로 앞으로 이 논문에서 제외된 작가도 계속 더 한인계로 추정될 여지가 많으며 혹시 본 논문에서 한인계로 보았지만 제외될 수 있는 사람들도 있을 것이다. 하지만 과감히 하나의 모험으로 조금이라도 가능성이 있는 자는 모두 한인계로 보고자 하는 입장을 취하였다. 이 연구를 통하여 부족한 우리 고대 문학의 공백이 조금이라도 메꾸어 질 수 있을 것이며, 또 이를 토대로 하여 이들 문학의 성격을 일본 혹은 그외 다른 나라 문학과 비교함으로써 우리 문학의 본질과 그 특성이 규명될 수 있을 것이다.

II. 본론

1. 기존 연구들에 대한 점검

『萬葉集』의 한인계 작가에 대한 연구는 식민지 치하에서 한국에 관한 연구가 집중되는 가운데 그 일환으로 일부 연구된 바가 있었다. 그러나 그 후에는 이에 관한 관심이 그다지 없다가 최근 다시 이에 대한 연구가 조금씩 보이고 있다. 『萬葉集』 작가는 대개 총 500여명[3]으로 추정되는데 그 중에

서 한인계 작가에 대한 연구에 의해 드러난 기존의 성과를 살펴보면 다음과
같다.

山本信三은『萬葉集』속에 보이는 韓族 혹은 準韓族으로 볼 수 있는 자
는, 異說도 있지만 대개 다음과 같이 생각된다고 하고는 29명을 들고 있다.

高麗朝臣福臣, 山村己知部, 宇努首男人, 消奈行文, 金命軍, 吉田連宜,
吉田連老, 安宿奈杼麻呂, 舟氏麻呂, 長忌寸奧麻呂, 田部忌寸櫟子, 山口
忌寸若麻呂, 神社忌寸老麻呂, 文忌寸馬養, 坂上忌寸人長, 大藏忌寸麻呂,
內藏忌寸繩麻呂, 磐余伊美吉諸君, 馬史國人, 忍坂部乙麻呂, 史氏大原,
田氏肥人, 高氏義通, 田氏眞人, 高氏老, 高氏海人, 張氏福子, 長忌寸娘,
檜前舍人石前妻[4]

그리고 星野五彦은,

萬葉集 속에서 이름이 보이는 자는 무릇 540여 명인데 그 중에 86명인 1
6%가 귀화인계에 의해 구성되고 있는 사실이다. (中略) 여기에 防人이 더해
질 수 있으며, 또 황족 중에서 귀화계로 생각되는 자가 약 16명 정도 있지만
이들에 대해서는 신분적으로 한 획을 긋는 입장에 있으므로 생략하기로 한
다.[5]

고 하였다.

---

3) 中西 進,『萬葉集事典』(講談社, 1996)에서는 총 740여 명의 인명을 들어 해설하고 있는
   데, 이 중 단순한 작중 인물을 제외하면 작자는 약 500여 명 된다. 그리고, 稻岡耕二의『萬
   葉集事典』(別冊國文學 46, 學燈社 1993. 8)에는 약 480여 명의 작가가 실려 있다. 또, 大久
   間喜一郎 外 2人編의『萬葉集歌人事典』(雄山閣,1982)에서는 약 490여 명의 작가를 추출
   할 수 있다. 그리고 星野五彦은 앞의 논문에서 万葉 作家를 약 540여 명이라고 하였다.
4) 山本信三,「萬葉集に見えたる日鮮關係の詞藻」,『朝鮮』116호(1925, 12), pp.74~77.
5) 星野五彦, 앞의 논문, p.31.

星野五彦에 의하면『萬葉集』작가 540여 명 중에서 외국인 작가들은 86명에다 그외 황족도 16명 정도 포함되며, 그 외에도 더 늘어날 여지가 있음을 말하고 있다. 그런데 星野五彦은 도래인임이 확실한 그 86명 중에서 다시 出自가 확실한 자를 58명으로 압축하고 난 뒤 다음과 같이 분류하였다.

百濟 26,　　新羅 2,　　高麗 5,　　漢 25[6]

星野五彦이 한인계로 본 작가들을 들면 다음과 같다.

百濟：舍人吉年, 調某(首), 忍坂部乙麻呂(百?), 邢部垂麻呂, 舍人娘
　　　子, 調談海, 三野岡麻呂, 麻田陽春, 宇努男人, 葛井大成, 葛井
　　　某, 葛井廣成, 三野石守, 余明軍(新?百), 吉田連老, 上古麻呂
　　　(百?漢), 山上憶良, 大石蓑麻呂(百?漢), 刑部三野, 刑部虫麻呂,
　　　葛井子老, 葛井諸會, 六鯖, 安宿奈杼麻呂(百?)
新羅：余明軍(新?百), 大藏忌寸麻呂
高句麗：消奈行文, 高氏義通, 高氏老, 高氏海人, 高麗朝臣福信[7]

여기에서 보면 星野五彦은『萬葉集』에서 도래인의 숫자를 86명, 그리고 황족을 16명, 그외 防人까지 합치면 약 100여 명이 되는 것으로 본 셈이지만, 그 중에서 정작 한인계로 본 것은 결국 33명에 불과하다. 그리고 이 33명에 대하여 어떤 근거로 한인으로 보았는지에 대한 설명은 전연 없고 다만 전체적으로 표를 그려서 분류해 놓았다. 그러나 어쨌든 星野五彦의 설로 보면『萬葉集』작가 중에서 꽤 많은 비중을 도래인들이 차지하고 있을 가능성이 있는 것이다.

---

6) 星野五彦, 위의 논문, p.31.
7) 星野五彦, 위의 논문, pp.29~30의 표 중에서 발췌한 것임.

다음 上田正昭는 그의 논문에서 『萬葉集』의 도래인 작가를 논하고 있는데 그 이름들을 보면 다음과 같다.

調首淡海, 樂浪河內, 吉田連宜, 麻田連陽春, 余明軍, 田邊史福麻呂, 山田史土麻呂, 椎野連長年, 薩妙觀, 秦忌寸朝元, 山田史御方, 秦忌寸八千嶋, 文忌寸馬養, 宇努首男人, 緣達師, 元仁, 田邊史眞上, 張福子, 刀理宣命, 山口忌寸若麻呂, 馬史國人, 大藏忌寸麻呂, 消奈行文, 長忌寸意吉麻呂, 秦間滿, 秦田麻呂, 調使首, 軍王, 山上憶良[8]

모두 29명인데 이 중에서 한인계라고 밝힌 작가도 있지만 그냥 도래인이라고만 설명되어 있는 자도 많다.

그 외 연구자들은 부분적으로 도래인에 대하여 언급하고 있을 뿐이며, 그 외『萬葉集』인명 사전류를 보아도 그리 많은 숫자는 보이지 않으며 거의가 비슷한 내용이다.

그리고 李鍾徹은,

萬葉集歌 속에는 韓民族의 文化的 要素가 反映된 것으로 보이는 素材가 收錄되었음은 물론, 萬葉時代 第二期인 飛鳥·藤原宮時代(673-710 A. D.)부터 第三期인 奈良時代 前期(710-733 A.D.)까지 三國으로부터 渡倭한 歸化人系 萬葉歌人들의 大大的인 活躍相을 볼 수 있다. 이들 萬葉歌人은 크게 三大別할 수 있는데, 姓氏錄에 의하면 天皇·皇女 등 皇室歌人들은 '皇別(天孫民族)'에, 臣(Omi)·宿禰(Sukune)·朝臣(Asomi) 등의 姓을 가진 歌人들은 '神別(kuni tu kamï)'에, 그리고 連(Murazi)·忌寸(Imiki)·村主(Suguri)·首(Obitö) 등의 姓을 가진 歌人들은 '蕃別'에 각각 屬하는데 歸化人系 歌人들은 모두 蕃別에 속한다.

---

8) 上田正昭,「萬葉の歌と渡來人」,『國文學 解釋と教材の研究』제23권(學燈社, 1978. 4), pp.28~34.

이제 歸化人系에 속하는 連(Murazi)·忌寸(Imiki)·村主(Suguri)·首(Obitö)란 姓을 가진 萬葉歌人과 그 作品을 찾아보기로 하자.

高橋連虫麻呂(Takafasimurazimusimarö)를 비롯한 '連'이란 성을 가진 歌人은 모두 18名에 그 歌數는 88首, 長忌寸意吉麻呂(Naganö imikiokimarö)를 비롯한 '忌寸'이란 姓을 가진 歌人은 모두 14名에 그 歌數는 61首, 調使首(Tukinö)를 비롯한 '首'란 姓을 가진 歌人은 4名에 그들의 歌首는 11首, 安作村主益人(Kuratukurinö sugurimasufitö)을 비롯한 '村主'란 姓을 가진 歌人은 3名에 그들의 歌首는 4首 등 以上 番別에 속하는 萬葉歌人數는 모두 39名에 그들의 歌首는 모두 164首에 達한다. 그런데 中西 進에 의하면 萬葉時代 第三期(元明·元正·聖武 710-733A.D.)에 大活躍을 하던 山上憶良도 歸化人系 萬葉歌人으로 다루고 있는데 이를 追加한다면 歸化人系의 수는 더 늘어난다. 이 밖에도 몇 사람 더 歸化人系 歌人을 追加할 수 있다. (中略)

以上 現在까지 筆者가 確認한 萬葉歌人의 總數는 모두 306名인 바 그 중 相當數가(約 46名) 歸化人系 第一世 및 歸化人系 第二世의 작자로 推定되며 그들의 歌數는 總 4500 餘首(萬葉의 歌首는 契沖의 萬葉集代匠記에서는 4515首, 鹿持雅澄의 萬葉集古義에서는 4496首, 松下大三郎의 國歌大觀에서는 4516首로 각각 研究者에 따라 差異가 있음) 중에서 確認된 것만도 246首에 이르는데, 이보다 훨씬 더 많을 것으로 추정된다.[9]

고 하였다. 그리고 註에서 그 작자를 구체적으로 열거하고 있는데 이름만 정리하면 다음과 같다.

> 連姓 : 高橋連虫麻呂, 葛井連大成, 葛井連廣成, 高市連黑人, 置始連東人, 門部連石足, 三野連石守, 麻田連陽春, 中臣間人連老, 葛井連子老, 置始連長谷, 雪連宅麻呂, 椎野連長年, 葛井連諸會, 尾張連, 板茂連安麻呂, 茨田連沙彌麻呂, 六人部連鯖麻呂(18명)

---

9) 李鍾徹, 『鄕歌와 萬葉集歌의 表記法 比較 研究』(集文堂, 1983), pp.21~24.

忌寸 : 長忌寸意吉麻呂, 大藏忌寸麻呂, 坂上忌寸麻呂, 長忌寸娘, 秦忌
　　　寸朝元, 秦忌寸八千島, 秦忌寸許遍麻呂, 田部忌寸櫟子, 山口忌
　　　寸若麻呂, 神社忌寸老麻呂, 文忌寸馬養, 秦忌寸間滿, 秦伊美吉
　　　石竹, 內藏伊美吉繩麻呂(14명)
首 : 調使首, 忌部首黑麻呂, 調首淡海, 宇努首男人(4명)
村主 : 生石村主眞人, 桉作村主盆人, 上村主古麻呂(3명)
그 외 : 高氏海人, 高氏老, 田氏肥人, 田氏眞上, 張氏福子, 土理宣令,
　　　山上憶良(7명)10)

　　李鍾徹은『萬葉集』歌人을 총 306명으로 보고 그 중에서 귀화인계를 위
의 連姓 18명, 忌寸 14명, 首 4명, 村主 3명 총 39명에다 高氏海人, 高氏
老, 田氏肥人, 田氏眞上, 張氏福子, 土理宣令 6명을 추가하여 모두 45명
으로 보았다. 그리고 여기에 中西 進이 한인계라고 본 山上憶良을 더하고
있다. 李鍾徹은 이들을 귀화인이라고 표현하고 있으므로 이것이 한인계만
을 지칭하는 개념인지 아니면 중국계까지를 포함하는 것인지가 명확하지 않
으나, ‘萬葉集歌 속에는 韓民族의 文化的 要素가 反映된 것으로 보이는 素
材가 收錄되었음은 물론, 萬葉時代 第二期인 飛鳥・藤原宮時代(673-71
0 A.D.)부터 第三期인 奈良時代 前期(710-733 A.D.)까지 三國으로부
터 渡倭한 귀화인계 萬葉歌人들의 大大的인 活躍相을 볼 수 있다’11) 라고
한 점으로 미루어 아마도 한인계를 가리킨 것이라고 생각된다.

　　그런데 위에서 여러 연구자들은 도래인 혹은 귀화인이라는 용어를 사
용하고 있는데, 귀화인이라는 표현은 재고되어야 할 것이다. 왜냐하면 井
上秀雄이,

---

10) 李鍾徹, 위의 책, pp.21～23.
11) 李鍾徹, 위의 책, p.21.

　　일반적으로 渡來人이라고 하면 일본문화에 큰 영향을 미친 국가형성기에
조선으로부터 도래한 사람들을 가리킨다. 이 사람들은 현재도 여전히 「歸化
人」으로 불리는 일이 있는데, 그 사람들의 일본 도래의 상태와 일본 문화 형
성에의 기여 등으로 보아 귀화라는 말이 맞지 않는다고 하여 현재로는 도래인
으로 改稱되고 있다. 이 사람들은 고대국가 성립 이후의 귀화인과 그 법률적
인 처우뿐만이 아니라 그 역사적인 의식도 달라, 귀화인이라는 호칭이 적당하
지 않다고 생각된다. 그러나 도래인이라는 말도 아직 역사 용어로는 완전하지
않은 말이지만 적당한 용어가 없으므로 여기에서는 일단 종래의 귀화인을 대
신하는 말로 도래인을 사용하고자 한다.12)

고 한 데서도 알 수 있듯이 일본 역사학자들은 도래인과 귀화인을 명백히 구
분하여『萬葉集』작가들의 경우는 귀화인보다는 도래인의 개념이 더 정확
한 것이라고 주장하고 있기 때문이다. 그러므로 귀화인보다는 도래인이 더
정확한 개념이겠으나 이 도래인이라는 것도 일본인의 입장에서 사용한 용어
이며, 또 이 도래인이라는 용어를 사용한다고 해도 한인계인가 중국계인가
가 구분되지 않기 때문에 필자는 본 논문에서 한인계라고 표현하기로 한다.
그러나 출자가 전연 불분명할 경우는 기존의 도래인이라는 용어가 더 적절
하겠으나 한국인의 입장에서는 이 용어도 적절하다고는 할 수 없을 것이다.
이 경우에 필자는 渡倭人이라는 용어를 사용하고자 한다.

　　이상『萬葉集』에서 도왜인 작가에 대해 다룬 논문들을 살펴보았는데 이
논문들에 의하면 도왜인은 상당수에 해당하며 그 중에서 한인계로 인정되는
작가만도 45명, 33명, 29명 등으로 열거되고 있다. 그런데 이 숫자에는 서
로 중복되는 작가도 있지만 그렇지 않은 작가도 있으며 또 개별적 작가를 논
할 경우에 한인계로 추정된 또 다른 작가들이 있을 뿐만 아니라 星野五彦이

---

12) 井上秀雄,「渡來人の系譜」,『日本神話と朝鮮　講座　日本の神話』9(有精堂, 1977), pp.6
　　2～63.

도왜인으로 본 작가는 100여 명이나 되므로 出自가 명확하지 않은 작가들
중에서도 한인계일 수 있는 작가들이 있을 것이다. 또 星野五彦이 漢系로
본 작가 중에서도 그들이 한계가 아니라 한인계인 작가들이 있으므로 결국
한인계 작가는 우선 이것만 가지고 보더라도 수십명은 된다고 보아진다.

2. 『萬葉集』의 韓人系 作家

그러면 위의 여러 연구자들의 성과를 바탕으로 하면서 그 외 자료들을 분
석하여『萬葉集』작가 중에서 한인계 작가를 추출하여 보기로 한다. 편의상
그 인명들을 한자의 우리말 발음의 가나다 순으로 정리하고자 한다.

• **角麿**(츠노노마로)13)

이 角 姓에 대하여『古事記』孝元天皇條에서는 '木角宿禰者 木臣 都奴
臣 坂本臣之朝'14)라고 하였고,『新撰姓氏錄』左京皇別上에서는 '角朝臣
紀朝臣同祖 紀角宿禰之後也 日本紀合'15)이라고 하였다.『日本書紀』雄
略天皇條에도 '是角臣等初居角國 而名角臣 自此始也'16)라 되어 있다.

그리고 中西 進은,

　「日本書紀」는 白村江 이후에 일본에 도래한 사람들로서 吉大尙, 沙門詠,
答本春初, 四比忠勇, 余自信, 角福牟, 憶禮福留, 沙宅紹明, 許率母, 그 외
다른 사람들의 이름을 기록하고 있다. 그리고 조정은 그들의 힘을 적극적으로
정책에 활용하여 정치를 정비하고 있었다. 당면한 가장 필요한 군정에 대해서
는 春初와 忠勇, 福留들이, 예법에 대해서는 角福牟, 紹明, 許率母들이 그

---

13) 이하『萬葉集』作家의 표기 · 발음은 中西 進의『萬葉集事典』을 따르고자 한다.
14) 日本古典文學大系『古事記』(岩波書店, 1981), p.172. 이하 大系라고 略함.
15) 佐伯有淸,『新撰姓氏錄の研究』本文篇(吉川弘文館, 1981), pp.161~162.
16) 大系『日本書紀』上(岩波書店, 1981), p.485.

리고 醫藥에 대해서는 吉大尙 등이 지식을 제공하고 있었다.[17)]

고 한 뒤,

> 그런데 角臣의 주변도 복잡하다. 角(都努)臣은 木角宿禰를 조상으로 하고(孝元記), 紀朝臣과 同祖, 天武13년 10월에는 朝臣의 성을 받았는데 위의 廣弁은 그 일족의 후손일 것이다. 그러나 麻呂는 無姓이고 雄略 九年 三月紀에 의하면 小鹿火宿禰라고 하는 終始氏를 기록하지 않고, 그 때문에 上文에 열거된 紀小宮宿禰와 同氏일 것으로도 추정되는 인물이 신라를 친 기사가 있고 그는 신라에 머물러 「兵馬船官 및 여러 小官」을 관장하고 있다. 후에 內訌을 낳아 귀국 「角國」에 머물러 거주하게 되었고, 「이 角臣 등이, 처음에 角國에 거주하였다. 角臣이라고 불리는 것은 이 때에 시작되었다」고 한다. 角은 지금 周防國으로 생각되어진다.[18)]

고 하였다. 그리고 이어서 角麻呂, 廣弁을 角福牟의 후예라고[19)] 하였다. 이로 보면 角姓은 백제계이므로 角麻呂는 백제계 한인이 된다.

작품은 〈角麻呂歌四首〉(3, 292~295)가 있다.

● 角朝臣廣辨(츠노노 아소미 코우벤)

角朝臣廣辨은 傳未詳이다. 『新撰姓氏錄』 左京皇別上에서는 '角朝臣 紀朝臣同祖 紀角宿禰之後也 日本紀合'[20)]이라 하였고 紀朝臣은 '石川朝臣同祖 建內宿禰男 紀角宿禰之後也'[21)]라고 하였다. 中西 進은,

---

17) 中西 進, 『万葉の時代と風土』, p.107.

18) 中西 進, 『万葉の時代と風土』, p.107.

   中西 進, 「憶良 渡來人論 補遺」, 『上代文學』제36호(1975. 7), p.109.

19) 中西 進, 『万葉の時代と風土』, p.109.

20) 佐伯有淸, 『新撰姓氏錄の硏究』, pp.161~162.

21) 佐伯有淸, 『新撰姓氏錄の硏究』, p.161.

이것도 충분히 납득할 수 없는 이야기로, 始祖傳說의 형태를 지니며 신라에 머문 일이 眞野臣 등과 같고, 무엇 때문에 氏를 기록하지 않은 것인지 명확하지 않다. 또 후에 天武13년 4월에는 都努臣牛甘인 인물이 遣新羅使가 되고 신라와의 관계는 계속 뒤를 잇고 있다. 하나 추측을 한다면 이 角臣과 새로이 天武朝에 渡來한 角福牟와는 同族인 것은 아닐까? 확실히 本朝에 대한 관계의 長短에 의해 후에 角朝臣과 羽林連과의 구별을 낳게 되었지만 角福牟도 츠노로 읽어 지장이 없는 것은 아닐까고 생각된다. 同祖라 말해지는 紀臣에 대해서는 이미 논한 바와 같다.22)

고 하여 角麻呂, 廣弁을 角福牟의 후예라고 하였다. 따라서 角朝臣廣弁도 역시 백제계가 될 것이다.

작품은 〈角朝臣廣辨雪梅歌一首〉(8, 1641)가 있다.

● **葛井連廣成**(후지이노 므라지 히로나리)

葛井連廣成은,

『日本續紀』에 '渡來人系로 白猪史(시라이노후비토). 養老3년(719) 윤7월 大外記從六位下로 遣新羅使에 임명되고 大外記, 養老4년(720) 5월에 葛井連의 성을 받았으며 天平3년(731) 정월 外從五下. 同15년 6월 備後守, 7월 從五位下. 新羅史를 檢校, 신라와 관계있은 듯하다. 同20년 2월 從五位上. 이 해 8월에 아내 縣犬養宿禰八重(光明皇后의 生母 縣犬養三千代의 친족인가)의 後宮出仕 관계로 천황이 廣成집에 行幸. 부부 함께 正五位上을 받았다. 天平勝寶원년(749) 8월 中務少輔(以上續紀).23)

라고 되어 있다. 稻岡耕二는 葛井連大成에서는 백제계 도래인24)이라고 하

---

22) 中西 進,「憶良 渡來人論 補遺」, pp.109～110.
23) 小島憲之 校注, 大系『懷風藻』(岩波書店, 1982), p.510.
24) 稻岡耕二,『萬葉集事典』, p.220.

였다. 星野五彦도 '백제 귀화인'25)으로 보았다.

그리고 高橋庄次는 葛井連子老를 설명하면서,

葛井連子老는 『姓氏錄』에 「葛井宿祢 菅野朝臣同祖」(右京諸蕃下)라고
하였고, 그 「菅野朝臣」조에는 「出自百濟國都慕王十世孫 貴須王也」(同)라
고 있으므로 宿祢姓의 前의 葛井連도 역시 백제계이다. 『續紀』養老4년 5월
10일조에 「改白猪史氏 賜葛井連姓」이라고 하였고, 葛井連의 앞의 白猪史
의 氏姓에 대하여 『姓氏錄』(未定雜姓·河內國)의 「大友史」조에 「百濟國
人 白猪奈世之後也」라고 하였으므로 葛井氏가 백제계의 씨족인 것은 명백
하다.26)

고 하였다. 朴鐘鳴도 葛井氏는 백제 도래인인 王辰爾의 자손임이 명확하다
고 하여 백제계로27) 보았다. 葛井氏는 백제계임을 알 수 있다.

작품에,

〈天平二年(庚午)勅遣擢駿馬使大伴道足宿祢時歌一首〉(6, 962)

左注 右勅使大伴道足宿祢饗于帥家 此日會集衆諸相誘驛使葛井連
廣成 言須作歌詞 登時廣成 應聲卽吟此歌가 있다.

• **葛井連大成**(후지이노 므라지 오호나리)

『詮註釋』에 '葛井廣成(6, 962의 左注)의 형인가'28)라고 하였다. 稻岡
耕二는 '葛井大夫라고도 하였다. 葛井氏는 百濟系渡來人 大成은 神龜5년
(728)五月丙辰에 正六位上에서 外從五下(續紀). 天平2년(730) 정월의

---

25) 星野五彦, 앞의 논문, p.30.
26) 高橋庄次, 「遣新羅使歌の百濟系の歌主と八幡神(上)」, 『上代文學』제66호(上代文學會,
  1991. 4), p.47.
27) 朴鍾鳴, 『京都のなかの朝鮮』(明石書店, 1999), p.65.
28) 澤瀉久孝, 『萬葉集注釋』卷第四(中央公論社, 1983), p.258에서 재인용.

梅花宴에 筑後守로 列席'29)이라고 하였고 대체로 葛井廣成의 형으로 보며 따라서 백제계라는데 견해의 일치를 보이고30) 있다. 따라서 葛井連大成 역시 백제계이다.

작품에는,

〈大宰帥大伴卿上京之後筑後守葛井連大成悲歎作歌一首〉(4, 576)

〈梅花歌卅二首〉(幷序)(5, 815~846) 중의 820번가에 '筑後守葛井
　　　大夫'라 하였다.

序 : 天平二年正月十三日 萃于帥老之宅 申宴會也 于時 初春令月 氣淑
　　　風和 梅披鏡前之粉 蘭薫珮後之香 加以 曙嶺移雲 松掛羅而傾盖
　　　夕岫結霧 鳥封穀而迷林 庭霧新蝶 空歸故雁 於是盖天 坐地 促膝
　　　飛觴 忘言一室之裏 開衿烟霞之外 淡然自放 快然自足 若非翰苑何
　　　以 攄情 詩紀落梅之篇 古今夫何異矣 宜賦園梅 聊成短詠

〈筑後守外從五位下葛井連大成遙見海人釣船作歌一首〉(6, 1003)가 있다.

• **葛井連子老**(후지이노 므라지 코오유)

稻岡耕二는 天平8년(736) 6월의 遣新羅使의 일인으로 葛井連廣成의 일족이라고도 한다31)고 하였고 星野五彦은 만엽 4기의 백제 귀화인32)으로 보았다. 백제계이다.

작품으로는,

〈天平八年丙子夏六月遣使新羅國之時使人等各悲別贈答及海路之上慟旅陳
思作歌幷當所誦詠古歌 一百 四十五首〉(15, 3578~3722) 중 〈到壹岐嶋雪

---

29) 稻岡耕二,『萬葉集事典』, p.220.
30) 大久間喜一郎 外 2人編,『萬葉集歌人事典』, p.276, 그리고 星野五彦의 앞의 논문, p.29.
31) 稻岡耕二,『萬葉集事典』, p.220.
32) 星野五彦, 앞의 논문, p.30.

連宅滿忽遇鬼病死去之時作歌一首 幷短歌〉(15, 3688~3690) 가운데 〈左注 右三首葛井連子老作挽歌〉(15, 3691~3693)가 있다.

• **葛井連諸會**(후지이노 므라지 모로아이)

稻岡耕二는 '天平17년(745) 4월 外從五下, 同19년 4월 相摸守, 天平寶字원년(757) 5월 從五下(續紀), 天平18년(746) 정월, 元正御在所의 肆宴에서 눈을 노래한 應詔歌 一首가 있다'[33]고 하였고, 星野五彦은 백제 귀화인[34]으로 보았다. 백제계이다.

작품에,

〈十八年正月 白雪多零 積地數寸也 於時左大臣橘卿率大納言藤原豐成朝臣及諸王臣等 參入太上天皇御在所 中宮西院 供奉掃雪 於時降詔大臣參議幷諸王者令侍于大殿上 諸卿大夫者令侍于南細殿 而則賜酒肆宴勑曰 汝諸王卿等 聊賦此雪各奏其歌〉(17, 3922~3926) 중

〈葛井連諸會應詔歌一首〉(17, 3925)

左注 藤原豐成朝臣 巨勢奈弖麻呂朝臣 大伴牛飼宿祢 藤原仲麻呂朝
　　　臣 三原王 智努王 船王 邑知王 小田王 林王 穗積朝臣老 小治
　　　田朝臣諸人 小野朝臣綱手 高橋朝臣國足 太朝臣德太理 高丘
　　　連河內 秦忌寸朝元 楢原造東人 右件王卿等應 詔作歌依次奏
　　　之 登時不記其歌漏失 但秦忌寸朝元者左大臣橘卿謔云靡堪賦
　　　歌以麞贖之 因此默已也(17, 3926 끝의 左注)가 있다.

• **境部宿祢老麻呂**(사카히베노 스쿠네 오유마로)

아래의 境部王이 백제계이므로 境部宿祢老麻呂도 백제계가 되겠다.

---

33) 稻岡耕二, 『萬葉集事典』, p.220.
34) 星野五彦, 앞의 논문, p.30.

작품에는 〈讚三香原新都歌一首 幷短歌〉(17, 3907~3908)
左注 右十三年二月右馬頭境部宿祢老麻呂作也가 있다.

• **境部王**(사카히베노 오오키미)

이 境部에 대해서는 그다지 언급이 없지만 中西 進은 '境部臣, 林臣을 포
함한 蘇我一族이 도래를 둘러싸고 논의되고 있는 昨今이다. 심지어는 中臣
조차 도래계가 아닐까고도 한다'[35]고 하였는데 蘇我氏, 林臣이 백제계이므
로 백제계가 아닐까 한다.

작품에는 〈境部王詠數種物歌一首 穗積親王之子也〉(16, 3833)가 있다.

• **高橋朝臣**(타카하시노 아소미)

高橋朝臣은 『新撰姓氏錄』 左京皇別上에 '阿倍朝臣同祖 大稻輿命之後
也 景行天皇巡狩東國供獻大蛤 于時天皇喜其奇美賜姓膳臣 元淳中原瀛
眞人天皇(諡天武)十二年改膳臣賜高橋朝臣'[36]이라고 하였다.

그런데 高橋蟲麻呂는 『萬葉集』〈詠不盡山歌一首 幷短歌〉(3, 319~32
1)의 左注에서 '右一首高橋連蟲麻呂之歌中出焉 以類載此'라고 하였고,
또 〈四年(壬申)藤原宇合卿遣西海道節度使之時高橋連蟲麻呂作歌一首
幷短歌〉(6, 971~972)와 〈惜不登筑波山歌一首〉(8, 1497)의 左注에서
'右一首高橋連蟲麻呂之歌中出'이라고 한 데서 알 수 있듯이 高橋蟲麻呂는
高橋連蟲麻呂로 連姓이므로 도왜인임을 알 수 있다.

高橋蟲麻呂가 連이어 도왜계라면 高橋朝臣도 같은 姓이므로 도왜계가
될 것이다.

---

35) 中西 進, 「憶良 渡來人論 補遺」, p.112에서 杉山二郎・梅原猛・田邊昭三諸氏의 「藤原
　　鎌足」를 참고 자료로 들고 있다.
36) 佐伯有淸, 『新撰姓氏錄の硏究』, p.159.

高橋朝臣은 도왜인이다.

작품에는 〈悲傷死妻作歌一首 幷短歌〉(3, 481~483)

左注 右三首七月廿日高橋朝臣作歌也 名字未審 但云奉膳男子焉이 있다.

• **高橋蟲麻呂**(다카하시 무시마로)

高橋朝臣에서 보았듯이 高橋蟲麻呂는 도왜계임을 알 수 있다.

작품에,

〈詠不盡山歌一首 幷短歌〉(3, 319~321)

　　左注 右一首高橋連蟲麻呂之歌中出焉 以類載此四年(壬申)藤原宇合
　　　　　卿遣西海道節度使之時高橋連蟲麻呂作歌一首 幷短歌〉(6, 9
　　　　71, 972)

　　左注 右檢補任文八月十七日任東山山陰西海節度使

〈惜不登筑波山歌一首〉(8, 1497)

　　左注 右一首高橋連蟲麻呂之歌中出

〈詠上總末珠名娘子一首 幷短歌〉(9, 1738~1739)

〈詠水江浦嶋子一首 幷短歌〉(9, 1740~1741)

〈見河內大橋獨去娘子歌一首 幷短歌〉(9, 1742~1743)

〈見武藏小埼沼鴨作歌一首〉(9, 1744)

〈那賀郡曝井歌一首〉(9, 1745)

〈手綱濱歌一首〉(9, 1746)

〈春三月諸卿大夫等下難波時歌二首 幷短歌〉(9, 1747~1750)

〈難波經宿明日還來之時歌一首 幷短歌〉(9, 1751~1752)

〈檢稅使大伴卿登筑波山時歌一首 幷短歌〉(9, 1753~1754)

〈詠霍公鳥一首 幷短歌〉(9, 1755~1756)

〈登筑波山歌一首 幷短歌〉(9, 1757~1758)

〈登筑波嶺爲嬥歌會日作歌一首 幷短歌〉(9, 1759~1760)
　　左注 右件歌者高橋連蟲麻呂歌集中出(9, 1738~1760)
〈鹿嶋郡苅野橋別大伴卿歌一首 幷短歌〉(9, 1780~1781)
　　左注 右二首高橋連蟲麻呂之歌中出
〈詠勝鹿眞間娘子歌一首 幷短歌〉(9, 1807~1808)
〈見菟原處女墓歌一首 幷短歌〉(9, 1809~1811)
　　左注 右五首高橋連蟲麻呂之歌集中出(9, 1807~1811)이 있다.

• 高丘連河內(타카오카노 므라지 코우치)

高丘連河內는『續日本紀』和銅五年七月 甲申(十七日)條에 播磨國大目從八位上樂浪河內 勤造正倉 能效功績 進位一階 賜絁十疋 布卅端, 養老五年正月庚午(卄三日)條에 憶良 등과 함께 正六位下樂浪河內에 退朝之後 令侍東宮焉이라고 하였고 神龜元年 五月辛未(十三日)條에 樂浪河內에 姓 高丘連을 내리고 天平三年 正月丙子(卄七日) 外從五位下, 九月癸酉(卄七日) 右京亮, 十七年 正月乙丑(七日) 外從五位上, 十八年 五月戊午(七日) 從五位下, 天平勝寶三年 正月己酉(卄五日) 從五位上, 六年正月壬子(十六日) 正五位下라고 하였다.『續日本紀』神護景雲二年 六月條를 보면 '庚子(卄八日) 內藏頭兼大外記遠江守從四位下高丘宿禰比良麻呂卒 其祖沙門詠 近江朝歲次癸亥(天智二年) 自百濟歸化 父樂浪河內正五位下大學頭 神龜元年 改爲高丘連 (中略) 景雲元年賜姓宿禰'[37]라 하였으므로 원래 樂浪河內였음을 알 수 있다. 그런데『新撰姓氏錄』河內國諸蕃에서는 '高丘宿禰 出自百濟國公族大夫高侯之後 廣陵高穆也'[38]라 하였으므로 백제계임을 알 수 있다. 上田正昭도,

---

37) 國史大系『續日本紀』後篇(吉川弘文館, 1982), p.355.
38) 佐白有淸,『新撰姓氏錄の硏究』, p.320.

　　樂浪河內는 天智稱制 2년(663)에 백제로부터 도래한 沙門詠의 아들이며, 和銅5년(712) 7월까지는 播磨國의 大目으로 就任하고, 「힘써 正倉을 만들고 능히 功績을 이루었다」는 이유로 位 一階가 올랐다. 「播磨國風土記」에는 朝鮮渡來 關係 記事가 많다. 이것은 播磨國에 조선 도래인들과 그 문화가 농후하게 분포하여 있었던 외에 播磨國의 大目이었던 樂浪河內가 그 編纂에 관여했다고 생각되는 것과도 관련되고 있을 것이다. 養老5년(721) 정월 退朝 後에는 山上憶良 등과 함께 東宮에 종사하였는데 文筆·學業 등이 뛰어나고, 師範에 堪하는 자로서 絁·糸·布·鍬를 받았다. 그때 正六下였다. 神龜원년(724) 5월 高丘連이라 불리게 되며 天平3년(731) 정월에는 外從五位下, 同年 9월에 右京亮이 된다. 同13년 9월에는 恭仁京에 파견되어 백성에게 宅地를 班給하였다. 同14년 8월 紫香樂行幸의 때에는 造宮輔. 造離宮司에 임명되고 있다. 同18년 5월에는 從五位下, 同年 9월에는 伯耆守, 天平勝寶3년(751) 정월에는 從五位上, 同6년 정월에는 正五位下 등의 官歷을 거쳤다. 후에 大學頭가 된 高丘連比良麻呂의 父는 이 樂浪河內이며, 「家傳」(하)에 의하면 樂浪河內는 「文雅人」으로 평가되고 있다.39)

고 하였다. 中西 進은,

　　冒頭에서 언급한 神龜5년의 賜姓은, 아는 바와 같이 도래자들에게 내린 것이었다. 같은 때에 성을 받은 것은 高丘連의 樂浪河內, 椎野連의 四比忠勇, 麻田連의 答本陽春들이었다. 河內의 父는 沙門詠, 陽春의 父는 答本春初이다. 그들은 백촌강의 싸움에 패전하여 도래한 사람들이며 그 2세가 지금 賜姓받은 것이다. 妙觀을 같은 경우로 생각하는 것은 무리일까. 忠勇의 父는 알 수 없지만 그 때에는 四比福夫가 있고 동시에 難波連을 받은 谷那庾受에 대해서는 谷那晋首, 吉田連의 吉宜·首에 대해서는 吉大尚·小尚의 형제가 있다.40)

---

39) 上田正昭, 앞의 논문 pp.28~29.
40) 中西 進, 『万葉の時代と風土』, pp.120~121.

고 하였으며, 또

　　比良麿의 父(續紀). 和銅5년(712) 播磨大目從八上. 그때 正倉의 造作을 맡아 位一階 승진하였다. 養老5년(721) 정월에 退朝後 山上憶良과 함께 東宮을 모셨다. 同月 文章의 學業에 뛰어나 師範으로서 하사품을 받았는데 그때 正六下. 神龜원년(724) 5월 賜姓高丘連(以前은 樂浪). 天平 3년(731) 정월 外從五下, 同9월 右京亮, 同13년 9월 京都의 백성에게 宅地班給의 사자, 散位. 同14년 8월 紫香樂行幸의 造離宮司, 造宮輔. 同17년 1월 外從五上, 同18년 5월 從五下, 同9월 伯耆守, 天平勝寶3년(751) 從五上, 同6년 1월 正五下. 比良麿 薨傳에 河內는 天智2년(663) 백제로부터 도래한 沙門詠의 아들로 正五下大學頭라고 기록되어 있다. (續紀神護景雲二). 神龜頃 文雅의 人(家傳下). 天平18년(746) 1월의 元正 御在所에서의 雪宴에 참석(萬)[41]

이라고 하였다. 稻岡耕二[42], 『萬葉集歌人事典』에서도[43] 마찬가지로 백제로부터 도래한 沙門 詠의 아들, 比良麿의 父로 보았다. 따라서 高丘連河內는 백제계임이 분명하다.

　작품에는,

〈高丘河內連歌二首〉(6, 1038~1039)

〈大伴宿祢家持應詔歌一首〉(17, 3926)

　左注 藤原豊成朝臣 巨勢奈弓麻呂朝臣 大伴牛飼宿祢 藤原仲麻呂朝臣 三原王 智努王 船王 邑知王 小田王 林王 穗積朝臣老 小治田朝臣諸人 小野朝臣綱手 高橋朝臣國足 太朝臣德太理 高丘連河內 秦忌寸朝元 楢原造東人 右件王卿等應 詔作歌依次奏之 登時不記其歌漏失 但秦忌寸朝元者

---

41) 中西 進, 『萬葉集事典』, p.245.
42) 稻岡耕二, 『萬葉集事典』, p.202.
43) 大久間喜一郎 外 2人編, 『萬葉集歌人事典』, p.203.

左大臣橘卿謔云 靡堪賦歌以戱贖之 因此默已也(17, 3926 끝의 左注)가
있다.

● **高麗朝臣福信**(코마노 아소미 후쿠신)

『續日本紀』에 天平十九年 六月辛亥(七日)條에 '正五位下背奈福信 外
正七位下背奈大山 從八位上背奈廣山等八人賜背奈王姓'[44]이라 하였고
勝寶二年 正月丙辰(卄七日)條에는 '從四位上背奈福信等六人 賜高麗朝
臣姓'[45]이라 하였다. 그리고 寶龜十年 三月戊午(十七日)條에는 '從三位
高麗朝臣福信賜姓高倉朝臣'[46]이라 하였고, 延曆八年 十月乙酉(十七日)
條에는 '散位從三位高倉朝臣福信薨 福信 武藏國高麗郡人也 本姓背奈 其
祖福德屬唐將李勣 拔平壤城 來歸國家 居武藏焉 福信卽福德之孫也 少年
隨伯父背奈行文入都 (中略) 勝寶初 至從四位紫微少弼改本姓賜高麗朝
臣 遷信部大輔 神護元年 授從三位 拜造宮卿 兼歷武藏近江守 寶龜十年
上書曰 臣自投聖化 年歲已深 但雖新姓之榮朝臣過分 而舊俗之號高麗未
除 伏乞 改高麗以爲高倉 詔許之 天應元年 遷彈正尹 兼武藏守 延曆四年
上表乞身 以散位歸第焉 薨時年八十一—[47]이라 한 것을 보면 원래는 背奈
였는데 天平19년(747) 6월 背奈王 姓을 받고, 勝寶2년(750) 정월 丙辰
에 高麗朝臣 姓을 받았으며 宝龜10년(779) 3월 高倉朝臣을 받았다가 延
曆8년(789) 高倉朝臣福信이 사망하자 本姓인 高麗朝臣을 다시 내렸다고
되어 있다.

中西 進은 '福德의 손자이다. 背奈行文은 伯父. 武藏國高麗郡의 사람으
로 본성은 背奈, 나중에 高麗·高倉으로 고쳤다. 延曆8년에 薨했는데, 그

---

44) 國史大系『續日本紀』前篇, pp.192~193.
45) 國史大系『續日本紀』前篇, p,209.
46) 國史大系『續日本紀』後篇, p,448.
47) 國史大系『續日本紀』後篇, p,540.

때 81세였다. 天平10년(738) 三從六上에서 外從五下 …… 天平勝寶2년 1월 賜姓高麗朝臣 …… 天平勝寶4년 入唐使藤原朝臣淸河等에 肴酒를 하사하는 遣使. 이때 從四上(萬)'[48]이라고 하였다.

『萬葉集歌人事典』에서도 귀화인으로 福德의 孫이며 行文의 甥이라고[49] 하였다. 星野五彦과 山本信三은 고구려 귀화인[50]이라고 하였다. 따라서 高麗朝臣福信은 고구려계임을 알 수 있다.

그의 이름은 〈勅從四位上高麗朝臣福信遣於難波賜肴酒入唐使藤原朝臣淸河等御歌一首 幷短歌〉(19, 4264~4265)에 보인다.

• 高市連黑人(타케치노 므라지 쿠로히토)

高市氏는『新撰姓氏錄』右京神別下에 '高市連 額田部同祖 天津彦根命 三世孫 彦伊賀都命之後也'[51]라고 하였고『日本書紀』天武天皇 十二(683)年 十月條에는 高市縣主 등에게 連 姓을 내렸다[52]고 되어 있다. 高市黑人이 連 姓이고 額田과 同祖라면 백제계임을 알 수 있다. 持統文武朝의 下級官僚이다.

작품에,

〈高市古人感傷近江舊堵作歌 或書云高市連黑人〉(1, 32)

〈左注 右一首高市連黑人〉(1, 58)

〈太上天皇幸于吉野宮時高市連黑人作歌〉(1, 70)

---

48) 中西 進,『萬葉集事典』, p.234.

49) 中西 進,『萬葉集事典』, p.234.

　　大久間喜一郞 外 2人編,『萬葉集歌人事典』, p.168.

50) 星野五彦, 앞의 논문, p.30.

　　山本信三, 앞의 논문, p.74.

51) 佐伯有淸,『新撰姓氏錄の硏究』, p.235. 和泉國神別에도 '高市縣主 天津彦根命十四世孫 建許呂命之後也'라고 하였다.(佐白有淸, 같은 책, p.277).

52) 大系『日本書紀』下, pp.459~460.

〈高市連黑人羈旅歌八首〉(3, 270~277)

〈高市連黑人歌二首〉(3, 279~280)

〈高市連黑人歌一首〉(3, 283)

〈高市連黑人近江舊都歌一首〉(3, 305)

〈高市歌一首〉(9, 1718)

〈高市連黑人歌一首 年月不審〉(17, 4016)

左注 右傳誦此歌三國眞人五百國是也가 있다.

총 18수이다. 모두 短歌이며 여행에 관한 것이 많은데 그의 작품의 특색은 눈이 닿지 않는 미래의 세계에 생각이 젖거나 눈앞에서 멀리 작게 사라지는 것에 관심을 보이거나 하는 것이다.

• 高氏老(타카노우지노 오유)

『萬葉集歌人事典』은 高氏를 '高橋·高麗·高丘·高向氏 등을 생각할 수 있다'[53]고 하였고 星野五彦은 고구려 귀화인[54]이라고 하였으며 山本信三은 韓族 또는 準韓族[55]이라고 보았다. 對馬에 한인계가 주로 거주하고 있었고, 高橋·高麗·高丘는 한인계임을 생각할 때 高氏는 이들 중의 어느 族姓인 한인계라 생각되는데 高氏義通을 고구려계라 볼 수 있다면 高氏老도 고구려계로 볼 수 있지 않을까 한다.

그의 작품으로는 〈梅花歌卅二首 幷序〉(5, 815~846) 중 841번가에 '對馬目高氏老'라 하여 전한다.

• 高氏義通(코우지노 요시미치)

---

53) 大久間喜一郎 外 2人編, 『萬葉集歌人事典』, p.204.
54) 星野五彦, 앞의 논문, p.30.
55) 山本信三, 앞의 논문, p.76.

『萬葉集』권제5 〈梅花歌三十二首〉(5, 815~846) 중의 高氏義通의 작품의 注에서 藥師라고 되어 있는데 澤瀉久孝는 '高麗氏라고 하면 義通도 음독해야 하나 藥師가 모두 귀화인의 자손이라고 보기는 어렵고 무엇이라 단정하기 힘들다'[56]고 하였다. 『萬葉集歌人事典』은 '高氏는 高橋・高麗・高丘・高向씨 등을 생각할 수 있다. 약사인 까닭에 귀화계라고도 생각된다'[57]고 하였으며 星野五彦은 高氏海人 모두 고구려 귀화인[58]이라고 하였다. 山本信三은 韓族 또는 準韓族[59]이라고 하였다. 高氏老와 마찬가지로 일단 고구려계로 보고자 한다.

작품에 〈梅花歌卅二首 幷序〉(5, 815~846) 중 835번가가 있다.

• (薩摩目)**高氏海人**(타카노우지노 아마)

高氏義通과 마찬가지로 고구려계로 보고자 한다.

작품에 〈梅花歌卅二首 幷序〉(5, 815~846) 중 842번가에 '薩摩目高氏海人'이라고 하였다.

• **高安大島**(타카야스노 오호시마)

『新撰姓氏錄』 攝津國諸蕃에 '高安漢人 出自狛國人小須須也'[60]라 하여 고구려인으로 되어 있고, 河內國諸蕃에서는 '高安造 八戶史同祖 盡達王之後也'[61]라 하여 漢系로 되어 있다. 그리고 未定雜姓 河內國에서는 '高安忌寸 阿智王之後也'[62]라 하여 백제계로 되어 있으며 傳未詳. 『新撰姓

---

56) 澤瀉久孝, 『萬葉集注釋』 卷第五, p.133.
57) 大久間喜一郎 外 2人編, 『萬葉集歌人事典』, p.205.
58) 星野五彦, 앞의 논문, p.30.
59) 山本信三, 앞의 논문, p.76.
60) 佐伯有淸, 『新撰姓氏錄の硏究』, p.319.
61) 佐伯有淸, 『新撰姓氏錄の硏究』, p.323.
62) 佐伯有淸, 『新撰姓氏錄の硏究』, pp.345~346.

氏錄』에 高安漢人(攝津國諸蕃, 高麗), 高安造(河內國諸蕃, 漢) 高安忌寸(未定雜姓, 河內國)이 보이는데 모두 귀화인의 자손으로 되어 있다. 澤瀉久孝, 稻岡耕二도 ‘新撰姓氏錄의 高安 성이 모두 도래계이므로 도래인의 자손인가’63) 하였다. 아마 이 高安도 高橋·高麗·高丘·高氏와 더불어 고구려와 관련된 것으로 볼 수 있지 않을까 한다.

작품에는 〈左注 右一首高安大島〉(1, 67)가 있다.

• 高安王

577번가의 題詞에도 그 이름이 보이고 있다. 稻岡耕二는 黛弘道의 설을 인용하여 ‘敏達天皇의 손자인 百濟王의 四世孫이라고 한다’64)고 하였고, 澤瀉久孝는 ‘大原眞人高安이라고 한 사람’65)이라고 하였는데 高安大島에서 보았듯이 高安이 고구려와 관계된 성이라면 高安王은 한인계이겠다.

작품에,

〈高安王褻鮒贈娘子歌一首 高安王者後賜姓大原眞人氏〉(4, 625)

〈高安歌一首〉(8, 1504)

〈八月七日夜集于守大伴宿祢家持館宴歌〉(17, 3943~3955) 중 3951번가 다음의 左注에 ‘古歌一首大原高安眞人作 年月不審 但隨聞時記載玆焉’이라 하여 그의 작품이 전한다.

• 高田女王(타카타노 오호키미)

『萬葉集』 권제8에서 ‘高安之女也’(1444번가)라고 되어 있는데 ‘高田女王은 高田王의 딸이며, 高田王은 天平十一年에 姓을 받아 大原眞人高安

---

63) 澤瀉久孝, 『萬葉集注釋』 卷第一, p.408, 稻岡耕二, 『萬葉集事典』, p.204.
64) 稻岡耕二, 『萬葉集事典』, p.203.
65) 澤瀉久孝, 『萬葉集注釋』 卷第四, p.160.

이라고 한 사람'66)이라고 한 것을 보면 마찬가지로 고구려와 관련된 것으로 황실과 혈연관계를 맺은 게 아닌가 보아진다.

작품에,

〈高田女王贈今城王歌六首〉(4, 537~542)

〈高田女王歌一首 高安之女也〉(8, 1444)가 있다.

• 軍王(이쿠사노 오호키미)

軍王은 이쿠사노 오호키미로 읽는 경우가 일반적이며, 5,6번가의 左注 '右檢日本書紀無幸於讚岐國 亦軍王未詳也'에서 보듯이 軍王은 어떤 사람인지 알 수 없다. 澤瀉久孝의『萬葉集注釋』에서도 軍王은 傳未詳이라고 하였고, 伊藤 博의『萬葉集全注』에서도 未詳이라고 하였다. 그러나 靑木和夫는『日本書紀』雄略天皇 五年(461) 四月條와 또 七月條에 일본에 귀화한 百濟王 加須利君의 동생 昆支君을 軍君으로 표기하고 있고,『續日本紀』이후 코니키시・콤키시로 訓讀하고 있으며 또『周書』百濟傳에 '王姓夫余氏 號於羅瑕 呼爲鞬吉支'라고 한 데서 알 수 있듯이 코니키시는 백성이 백제 王을 부를 때 사용하던 존칭인 바,『萬葉集』5번가의 '軍王'과『日本書紀』의 '軍君'을 유사한 用字로 보고 '軍王'을 코니키시로 훈독하였으며, 舒明朝에 있어서 코니키시로 불릴 인물은 余豊璋 밖에 없다고 논하였다.67) 伊藤 博도 작품 분석을 통하여,

　　고향에 대한 그리움을 표현한 것인데 직설적으로 표현하지 않고 바람이 불 때 소매를 나부끼며 스친다는 뜻을 통해 간접적으로 표현한 縣詞적 표현이 나타나 있다. 빈번한 枕詞의 사용, 억제된 對句 표현, 序詞의 등장 등은 이 작

---

66) 澤瀉久孝,『萬葉集注釋』卷第四, p.160.
67) 靑木和夫,「軍王小考」,『上代文學論叢』(五味智英先生還曆記念 櫻楓社, 1968), pp.31~36.

품이 歌人이 아닌 지식인이 책상 위에서 지은 작품임을 말하는 것으로 평가되
고 있다. 이런 점을 종합해 볼 때에 이 작품의 작자인 軍王은 倭歌의 전통
속에 호흡하는 순수한 일본인이라고는 생각되어지지 않고 백제 왕자 余豊璋
임을 뒷받침해주는 것이라 할 수 있다. 군왕이 일본에 입국하여(631) 이 작
품을 지었을 때까지(661) 30년이 지나 일본어도 자유로 구사할 수 있었겠으
나 일본시의 전통과는 거리가 먼 백제인이었기에 백제문화, 다시 말하면 한자
문화에 익숙했던 그로서는 책상 위에서, 거의 일본인으로 구성된 大軍團이
백제를 위해 전진으로 나아갈 때에 무척 감격하여 가족을 고향에 두고 멀리
싸움터로 떠나는 일본인에게 감사하며 그들의 입장에 서서 노래를 짓게 된 것
이 이 작품을 지금까지의 초기 작품들과는 다른 새로운 성격들을 띠게 한 것
이라고 할 수 있다.[68]

고 하여 백제계로 보았다. 中西 進, 上田正昭[69] 모두 백제계 왕족의 도왜
인이라고 하였다. 백제계이다.
　작품에는,
〈幸讚岐國安益郡之時軍王見山作歌〉(1, 5~6)
　　左注　右檢日本書紀無幸於讚岐國　亦軍王未詳也　但山上憶良大夫類
　　　　　聚歌林曰　記曰　天皇十一年己　亥冬十二月己巳朔壬午　幸于伊
　　　　　豫溫湯宮云云　一書云　是時宮前在二樹木　此之二樹斑鳩比米二
　　　　　鳥　大集　時勅多掛稻穗而養之　仍作歌云云　若疑從此便幸之歟
가 있다.

　• 忌部首黑麿(이무베노 오비토 쿠로마로)
『續日本紀』天平寶字二年　八月庚子朔條에　正六位上忌部首黑麻呂에
外從五位를 주었다고 하였고, 天平寶字三年　十二月壬寅(十日)條에 '外從

---

68) 伊藤　博, 『萬葉集全注』卷第一(有斐閣, 1983), p.46.
69) 中西　進, 『萬葉集事典』, p.198. 上田正昭, 앞의 논문, p.33.

五位下山田史白金 外從五位下忌部首黑麻呂等七十四人賜姓連 山田史廣名 忌部首虫麻呂 壱岐史山守等四百三人賜姓造'70)라고 하였다. 連 姓이므로 도왜계라고 할 수 있다. 星野五彦도 만엽 4기 귀화인71)이라고 하였다. 그런데 巫部 등 점복과 관계 있는 부분에 한인계들이 많은 것으로 보아 제사나 점복 등과 관련된 일에 종사한 한인계가 아니었나 추정된다.

작품에는,

〈忌部首黑麻呂恨友賒來歌一首〉(6, 1008)

〈忌部首黑麻呂歌一首〉(8, 1556)

〈忌部首黑麻呂雪歌一首〉(8, 1647)

〈夢裏作歌一首〉(16, 3848)

左注 右歌一首忌部首黑麻呂夢裏作此戀歌贈友 覺而令誦習如前이 있다.

• **忌部首**(이무베노 오비토)

『萬葉集』 권제16의 3832번가에 〈忌部首詠數種物歌一首 名忘失也〉라고 하여 忌部首가 보이는데 이름은 알 수 없지만 星野五彦은 만엽 4기 귀화인72)이라고 하였다. 忌部首黑麻呂와 같은 一族으로 제사나 점복 등과 관련된 일에 종사한 한인계 도왜인이 아니었나 추정된다.

작품에 〈忌部首詠數種物歌一首 名忘失也〉(16, 3832)가 있다.

• **紀卿**(키노 마에츠키미)

紀卿은 〈梅花歌卅二首 幷序〉의 서문 끝에 '大貳紀卿(萬)'이라 하여 그

---

70) 國史大系 『續日本紀』 前篇, p.267.
71) 星野五彦, 앞의 논문, p.30.
72) 星野五彦, 앞의 논문, p.30.

이름이 보인다. 大貳는 大宰의 帥에 다음 가는 官인데, 이 紀卿에 대해서는
澤瀉久孝는 '紀卿은 누구인지 알 수 없다. 天平10년에 大貳로 卒한 紀男人
이 있으나, 그 사람은 9년 7월에는 右大辯이어, 그 男으로도 생각되지 않는
다'73)고 하였다. 그런데 『新撰姓氏錄』左京皇別上에 '紀朝臣同祖 紀角宿
禰之後也'라고 하였다. 紀朝臣은 '石川朝臣同祖 建內宿禰男 紀角宿禰之
後也'라고 하였다. 그런데 앞에서도 살펴보았듯이 角은 한인계이므로 紀臣
도 한인계임을 알 수 있다. 그런데 한인계 중에서도 紀氏가 백제계 도래인이
라는 설74)을 참고로 하면 紀卿도 백제계로 볼 수 있지 않을까 한다.
　작품에는 〈梅花歌卅二首 幷序〉(5, 815~846) 중 815번가가 있다.

　• 紀女郞(키노 이라츠메)
　紀女郞은 『萬葉集』에서 '紀女郞怨恨歌三首 鹿人大夫之女名曰小鹿也
安貴王之妻也'(4, 643~645)라 한 것으로 보아 紀朝臣鹿人의 딸임을 알
수 있다. 그런데 紀朝臣鹿人이 백제계이므로 그 딸인 紀女郞도 백제계가
될 것이다.
　작품에는,
〈紀女郞怨恨歌三首 鹿人大夫之女名曰小鹿也安貴王之妻也〉(4, 64
3~645)
〈紀女郞贈大伴宿禰家持歌二首 女郞名曰小鹿也〉(4, 762~763)
〈紀女郞報贈家持歌一首〉(4, 776)
〈紀女郞褁物贈友歌一首 女郞名曰小鹿也〉(4, 782)
〈紀女郞歌一首 名曰小鹿也〉(8, 1452)
〈紀女郞贈大伴宿禰家持歌二首〉(8, 1460~1461)

---

73) 澤瀉久孝, 『萬葉集注釋』 卷第五, p.111.
74) 座談會 司馬遼太郎 上田正昭 金達壽編, 『日本の渡來文化』(中央公論社, 1982), p.119.

左注 右折攀合歡花幷茅花贈也
〈紀少鹿女郎梅歌一首〉(8, 1648)
〈紀少鹿女郎歌一首〉(8, 1661)가 있다.

• 紀朝臣男梶(키노 아소미 오카지)

『續日本紀』天平十五年 五月癸卯(五日)條에 ‘正六位上紀朝臣小楫外
從五位下’라75) 하였다.

角麻呂 부분에서 보았듯이 紀朝臣은 角朝臣과 同祖이다. 金達壽는

> 紀氏는 무엇일까 하는 문제입니다만, 특히, 和歌山縣은 紀伊國이라는 겁
> 니다. 간단히 말하면 백제에 八大姓이라는 것이 있는데 그 중에 木氏, 후에
> 木刕라고 하는 複姓으로도 됩니다만, 이 八大姓의 하나인 木氏族이라고 하
> 는 것이 일찍부터 紀伊에 도래하여 있었다고 나는 생각하고 있습니다. 우리가
> 이 紀伊의 古墳 出土品에 보이는 조선적인 것, 그 조선 문화는 그들과 함께
> 도래하여 온 것이라는 것입니다.76)

고 하여 백제계로 보았다. 角麻呂와 마찬가지로 이 紀朝臣도 백제계임을 알
수 있다. 따라서 紀朝臣男梶는 백제계이다.

작품에,

〈十八年正月 白雪多零 積地數寸也 於時左大臣橘卿率大納言藤原豊成
朝臣及諸王臣等 參入太上天皇御在所 中宮西院 供奉掃雪 於時降詔大臣
參議幷諸王者令侍于大殿上 諸卿大夫者令侍于 南細殿 而則賜酒肆宴 勅
曰 汝諸王卿等 聊賦此雪各奏其歌〉(17, 3922~3926)

〈紀朝臣男梶應詔歌一首〉(17, 3924)

---

75) 澤瀉久孝,『萬葉集注釋』卷第十七, p.47에서 재인용.
76) 座談會 司馬遼太郎 上田正昭 金達壽編, 앞의 책, p.119.

左注 藤原豐成朝臣 巨勢奈弖麻呂朝臣 大伴牛飼宿祢 藤原仲麻呂朝臣 三原王 智努王 船王 邑知王 小田王 林王 穗積朝臣老 小治田朝臣諸人 小野朝臣綱手 高橋朝臣國足 太朝臣德太理 高丘連河內 秦忌寸朝元 楢原造東人 右件王卿等應 詔作歌依次奏之登時不記其歌漏失但秦忌寸朝元者左大臣橘卿謔云靡堪賦歌以戱贖之 因此默已也(17, 3926 끝의 左注)가 있다.

- **紀朝臣鹿人**(키노 아소미 카히토)

紀朝臣鹿人은 紀女郞의 父이다. 紀氏이므로 백제계이다.

작품에,

〈紀朝臣鹿人跡見茂岡之松樹歌一首〉(6, 990)

〈同鹿人至泊瀬河邊作歌一首〉(6, 991)

〈典鑄正紀朝臣鹿人至衛門大尉大伴宿祢稻公跡見庄作歌一首〉(8, 1549)가 있다.

- **紀朝臣淸人**(키노 아소미 키요히토)

紀氏이므로 백제계이다.

작품에,

〈十八年正月 白雪多零 積地數寸也 於時左大臣橘卿率大納言藤原豐成朝臣及諸王臣等 參入太上 天皇御在所 中宮西院 供奉掃雪 於時降詔大臣參議幷諸王者令侍于大殿上 諸卿大夫者令侍于南 細殿 而則賜酒肆宴 勑日 汝諸王卿等 聊賦此雪各奏其歌〉(17, 3922~3926) 중〈紀朝臣淸人應詔歌一首〉(17, 3923)가 있다.

- **紀朝臣豊河**(키노 아소미 토요카와)

紀朝臣豊河는 『續日本紀』 天平十一年 正月丙午(十三日)條에 正六位上 紀朝臣豊川에 外從五位下를 주었다고77) 하였다. 紀氏이므로 백제계이다. 작품에 〈紀朝臣豊河歌一首〉(8, 1503)가 있다.

● 吉田連宜(요시다노 므라지 요로시)

『續日本紀』 文武天皇四年 八月乙丑(卄日)條에 '勅僧通德 惠俊並還俗 代度 各一人 賜通德姓陽侯史 名久尒曾授勤廣肆 賜惠俊姓吉 名宜 授務廣肆 爲用其藝也'78)라고 되어 있어 승려 惠俊이었음을 알 수 있다. '其藝'라고 한 것은 의술인데 文武天皇이 그 의술을 사용하기 위하여 환속시켰던 것임을 알 수 있다. 和銅七年 正月甲子(五日)條에 憶良 등과 함께 從五位下를 받고 養老五年 正月甲戌(卄七日)條에 의술에 뛰어난 자로서 詔에 의해 從五位上 吉宜에게 絁十疋, 絲十絇, 布二十端, 鍬二十口를 받고 神龜元年 五月辛未(十三日)에 姓 吉田連을 내렸다고 하였다. 天平二年 三月辛亥(卄七日) 太政官奏偁條에 '又陰陽醫術及七曜頒曆等類 國家要道 不得發闕 但見諸博士 年齒衰老 若不敎授 恐致絶業 望仰 吉田連宜 (中略) 等七人 各取弟子 將令習業 云云'79)이라 하였다. 天平五年 十二月己未(卄六日)條에는 爲圖書頭, 九年九月 正五位下, 十年閏七月癸卯(七日) 爲典藥頭라 하였다. 그리고 神龜元年 五月辛未(十三日)에는 姓 吉田連을 받았다.

『新撰姓氏錄』 左京皇別下에는 '吉田連 大春日朝臣同祖'80)라고 하였다.

그리고 澤瀉久孝는 『文德實錄』 嘉祥三年 十一月己卯(六日)條의 治部大輔興世朝臣書主의 死去 記事에 '書主右京人也 本姓吉田連 其先出自百

濟 祖正五位下圖書頭兼內藥正相模介吉田連宜 父內藥正五位下古麻呂 並爲侍醫 累代供奉 宜等兼長儒道 門徒有錄'이라 한 기록을 인용하고 나서 '新撰姓氏錄의 기록과 출자를 달리 하고 있지만 어쨌든 조선과 관계가 있는 것은 명확하고 그런 까닭에 한문 소양도 깊었다고 생각되며'81)라고 하였다. 中西 進은,

> 「日本書紀」는 白村江 이후에 일본에 도래한 사람들로서 吉大尙, 沙門詠, 答本春初, 四比忠勇, 余自信, 角福牟, 憶禮福留, 沙宅紹明, 許率母, 그외 다른 사람들의 이름을 기록하고 있다. 그리고 조정은 그들의 힘을 적극적으로 정책에 활용하여 정치를 정비하고 있었다. 당면한 가장 필요한 군정에 대해서는 春初와 忠勇, 福留들이, 예법에 대해서는 角福牟, 紹明, 許率母들이 그리고 의약에 대해서는 吉大尙 등이 지식을 제공하고 있었다.82)

고 한 뒤 吉田宜를 吉大尙의 후예라고83) 하였다. 稻岡耕二와 上田正昭도 백제 출신84)이라고 하였으며 山本信三은 任那人의 후예(혹은 말하기를 鹽乘津彦의 후손이라고도)85)라고 하였다. 백제 吉大尙의 후예로 봄이 옳을 것이다.

『懷風藻』에 正五位下 圖書頭吉田連宜의 시 2수가 실려 있고 年七十으로 되어 있다. 大伴旅人, 山上憶良 등과 거의 同年輩였던 듯하다.

작품에,

한문편지와 〈奉和諸人梅花歌一首〉(5, 864)

---

81) 澤瀉久孝,『萬葉集注釋』卷第五, p.185.
82) 中西 進,『万葉の時代と風土』, p.107.
83) 中西 進,『万葉の時代と風土』, p.109.
84) 稻岡耕二,『萬葉集事典』, p.234.
　　上田正昭,「萬葉の歌と渡來人」, p.30.
85) 山本信三, 앞의 논문, p.74.

〈和松浦仙媛歌一首〉(5, 865)[86]

〈思君未盡重題二首〉(5, 866~867)

　左注 天平二年七月十日(한문편지・867까지 전체의 左注)[87]이 있다.

・吉田連老(요시다노 므라지 오유)

吉田連老에 대하여 中西 進은,

　　吉田連老, 자는 石麻呂라고 하는 것이 있다. 이른바 仁敬의 子이다. 그
老, 사람됨, 신체가 매우 야위었다. 많이 먹는다고 해도 모습은 굶주린 것 같
았다. 야윈 몸으로 仁敬의 子라고 하는 것은 잔소리 많은 바짝 마른 노인을
상상하게 한다. 융통성이 없는 인간으로 敎義로 뭉쳐진 인물이었을 것이다.
사람들이 그를「石麻呂」라고 불렀다. 吉大尙은 藥에 뛰어났으므로 天智朝에
位를 받았던 인물로 유교에도 밝은 지식인이었을 것이다. 그 피를 받은 老로
서 위의 모습은 웃음을 짓게 한다.[88]

고 하였다. 星野五彦과 山本信三도 백제 귀화인으로[89] 보았다.

　吉田連宜와 동족인 백제계로 보고자 한다.

・內藏忌寸繩麻呂(쿠라노 이미키 나와마로)

稻岡耕二는,

---

86)『綺語抄』,『歌林良材集』에도 실려 있는데 전자에는 작자가 山上憶良으로 되어 있다.(澤
　　瀉久孝,『萬葉集注釋』卷第五, p.193.)

87)『萬葉集私注』에는 憶良에게 보낸 것이라 하였으나 澤瀉久孝는 旅人에게 보낸 것으로
　　보았다.(澤瀉久孝,『萬葉集注釋』卷第五, p.197.)

88) 中西 進,『万葉の時代と風土』, p.122.

89) 星野五彦, 앞의 논문, p.30. 山本信三, 앞의 논문, p.74.

성을 伊美吉, 이름을 繩萬呂, 繩丸(平安遺文 一 312)이라고도 한다.

天平17년(745) 10월 당시 正六上大藏少丞 (二 477). 同19년 4월경-天平勝寶3년(751) 6월경(平安遺文 一 312)에는 越中掾, 越中守在任 中의 大伴家持 등과 교유를 가졌다. 同3년 8월 自館에서 少納言 轉任의 家持送別宴을 베풀고 安努廣島의 門前의 餞宴에서는 잔을 바쳤다. 同5년 3월 當時 造東大寺司判官(十二 428)[90]

이라고 하였다. 星野五彦은 귀화인[91]이라고만 하였으나 山本信三은 韓族 또는 準韓族[92]이라고 하였다. 도래인에게 부여되었던 忌寸이 사용되고 있는데 일단 한인계로 보아도 좋을 듯하다.

작품에,

〈四月卅六日掾大伴宿祢池主之舘餞稅帳使守大伴宿祢家持宴歌 幷古歌四首〉(17, 3995~3998)

左注 右一首介內藏忌寸繩麻呂作之(17, 3996의 左注)

〈同月九日諸僚會少目秦伊美吉石竹之舘飮宴 於時主人造白合花縵三枝疊置豆器捧贈賓客 各賦此縵作三首〉(18, 4086~4089)

左注 右一首介內藏伊美吉繩麻呂(18, 4087)

〈十二日遊覽布勢水海船泊於多祜灣望見藤花各述懷作歌四首〉(19, 4199~4202)

左注 次官內藏忌寸繩麻呂(19, 4200)

〈于是諸人酒酣更深鷄鳴 因此主人內藏伊美吉繩麻呂作歌一首〉(19, 4233)가 있다.

• **丹比麿**(타지히노 마로)

---

90) 稻岡耕二, 『萬葉集事典』, p.190.
91) 星野五彦, 앞의 논문, p.30.
92) 山本信三, 앞의 논문, p.76.

〈梅花歌卅二首 幷序〉(5, 815~846) 중 828번가 뒤에 '大判事丹氏麻呂'라고 하였다. 澤瀉久孝는 大判事는 少典 다음 가는 官으로 司法官인데 丹比眞人은 이미 (2, 226題, 3, 285題)에도 있었지만 麻呂는 不明이라고[93] 하였다. 丹比麻呂의 丹比는 지명과 관련된 성이라고 생각된다. 그런데 直木孝次郞은,

> 이 船, 津, 葛井은 앞에서 말씀드린 西文, 武生, 藏 등과 함께 어느 쪽이나 다 古市郡, 丹比郡, 志紀郡 부근에 살고 있었다고 생각됩니다. 西文, 武生, 藏의 三氏族이 정말 王仁의 자손인가 어떤가 하는 문제가 있습니다만 일단 이것은 王仁에서 나왔다고 하는 傳承을 지니고 있습니다.[94]

라고 하였다. 王仁과 관련된 船·津·葛井·西文·武生·藏 등이 다 古市郡·丹比郡·志紀郡 부근에 살고 있었다고 한 것으로 미루어 생각하면 丹比郡에는 백제계 도왜인들이 살고 있었음을 알 수 있는데, 丹比氏는 丹比郡이라는 지명에서 따온 것으로 생각되며 따라서 아마도 王仁과 관련되거나 아니면 직접 계보상 관련은 없다고 하더라도 거기에 살면서 여러 면에서 관련을 가졌던 백제계가 아닐까 한다. 丹波大女娘子도 도래계임을 보면 丹이 들어가는 姓은 백제계와 관련이 있는 듯하다.

작품에는 〈梅花歌卅二首 幷序〉(5, 815~846) 중 828번가가 있다.

• 丹比眞人(타지히노 마히토)

丹比眞人은 傳未詳인데 丹比麿에서 보았듯이 丹比氏가 백제계일 것이라면 丹比眞人도 백제계로 추정할 수 있겠다.

---

93) 澤瀉久孝, 『萬葉集注釋』 卷第五, p.127.
94) 座談會 司馬遼太郞 上田正昭 金達壽編, 앞의 책, p.47.

작품에,

〈丹比眞人 名闕 擬柿本人麻呂之意報歌一首〉(2, 226)

〈丹比眞人歌一首 名闕〉(8, 1609)

〈丹比眞人歌一首〉(9, 1726)

〈天平八年丙子夏六月遣使新羅國之時使人等各悲別贈答及海路之上慟旅陳思作歌幷當所誦詠古歌 一百四十五首〉(15, 3578~3722) 중 〈左注 右丹比大夫悽愴亡妻歌〉(15, 3625~3626)가 있다.

•丹比眞人屋主(타지히노 마히토 야누시)

丹比眞人屋主는 傳未詳인데 丹比麿에서 보았듯이 丹比氏가 백제계일 것이라면 丹比眞人屋主도 백제계로 추정할 수 있겠다

작품에,

〈丹比屋主眞人歌一首〉(6, 1031)

 左注 右案此歌者不有此行之作乎 所以然言勅大夫從河口行宮還京
    勿令從駕焉 何有詠思泥埼作歌哉

〈大藏少輔丹比屋主眞人歌一首〉(8, 1442)가 있다.

•丹比眞人國人(타지히노 마히토 쿠니히토)

丹比眞人國人은『續日本紀』天平八年 正月條에 正六位上多治比眞人國人에게 從五位下를 내렸고 十年閏七月에 爲民部少輔라95) 하였다. 丹比麿에서 보았듯이 丹比氏가 백제계일 것이라면 丹比眞人國人도 백제계로 추정할 수 있겠다.

작품에,

---

95) 澤瀉久孝,『萬葉集注釋』卷第三, p.408.

〈登筑波岳丹比眞人國人作歌一首 幷短歌〉(3, 382~383)

〈故鄕豐浦寺之尼私房宴歌三首〉(8, 1557~1559) 중 〈左注 右一首丹比眞人國人〉(8, 1557)

〈天平勝寶七歲乙未二月相替遣筑紫諸國防人等歌〉(20, 4321~4330)

　左注 右一首足下郡上丁丹比部國人(20, 4329의 左注)

〈同月十一日 左大臣橘卿宴右大辨丹比國人眞人之宅歌三首〉(20, 4446~4448) 중 〈左注 右一首丹比國人眞人壽左大臣歌〉(20, 4446左注)가 있다.

• **丹比眞人乙麿**(타지히노 마히토 오토마로)

丹比麿에서 보았듯이 丹比氏가 백제계일 것이라면 丹比眞人乙麻呂도 백제계로 추정할 수 있겠다.

작품에 〈丹比眞人乙麻呂歌一首 屋主眞人之第二子也〉(8, 1443)가 있다.

• **丹氏麿**(탄시노 마로)

丹比氏와 관련이 있는지도 모른다. 만약 그렇다면 백제계가 될 것이다.

• **丹波大女娘子**(타니하노 오호메오토메)

稻岡耕二는 '丹波는 출신지인가. 大女는 이름인가?『新撰姓氏錄』에 '丹波史 後漢靈帝八世之孫 孝日王之後也'라고 하였듯이 도래계의 인물인가?'[96] 라고 하였고 星野五彦은 漢의 귀화인[97]으로 보았다. 그런데『新撰姓氏錄』은 중국 취향으로 바뀌어 가던 시기에 편찬된 것인 만큼 그 내용이 상

---

96) 稻岡耕二,『萬葉集事典』, p.208.
97) 星野五彦, 앞의 논문, p.30.

당히 중국 위주로 위조되고 있는 점을 감안할 때 이 丹波는 뒤에서 살필 秦과 마찬가지로 중국이 아니라 원래는 韓이었다고 보아진다. 丹波大女娘子도 丹比氏와 마찬가지로 백제계로 보아야 하지 않을까 한다.

작품에 〈丹波大女娘子歌三首〉(4, 711~713)가 있다.

• **大石蓑麿**(오호이시노 미노마로)

『新撰姓氏錄』左京諸蕃下에 '大石 高丘宿禰同祖 廣陵高穆之後也'[98]라고 하였는데 大石氏와 同祖인 高丘宿禰에 대해서는 앞에서도 보았듯이 '高丘宿禰 出自百濟國公族 大夫高侯之後 廣陵高穆也(河內國諸蕃)'라 하여 그 出自가 百濟國公族이라고 하였다. 또 右京諸蕃下에서는 '大石椅立 出自百濟國人 庭姓蚊介也 (中略) 大石林 林連同祖 百濟國人 木貴之後也'[99]라고 하였다.

星野五彦은 백제 아니면 漢으로부터의 귀화인[100]으로 보았고, 高橋庄次는 백제계임이 틀림없다고 하였다. 『新撰姓氏錄』의 기록으로 보아 백제계임이 분명하다.

작품에 〈天平八年丙子夏六月遣使新羅國之時使人等各悲別贈答及海路之上慟旅陳思作歌幷當所誦詠古歌 一百四十五首〉(15, 3578~3722) 중 〈左注 右一首大石麻呂〉(15, 3617)가 있다.

• **大倭**(야마토)

澤瀉久孝, 中西 進은 增訂本全註釋이 '文雅에 百濟의 公倭麻呂의 이름을 들고 있는데 그 사람인지 누군지 不明'이라고 한 것을 인용하고[101] 있는

---

98) 佐伯有淸, 『新撰姓氏錄の硏究』, p.286.

99) 佐伯有淸, 『新撰姓氏錄の硏究』, p.304.

100) 星野五彦, 앞의 논문, p.30.

101) 澤瀉久孝, 『萬葉集注釋』 卷第九, p.99. 中西 進, 『萬葉集事典』, p.280.

데 이들 모두 大倭를 백제계로 보고 있으므로 이를 따르고자 한다.

　작품에 〈式部大倭芳野作歌一首〉(9, 1736)가 있다.

　• 大原眞人高安(오오하라노 마히토 타카야스)

　大原眞人高安은 長皇子의 孫, 川內王의 子(紹軍錄)인데 稻岡耕二는 '黛弘道는 (論集上代文學 8, 笠間書院) 敏達天皇의 손자인 百濟王의 四世孫이라고 한다'102)고 하였다. 敏達天皇의 손자가 百濟王이라고 하였는데 이 이름은 우연한 것이 아니라 모계가 백제와 관련이 있지나 않을까 생각된다. 또 星野五彦은 大原眞人今城을 귀화인103)으로 보았으므로 大原眞人高安도 마찬가지로 일본에 건너간 백제와 관련된 族姓이 아닐까 한다.

　작품에,

〈高安王裏鮒贈娘子歌一首高安王者後賜姓大原眞人氏〉(4, 625)

〈八月七日夜集于守大伴宿祢家持館宴歌〉(17, 3943~3955) 중 〈古歌一首 大原高安眞人作 年月不審 但隨聞時記載玆焉〉(17, 3951)이 있다.

　• 大原眞人今城(오오하라노 마히토 이마키)

　大原眞人今城도 星野五彦은 귀화인104)으로 보았다. 大原眞人高安과 마찬가지로 백제계일 것이다.

　작품에,

〈大原眞人今城傷惜寧樂故鄕歌一首〉(8, 1604)

〈五月九日　兵部少輔大伴宿祢家持之宅集飮歌四首〉(20, 4442~4445) 중 〈左注 右一首大原眞人今城〉(20, 4442의 左注), 〈左注　右一首

---

102) 稻岡耕二, 『萬葉集事典』, p.203에서 재인용.
103) 星野五彦, 앞의 논문, p.30.
104) 星野五彦, 위의 논문, p.30.

大原眞人今城〉(20, 4444의 左注)

〈天平勝寶八歲丙申二月朔乙酉卄四日戊申　太上天皇大后幸行於河內
離宮　經信以壬子傳幸於難波宮也　三月七日於河內國伎人鄕馬國人之
家宴歌三首〉(20, 4457~4459) 중〈左注 右一首式部少丞大伴宿祢池
主讀之卽云　兵部大丞大原眞人今城先日他所讀歌者也〉(20,　4459의
左注)

〈卄三日集於式部少丞大伴宿祢池主之宅飮宴歌二首〉(20, 4475~4476)
　　左注 右二首兵部大丞大原眞人今城

〈二月於式部大輔中臣淸麻呂朝臣之宅宴歌十五首〉(20, 4496~4505)
중〈左注 右一首治部少輔大原今城眞人〉(20, 4496의 左注),〈左注 右
一首治部少輔大原今城眞人〉(20, 4505의 左注)

〈依興各思高圓離宮處作歌五首〉(20, 4506~4510) 중〈左注 右一首
治部少輔大原今城眞人〉(20, 4507의 左注)이 있다.

그리고 大原眞人今城의 이름은〈智努女王卒後圓方女王悲傷作歌一首〉
(20, 4477)에서부터 4480번가까지의 전체 左注에 '右件四首傳讀兵部大
丞大原今城'이라고 한 기록에 보인다. 이것은 山田史土麻呂의 경우도 마찬
가지이지만 한인계 작가가 구비전승에 지대한 영향력을 행사하고 있은 예라
고 볼 수 있지 않을까 한다.

• **大原眞人櫻井**(오오하라노 마히토 사쿠라이)

大原眞人櫻井도 같은 大原眞人의 姓이므로 백제계로 볼 수 있지 않을까
한다.

작품에〈大原櫻井眞人行佐保川邊之時作歌一首〉(20, 4478)가 있다.

• **大藏忌寸麿**(오오쿠라노 이미키 마로)

52   일본 고대 한인작가 연구

大藏忌寸麻呂는『續日本紀』天平九年 正月辛丑(廿七日)條에 '遣新羅使者大判官從六位上壬生使主宇太麻呂 小判官正七位上大藏忌寸麻呂等入京'이라고 하였다. 天平勝寶六年 正月에 外從五位下, 天平寶字七年 正月壬子(九日)에 '從五位下大藏忌寸麻呂爲玄蕃頭'라고 하였고, 寶龜三年 正月正五位下105)가 되었다. 성은 意美吉, 이름은 万里, 万呂라고도106) 하는데 忌寸임을 보아 도왜계임을 알 수 있다.

大藏忌寸麻呂를 上田正昭는 도래계의 歌人107)이라고만 하였고, 星野五彦은 신라계로 추정108)하였다. 山本信三은 大藏은 阿知使臣의 族姓이며, 大藏忌寸麻呂는 韓族 또는 準韓族109)이라고 하였다. 일단 신라계로 본 것을 따르고자 한다.

작품에는 〈天平八年丙子夏六月遣使新羅國之時使人等各悲別贈答及海路之上慟旅陳思作歌幷當所誦詠古歌 一百四十五首〉(15, 3578～3722) 중 〈竹敷浦舶泊之時各陳心緒作歌十八首〉(15, 3700～3717) 가운데 〈左注 右一首小判官〉(15, 3703)이 있다.

• 藤井連(후지이노 므라지)

澤瀉久孝는 藤井連廣成이라고110) 보았다. 連 姓이므로 도왜인이다.

작품에는 〈藤井連遷任上京時娘子贈歌一首〉(9, 1778)에 대한 和歌로 〈藤井連和歌一首〉(9, 1779)가 있다.

• 笠朝臣金村(카사노 아소미 카나므라)

---

105) 澤瀉久孝,『萬葉集注釋』卷第十五, p.12.
106) 稻岡耕二,『萬葉集事典』, p.166.
107) 上田正昭, 앞의 논문, p.32.
108) 星野五彦, 앞의 논문, p.30.
109) 山本信三, 앞의 논문, p.75.
110) 澤瀉久孝,『萬葉集注釋』卷第九, p.196.

　　中西 進이 '그리고 이들은 上揭 村山氏의 논문에 언급되어 있는 것과도 일부 공통되지만 그 외에 氏는 笠臣, 坂本臣, 羽栗臣들을 들고 있고, 시대를 널리 보면, 도래자에 臣姓이 부여된 경우는 적지 않다'111)고 한 것을 보면 이 笠氏는 도왜인일 것인데 中西 進이 주로 백제를 중심한 한인을 다루고 있음을 보면 이들도 백제계로 본 듯하다.

　　작품에,

〈笠朝臣金村鹽津山作歌二首〉(3, 364~365)

〈角鹿乘船時笠朝臣金村作歌一首　幷短歌〉(3, 366~367)

〈神龜元年甲子冬十月幸紀伊國之時爲贈從駕入所　娘子作歌一首　幷短歌　笠朝臣金村〉(4, 543~545)

〈二年乙丑春三月幸三香原離宮之時得娘子作歌一首　幷短歌〉(4, 546~548)

〈養老七年癸亥夏五月幸于芳野離宮時笠朝臣金村作歌一首　幷短歌〉(6, 907~909)

〈或本歌曰〉(6, 910~912)

〈神龜二年乙丑夏五月幸于芳野離宮時笠朝臣金村作歌一首　幷短歌〉(6, 920~922)

〈冬十月幸于難波宮時笠朝臣金村作歌一首　幷短歌〉(6, 928~930)

〈三年丙寅秋九月十五日幸於播磨國印南野時笠朝臣金村作歌一首　幷短歌〉(6, 935~937)

〈天平五年癸酉春閏三月笠朝臣金村贈入唐使歌一首　幷短歌〉(8, 1453~1455)

〈笠朝臣金村伊香山作歌二首　幷短歌〉(8, 1532~1533)가 있다.

---

111) 中西 進,「憶良 渡來人論 補遺」, p.111.

• 馬史國人(우마노후히토 쿠니히토)

上田正昭는 도래계의 歌人112)이라고만 하였고, 星野五彦은 漢의 귀화인113)이라고 하였고, 山本信三은 神護元年 外從五位下 馬毗登國人에 姓을 武生連이라고 내렸으며, 王仁의 族姓으로 河內國 伎人鄕의 사람이며 散位寮散位이고 毗登은 史인데 韓族 또는 準韓族114)이라고 하였다. 또 直木孝次郞은,

> 또 하나 傳承上에서는 직접 王仁氏에서 나왔다고는 되어 있지 않지만, 王辰爾의 자손, 혹은 辰孫王의 자손이라고 전해지고 있는 씨족이 있으며, 그 계통에 船氏와 津氏와 白猪氏가 있습니다. 白猪는 후에 養老4년(720)에 連姓을 받아 葛井으로 됩니다. 이 船, 津, 葛井은 앞에서 말씀드린 西文, 武生, 藏 등과 함께 어느쪽이나 다 古市郡, 丹比郡, 志紀郡 부근에 살고 있었다고 생각됩니다. 西文, 武生, 藏의 三氏族이 정말 王仁의 자손인가 어떤가 하는 문제가 있습니다만 일단 이것은 王仁에서 나왔다고 하는 傳承을 지니고 있습니다. 그리고 王仁의 직접 자손은 아니지만 傳承上 무언가 관계를 지니고 있다고 생각되는 王辰爾, 이것은 『日本書紀』의 欽明紀에 나옵니다만, 그 王辰爾의 자손이라고 하는 것이, 말씀드린 船氏, 그 동족인 葛井, 津의 三氏族. 이러한 二組의 氏族이 王仁系 氏族이라고 할 경우, 중심적으로 생각되는 것은 아닐까고 생각하는 것입니다. 그리고 武生氏라고 하는 것은 원래 馬史, 혹은 馬首로 일컬어지고 있었던 듯하며, 馬氏라고 하는 것은 역시 王仁 계통에 들어 갑니다. 그러한 氏族이 중심이 된 것처럼 생각됩니다.115)

고 하였다.

王仁의 族姓 중의 하나인 武生氏가 원래 馬史, 혹은 馬首로 일컬어지고

---

112) 上田正昭, 앞의 논문, p.32.
113) 星野五彦, 앞의 논문, p.30.
114) 山本信三, 앞의 논문, p.74.
115) 座談會 司馬遼太郞 上田正昭 金達壽編, 앞의 책, pp.46~47.

있었던 것이라고 하였으므로 馬史國人은 백제계임이 분명하다.

작품에 〈天平勝寶八歲丙申二月朔乙酉卄四日戊申 太上天皇大后幸行 於河內離宮 經信以壬子傳幸於難波宮也 三月七日於河內國伎人鄉馬國人 之家宴歌三首〉(20, 4457~4459) 중 〈左注 右一首主人散位寮散位馬史 國人〉(20, 4458의 左注)이 있다.

• **麻田連陽春**(아사다노 므라지 야스)

麻田連陽春은『續日本紀』神龜元年(724) 五月辛未(十三日)條에 正 八位上 答本陽春에게 姓 麻田連을 내렸다고[116) 하였고 天平2, 3년(730, 731)경 大宰大典, 天平11년(739) 정월 外從五下(續紀)이었다. 이로 보 면 원래는 答本陽春이었음을 알 수 있다.『懷風藻』에 '外從五位下石見守 麻田陽春'이라 하였고 年五十六이라고 하였다.『新撰姓氏錄』右京諸蕃에 는 '百濟王朝鮮王准之後也'[117)라고 하였다.

歸化人 答本氏의 출신으로 처음에 答本 陽春이라 칭했으나 神龜원년(7 24) 5월에 麻田連의 성을 내렸고 天平2년(730) 겨울 大宰府에서 大宰大 典, 同3년 3월에 從六位上에 올랐으며 同11년 정월에 外從五位下였으나 石見守의 任官 年月은 알 수 없고 卷五의 유력한 撰者의 한사람으로 보는 설이 있는데 56歲에 沒하였다.[118)

中西 進은 答本은 백제계 도왜인이며 答本陽春을 答本春子의 아들인 가[119)라고 하였다. 稻岡耕二도 도래인[120)이라 하였다. 星野五彥도 백제 계[121)로 보고 上田正昭는,

---

116) 國史大系『續日本紀』前篇, p,101.
117) 佐伯有淸,『新撰姓氏錄の硏究』, p.301.
118) 小島憲之 校注,『懷風藻』, p.505.
119) 中西 進,『萬葉集事典』, p.193.
120) 稻岡耕二,『萬葉集事典』, p.153.

淺田連陽春으로도 쓰고, 원래 答本陽春이라 이름한 백제계의 도래인이었
다. 近江朝廷의 관료로서 활약한 答㶱春初(塔本春初라고도 쓴다)와 橘奈良
麻呂의 變에 連座한 答本忠節들과 同系의 인물로 陽春은 神龜원년(724) 5
월 麻田連을 칭하게 되었다. 大宰大典이 되고 天平2년 大伴旅人이 大宰帥
에서 大納言으로 榮轉하여 平城京에 돌아갈 때는 餞歌 2수를 부르고 있
다.122)

고 하여 백제계의 도래인123)이라고 하였다. 백제계이다. 大伴旅人뿐만 아
니라 山上憶良과도 친교가 있다. 권제4의 569번가를 설명하면서 中西 進
은,

　　위에서 말한 「韓人の衣染むとふ」라는 노래의 작자는 麻田陽春(야스)이
다. 위에서도 말한 것처럼, 그는 백촌강 무렵의 도래자, 答本春初의 子이다.
陽春이 위의 노래를 지은 것은 730(天平2)년, 父의 도래로부터는 67년이 경
과하고 있고, 이미 麻田일가는 일본풍의 氏를 받고 있는데 春初에 대하여 陽
春이라는 好字의 계승 속에 역시 韓土의 분위기를 느낄 수 있다. 대체로 그들
중에는 好字 의식이 강하여 거의 무관심-이라기 보다는 말 그 자체에 관심을
가진 일본인과는 좋은 대조를 이루고 있다. 예를 들면 다음과 같다.
　　吉大尙-吉田宜 老 四比福夫-椎野長年 余自信-明軍 角福牟-廣弁 憶禮
福留·憶仁-山上憶良 薩弘恪-妙觀 張福子·上福 萬葉 歌人만을 예로 든
것은 아니지만 이러한 이름의 계승 속에 父祖의 피는 여전히 지속되었다고 할
수 있고 위 陽春의 노래의 근저도 또 그러한 곳에 있다고 해야만 할 것이다.
마치 남의 일처럼 「韓人の衣染むとふ」라고 하고 있지만 「とふ」라는 傳聞의
표현에는 이것과 관련된 來歷에의 생각이 숨겨져 있을 것이다. (中略) 8세기
이후의 도래자들은 별도로 하고 만엽집 개막과 맞닥뜨린 도래자들의 후예는
이 陽春과 같은 양상이 일반적이다. 이미 표현자로서 고대 조선의 색채를 현

---

121) 星野五彦, 앞의 논문, p.29.
122) 上田正昭, 앞의 논문, p.30.
123) 上田正昭, 앞의 논문, p.30. 大久間喜一郎 外 2人編, 『萬葉集歌人事典』, p.6.

> 저하게 내보이는 것은 드물지만, 2세의 마음에 깊이 잠재해 있는 고대 조선의
> 냄새를 지워버린다는 것도 잘못일 것이다.124)

고 하였다. 그리고 570번가는 시경의 鹿鳴과 관련된 것인데『詩經』은 春初
로부터 전해져서 陽春이 소지하고 있었던 것으로 보고 이 정도의 것은 口頭
에 의한 지식으로 어릴 때부터 부여되어 있었던 것이며 그리고 같은 사정에
있었던 지식이, 보라색의 염색법이었다고 하였다. 즉 569번가에서 紫色을
노래하고 있는 것과 관련하여 萬葉 초기에는 白色을 즐겨했으나 이것이 天
平기가 되면 紫色 계통의 꽃을 좋아하게 되었는데 보라색 염료로서의 紫草
는 야생이 없고 재배를 하였으며 이 기술은 한국으로부터의 도래자들에 의
해 전해졌다고125) 보았다, 그리고

> 유감스럽지만 陽春의 연령이 확실하지 않은 이상 陽春에게 韓土의 경험이
> 있었는지 어떤지 확실하지 않다. 백제 멸망으로부터 계산하면 天平2년은 67
> 년 후이고, 陽春을 이 이상의 연령으로 하면 韓土에서 출생한 것이 되지만 아
> 마 훨씬 연하일 것이다. 일본에서 일본인 아내와의 사이에 태어난 것이 아닐
> 까 한다. 그렇다면 陽春에게 보라색 염색법은 역시 「染むとふ」라고 하는 것
> 이 될 수밖에 없다.
> 그러나 이 傳聞이라는 것은 단순히 들어서 안 것은 아니다. 어릴 때부터
> 몇 번이고 들은 父의 고국의 여러 종류의 이야기, 그 중의, 한국에서는 보
> 라를 이렇게 採取하여 옷을 물들인다고 하는 이야기, 사람들은 도토리 염
> 색한 옷 따위는 입지 않으며, 수도 부여의 큰 거리에는 갖가지 색상의 옷이
> 바람에 팔락이며 그것은 아름다웠으며, 보라를 물들인, 사람들의 고귀한 옷
> 이 그 중에서도 더욱 돋보였다고 하는 이야기 (中略) 陽春이 「韓人の衣染む
> とふ紫」라고 입에 올렸을 때, 亡父의 표정을 떠올리는 일이 없이 말했다고는

---

124) 中西 進,『万葉の時代と風土』, pp.113~114.
125) 中西 進,『万葉の時代と風土』, pp.124~126.

> 생각되지 않는다. 그것이 父祖의 땅의 관습이라는 의식이 없었다고 어떻게 말
> 할 수 있을 것인가. 陽春의 한 수는 정말 아무렇지도 않은 듯하지만 이처럼
> 표면으로부터 모습을 지우면서「白村江」이후의 역사는 노래 속에 깊이 새겨
> 져 있었다.126)

고 하여 작품에 사용된 표현 분석을 통하여 淺田連陽春이 백제계임을 논하
였다.

작품에 〈大宰帥大伴卿被任大納言臨入京之時府官人等餞卿筑前國
蘆城驛歌四首〉(4, 568~571) 중 569, 570번가 뒤에 '右二首大典麻田連
陽春'이라는 左注가 있으므로 569, 570번가는 麻田連陽春의 작품이다. 그
리고 〈大伴君熊凝歌二首 大典麻田陽春作〉(5, 884~885)이 있다.

• **巫部麻蘇娘子**(카므나기베노 마소노 오토메)

『新撰姓氏錄』和泉國神別에서는 巫部連・宇遲部連・阿刀連・韓國
連이 모두 같다고 하고 韓國連에서는 이 姓이 한국과 관계가 있는 것에서
비롯된 것임을127) 설명하고 있다. 그리고 攝津國神別에서는 '巫部宿禰 石
上朝臣同祖'128)라 하였는데 石上이 백제계임을 생각하면 巫部麻蘇娘子는
백제계라고 보아도 좋지 않을까 한다.

작품에,

〈巫部麻蘇娘子歌二首〉(4, 703, 704)

〈巫部麻蘇娘子鴈歌一首〉(8, 1562)

〈巫部麻蘇娘子歌一首〉(8, 1621)가 있다.

• **文忌寸馬養**(후미노 이미키 우마카히)

---

126) 中西 進,『万葉の時代と風土』, pp.126~127.
127) 佐伯有淸,『新撰姓氏錄の研究』, pp.270~271.
128) 佐伯有淸,『新撰姓氏錄の研究』, p.253.

文氏는 『新撰姓氏錄』 左京諸蕃上에 '文宿禰 出自漢高皇帝之後鸞王也 文忌寸 文宿禰同祖 宇爾古首之後也'[129]라고 하였다. 그 文忌寸이 『續日本紀』 延曆十年 四月戊戌(八日)條에 姓宿禰를 내리는 이유를 '鸞之後王 狗轉至百濟 百濟久素王時 聖朝遣使徵召文人 久素王卽以狗孫王仁貢 焉'[130]이라 하였다. 그 王仁이 文忌寸의 조상이라고 하였다.

文忌寸馬養은 『續日本紀』 靈龜二年條에(716) '夏四月癸丑(八日)詔 壬申功臣 (中略) 贈正四位上文忌寸禰麻呂息 正七位下馬養 (中略) 等一 十人 賜田各有差'라 하였다. 壬申亂의 功臣 文忌寸禰麻呂(書首根麻呂) 의 아들이다. 天平九年(737) 九月己亥(卄八日)에 正六位上에서 外從五 位下, 十二月丙寅(卄七日)에 外從五位上, 十年 閏七月癸卯(七日)에 主 稅頭, 十七年 九月戊午(五日)筑後守, 天平寶字元年(757) 六月壬辰(十 六日) 鑄錢長官, 二年 八月庚子朔 外從五位上에서 從五位下를 받았 다.[131] 上田正昭는 도래계의 歌人[132]이라고만 하였고 星野五彥은 漢의 귀화인[133]이라고 하였으며, 山本信三은 王仁의 후예이며 壬申의 功臣 彌 麻呂의 子로 天平10년 主稅頭, 寶字원년 鑄錢長官이었던 자로 韓族 또는 準韓族[134]이라고 하였다. 直木孝次郞은,

王仁系 氏族에 대해서는 『新撰姓氏錄』 그 외로 보아, 文氏는 東 漢氏에 대응하여 西文氏라고 말해지고 있습니다만 그 동족으로서 『姓氏錄』에는 栗 栖首, 武生宿禰, 櫻野首, 高志連이라고 하는 氏族이 나와 있습니다. 그 외 藏首도 『古語拾遺』 등으로 미루어 생각하면 西文氏의 一族으로 생각됩니다.

---

129) 佐伯有淸, 『新撰姓氏錄の硏究』, p.280.
130) 國史大系 『續日本紀』 後篇, p,553.
131) 稻岡耕二, 『萬葉集事典』, p.224.
132) 上田正昭, 앞의 논문, p.32.
133) 星野五彥, 앞의 논문, p.30.
134) 山本信三, 앞의 논문, p.75.

그 중에 歷史上 가장 활약하는 것은 西文氏와 武生氏와 藏氏로 이것은 어느 것이나 古市郡에 거주했다고 하는 기록이 남아 있습니다.[135)]

고 하였다. 『新撰姓氏錄』에서 그 出自를 漢高皇帝之後鸞王이라고 하였지만 『新撰姓氏錄』이 의도적으로 도왜인들을 중국계로 조작하고 있음이 많고, 백제계라고 한 기록도 있음을 아울러 생각하면 文忌寸馬養은 백제계로 보아야 할 것이다.

작품에, 天平10년 가을 8월 20일에 지어진 〈右大臣橘家宴歌七首〉(8, 1574~1580) 중 〈左注 右二首文忌寸馬養〉(8, 1579~1580)이 있다.

• 門部連石足(카도베노 므라지 이하타리)

門部連은 『新撰姓氏錄』 大和國神別의 天神條에 '門部連 车須比命兒安牟須比命之後也'[136)]라고 하였다. 澤瀉久孝는 '石足은 傳未詳[137)]이라고 하였는데 권제4의 568 左注의 '筑前掾門氏石足은 筑前掾門部連石足이라고 한 사람이라'고[138)] 하였다. 連을 사용하였으므로 도왜계임을 알 수 있다.

작품에는,

〈大宰帥大伴卿被任大納言臨入京之時府官人等食餞卿筑前國蘆城驛歌四首〉
(4, 568~571) 중 〈左注 右一首筑前掾門部連石足也〉(4, 568), 그리고
〈梅花歌卅二首 并序〉(5, 815~846) 중 845번가가 있다.

• 門部王(카도베노 오오키미)

門部王은 『續日本紀』 和銅三年正月에 無位에서 從五位上, 三年七月

---

135) 座談會 司馬遼太郎 上田正昭 金達壽編, 앞의 책, p.46.
136) 佐伯有淸, 『新撰姓氏錄の硏究』, p.246.
137) 澤瀉久孝, 『萬葉集注釋』 卷第四, p.242.
138) 澤瀉久孝, 『萬葉集注釋』 卷第五, p.145.

令伊勢國守從五位上門部王管伊賀志麻二國, 五年正月 正五位下, 神龜元年二月 正五位上, 五年五月 從四位下, 天平九年十二月 右京大夫, 十四年四月 授從四位下大原眞人門部從四位上, 十七年 四月庚戌(廾三日)大藏卿四位上大原眞人門部卒이라139) 하였다.

『萬葉集』 권제3의 310번가 題詞에서 〈門部王詠東市之樹作歌一首 後賜姓大原眞人氏也〉라 하였는데 『新撰姓氏錄』 左京皇別에서 ‘大原眞人出自諡敏達孫百濟王也 續日本紀合’140)이라고 하였다. 大原眞人高安에서 살폈듯이 門部王이 大原眞人氏를 받았다는 것은 그가 백제계임을 말하는 것이 아닐까 한다.

그렇다면 門部連石足의 門部連은 『新撰姓氏錄』 大和國神別에 ‘門部連 牟須比命兒安牟須比命之後也’141)라고 하였으며 連을 사용하였으므로 도왜인임을 알 수 있는데, 門部王과 관련지어 생각해 본다면 백제계가 아닐까 한다.

작품에,

〈門部王詠東市之樹作歌一首 後賜姓大原眞人氏也〉(3, 310)

〈九年丁丑春正月橘少卿幷諸大夫等集彈正尹門部王家宴歌二首〉(6, 1013~1014) 중의 〈左注 右一首主人門部王 後賜姓大原眞人氏也〉(6, 1013)

〈門部王在難波見漁夫燭光作歌一首 後賜姓大原眞人氏也〉(3, 326)

〈出雲守門部王思京歌一首〉(3, 371)

〈門部王戀歌一首〉(4, 536)가 있다.

• **文室智努麻呂眞人**(후무야노 치누노 마히토)

---

139) 澤瀉久孝, 『萬葉集注釋』 卷第三, p.210.
140) 佐伯有淸, 『新撰姓氏錄の硏究』, p.151.
141) 佐伯有淸, 『新撰姓氏錄の硏究』, p.246.

文忌寸馬養이 백제 王仁系인 것처럼 이 文室智努麻呂眞人도 같은 文氏
이므로 백제계가 아닐까 한다.

작품에 〈廿五日新嘗會肆宴應 詔歌六首〉(19, 4273~4278) 중 〈左注
右一首從三位文室智努麻呂眞人〉(19, 4275)이 있다.

• 物部古麿(모노노베노 코마로)

『萬葉集』권제20에는 天平勝寶七歲乙未二月에 筑紫에 파견된 諸國의
防人들의 노래가 실려 있는데 이 物部氏들은 바로 그 防人들 중의 일부이
다. 그런데 中西 進은,

그렇게 생각하고 보면 이 시대, 欽明朝에서 齊明朝에 걸쳐 兩土에 관련된
인물은 결코 적지 않다. 欽明2년 7월 이후의 書紀에 散見되는 紀臣弥麻沙는
奈率로 百濟朝에 종사한 사람이지만 書紀의 注에 의하면 紀臣某가 韓婦를
취하여 낳은 아들이라고 한다. 더구나 여기에 「다른 사람들도 모두 이를 본받
았다」고 하는 것이 주목되며, 이러한 사람들이 많이 있었던 것이라 생각된다.
弥麻沙는 4년 4월에 돌아오지만 同年 9월에 온 百濟使의 한 사람인, 物部麻
奇牟는 15년 12월의 記事에 의하면 東方의 領物로서 군사를 지휘하는 임무
를 맡았으나 여기에서는 連이라는 姓을 가지고 있어, 같은 사정을 가진 사람
이 아니었을까? 5년 2월에 보이는 百濟使의 한 사람, 物部用奇多(6년 5월
紀에도 보인다), 꽟 3월에 보이는 物部奇非, 15년 2월의 物部烏도 동족일
것이다. 15년 12월紀에는 백제 救援軍의 한 사람에 物部莫奇委沙奇라는 이
름이 보이며 筑紫인이라고 하므로 일본에 있어서의 그들의 거주지는 筑紫이
었던 것이라 생각된다. 그리고 神龜 원년 5월의 渡來氏族 賜姓 속에 物部用
善이 物部射園連을 받고 있는 것은 그들의 후손임이 틀림없다.142)

고 하였다.

---

142) 中西 進, 「憶良 渡來人論 補遺」, p.108.

百濟使의 한 사람인 物部麻奇牟・物部用奇多, 백제 구원군의 한 사람인 物部莫奇委沙奇는『日本書紀』의 기록만을 가지고 보면 일본인인 것처럼 되어 있지만, 당시 도왜인들 중에는 僞倭의 경우가 있고, 이 物部가 連 姓을 가지고 있으므로 도왜계임을 알 수 있다. 그런데 백제 구원군으로 참여한 경우들을 보면 백제계라고 할 수 있을 것이다.

物部古麿는 傳未詳인데 작품에 〈天平勝寶七歲乙未二月相替遣筑紫諸國防人等歌〉(20, 4321~4330) 중 〈左注 右一首長下郡物部古麻呂〉(20, 4327)가 있다.

• **物部廣足**(모노노베노 히로타리)

物部廣足은 傳未詳이다. 物部古麿와 마찬가지로 백제계라고 보고 싶다.

작품에 〈左注 二月卅九日 武藏國部領防人使掾正六位上安曇宿祢三國進歌數二十首 但拙劣歌者不取載之〉(20, 4413~4424의 左注) 중〈左注 右一首荏原郡上丁物部廣足〉(20, 4418)이 있다.

• **物部刀自賣**(모노노베노 토지메)

物部刀自賣는 傳未詳이다. 物部古麿와 마찬가지로 백제계라고 보고 싶다.

작품에 〈左注 二月卅九日 武藏國部領防人使掾正六位上安曇宿祢三國進歌數二十首 但拙劣歌者不取載之〉(20, 4413~4424의 左注) 중〈左注 右一首妻物部刀自賣〉(20, 4424)가 있다.

• **物部道足**(모노노베노 미치타리)

物部道足은 傳未詳이다. 物部古麿와 마찬가지로 백제계라고 보고 싶다.

작품에 〈左注 二月十四日 常陸國部領防人使大目正七位上息長眞人國

嶋進歌數卅七首 但拙劣歌者不取載之〉(20, 4363~4372) 중 〈左注 右二
首信太郡物部道足〉(20, 4365~4366)이 있다.

● **物部龍**(모노노베노 타츠)

物部龍은 傳未詳이다. 物部古麿와 마찬가지로 백제계라고 보고 싶다.

작품에 〈左注 二月九日 上總國防人部領使少目從七位下茨田連沙弥麻
呂進歌數十九首 但拙劣歌者不取載之〉(20, 4347~4359)중 〈左注 右一
首種淮郡上丁物部龍〉(20, 4358)이 있다.

● **物部歳德**(모노노베노 토시토코)

物部歳德은 傳未詳이다. 物部古麿와 마찬가지로 백제계라고 보고자 한다.

작품에 〈左注 二月卅九日 武藏國部領防人使掾正六位上安曇宿祢三國
進歌數二十首 但拙劣歌者不取載之〉(20, 4413~4424의 左注) 중 〈左注
右一首主帳荏原郡物部歳德〉(20, 4415)이 있다.

● **物部眞根**(모노노베노 마네)

物部眞根은 傳未詳이다. 物部古麿와 마찬가지로 백제계라고 보고자 한다.

작품에 〈左注 二月卅九日 武藏國部領防人使掾正六位上安曇宿祢三國
進歌數二十首 但拙劣歌者不取載之〉(20, 4413~4424의 左注) 중 〈左注
右一首橘樹郡上丁物部眞根〉(20, 4419)이 있다.

● **物部眞島**(모노노베노 마시마)

物部眞島는 傳未詳이다. 物部古麿와 마찬가지로 백제계라고 보고자 한다.

작품에 〈左注 二月十四日 下野國防人部領使正六位上田口朝臣大戸進
歌數十八首 但拙劣歌者不取載之〉(20, 4373~4383) 중 〈左注 右一首火

長物部眞島〉(20, 4375)가 있다.

• **物部秋持**(모노노베노 아키모치)

物部秋持는 傳未詳이다. 物部古麿와 마찬가지로 백제계라고 보고자 한다.

작품에 〈天平勝寶七歲乙未二月相替遣筑紫諸國防人等歌〉(20, 4321~4330) 중 〈左注 右一首國造丁長下郡物部秋持〉(20, 4321)가 있다.

• **物部乎刀良**(모노노베노 오토라)

物部乎刀良은 傳未詳이다. 物部古麿와 마찬가지로 백제계라고 보고자 한다.

작품에 〈左注 二月九日 上總國防人部領使少目從七位下茨田連沙弥麻呂進歌數十九首 但拙劣歌者不取載之〉(20, 4347~4359의 左注) 중 〈左注 右一首山邊郡上丁物部乎刀良〉(20, 4356)이 있다.

• **尾張連某**(오하리노 므라지 소레가씨)

『新撰姓氏錄』山城國神別에 '尾張連 火明命子天香山命之後也'[143]라고 하였다. 連 姓을 사용하고 있으므로 도왜인임을 알 수 있다. 星野五彦도 귀화인[144]으로 보았는데, 그 출자는 알 수 없다.

松前 健은 尾張連의 동족으로 大海部直・凡海連・但馬海直・五百木部連・建守連 등을 들고 있다.[145]

작품에 〈尾張連歌二首 名闕〉(8, 1421~1422)이 있다.

---

143) 佐伯有淸, 『新撰姓氏錄の硏究』, p.242.
144) 星野五彦, 앞의 논문, p.30.
145) 松前 健, 「尾張氏の系譜と天照御魂神」, 『古代傳承と宮庭祭祀』(塙書房, 1980), pp.271~294.

• **尾張少咋**(오하리노 오쿠히)

〈敎諭史生尾張少咋歌一首 幷短歌〉(18, 4106)에 그의 이름이 보인다.

尾張連某가 도왜인이라면 尾張少咋도 같은 尾張氏이므로 도왜인으로 볼 수 있다. 星野五彦도 귀화인[146] 이라고 하였으나 역시 출자를 알 수 없다.

• **磐余伊美吉諸君**(이와레노 이미키 모로키미)

星野五彦은 귀화인이라고[147] 하였고 山本信三은 主典, 刑部少錄으로 韓族 또는 準韓族[148]이라고 보았다. 한인계로 보고자 한다.

• **拔氣大首**(누키노케타노 오비토)

이 拔氣大首에 대하여 土屋文明은,

> 혹은 拔氣를 氏로 보고, 大首를 姓으로도 볼 수 있지만 혹은 拔이 氏, 氣大가 名, 首가 姓이 아닐까. 拔은 이 외에 보이지 않으나 중국의 拓跋을 拓拔로도 쓰므로 귀화족이며, 후에 改姓해 버린 것일지도 모르겠다. 氣大는 神名, 지명에 보이므로 인명에도 사용했다고 볼 수 있다.[149]

고 하였고, 澤瀉久孝도 土屋文明의 설을 인용하는 것[150]으로 그치고 있는 것으로 보아 도왜인으로 보되 중국의 拓跋과 관련하여 중국계로 보았다. 도왜인으로 보고자 한다.

작품에 〈拔氣大首任筑紫時娶豊前國娘子紐兒作歌三首〉(9, 1767~1769)가 있다.

---

146) 星野五彦, 앞의 논문, p.30.
147) 星野五彦, 앞의 논문, p.30.
148) 山本信三, 앞의 논문, p.76.
149) 土屋文明, 『萬葉集私注』(筑摩書房, 1982) 五, p.111.
150) 澤瀉久孝, 『萬葉集注釋』卷第九, p.183.

• **史氏大原**(시시노 오오하라)

星野五彦은 漢 귀화인[151]으로 보았고, 山本信三은 大典. 田邊, 垂水, 御立의 三氏를 제외하고 다른 史氏는 모두 蕃別外來種이라고 하고는 韓族 또는 準韓族[152]이라고 하였다. 上田正昭는

> 거기에는 史 혹은 史部 등의 渡倭人에 의해 이미 모국에서 한자를 조선어의 신택스에 의해 배열하는 방법이 고려되고 있은 것을 일본어의 문자표기와 문자표현에도 적용한 프로세스가 생각된다. 일본열도의 지식층이 한자와 중국어와 조선어를 배워, 도래인이 일본어를 소화하여 吏讀風으로 표현하는, 그들의 교섭 속에, 口頭傳承의 세계에 속한 가요가 문자로 정착한 歌詞의 세계를 생성한다.[153]

고 하여 한인계로 보았다. 史氏이므로 역사편찬 등과 관련된 일에 종사한 백제계로 보아야 할 것이다.

작품에 〈梅花歌卅二首 幷序〉(5, 815~846) 중 826번가의 左注에 '大典史氏大原'이라 하여 1수가 있다.

• **舍人吉年**(토네리노 키네)

舍人은 『新撰姓氏錄』 未定雜姓 河內國에 '百濟國人利加志貴王之後也'[154]라고 되어 있다. 小島憲之는 '舍人이라고 하는 氏의 女官인가? 吉名은 이름'[155]이라고 하였고, 星野五彦은 백제 귀화인[156]이라고 하였다. 『新撰姓氏錄』의 기록을 따라 백제계로 보고자 한다.

---

151) 星野五彦, 앞의 논문, p.30.
152) 山本信三, 앞의 논문, p.76.
153) 上田正昭, 앞의 논문, p.33.
154) 佐伯有淸, 『新撰姓氏錄の研究』, p.347.
155) 大久間喜一郎 外 2人編, 『萬葉集歌人事典』, p.246.
156) 星野五彦, 앞의 논문, p.29.

작품에 〈天皇大賓之時歌二首〉(2, 151~152) 중 152번가, 〈田部忌寸櫟子任大宰時歌四首〉(4, 492~495)중 492번가가 있다.

• **舍人娘子**(토네리노 오토메)

舍人娘子에 대해 伊藤 博은,

　天武紀에 壬申亂의 공신의 한 사람으로서 舍人造糠虫이라는 인물이 보이며 10년(681) 12월에 連의 姓을 받고 다음해 정월에 小錦下의 位를 부여받았다. (中略) 그 配下에 있은 舍人部(安閑紀 二年四月條 參照) 출신인가? 額田王과 함께 天智天皇의 죽음을 애도한 여성으로 舍人吉年이 있다.(2, 152) 관계가 있을 것이다.[157]

고 하였고 星野五彦은 백제 귀화인[158]으로 보았다.

舍人氏이므로 舍人吉年과 마찬가지로 백제계로 보고자 한다.

• **山口忌寸若麿**(야마구치노 이미키 와카마로)

〈梅花歌卅二首 幷序〉(5, 815~846) 중 827번가의 左注에 '少典山氏若麻呂'라고 하였다.

稻岡耕二는 '傳未詳으로 天平初年에 大宰府의 少典이었음을 알 수 있을 뿐이며, 少典은 正八上 相當'[159]하다고 하였다. 上田正昭는 도래계의 歌人[160]으로 보았고, 星野五彦은 漢의 귀화인[161]이라고 하였으며, 山本信三은 阿知使主의 후손에 山口姓이 있는데 韓族 또는 準韓族[162]이라고 하

---

157) 伊藤 博, 『萬葉集全注』 卷第一, pp.240~241.
158) 星野五彦, 앞의 논문, p.29.
159) 稻岡耕二, 『萬葉集事典』, p.229.
160) 上田正昭, 앞의 논문, p.32.
161) 星野五彦, 앞의 논문, p.30.

였다. 阿知使主의 후손이라면 백제계임을 알 수 있다.

작품에,

〈大宰大監大伴宿禰百代等贈驛使歌二首〉(4, 566~567) 중 〈右一首 少典山口忌寸若麻呂〉(4, 567)

> 左注 以前天平二年庚午夏六月 帥大伴卿忽生瘡脚 疾苦枕席 因此馳
> 驛上奏 望請庶弟稻公 姪胡麻呂 欲語遺言者 勅右兵庫助大伴宿
> 禰稻公 治部少丞大伴宿祢胡麻呂兩人 給驛發遣令省卿病而逕
> 數旬幸得平復 于時稻公等以病旣療發府上京 於是大監大伴宿
> 禰百代 少典山口忌寸若麻呂 及卿男家持等 相送驛使 共到夷守
> 驛家 聊飮悲別乃作此歌(566~567 전체 左注)

〈梅花歌卅二首 幷序〉(5, 815~846) 중 827번가가 있다.

• **山上臣**(야마노우에노 오미)

山上臣은 山上憶良의 자식이라는 설이163) 있는데, 山上憶良이 백제계
라 추정되므로 山上臣도 백제계가 될 것이다.

작품에 권제18의 4065번가가 있다.

• **山上憶良**(야마노우에노 오쿠라)

澤瀉久孝는,

> 續紀 大寶元年 二月條에 遣唐使任命에 관한 것이 보인다. 「无位山於憶
> 良爲少錄」 卷五의 天平5년의 작으로 추정되는 ‘沈痾自哀文’ 속에 「時年七
> 十有四」라고 하였으므로 逆算하면 齊明6년의 탄생으로 大寶원년은 42세로
> 그때까지 아직 무위였다. 그후 和銅7년 정월에 正六位下에서 從五位下로,

---

162) 山本信三, 앞의 논문, p.75.
163) 大久間喜一郎 外 2人編, 『萬葉集歌人事典』, p.322.

靈龜2년 4월에 伯耆守에 임명되었다. 養老5년 정월에 「退朝之後 令侍東宮焉」 卷五의 題詞와 左注로 보아 筑前守를 지냈음을 알 수 있다. 출생은 人麻呂보다 빨랐으리라 추정되나 作歌는 늦어 三期歌人. 天平5년의 작품이 시대가 명기된 최후의 작이다. 新撰姓氏錄(右京皇別下)에 「粟田朝人大春日朝臣同祖 天足彦國忍人命之後也」「山上朝臣同祖」라고 하였으므로 人麻呂와도 조상이 같은 것으로 된다. 臣은 天武13년에 정해진 八姓의 第六에 해당된다.164)

고 하였다. 『萬葉集歌人事典』에서는,

　　新撰姓氏錄의 右京皇別下에 '粟田朝臣 大春日朝臣同祖 天足彦國忍人命之後也 日本紀合 山上朝臣 同氏(祖イ) 日本紀合'이라는 것과 관련하여 살펴보면 山上氏는 光昭天皇의 황자 天足彦國忍人命을 조상으로 하고 귀화족의 從屬에 의해 형성된 粟田氏系로부터 分脈한 一氏族이라 생각된다.165)

고 하였다. 中西 進은,

　　大寶원년(701) 1월에 遣唐少錄無位. 和銅7년(714) 1월에 正六位上에서 從五位下. 靈龜2년(716) 4월에 伯耆守). 養老5년(721) 1월에 退朝後 동궁에 근무하였다(續紀). 神龜3년(726)頃 筑前國司, 天平4년(732) 말경 歸京, 天平5년에 죽었는가? 나이 74세(萬). 憶良 도래인 설이 있으며 天智朝 망명 도래인 侍醫 憶仁의 子라고 한다.166)

고 하여 天智朝의 망명 도래인 侍醫 憶仁의 子167)라고 하였다.
　星野五彦도 백제 귀화인168)이라고 하였으며, 上田正昭도 도래인169)으

---

164) 澤瀉久孝, 『萬葉集注釋』 卷第一, pp.391～392.
165) 大久間喜一郞 外 2人編, 『萬葉集歌人事典』, p.323.
166) 中西 進, 『萬葉集事典』, p.280.
167) 中西 進, 『萬葉集事典』, p.280.

로 보았다. 백제계로 보고자 한다.

　작품에,

〈幸于紀伊國時川島皇子御作歌 或云山上臣憶良作〉(1, 34)

〈山上臣憶良在大唐時憶本鄕作歌〉(1, 63)

〈山上臣憶良追和歌一首〉(2, 145)

〈山上憶良臣罷宴歌一首〉(3, 337)

〈日本挽歌一首〉(5, 794~799)

　　左注 神龜五年七月卄一日筑前國守山上憶良上

〈令反惑情歌一首 幷序〉(漢詩序, 5, 800~801)

〈思子等歌一首 幷序〉(漢詩序, 5, 802~803)

〈哀世間難住歌一首 幷序〉(漢詩序, 5, 804~805)

　　左注 神龜五年七月卄一日於嘉摩郡撰定筑前國守山上憶良(5, 80
0~805)

〈上臣憶良詠鎭懷石歌一首 幷短歌〉(漢文文章, 5, 813~814)

　　左注 右事傳言 那珂郡伊知鄕蓑島人 建部牛麻呂是也

〈梅花歌卄二首 幷序〉(5, 815~846) 중 816번가

〈筑前守山上大夫〉(5, 818)

〈遊於松浦河序〉(漢文, 5, 853)

〈憶良誠惶頓首謹啓〉(漢文, 5, 868~870)

　　左注 天平二年七月十一日筑前國司山上憶良謹上

漢文으로 사요히메 이야기(5, 871)[170]

〈最最後人追和二首〉(5, 874~875)[171]

---

168) 星野五彦, 앞의 논문, p.30.
169) 上田正昭, 「萬葉の歌と渡來人」, p.33.
170) 작자명이 없으나 歌林良材集에는 작자를 山上臣憶良이라고 하였다.
171) 澤瀉久孝는 『萬葉集注釋』 卷第五, p.213에서 山上憶良의 작으로 보았다.

〈書殿餞酒日倭歌四首〉(5, 876~879)

〈敢布私懷歌三首〉(5, 880~882)

　　左注　天平二年十二月六日筑前國司山上憶良謹上

〈敬和爲熊凝述其志歌六首　幷序　筑前國守山上憶良〉(漢文序, 5, 886~891)

〈貧窮問答歌一首　幷短歌〉(5, 892~893)

　　左注　山上憶良頓首謹上

〈好去好來歌一首　反歌二首〉(5, 894~896)

　　左注　天平五年三月一日良宅對面獻三日山上憶良謹上大唐大使卿記室

〈沉痾自哀文　山上憶良作〉(漢文文章)

〈悲歎俗道假合卽離易去難留詩一首　幷序〉(漢文文章-七言古詩)

〈老身重病經年辛苦及思兒等歌七首〉(5, 897~903)

　　左注　天平五年六月丙申朔三日戊戌作

〈戀男子名古日歌三首〉(5, 904~906)

　　左注　右一首作者未詳　但以裁歌之體似於山上之操載此次焉

〈山上臣憶良沉痾之時歌一首〉(6, 978)

　　左注　右一首山上憶良臣沉痾之時藤原朝臣八束使河邊朝臣東人令問
　　　　　所疾之狀　於是憶良臣報語已畢　有須拭涕悲嘆口吟此歌

〈山上臣憶良七夕歌十二首〉(8, 1518~1529)

　　左注　右養老八年七月七日應令(8, 1518)

　　左注　右神龜元年七月七日夜左大臣家(8, 1519)

　　左注　右天平元年七月七日夜憶良仰觀天河　一云帥家作(8, 1520~1522)

　　左注　右天平二年七月八夜帥家集會(8, 1523~1526)

〈山上臣憶良詠秋野花歌二首〉(8, 1537~1538)

〈山上歌一首〉(9, 1716)

　　左注　右一首或云川嶋皇子御作歌

〈七夕歌一首 幷短歌〉(9, 1764~1765)

　　左注　右件歌或云中衞大將藤原北卿宅作也

〈筑前國志賀白水郎歌十首〉(16, 3860~3869)

　　左注　右以神龜年中大宰府差筑前國宗像郡之百姓宗形部津麻呂充對
　　　　　馬送粮舶柂師也　于時津麻呂詣於滓屋郡志賀村白水郎荒雄之
　　　　　許語曰　僕有小事　若疑不許歟　荒雄答曰　走雖異郡同船日久　志
　　　　　篤兄弟在於殉死　豈復辭哉　津麻呂曰　府官差僕充對馬送粮舶柂
　　　　　師　容齒衰老不堪海路　故來祈候願垂相替矣　於是荒雄許諾遂
　　　　　從彼事自肥　前國松浦縣美ネ尒良久埼發舶直射對馬渡海　登時
　　　　　忽天暗冥暴風交雨竟無順風　沈沒海中焉　因斯妻子等不勝犢慕
　　　　　裁作此歌　或云　筑前國守山上憶良臣悲感妻子之傷　述志而作此
　　　　　歌

〈射水郡驛館之屋柱題著歌一首〉(18, 4065)

　　左注　右一首山上臣作　不審名　或云　憶良大夫之男　但其正名未詳也가
있다.

• **山田史君麿**(야마다노 후히토 키미마로)

　山田史君麻呂에 대해서 上田正昭는 天平20년 9월경에는 越中守 大伴
家持의 측근에 있었던 鷹匠으로서 山田史君麻呂를 도래인계[172)로 보았
다. 다음의 山田史土麿를 백제계로 볼 수 있다면 山田史君麿도 백제계가
될 것이다.

---

172) 上田正昭, 앞의 논문, p.31.

작품은 전하지 않으나, 그의 이름은 大伴宿祢家持의 노래 〈思放逸鷹夢見感悅作歌一首 幷短歌〉(17, 4011~4015) 중의 4014번가 중에 나오며, 4015번가의 左注에도 그 이름이 보인다.

> 左注 右射水郡古江村取獲蒼鷹 形容美麗鷙鴪秀群也 於是養吏山田
>   史君麻呂調試失節 野獦乖候 搏風之翅 高翔匿雲 腐鼠之餌 呼
>   留靡驗 於是張設羅網窺乎非常 奉幣神祇 恃乎不虞也 憶以夢
>   裏有娘子 喩曰 使君勿作苦念空費精神 放逸彼鷹獲得未幾矣哉
>   須臾覺寤有悅於懷 因作却恨之歌 式旌感信 守大伴宿祢家持
>   (九月卅六日作也)

• **山田史土麿**(야마다노 후히토 히지마로)

上田正昭는,

山田史는「新撰姓氏錄」(右京諸蕃, 河內諸蕃)에 전하는 것처럼 도래계의 씨족이며, 그 一族에는 山田史御方(三方)과 같은 학예에 뛰어난 인물이 있었고 또 天平20년 9월경에는 越中守 大伴家持의 측근에 있었던 응장으로서 山田史君麻呂가 있었다. 天平勝寶5년(753)의 5월, 당시 大納言이었던 藤原仲麻呂의 집에 少納言 大伴家持가 孝謙天皇에게 아뢰야만 할 사항에 대해 질문하고 있는 동안에 少主鈴이었던 山田史土麻呂가 家持에게 말하기를 「옛날, 이것을 들었다고 하고 곧 이 노래를 불렀다」고 하였다. 少主鈴이라는 것은 大主鈴과 함께 少納言 옆에서 驛鈴과 內外의 印의 出納을 관장한 役職이다. 少主鈴山田史土麻呂가 少納言家持에게 古歌의 傳聞을 말했다고 하는 것은 古歌의 拾遺에 마음을 쓰고 있었던 家持의 협력자의 한 사람으로서 주목되지만 동시에 이러한 도래계 씨족 중에는 古歌謠를 씨족의 전승으로써 보유하고 있던 사람들이 있었다는 것을 말해주는 방증도 된다.[173]

---

173) 上田正昭, 위의 논문, p.31.

고 하였다. 그런데 山本信三은 도래인 중 山村己知部를 논하면서 '欽明天
皇 때 백제 귀화인 己知部를 倭國 添上郡 산촌에 배치하였는데 이는 그 후
예174)라고 하였다. 이로 미루어 보면 山田史土麿도 같은 백제계가 아닐까
한다.

〈幸行於山村之時歌二首〉(20, 4293〜4294) 중 〈舍人親王應 詔奉和
歌一首〉(20, 4294)에 그 이름이 보이며, 4293번가와 4294번가의 左注에
'右天平勝寶五年五月在於大納言藤原朝臣之家時 依奏事而請問之間 少
主鈴山田史土麻呂語少納言大伴宿祢家持曰 昔聞此言 卽誦此歌也'라고
하여 4294번가를 傳誦하였다고 되어 있다.

• 山村己知部

山本信三은 欽明天皇 때 백제 귀화인 己知部를 倭國 添上郡 산촌에 배
치하였는데, 이는 그 후예175)라고 하였다.

• 薩妙觀 命婦(세치묘우쾬노 묘오부)

薩妙觀은『續日本紀』神龜元年 五月辛未(十三日)條에 '從五位上薩妙
觀賜姓河上忌寸'이라 하였다. 忌寸 姓을 받고 있으므로 도왜인임을 알 수
있다.『萬葉集歌人事典』은 川上富吉의 논문「薩妙觀傳考」를 인용하여 持
統文武條에 음박사로 大宝律令의 찬정에 참획한 신라계 귀화인인 薩弘恪
의 딸로 추정176)하였다. 上田正昭도,

薩妙觀은 도래계의 여인이었다. 養老7년(723) 정월, 從五位上이 되고 神

---

174) 山本信三, 앞의 논문, p.74.
175) 山本信三, 앞의 논문, p.74.
176) 大久間喜一郞 外 2人編,『萬葉集歌人事典』, p.178.

龜원년 5월에는 河上忌寸의 氏姓을 받았으나, 그 후에도 薩妙觀을 칭하고 있고 「萬葉集」에서는 薩妙觀命婦 등으로 기록되어 있다. 天平9년 2월에는 正五位下로 오르고 있는데 노래도 잘 짓고 (中略) 薩弘恪은 唐人이고, 薩仲業은 신라국사이어, 薩妙觀이 중국계의 도래인인가 조선계 도래인인가 명확하지 않지만 薩藥生이 신라에서 일본에 온 사람인 것처럼 아마도 신라계의 도래인이었다고 생각된다. 신라의 여승 理願이 죽은 것을 비탄한 大伴坂上郎女의 노래(460~461)와 함께 국경을 넘은 親愛의 모습도 萬葉의 세계를 장식한다.177)

고 하여 아마도 신라계의 도래인이었을 것으로 추정하였다. 中西 進은,

그런데 여기서 주목하고 싶은 것은 이 薩妙觀이라는 여성인데, 神龜원년(724) 5월에 河上忌寸의 성을 받은 것은 이미 말하였다. 「續日本紀」는 이에 앞서 養老7년(723) 정월에 從五位下를 받은 기사를 싣고 있는데 내려와서는 天平9년(737) 2월에 正五位下로 위계가 올라간 것을 알 수 있다.

위의 萬葉集에서 본 것처럼 「命婦」로서 朝儀에도 참가하고 있어 천황 측근에서 모신 공적이 평가된 것일 것이다. 먼저 든 元正과의 唱和의 노래에 「命婦」라고 기록되지 않은 점을 중시하면 이 養老7년 이전의 작으로도 생각되며 天平9년까지는 십여년의 세월을 出仕한 것이 된다. 더구나 이들 천황 측근에서 「詞」에 관여한 여성들은 위의 石川邑婆가 있었던 것처럼 대체로 연상자들이므로 더구나 출사는 앞설 가능성이 있다. 가령 元正 卽位時(715)로부터 계산하면 20년 이상이 되며 天平9년은 꽤 高齡이었다고 생각된다. 神龜원년의 賜姓도 다른 半은 남성 官人으로 이 중에 섞여서 賜姓되었다고 하는 것은 보통 존재로서는 가능하지 않았을 것이다.

실은 妙觀의 나이에 집착하는 것은, 그녀가 薩弘恪의 딸이 아닐까 생각하기 때문이다. 弘恪은 持統朝에 가끔 등장하는 晋博士이다. 持統3년(689) 6월에는 벼를 받고 持統 5년 9월에는 銀20냥을 받고, 또 6년 12월에는 四町의 水田을 받고 있다. 최초의 것은 例의 撰善言司의 임명, 學問僧明聰·觀

---

177) 上田正昭, 앞의 논문, p.32.

智들이 신라의 知友에게 보내기 위한 綿의 下賜에 포함된 것이고, 學問優賞 때문이라고 생각된다. 또 3번이나 같은 音博士인 續守言과 나란히 賜姓받고, 5년에는 또 한사람 書博士인 백제의 末士善信과 함께 하고 있다. 특히 당시는 새로운 중국음의 학습이 요청되고 음박사의 優遇가 보인 것일 것이다.

弘恪은 드디어 大寶律令의 撰定에도 참가하게 된다. 文武 4년(700) 6월, 조정은 刑部親王을 우두머리로 하는 撰定者의 임용을 행하는데 그의 이름이 이 속에 보이며 祿을 받고 있다. 그때 勤大一(正六位上)이라고 하는 것은, 앞서서 敍位가 있었다고 볼 수 있다. 弘恪은 중국음에도 통할 뿐만 아니라 율령에도 밝았던 것 같다.

그런데 弘恪의 국적은 다소 애매하다. 위의 持統紀의 기사는 「大唐의 續守言·薩弘恪」「音博士, 大唐의 續守言·薩弘恪」「音博士續守言·薩弘恪」이라고 하였다. 이 표현에 의하면 「音博士」가 양쪽에 걸리는 것처럼 「大唐의」도 양쪽에 걸린다고 볼 수 있으므로 弘恪은 唐人인 것처럼 받아들여질 수 있다. 사실 그렇게 해석하는 곳도 많지만 一代前의 天武朝, 그 8년 10월에 신라로부터 來朝한 貢調使는 薩藁生이라고 한다. 金項那와 함께 沙湌(제8위)이라고 하는 신라의 관위도 가지고 있다.

또 훨씬 시대가 내려 오지만 寶龜10년 10월에 來朝한 新羅使의 大判官에 薩仲業이라는 인물이 있다. 다음해 정월에 從五位下를 받고 다음 달에 귀국하고 있지만 그는 신라 高仙寺의 高僧 元曉(誓幢和尙)의 孫, 薛聰의 아들이라고 한다.

이렇게 보면 弘恪의 본래의 국적은 신라이었던 것이 아닐까. 持統朝는 신라와 교섭이 밀접한 시대이며 위에서도 언급한 것처럼 신라 관계의 기사 속에 그 賜物의 기사도 나온다. 그러면 羅人임에도 불구하고 「唐人」으로 보여 音博士로 활약한 이유는 무엇이었을까. 거기에 관계 있는 것이 보통 함께 열거된 續守言일 것이다.[178)]

고 하였다. 그리고 續守言은 조선의 전쟁터에서 백제군에게 잡힌 당나라 포로로 이 해에 일본에 보내어진 사람이었는데,

---

178) 中西 進, 『万葉の時代と風土』, pp.117~118.

薩弘恪이 續守言과 함께 열거되어 「唐人」으로 칭해진 이유는 그도 또 이때의 당나라 포로 속에 있었던 때문이 아니었을까. 당, 신라의 연합군이 敗殘의 福信들에게 저항을 받고 있었던 것은 말할 것도 없다. 그리고 전선에 있어서의 연합뿐만 아니라 弘恪이 음박사인 것으로 미루어 본다면 그는 당과 교섭이 깊은 입장에 있었다—예를 들면 가끔 사자로서 당에 간다거나 당과의 연락역을 맡았던 인물이지 않았을까.

지금 백촌강 싸움이라는 말을 넓은 의미로 사용하여 이 때의 조선전쟁이라는 의미로 보면, 薩弘恪은 백촌강 싸움에 있어서의 「唐俘」이며, 그 딸이 만엽가인 薩妙觀이라는 것이 된다. 冒頭에서 언급한 神龜5년의 賜姓은, 아는 바와 같이 도래자들에게 내린 것이었다. 같은 때에 성을 받은 것은 高丘連의 樂浪河內, 椎野連의 四比忠勇, 麻田連의 答本陽春들이었다. 河內의 父는 沙門詠, 陽春의 父는 答本春初이다.

그들은 백촌강의 싸움에 패전하여 도래한 사람들이며 그 2세가 지금 賜姓 받은 것이다. 妙觀을 같은 경우로 생각하는 것은 무리일까. 忠勇의 父는 알 수 없지만 그 때에는 四比福夫가 있고 동시에 難波連을 받은 谷那庾受에 대해서는 谷那晋首, 吉田連의 吉宜・首에 대해서는 吉大尙・小尙의 형제가 있다.

「唐俘」의 딸은 조정에서 女帝를 측근에서 모시며 뛰어난 재주로 무게를 더하는 命婦가 되었다. 이미 백촌강으로부터 반세기의 세월이 흘렀고 만약 그녀의 이름을 감추었더라면 妙觀이 도래 2세라는 것은 전연 알 수 없을 정도의 노래이다. 그녀의 심중에 과거의 父祖의 슬픔이 어느 정도 살아 숨쉬고 있었는가도 알기 어렵다. 그러나 뛰어난 재주는 역시 父祖의 한문화를 혈육으로서 이어받은 것이 틀림없고 반면에 이같은 융화의 형태로 萬葉集의 和歌가 「白村江以後」를 안고 있는 것이라고 한다면 그 일 자체가 萬葉和歌의 形成上 큰 시사를 주고 있다고 하지 않으면 안될 것이다.

특히 命婦는 말기 만엽의 조정에서 和歌의 중요한 담당자이다. 초기의 額田王과 天智挽歌의 奏上者들과 서로 대립하는 듯한 모습으로 활약한 여성군이며 그 중의 한 사람으로서 「白村江以後」의 여성을 발견한다는 것은 특히 중요한 일이라고 생각된다.179)

고 하여 당나라 포로와 함께 백제군에게 잡혀서 일본에 건너가 音博士로 활
약하게 된 신라인 薩弘恪의 딸[180]로 보았다. 이를 따라 신라계로 보고자
한다.

　작품에,

〈薩妙觀應　詔奉和歌一首〉(20, 4438)

〈天平元年班田之時　使葛城王從山背國贈薩妙觀命婦等所歌一首　副芹
子褁〉(20, 4455)

〈薩妙觀命婦報贈歌一首〉(20, 4456)

　　左注　右二首左大臣讀之云尒　左大臣是葛城王後賜橘姓也(20, 445
　　　　5~4456)가 있다.

● 三方沙弥(미카타노 사미)

　上田正昭는 '山田史는『新撰姓氏錄』(右京諸蕃, 河內諸蕃)에 전하는 것
처럼 도래계의 씨족이며, 그 一族에는 山田史御方(三方)과 같은 학예에 뛰
어난 인물이 있었고 또 天平20년 9월경에는 越中守 大伴家持의 측근에 있
었던 응장으로서 山田史君麻呂가 있었다'[181]고 하였다. 山田史御方과 동
일인이라면 백제계가 아닐까 한다.

　작품에,

〈三方沙弥娶園臣生羽之女未經幾時臥病作歌三首〉(2, 123~125)

〈三方沙弥歌一首〉(4, 508)

〈秋八月卄日宴右大臣橘家四首〉(6, 1024~1027) 중 〈左注　右一首右
大弁高橋安麻呂卿語云　故豐嶋采女之作也　但或本云　三方沙弥戀妻苑

---

179) 中西　進, 『万葉の時代と風土』, pp.120~121.
180) 中西　進, 『万葉の時代と風土』, pp.118~119.
181) 上田正昭, 앞의 논문, p.31.

臣作歌也 然則豐嶋采女當時當所口吟此歌歟〉(6, 1027)

〈沙弥霍公鳥歌一首〉(8, 1469)가 있다.

• **三野連石守**(미노노 므라지 이소모리)

三野連石守는 傳未詳이다. 그런데 三野氏는 『新撰姓氏錄』 攝津國諸蕃에 '三野造 出自百濟國人布須麻乃古意彌也'[182]라 하였다.

星野五彦은 三野連石守를 만엽 3기에 활동한 백제 귀화인[183]으로 보았다. 백제계이다.

작품에,

〈三野連石守梅歌一首〉(8, 1644)

〈天平二年庚午冬十一月大宰帥大伴卿被任大納言 兼帥如舊 上京之時 傔從等別取海路入京於是悲傷羈旅各陳所心作歌十首〉(17, 3890~3899) 중 3890번가가 있다.

• **三野岡麻呂**(미노노 오카마로)

三野岡麻呂를 星野五彦은 만엽 2기의 백제 귀화인으로[184] 보았다. 백제계로 보고자 한다.

• **上古麿**(카미노 코마로)

'上'의 성은 『新撰姓氏錄』 左京, 右京, 攝津, 和泉의 諸蕃에 上村主가 있고 모두 廣階連과 同祖라고 되어 있는데 廣階連은 '出自魏武皇帝男陳思王植也'[185]라고 하였다. 또 右京諸蕃下에 上勝이 있는데 '出自百濟國人多

---

182) 佐伯有清, 『新撰姓氏錄の研究』, p.318.
183) 星野五彦, 앞의 논문, p.30.
184) 星野五彦, 위의 논문, p.29.
185) 佐伯有清, 『新撰姓氏錄の研究』, p.294.

利須須也'186)라고 되어 있다. 河內國諸蕃에는 上曰佐가 있는데 '出自百濟國人久尒能古使主也'187)라고 하였다.

星野五彦은 백제나 漢의 귀화인188)으로 보았으며, 中西 進은 '성은 村主이며 廣階連과 同祖로 陳思王植 혹은 通剛王의 자손인데 백제계 도래인인가'189)라고 하였다. 백제계로 보아야 할 것이다.

작품에 〈上古麻呂歌一首〉(3, 356)가 있다.

• 上毛野牛甘(카미츠케노노 우시카이)

小島憲之는 上毛野朝臣穎人을 다루면서,

〔凌〕1首, 〔經〕2首. 天平神護2년(766)-弘仁12년(821). 上毛野氏는 下毛野朝臣과 同祖. 崇神天皇의 皇子 豊城入彦命五世의 孫 多奇波世君의 後裔. 天平勝寶2년(750) 다시 上毛野公을 내렸다. 弘仁원년(810)다시 朝臣姓을 받았다.(新撰姓氏錄, 皇別) 從五位下上毛野大川의 子. 젊어서 文章生. 延曆年中 遣唐錄事에 임명되어 復命 후, 공으로 발탁되었다. 延曆20년(801) 12월 右少史. 延曆25년 4월 右大史. 大同원년(806) 7월 大內記. 同年 8월 左大史. 同2년 6월 大外記正六位上. 同4년 7월 外從五位下, 이어 9월 從五位下. 藥子의 亂의 공으로 弘仁원년(810) 9월 從五位上. 弘仁 2년 3월 度一人을 받았다. 이어 同3년 정월 因幡介를 겸하고, 2월 山城國乙訓郡에 荒地一町을 받음(凌雲集의 目錄 및 新撰姓氏錄, 上表文에 〔從五位上行大外記兼因幡介〕라고 하였다). 同8년 2월 東宮學士. 同10년 정월 正五位下. 同11년 정월 從四位下(經國集의 목록에 〔從四位下行民部大輔兼東宮學士〕라고 하였다). 이듬해 12년 8월 18일 沒. 年56)190)

---

186) 佐伯有清, 『新撰姓氏錄の硏究』, p.303.
187) 佐伯有清, 『新撰姓氏錄の硏究』, p.328.
188) 星野五彦, 앞의 논문, p.30.
189) 中西 進, 『萬葉集事典』, p.226.
190) 小島憲之 校注, 『懷風藻』, p.513.

이라고 하였다.『新撰姓氏錄』左京皇別下에 '上毛野朝臣 下毛野朝臣同祖 (中略) 孫斯羅 諡皇極御世 賜河內山下田 以解文書 爲田邊史'[191]라 하였다. 그런데 田邊史는 田邊百枝에서 보듯이, 右京諸蕃上에 '田邊史 出自漢王之後知也'[192]라 하였는데 知는 백제계이다. 따라서 田邊이 백제계이므로 백제계로 보아야 할 것이다.

작품에,

〈左注 右一首助丁上毛野牛甘〉(20, 4404)

　　左注 二月卄三日 上野國防人部領使大目正六位下上毛野君駿河進
　　　　歌數十二首 但拙劣歌者不取載之(20, 4404~4407의 左注)

가 있다.

• **生石村主眞人**(오후시노 스쿠리 마히토)

生石村主眞人에 대하여『萬葉集歌人事典』에서는 귀화인계의 사람인 듯[193]하다고 하였으며, 星野五彦도 귀화인[194]으로 보았다. 귀화인에게 내린 姓인 村主가 붙어 있으므로 도왜인으로 보아야 할 것이다.

작품에〈生石村主眞人歌一首〉(3, 355)가 있다.

• **石上朝臣堅魚**(이소노카미노 아소미 카츠오)

石上堅魚朝臣은『續日本紀』養老三年 正月條에 '壬寅(十三日) 授(中略) 從六位下石上朝臣堅魚(中略) 從五位下'라[195] 하였고, 神龜三年 正

---

191) 佐伯有淸,『新撰姓氏錄の研究』, p.168.
192) 佐伯有淸,『新撰姓氏錄の研究』, p.297.
193) 大久間喜一郞 外 2人編,『萬葉集歌人事典』, p.47.
194) 星野五彦, 앞의 논문, p.30.
195) 國史大系『續日本紀』前篇, p,76.

月辛巳(二日)條에 '從五位上 天平三年正月丙子(廿七日) 正五位下 八年 正月辛丑(廿一日) 正五位上'이라196) 하였다.

安都宿禰年足은『續日本紀』養老三年 五月癸卯(十五日)條에 '正八位 下阿刀連人足等三人並賜宿禰姓'197)이라고 하였다.『新撰姓氏錄』左京 神別上에 '阿刀宿禰 石上同祖'198)라고 하였다. 阿刀連人足이 連 姓이어 도왜인임을 알 수 있는데 이 阿刀連人足과 石上氏가 동족이라고 하였으므 로 결국 石上氏도 도왜계라고 볼 수 있지 않을까 한다. 그런데 大系『日本 書紀』에서 '物部氏의 直系라고 하는 石上氏가 大化 이후 번성하여 그 명맥 을 유지한 것은 推古朝 당시의 정치적 정세와 관계가 있는가?'199)라고 하 였는데 物部氏가 백제계이므로 石上氏도 백제계일 것이다.

작품에,

〈式部大輔石上堅魚朝臣歌一首〉(8, 1472)

　　左注 右神龜五年戊辰 大宰帥大伴卿之妻大伴郎女 遇病長逝焉 于時 勅使
　　　　式部大輔石上朝臣堅 魚遣大宰府 弔喪幷賜物也 其事旣畢驛使及府
　　　　諸卿大夫等 共登記夷城而望遊之日 乃作此歌가 있다.

• 石上卿(이소노카미노 마에츠키미)

石上卿이 누구인지는 알 수 없지만 도왜계인 阿刀連人足과 동족인 石上 氏이므로 백제계로 보아야 할 것이다.

작품에 〈幸志賀時石上卿作歌一首 名闕〉(3, 287)이 있다.

• 石上乙麻呂(이소노카미노 아소미 오토마로)

---

196) 國史大系『續日本紀』前篇, p,105.
197) 國史大系『續日本紀』前篇, p,76.
198) 佐伯有淸,『新撰姓氏錄の硏究』, p.213.
199)『日本書紀』上 補注 3-16, p.580.

石上乙麻呂는 石上卿의 子다. 따라서 마찬가지로 백제계로 보아야 할 것이다.

작품에,

〈石上大夫歌一首〉(3, 368)

　左注 右今案 石上朝臣乙麻呂任越前國守盖此大夫歟

〈石上乙麻呂朝臣歌一首〉(3, 374)

〈石上乙麻呂卿配土左國之時歌三首 幷短歌〉(6, 1019~1023) 중 1022~1023번가가 있다.

『懷風藻』에도 漢詩가 4首 전한다.

• **石上朝臣宅嗣**(이소노카미노 아소미 야카츠구)

石上朝臣宅嗣도 마찬가지로 같은 石上氏이므로 백제계로 보아야 할 것이다.

작품에 〈五年正月四日於治部少輔石上朝臣宅嗣家宴歌三首〉(19, 4282~4284) 중 〈左注 右一首主人石上朝臣宅嗣〉(19, 4282)가 있다.

• **石川郎女**(이시카와노 이라츠메)

石川郎女는 石川朝臣廣成에서 보듯이 石川氏가 백제계이므로 마찬가지로 백제계로 보고자 한다.

작품에 〈石川郎女奉和歌一首〉(2, 108)가 있다.

• **石川郎女**(이시카와노 이라츠메)

大伴安麻呂의 妻이다. 石川氏가 백제계이므로 마찬가지로 백제계로 보고자 한다.

작품에,

〈石川郞女歌一首〉(4, 518)

〈冬日幸于靫負御井之時 內命婦石川朝臣應 詔賦雪歌一首 諱曰邑婆〉
(20, 4439)

> 左注 于時水主內親王寢膳不安 累日不參 因以此日太上天皇勅侍嬬
> 等曰 爲遣水主內親王賦雪 作歌奉獻者 於是諸命婦等不堪作歌
> 而此石川命婦獨作此歌奏之가 있다.

• **石川大夫**(이시카와노 마에츠키미)

石川大夫도 마찬가지로 백제계로 보고자 한다.

작품에,

〈石川大夫和歌一首 名闕〉(3, 247)

> 左注 右今案 從四位下石川宮麻呂朝臣 慶雲年中任大貳 又正五位下
> 石川朝臣吉美侯 神龜年中任少貳 不知兩誰作此歌焉이 있다.

• **石川夫人**(이시카와노 부닌)

石川夫人은 蘇我石川氏 出身의 夫人이다. 石川夫人은 아래의 石川朝臣廣
成에서 보듯이 石川氏가 백제계이므로 마찬가지로 백제계로 보고자 한다.
작품에 〈石川夫人歌一首〉(2, 154)가 있다.

• **石川少郞**(이시카와노 오토이라츠코)

石川少郞은 石川君子를 말하는데 권제3의 247번가의 左注 '右今案石川
朝臣君子號曰少郞子也'에 있는 石川朝臣吉美侯를 가리킨다[200]고 하였
다. 石川少郞은 아래의 石川朝臣廣成에서 보듯이 石川氏가 백제계이므로
마찬가지로 백제계로 보고자 한다.

---

200) 澤瀉久孝,『萬葉集注釋』卷第三, p.134.

작품에,

〈石川少郎歌一首〉(3, 278)

〈右一首或云石川君子朝臣作之〉(11, 2742)가 있다.

• **石川女郎**(이시카와노 이라츠메)

石川女郎은 『萬葉集』에 여러 사람이 보인다.

石川女郎은 아래의 石川朝臣廣成에서 보듯이 石川氏가 백제계이므로 마찬가지로 백제계로 보고자 한다.

작품에,

〈石川女郎贈大伴宿祢田主歌一首〉(2, 126)

〈同石川女郎更贈大伴田主中郎歌一首〉(2, 128)가 있다.

• **石川女郎**(이시카와노 이라츠메)

大津皇子宮의 侍이다. 石川女郎은 아래의 石川朝臣廣成에서 보듯이 石川氏가 백제계이므로 마찬가지로 백제계로 보고자 한다.

작품에 〈大津皇子宮侍石川女郎贈大伴宿祢宿奈麻呂歌一首〉(2, 129) 가 있다.

• **石川朝臣廣成**(이시카와노 아소미 히로나리)

石川朝臣廣成은 『續日本紀』 天平寶字二年 八月庚子朔에 從六位上石川朝臣廣成에게 從五位下[201], 四年二月壬寅(十一日) 從五位下石川朝臣廣成賜姓高圓朝臣이라 하였고 『新撰姓氏錄』의 右京皇別下에 '高圓朝臣 出自正六位上高圓朝臣廣世也 元就母氏爲石川朝臣 續日本紀合'이라

---

201) 國史大系 『續日本紀』 前篇, p,270.

고 하였다. 石川氏에 대해 中西 進은 石河라고도 하며 天平寶字6년(762)
9월, 年足薨傳에 蘇我臣牟羅志의 증손, 石足의 아들202)이라고 하였다.
그런데 여기에서 주목할 것은 이 石川朝臣年足이 蘇我臣牟羅志의 증손이
어 蘇我氏의 계보라면 생각해 볼 문제가 있는 것이다. 즉 中西 進은 다시,

　　井上氏가 「僞倭」의 예로 든 것은 「大倭木滿致」이었으나 그가 蘇我氏의
조상인 蘇我滿智가 아닐까 하는 추정은 널리 알려진 바다. 그러나 그의 父
木羅斤資는 신라를 토벌했을 때, 신라의 부인을 취하여 滿智를 낳았다고 한
다. 任那에도 힘을 미친 武將이었는데 「일본의 영토인 任那의 권력자이며 일
본의 위세를 빌어 백제에서 세력을 잡았다」(古典大系 「日本書紀」 上, 補注
9-39) 백제인이 그였다. 斤資는 例의 神功遠征譚에 활약하는 인물이지만 그
의 子 滿智는 應神25년조에 인용한 百濟記에 의하면 백제에 「들어와서 貴國
에 往還한다. 制를 天朝에 承하여 우리 나라의 정권을 잡는다」고 한다. 貴
國·天朝는 일본을 가리키고, 「來入」이라고 하는 말에 의하면 본래 任那에
있었던 듯하고 三國을 둘러싼 그의 행동은 복잡하다. 더구나 그 해 그는 일본
에 「召」되고 있다.203)

고 하였다. 井上도 蘇我氏의 조상인 蘇我滿智로 추정되는 大倭木滿致를
僞倭의 예로 들었는데 그렇다면 이 蘇我氏는 일본계가 아닌 것이다. 中西
進은 백제계로 보았는데, 門協禎二도 5세기 말에 백제에서 도래한 木刕滿
致와 동일 인물일 것이라고 논증204)하였다. 그리고 李進熙도 蘇我씨의 直
系의 系譜를,

　　蘇我石川宿禰-滿智-韓子-高麗-稻目-馬子-蝦夷-入鹿205)

202) 中西 進, 『萬葉集事典』, p.199.
203) 中西 進, 「憶良 渡來人論 補遺」, pp.108～109.
204) 李進熙, 『日本文化と朝鮮』, NHK ブックス 359(日本放送出版協會, 1981), p.52.
205) 李進熙, 위의 책, p.52.

으로 보고 門協禎二의 설을 인용하여 백제계로 보고 있다.

그렇다면 石川氏는 蘇我씨의 후손인 셈인데, 蘇我의 조상을 백제로부터 일본에 건너간 蘇我滿智라고 한다면 石川氏는 백제계가 된다. 蘇我石川宿禰의 石川과도 관계가 있는 것인지도 모르겠다.

작품에,

〈石川朝臣廣成歌一首 後賜姓高圓朝臣氏也〉(4, 696)

〈內舍人石川朝臣廣成歌二首〉(8, 1600~1601)가 있다.

• **石川朝臣年足**(이시카와노 아소미 토시타리)

石川朝臣年足도 마찬가지로 백제계가 될 것이다.

권제4의 작자미상의 작품 〈五年戊辰大宰少貳石川足人朝臣遷任餞于筑前國蘆城驛家歌三首〉(4, 549~551)에 그의 이름이 보인다.

작품에 〈卄五日新嘗會肆宴應 詔歌六首〉(19, 4273~4278) 중 4273번가가 있다.

• **石川朝臣老夫**(이시카와노 아소미 오키나)

石川朝臣老夫도 마찬가지로 백제계가 될 것이다.

작품에 〈石川朝臣老夫歌一首〉(8, 1534)가 있다.

• **石川朝臣水通**(이시카와노 아소미 미미치)

石川朝臣水通도 마찬가지로 백제계가 될 것이다.

작품에,

〈四月卄六日掾大伴宿祢池主之舘餞稅帳使守大伴宿祢家持宴歌 幷古歌四首〉

(17, 3995~3998) 중 〈石川朝臣水通橘歌一首〉(17, 3998)

左注 右一首傳誦主人大伴宿祢池主云尒(17, 3998)가 있다.

• **石川朝臣足人**(이시카와노 아소미 타리히토)

石川朝臣足人도 마찬가지로 백제계가 될 것이다.

권제4의 549번가의 題詞에도 이름이 보인다.

작품에 〈大宰少貳石川朝臣足人歌一首〉(6, 955)가 있다.

• **石川賀係女郎**(이시카와노 카케노 이라츠메)

石川賀係女郎도 마찬가지로 백제계가 될 것이다.

작품에 〈石川賀係女郎歌一首〉(8, 1612)가 있다.

• **雪連宅麻呂**(유키노므라지 야카마로)

雪連宅麻呂는 天平8년(736)의 遣新羅使人의 一人이었으나 往路 壱岐 島에서 病死하였다. 雪連宅麻呂를 大系『萬葉集』에서는,

　　雪連宅麻呂는 天平8년(736)의 遣新羅使人의 一人이었으나 往路 壱岐 島에서 病死를 하였다. 古典大系에서는 壱岐는 卜部를 내는 곳이므로, 宅麿 도 占卜 일에 종사하기 위해 일행에 참가한 것이라고 말해진다. 그렇다고도 생 각되지만 의문이 있다. 壱岐島에 성행한 卜占을 관장한 壱岐氏는 姓이 直이 고, 貞觀6년에 宿禰를 받았으나 連姓은 아니다. 姓氏錄 右京神別에 「天兒 屋命十一世孫雷大臣之家也」라고 하였다. 中臣氏와 遠祖가 같고 神事를 맡 아도 부자연스럽지 않다. 한편 連姓에는 伊吉連이 있고 左京諸蕃上・右京 諸蕃上・河內國諸蕃의 注記에 보인다. 이것은 長安 사람 劉楊雍에서 나 왔다고 하였으므로 귀화인이다. 宅麿는 3688題詞에 있는 것처럼 連姓이 므로 귀화인 계통으로 壱岐島의 卜部와 관계는 없을지 모르겠고 일행에 참 가한 것은 귀화인의 재능을 살린 書記라든가 통역 등의 일 때문이었다고 생각 한다.206)

---

206) 大系『萬葉集』四(岩波書店, 1981), p.483.

고 하였다. 長安 사람 劉楊雍에서 나왔다고 한 것을 중시하고 있는 것으로
보아 唐系로 본 것 같다. 高橋庄次도

　　雪宅麻呂는 壹岐嶋(由吉能之麻)의 挽歌의 題詞에는 「雪連宅滿」이라고
표기되어 있다. 『姓氏錄』에 의하면 「壹伎直」(右京神別上)과 「伊吉連」(左
京諸蕃上・右京諸蕃上)이 있고, 후자에는 「出自長安人劉家楊雍也」라고
하였으므로 雪連氏는 唐系의 귀화인이다. 씨족의 祖인 이 楊雍은 長安 사람,
『續日本後紀』(承和2년 9월 13일)의 伊吉史豊宗의 條에도 「唐人楊雍」이라
고 하였다. 伊吉連(壹岐連・雪連)은 壹岐島에 본거를 둔 唐系 氏族이라 보
아 좋다. 이 雪連宅麻呂 挽歌(3694)에 龜卜이 노래불리어지고 있는데, 龜
卜을 담당하는 卜部는 壹岐直氏로 壹岐連氏가 아니라고 하는 의견이 나와
있다. 그러나 瀧川政次郎은, 神祇官에 龜卜을 맡은 卜部 20인이 설치되어
있은 것, 天平8년 遣新羅使의 卜部에 임명된 雪連宅麻呂는 이 神祇官卜部
20인 중의 한 사람이었음이 틀림 없다는 것, 雪(壹岐)連과 그 姓氏를 칭하는
以上은 壹岐에서 나온 것이 틀림없다는 것 등, 『令義解』 등의 자료로부터 추
정하였다.207)

고 하여 역시 唐系로 보고 있으며 壹岐에서 나온 것으로 보았다. 그리고
『松尾社家系圖』(伊伎氏本系帳)에 따라서 말하면 遣新羅使 雪宅麻呂의
父가 遣唐使이고 子가 遣高麗使이었던 것이 된다. (中略) 이처럼 雪宅麻
呂는 主神도 없는 遣新羅使船에, 단 한 사람의 神祇官(卜部)으로서 승선
하고 있었던 것이다'208)고 하였다.

　　그러나 그외 澤瀉久孝와 稻岡耕二는 도래인계209)로 보았다. 『萬葉集歌
人事典』에서도 '雪은 壹岐氏로 壹岐國을 본거로 하여 占卜을 주로 하던 집
안의 사람이라는 설과 또 連 姓이므로 귀화인 계통의 사람이라고 하는 설이

---

207) 高橋庄次, 앞의 논문, p.47.
208) 高橋庄次, 위의 논문, p.48.
209) 澤瀉久孝, 『萬葉集注釋』 卷第十五, p.76. 稻岡耕二, 『萬葉集事典』, p.233.

있다'210)고 하였다.

雪連宅麻呂가 도래인인 것만은 확실한데 그렇다고 古典大系나 高橋庄次가 말하는 것처럼 唐系인가 하는 점에 대해서는 재고의 여지가 있다고 생각된다. 왜냐하면『新撰姓氏錄』이 편찬된 시기에는 이미 백제 중심의 외교관계에서 중국 중심으로 바뀌어 가는 상황에서 의도적으로 출자를 중국으로 위조하는 경향이 강하기 때문에 출자가 중국으로 되어 있다고 해서 그것을 그대로 믿을 수 없는 부분이 있기 때문이다. 그리고 이때의 일행을 보면 다음과 같다.

大 使 阿倍朝臣繼麻呂
副 使 大伴宿禰三中
大判官 壬生使主宇太麻呂
少判官 大藏忌寸麻呂 秦間滿(秦田麻呂) 大石蕤麻呂 田邊秋庭 羽栗
     雪連宅麻呂
大使의 第二男 師稻足 葛井連子老 六鯖(六人部連鮪麿?)211)

그런데 雪連宅麻呂는 少判官으로 일행에 참가하고 있는데 이 少判官 10인 중 이름이 확실한 9인의 出自에 대해 高橋庄次는 秦間滿·大石簽麻呂·田邊秋庭·土師稻足·秦田麻呂·葛井連子老·六鯖의 7인을 백제계로 보았다. 그리고 羽栗에 대해서는 唐女의 아들인가라고 하였고 雪宅麻呂는 唐系로212) 보았다. 羽栗은 근거 없이 唐女의 소생인가라고 하였으며 雪連宅麻呂는『新撰姓氏錄』에 근거하여 唐系로 본 것이다. 그런데 天平8년(736)의 遣新羅使人 중 少判官의 대부분이 백제계인데 구태여 唐系 도

---

210) 大久間喜一郎 外 2人編,『萬葉集歌人事典』, p.340.
211) 山本信三, 앞의 논문, pp.74~75.
212) 高橋庄次, 앞의 논문, p.49.

래인을 데리고 갈 필요가 있었을까 하는 점이다. 그리고 壹岐는 한국의 도왜인과 밀접한 관련성이 있는데 雪連宅麻呂는 壹岐와 관계있는 점 등을 생각하면 雪連宅麻呂는 백제계로 볼 수 있지 않을까 한다.

작품에 〈天平八年丙子夏六月遣使新羅國之時使人等各悲別贈答及海路之上慟旅陳思作歌幷當所誦詠古歌 一百四十五首〉(15, 3578~3722) 중 〈佐婆海中忽遭逆風漲浪漂流經宿而後 幸得順風到著豐前國下毛郡分間浦 於是追悍艱難 悽惆作歌八首〉(15, 3644~3651) 가운데 〈左注 右一首雪宅麻呂〉(15, 3644)가 있다.

그가 사망하였을 때의 만가 〈到壹岐嶋雪連宅滿忽遇鬼病死去之時作歌一首 幷短歌〉(15, 3688~3690)가 전한다.

• **消奈行文**(세나노키미 교우몬)

消奈行文은『續日本紀』養老五年 正月甲戌(卄七日)條에 '詔曰 文人武士 國家所重 醫卜方術 古今斯崇 宜擢於百僚之內 優遊學業 堪爲師範者 特加賞賜 勸勵後生 因賜明經第一博士從五位上鍛冶造大隅 (中略) 各絁二十疋 絲二十絇 布三十端 鍬二十口 第二博士正七位上背奈公行文 (中略) 各絁十五疋 絲十五絇 布三十端 鍬二十口'라213) 하였고, 神龜四年十二月丁亥條(卄日)에 '授正六位上背奈公行文從五位下'라214) 하였다. 『懷風藻』에 '從五位下大學助背奈王行文 二首(年六十二)'라 하였다. 『續日本紀』天平十九年 六月辛亥(七日)條에 '正五位下背奈福信 外正七位下背奈大山 從八位上 奈廣山等八人 賜背奈王姓'이라215) 하였다. 澤瀉久孝는 '福信은 行文의 甥이다. 武智麿傳에 神龜年間의 人物을 든 중에 '宿

---

213) 國史大系『續日本紀』前篇, p.84.
214) 國史大系『續日本紀』前篇, p.111.
215) 國史大系『續日本紀』前篇, p.193.

儒'로서 消奈行文의 이름이 보이며「古葉略類聚鈔」(四.三二才)에는 左注의 오른쪽에「明經儒林傳云 助敎消奈行文 右記云 行文於學良京仡助講周易 甬福代弟子 新羅人也 拜博士叙從五位下 傳大學助 後改高麗朝臣入哥一」이라 하였다'고216) 하였다.

　大系『懷風藻』에서는 '背奈王行文은 背奈公이라고도 하는데 귀화인 背奈福德의 아들이며 父 福德은 귀화하여 武藏國 高麗郡에 살았으며 行文은 官人이 되었다. 養老5년(721) 正七位上, 大學助는 이 무렵인가. 神龜4년(727) 12월 從五位下.「萬葉集」에 短歌 一首(3836). 62세 沒. (세나노키미 유키후미)'217)라고 하였다. 中西 進은,

　　高倉福信의 伯父 (續紀). 福信의 薨傳에 福信은 武藏國 高麗郡에서 行文을 따라 上京했다고 하였다. 養老5년(721) 1월에 明經第二博士 正七上, 학업이 뛰어나고 사범을 맡았으며 神龜4년(727) 12월에 正六位上에서 從五下(續紀). 또 神龜頃 宿儒라고도 보인다(家傳).『懷風藻』에 從五位下大學頭 背奈王行文 年六十二라고 하였다. 長屋王宅의 宴 및 應詔詩의 五言詩二首가 보인다. (세나노키미 교우몬)218)

고 하였다. 上田正昭는 도래게의 歌人219)이라고만 하였으나,『萬葉集歌人事典』에서는 武藏國 高麗郡의 사람이라고220) 하였으며, 星野五彦은 고구려 귀화인221)으로 보았다. 山本信三은 韓族 또는 準韓族222)으로 보았다.

---

216) 澤瀉久孝,『萬葉集注釋』卷第十六, p.154.
217) 小島憲之校注,『懷風藻』, p.509.
218) 中西 進,『萬葉集事典』, pp.242~243.
219) 上田正昭, 앞의 논문, p.32.
220) 大久間喜一郎 外 2人編,『萬葉集歌人事典』, p.201.
221) 星野五彦, 앞의 논문, p.30.
222) 山本信三, 앞의 논문, p.74.

消奈行文이 武藏國 高麗郡의 사람이라면 아마도 고구려계가 아닐까 한다. 작품에,

〈諺俀人歌一首〉(16, 3836)

　左注 右歌一首博士消奈行文大夫作之가 있다.

• 小野朝臣國堅(오노노 아소미 쿠니카타)

　小野朝臣은『新撰姓氏錄』左京皇別下에 의하면 '小野朝臣 大春日朝臣 同祖 彦姥津命五世孫米餠搗大使主命之後也 大德小野臣妹子 家于近江 國滋賀郡小野村 因以爲氏'223)라 하였다. 稻岡耕二는 '山上氏는『新撰姓 氏錄』右京皇別에 의하면 粟田氏의 同族.『姓氏家系大辭典』소재系圖를 중시하여, 春日・柿本・小野・木樂井諸氏와 같이 舊添上郡을 本據로 하 는 씨족이라고 하는 설이 있다'224)고 하였다.『萬葉集歌人事典』에서는 '柿 本氏는 孝昭天皇의 황자로 天足彦國押人命을 조상으로 한다고 전해지며 원래 和珥씨를 本宗으로 하고 春日朝臣・粟田朝臣・小野朝臣 등과 조상 을 같이 한다'225)고 하였다. 山上・柿本・小野・木樂井諸氏가 모두 백제 계로 同系이며 舊添上郡이 그들의 본거임을 생각하면 이 小野氏도 백제계 라고 볼 수 있다. 小野氏國堅은 正倉院 문서에 그 이름이 보이며『萬葉集』 작자 중에서 자필이 남아 있는 것은 이 사람이 첫번째이다.

　작품에 〈梅花歌卅二首 幷序〉(5, 815~846) 중 844번가가 있다.

• 小野氏淡理(오노시노 타모리)

　小野田守朝臣이다. 小野氏淡理는 天平2년(730) 정월 大宰帥旅人宅

---

223) 佐伯有淸,『新撰姓氏錄の硏究』, p.166.
224) 稻岡耕二은『萬葉集事典』에서(p.230) ·佐伯有淸의 「憶良は天智朝の渡來人か」(『國文 學』1980. 11)을 인용하고 있다.
225) 大久間喜一郞 外 2人編,『萬葉集歌人事典』, p.117.

梅花宴集客의 한사람으로 참여하여 작품을 짓고 있는데 이 연회에 참여한 대부분의 사람들이 한인계이며, 小野氏淡理는 渤海大使를 지냈고 또 이름이 淡理로 일본식과는 거리가 멀다. 이것을 澤瀉久孝는,

全註釋에 淡理는 音讀한 唐風의 표기법을 썼으므로 「渤海大使小野田守朝臣」(20, 4514題)이라고 한 타모리의 타와 리를 취하여 쓴 것인지도 모른다고 하여, 그 田守는 天平19년 정월 丙申(卄日) 正六位上에서 從五位下를 받고 있으므로 「이 매화의 宴 때는 7位 정도가 아니었을까? 바로 앞에 있는 門氏石足은 筑前의 掾으로 從七位上 相當의 官이므로 이 사람과 나란히, 田守가 世話人格이었다고 하는 것도 있을 수 있는 것이다」고 하고 있다. 旅人을 「淡等」으로도 쓴 것은 앞(810書狀)에서 말한 바이며 田守를 淡理로 쓴 것은 확실히 인정된다.

그것은 단순히 타모리의 타리로 보는 것보다는 「淡」은 앞에서 말한 것처럼 m音尾이므로 모의 음을 포함한 것이라 할 수 있다. 그 점도 旅人의 경우와 비슷하다. 그는 後年 渤海大使가 된 점을 생각하면 젊어서부터 이국 취미가 있고 旅人을 모방하여 이 書名을 하였다고도 생각되며, 그렇다면 武田博士의 말하는 「世話役」, 나아가서는 序文의 작자라고 하는 것에도 생각이 미칠지도 모르겠다. 그러나 또 이 일련의 作은 旅人 자신이 기록한 것이고, 이 署名도 스스로의 「淡等」에 준해서 시험해본 것이라고도 생각해볼 수가 있고, 그렇다면 序의 작자를 旅人이라고 하는 방증도 될 것인가?[226]

고 하여 小野氏淡理 후에 渤海大使가 된 점을 생각하면 젊어서부터 이국 취미가 있고 旅人을 모방하여 이 署名을 하였다고도 생각된다고 하였다. 그러나 이러한 것은 小野氏淡理가 이국 취미가 있어서가 아니라 백제계이기 때문이라고 할 것이다.

작품에 〈梅花歌卅二首 幷序〉(5, 815~846) 중 846번가가 있다.

권제 20의 4514번가의 題詞에도 그의 이름이 보인다.

---

226) 澤瀉久孝, 『萬葉集注釋』 卷第五, pp.145~146.

• 小野朝臣老(오노노 아소미 오유)

小野老朝臣도 마찬가지로 天平2년(730) 정월 大宰帥旅人宅 梅花宴集客의 한사람으로 참여하여 작품을 짓고 있으며 小野氏이므로 백제계라고 할 수 있을 것이다.

작품에,

〈大宰少貳小野老朝臣歌一首〉(3, 328)

〈梅花歌卅二首 幷序〉(5, 815~846) 중 816번가

〈大貳小野老朝臣歌一首〉(6, 958)가 있다.

• 小鯛王(오타히노 오호키미)

小鯛王은 傳未詳이다.

『萬葉集』권제16의 3819번가와 3820번가의 左注에 '右歌二首小鯛王宴居之日取琴登時必先吟詠此歌也 其小鯛者更名置始多久美斯人也'라고 하였다. 그런데 置始 부분을 보면 置始連이라 하였으므로 도왜계라고 보아도 좋을 듯하다.

작품에 〈右歌二首小鯛王宴居之日取琴登時必先吟詠此歌也 其小鯛王者更名置始多久美斯人也〉(16, 3819~3820)가 있다.

• 粟田女娘子(아하타메노 오토메)

粟田女娘子는 傳未詳이다.

『萬葉集歌人事典』에서는 '粟田氏는 和珥氏와 동족. 攷証에는 續紀에 보이는 粟田朝臣諸妹, 廣刀自 등의 여인이 이에 해당하는가'[227]라고 하였다. 粟田氏는 백제계 和珥氏와 동족이고 柿本氏도 和珥氏와 동족이며 山上氏는 粟田氏의 分脈인 것이다. 이런 관계로 보면 粟田氏는 귀화족의 종

---

227) 大久間喜一郎 外 2人編,『萬葉集歌人事典』, p.22.

족에 의해 형성된228) 것인데, 그렇다면 粟田氏는 백제계임을 알 수 있다.
작품에 〈粟田女娘子贈大伴宿禰家持歌二首〉(4, 707~708)가 있다.

• 粟田大夫(아와타노 다이부)
澤瀉久孝는,

　　小貳粟田大夫는 粟田朝臣人上이라고 말해지고 있다. 人上이라면 續紀 和銅
　　7년 정월 從六位下에서 從五位下로, 養老4년 정월 從五位上, 天平원년 3월 正
　　五位下에서 正五位上, 4년 10월 造藥師寺大夫, 7년 4월 從四位下, 10년
　　6월 戊戌(朔) ‘武藏守從四位下粟田朝臣人上卒’이라는 사람이다.229)

고 하여 粟田朝臣人上230)이라 보았는데 粟田朝臣人上이라는 설과 粟田
朝臣人(心登)이라는 설231)이 있다. 어느 쪽이든 마찬가지로 위에서 보았
듯이 粟田氏가 백제계이므로 粟田大夫도 백제계라고 할 수 있을 것이다.
작품에 〈梅花歌卅二首 幷序〉(5, 815~846) 중 817번가가 있다.

• 粟田女王(아하타베노 오호키미)
粟田朝臣人上 등과 마찬가지로 배제계 粟田氏와 관련이 있는 것인지 모
르겠다.
작품에,
〈太上皇(元正天皇)御在於難波宮之時歌七首 淸足姬天皇也〉(18, 405
6~4062) 중 4060번가
　　左注 右件歌者在於左大臣橘卿之宅肆宴御歌 幷 奏歌(18, 4058~4

---

228) 大久間喜一郎 外 2人編,『萬葉集歌人事典』, p.323.
229) 澤瀉久孝,『萬葉集注釋』卷第五, p.113.
230) 澤瀉久孝,『萬葉集注釋』卷第五, p.113.
231) 大久間喜一郎 外 2人編,『萬葉集歌人事典』, p.22.

060의 左注)

　左注 右件歌者御船以繩手沂江遊宴之日作也 傳誦之人田邊史福麻
呂是也(18, 4056~4062의 左注)가 있다.

• 手持女王(타모치노 오호키미)

河內王의 妻로 추정되고 있는데 河內王에 대해 澤瀉久孝는 '天武紀朱鳥
元年正月條에 신라의 金智祥을 접대하기 위하여 筑紫에 파견된 사람중에
淨廣肆川內王이라고 있으므로 그 사람으로 추정되고 있다'고232) 하였다.
신라인을 접대하기 위해 파견되었다는 것과 河內에 한인계가 많이 거주하고
있었다는 것을 아울러 생각하면 아마도 백제계가 아닐까 한다.

　작품에 〈河內王葬豐前國鏡山之時手持女王作歌三首〉(3, 417~419)
가 있다.

• 柿本朝臣人麿(카키노모토노 아소미 히토마로)

佐伯有淸은 '山上氏는 『新撰姓氏錄』右京皇別에 의하면 粟田氏의 동
족. 『姓氏家系大辭典』소재 系圖를 중시하여, 春日・柿本・小野・木樂
井諸氏와 같이 舊添上郡을 本據로 하는 씨족'233)이라고 하였고 稻岡耕二
는 柿本氏는 和珥氏의 支流234)라고 하였다. 『萬葉集歌人事典』에서는 '柿
本氏는 孝昭天皇의 황자로 天足彦國押人命을 조상으로 한다고 전해지며
원래 和珥氏를 本宗으로 하고 春日朝臣・粟田朝臣・小野朝臣등과 조상
을 같이 한다'235)고 하였다. 이로 보면 柿本朝臣人麻呂는 백제계로 볼 수

---

232) 澤瀉久孝, 『萬葉集注釋』卷第三, p.498.
233) 佐伯有淸 「憶良は天智朝の渡來人か」, 『國文學』(1980. 11), 稻岡耕二의 『萬葉集事典』,
　　　p.230에서 재인용.
234) 稻岡耕二, 『萬葉集事典』, p.181.
235) 大久間喜一郎 外 2人編, 『萬葉集歌人事典』, p.117.

있지 않을까 한다.

작품에,

〈獻忍壁皇子歌一首 詠仙人形〉(9, 1682)

〈獻舍人皇子歌二首〉(9, 1683~1684)

〈鷺坂作歌一首〉(9, 1687)

〈名木河作歌二首〉(9, 1688~1689)

〈高嶋作〉(9, 1690~1691)

〈紀伊國作歌二首〉(9, 1692~1693)

〈鷺坂作歌一首〉(9, 1694)

〈泉河作歌一首〉(9, 1695)

〈名木河作歌三首〉(9, 1696~1698)

〈宇治河作歌二首〉(9, 1699~1700)

〈獻弓削皇子歌三首〉(9, 1701~1703)

〈獻舍人皇子歌二首〉(9, 1704~1705)

〈鷺坂作歌一首〉(9, 1707)

〈泉河邊作歌一首〉(9, 1708)

〈獻弓削皇子歌一首〉(9, 1709)

　　左注 右柿本朝臣人麻呂之歌集所出(9, 1682~1709)

〈麻呂歌一首〉(9, 1725)

　　左注 右柿本朝臣人麻呂之歌集出

〈詠鳴鹿歌一首 幷短歌〉(9, 1761~1762)

　　左注 右件歌或云柿本朝臣人麻呂作

〈獻弓削皇子歌一首〉(9, 1773)

〈獻舍人皇子歌二首〉(9, 1774~1775)

　　左注 右三首柿本朝臣人麻呂之歌集出(9, 1773~1775)

〈与妻歌一首〉(9, 1782)

　　左注　右二首柿本朝臣人麻呂之歌中出(9, 1782～1783)

〈宇治若郎子宮所歌一首〉(9, 1795)

〈紀伊國作歌四首〉(9, 1796～1799)

　　左注　右五首柿本朝臣人麻呂之歌集出(9, 1795～1799)

〈左注　右柿本朝臣人麻呂歌集出〉(10, 1812～1818)　雜歌七首

〈左注　右柿本朝臣人麻呂歌集出〉(10, 1890～1896)　春相聞

〈左注　右柿本朝臣人麻呂之歌集出〉(10, 1996～2033)　秋雜歌 중의 七
　　　夕歌

〈詠花〉(10, 2094～2095)

　　左注　右二首柿本朝臣人麻呂之歌集出(10, 2094～2095)

〈詠黃葉〉(10, 2178～2179)

　　左注　右二首柿本朝臣人麻呂之歌集出(10, 2178～2179)

〈詠雨〉(10, 2234)

　　左注　右一首柿本朝臣人麻呂之歌集出(10, 2234)

〈左注　右柿本朝臣人麻呂之歌集出〉(10, 2239～2243)　秋相聞

〈左注　右柿本朝臣人麻呂之歌集出也　但件一首　或本云　三方沙弥作〉(1
　　　0, 2312～2315)　冬雜歌

〈左注　右柿本朝臣人麻呂之歌集出〉(10, 2333～2334)　冬相聞

〈左注　右十二首柿本朝臣人麻呂之歌集出〉(11, 2351～2362)　旋頭歌

〈左注　以前一百卌九首柿本朝臣人麻呂之歌集出〉(11, 2368～2516)　　正
　　　述心緒(11, 2368～2414), 寄物陳思(11, 2415～2516)

〈左注　右一首上見柿本朝臣人麻呂之歌中也　但以句句相換故載於茲〉(1
　　　1, 2634)

〈左注　右上見柿本朝臣人麻呂之歌中　但以問答故累載於茲也〉(11, 28

　　　08）問答

〈左注　右卅三首柿本朝臣人麻呂歌集出〉(12, 2841～2863) 正述心緒
　　　　　(12, 2841～2850), 寄物陳思(12, 2851～2863)

〈左注　右四首柿本朝臣人麻呂歌集出　羈旅發思〉(12, 3127～3130)

〈柿本朝臣人麻呂歌集歌曰〉(13, 3253～3254)

〈柿本朝臣人麻呂之集歌〉(13, 3309)

〈柿本朝臣人麻呂歌集曰〉(14, 3441)

〈左注　柿本朝臣人麻呂歌集出也〉(14, 3470)

〈柿本朝臣人麻呂歌集出也〉(14, 3490)

〈天平八年丙子夏六月遣使新羅國之時使人等各悲別贈答及海路之上慟
旅陳思作歌幷當所誦詠古歌　一百四十五首〉(15, 3578～3722) 중〈左
注　右柿本朝臣人麻呂歌〉(15, 3611)가 있다.

・ **矢作部眞長**(야하기베노 마나가)

『新撰姓氏錄』未定雜姓　河內國에 矢作連이 있다. 連 姓이다. 星野五
彦은 귀화인236)이라고 보았다. 도왜계이다.

작품에,

〈左注　右一首結城郡矢作部眞長〉(20, 4386)

　　左注　二月十六日　下總國防人部領使少目從七位下縣犬養宿祢淨人進歌數
　　　　　卅二首　但拙劣歌者不　取載之(20, 4384～4394의 左注)가 있다.

・ **神社忌寸老麿**(카미코소노 이미키 오유마로)

神社忌寸老麻呂는 傳未詳이다. 稻岡耕二는 '孝德紀大化二年　三月條에

---

236) 星野五彦, 앞의 논문, p.30.

神社福草, 續紀 和銅三年(710) 正月條에 從六位上 神社忌寸河內에게 從五位下를 내렸다'237)고 하였다. 星野五彥은 귀화인238)이라고 하였고 山本信三은,

> 『懷風藻』開卷第一에 「淡海朝大友皇子 二首」라고 있다. 그 小序에 皇太子者, 淡海帝之長子也, 魁岸奇偉, 風範弘深 眼中精耀 顧盼煒燁 年二十三 立爲皇太子 廣延學士 沙宅紹明, 塔本春初 吉太尙許率毋 木素貴子等 以爲賓客太子 天性明悟 下筆成章 出言爲論 未幾文藻日新 紹明이하 모두 백제인이다. 특히 紹明은 天智天皇 때 法官大輔에 임명되고 총애가 극히 두터웠다. 吉大에서 貴子까지 10자를 읽는 것이 어려운 까닭에 從來 未考, 혹은 不詳 등이라 하여 어쨋든 오늘날까지 애매하지만 나는 吉太尙許率 毋木素貴子의 두 사람이라고 판단한다. 「萬葉集」에 神社라고 하는 사람의 노래가 2수 실려 있다. 그도 조선으로부터 건너온 귀화계의 사람이다. 社와 許素는 借音字로 모두다 コソ를 옮긴 것이라고 생각된다. 貴子는 吉子라고도 쓰며 君을 의미한다. 王(國王)과 함께 존칭을 나타내는 조선의 古語이다. 許率도 그럴 것이다. 素字가 붙어 있는 이름은 西素 卓素 등 應神天皇 때 王仁과 함께 일본에 건너간 사람의 이름에도 보이고 있다. 몇 사람인지조차 알 수 없는 글자도 이렇게 해서 吉太尙 毋木素의 두 사람인 것이 분명하게 되는 것이다. 어쨋든 王仁이 皇太子 稚郎子의 師이었던 것처럼, 紹明 이하의 백제인이 존귀한 황태자의 賓師가 되어 우리 나라 궁중 교육의 大任을 맡아 후에 帝王으로서의 人格啓培에 心力을 기울였던 일은 이 序詞 중에 特筆되어 있다.239)

고 하여 韓族 또는 準韓族240)이라고 하였다. 한인계라고 보고자 한다.

작품에 〈五年(癸酉)超草香山時神社忌寸老麻呂作歌二首〉(6, 976~977)가 있다.

---

237) 稻岡耕二, 『萬葉集事典』, p.185.
238) 星野五彥, 앞의 논문, p.30.
239) 山本信三, 앞의 논문, pp.66~67.
240) 山本信三, 앞의 논문, p.75.

• 阿倍朝臣繼麿(아베노 아소미 츠기마로)

阿倍朝臣繼麻呂는 天平8년 2월에 遣新羅大使가 되었는데, 9년 정월辛丑(27일)에 大判官任生使主宇麻呂 등이 入京할 때에 '大使從五位下阿倍朝臣繼麻呂泊津嶋卒이라고 하였고 天平7년 4월 戊辛(23일)에 正六位上에서 從五位下를 받았으며 阿倍朝臣繼麻呂는 對馬에서 사망하였다.[241]

高橋朝臣에서 이미 논하였듯이『新撰姓氏錄』左京皇別上에서 高橋朝臣은 阿倍朝臣同祖이며 天武12년에 膳臣을 고쳐서 高橋朝臣을 내렸다고 하였다. 高橋蟲麻呂가 連이어 도왜인이라면 高橋朝臣도 같은 姓이므로 도왜인이 될 것이다.

작품에,

〈天平八年丙子夏六月遣使新羅國之時使人等各悲別贈答及海路之上慟旅陳思作歌幷當所誦詠古歌 一百四十五首〉(15, 3578~3722) 중의 〈七夕仰觀天漢各陳所思作歌三首〉(15, 3656~3658) 가운데 〈左注 右一首大使〉(15, 3656)

〈到筑前國志麻郡之韓亭舶泊經三日 於時夜月之光皎皎流照奄對此華旅情悽咽 各陳心緒聊以裁歌六首〉(15, 3668~3673) 중 〈左注 右一首大使〉(15, 3668)

〈竹敷浦舶泊之時各陳心緒作歌十八首〉(15, 3700~3717) 중 〈左注 右一首大使〉(15, 3700)

〈左注 右一首大使〉(15, 3706)

〈左注 右一首大使〉(15, 3708)가 있다.

• 阿倍朝臣繼麻呂의 第二男

---

241) 澤瀉久孝,『萬葉集注釋』卷第十五, p.129.

天平八年丙子夏六月 遣使新羅國之時使人으로 참여하였다. 阿倍朝臣繼麻呂와 마찬가지로 도왜계이다.

작품에,

〈天平八年丙子夏六月遣使新羅國之時使人等各悲別贈答及海路之上慟旅陳思作歌幷當所誦詠古歌一 百四十五首〉(15, 3578~3722) 중 〈海邊望月作歌九首〉(15, 3659~3767) 가운데 〈左注 大使之第二男〉(15, 3659)이 있다.

• 阿倍朝臣老人(아베노 아소미 오키나)

阿倍朝臣老人도 阿倍朝臣繼麻呂와 마찬가지로 도왜계이다.

작품에,

〈阿倍朝臣老人遣唐時奉母悲別歌一首〉(19, 4247)

　　左注 右件歌者傳誦之人越中大目高安倉人種麻呂是也 但年月次者
　　　　 隨聞之時載於此焉이 있다.

• 阿倍大夫

古義에 廣庭卿이라고[242] 하였다. 阿倍大夫도 阿倍朝臣繼麻呂와 마찬가지로 도왜계이다.

작품에 〈大神大夫任筑紫國時阿倍大夫作歌一首〉(9, 1772)가 있다.

• 阿倍女郎(아베노 이라츠메)

阿倍女郎은 傳未詳이다. 阿倍朝臣繼麻呂와 마찬가지로 도왜계로 볼 수 있겠다.

작품에,

---

242) 澤瀉久孝, 『萬葉集注釋』 卷第九, p.188.

〈阿倍女郎屋部坂歌一首〉(3, 269)

〈阿倍女郎歌二首〉(4, 505~506)

〈阿倍女郎歌一首〉(4, 514)

〈阿倍女郎答歌一首〉(4, 516)가 있다.

● 阿部女王(아베노 오호키미)

阿部女王은 傳未詳이다. 澤瀉久孝는 〈但馬皇女御歌一首〉(8, 1515)의 밑에 '一書云子部王作'이라 한 子部王이라고 말해진다243)고 하였다. 阿倍朝臣繼麻呂와 마찬가지로 도왜계이다.

작품에,

〈阿部女王嗤歌一首〉(16, 3821)

> 左注 右時有娘子 姓尺度氏也 此娘子不聽高姓美人之所誂 應許下姓
> 媿士之所誂也 於是阿部女王裁作此歌嗤哂彼愚也가 있다.

● 阿氏奧嶋(아시노 오키시마)

澤瀉久孝는 '「阿氏」는 阿倍氏의 略이라고 생각되지만 확실하지 않다. 寧樂遺文(下經濟篇)에 上野介正六位上阿倍朝臣息嶋라는 사람, 勝寶4년 10월 同國의 調黃紬의 墨書에 보인다. 「阿」字를 미리로 가진 氏는 萬葉에서는 阿倍 뿐이며, 官位令에 의하면 大宰少監은 從六位上 相當이므로 혹은 이 사람일지도 알 수 없다'244)고 하였고, 土屋文明은 '阿氏는 阿部氏라고도 하는 것을 중국식으로 표현한 것이나 奧島는 알 수 없다'245)고 하였다. 阿氏가 阿倍氏라면 위에서 논하였듯이 阿倍氏가 도왜계이므로 阿氏도

---

243) 澤瀉久孝,『萬葉集注釋』卷第十六, p.112.
244) 澤瀉久孝,『萬葉集注釋』卷第五, p.123.
245) 土屋文明,『萬葉集私注』三, p.75.

도왜인일 것이다. 이 작가의 前後 작가들 대부분이 도왜인인 것도 참고할 만하다.

작품은 〈梅花歌卅二首 幷序〉(5. 815~846) 중 824번가에 '少監阿氏奧嶋'라고 하여 1수가 전한다.

• **安倍朝臣廣庭**(아베노 아소미 히로니와)

安倍廣庭은 『續日本紀』 和銅二年 十一月 甲寅(二日)條에 '正五位下阿倍朝臣廣庭爲伊豫守'라246) 하였고, 神龜元年 七月條에 '從三位安倍朝臣廣庭云云'이라247) 하였다.

阿倍朝臣繼麻呂와 마찬가지로 도왜계이다.

작품에,

〈中納言安倍廣庭卿歌一首〉(3. 302)

〈安倍廣庭卿歌一首〉(3. 370)

〈中納言安倍廣庭卿歌一首〉(6. 975)

〈中納言阿倍廣庭卿歌一首〉(8. 1423)

그외 『懷風藻』에 漢詩가 2수 있다.

• **安倍朝臣沙弥麿**(아베노 아소미 사미마로)

阿倍朝臣繼麻呂와 마찬가지로 도왜계이다.

작품에 〈三月三日 撿挍防人勅使幷兵部使人等同集飮宴作歌三首〉(20. 4433~4435) 중 〈左注 右一首勅使紫薇大弻安倍沙美麻呂朝臣〉(20. 4433)이 있다.

---

246) 國史大系 『續日本紀』 前篇, p.40.
247) 國史大系 『續日本紀』 前篇, p.101.

• **安倍朝臣奧道**(아베노 아소미 오키미치)

安倍朝臣奧道는『續日本紀』天平寶字六年 正月癸未(四日)條에 正六位上安倍朝臣息道에게 從五位下를 주었다[248]고 하였다. 阿倍朝臣繼麻呂와 마찬가지로 도왜계이다.

작품에 〈安倍朝臣奧道雪歌一首〉(8, 1642)가 있다.

• **安倍朝臣子祖父**(아베노 아소미 코오지)

安倍朝臣子祖父는 傳未詳이다. 阿倍朝臣繼麻呂와 마찬가지로 도왜계이다.

작품에,

〈無心所著歌二首〉(16, 3838~3839)

　　左注 右歌者舍人親王令侍座曰 或有作無所由之歌人者 賜以錢帛 于
　　　　 時大舍人安倍朝臣子祖父乃作斯歌獻上 登時以所募物錢二千
　　　　 文給之也가 있다.

• **安倍朝臣蟲麿**(아베노 아소미 무시마로)

阿倍朝臣繼麻呂와 마찬가지로 도왜계이다.

작품에,

〈安倍朝臣蟲麻呂歌一首〉(4, 665)

〈安倍朝臣蟲麻呂歌一首〉(4, 672)

〈安倍朝臣蟲麻呂月歌一首(6, 980)

〈右大臣橘家宴歌七首〉(8, 1574~1580) 중 〈左注 右二首 阿倍朝臣蟲麻呂〉(8, 1577~1578)

---

248) 國史大系『續日本紀』後篇, p.285.

〈御在西池邊肆宴歌一首〉(8, 1650)

　　左注 右一首作者未詳 但堅子阿倍朝臣蟲麻呂傳誦之가 있다.

•安倍朝臣豊繼(아베노 아소미 토요츠구)

安倍朝臣豊繼도 阿倍朝臣繼麻呂와 마찬가지로 도왜계이다.

　작품에 〈春三月幸于難波宮之時歌六首〉(6, 997~1002) 중 〈左注 右一首安倍朝臣豊繼作〉(6, 1002)이 전한다.

•安都扉娘子(아토노 토비라노 오토메)

다음의 安都宿禰年足이 백제계라면 安都扉娘子도 백제계로 볼 수 있을 것이다.

　작품에 〈安都扉娘子歌一首〉(4, 710)가 있다.

•安都宿禰年足(아토노 스쿠비 토시타리)

　安都宿禰年足은 『續日本紀』養老三年 五月癸卯條(十五日)에 '正八位下阿刀連人足等三人並 賜宿禰姓'[249]이라고 하였다. 또 『新撰姓氏錄』左京神別上에 '阿刀宿禰 石上同祖'[250]라고 하였다. 阿刀連人足이라고 하여 連을 사용한 것으로 보면 도왜인임을 알 수 있는데 石上과 同祖라고 본다면 백제계가 될 것이다.

　작품에 〈安都宿禰年足歌一首〉(4, 663)가 있다.

•安宿公奈登麿(아스카베노키미 나도마로)

　稻岡耕二는 '「續日本紀」에 百濟安宿公奈登麻呂(續紀)라고도 보이는데

---

249) 國史大系 『續日本紀』 前篇, p.76.
250) 佐伯有淸, 『新撰姓氏錄の硏究』, p.213.

백제로부터의 도래인의 자손으로 天平勝寶8년(756) 11월 出雲掾 때 朝集使로 上京하여 天平 神護원년(765) 정월 正六上에서 外從五位下'였다고[251] 하였다.

『萬葉集歌人事典』에서도 마찬가지로 '河內國安宿郡 출신의 사람으로 백제 도래계의 사람일 것이다. 一門에는 經師가 많다'[252]고 하였다. 星野五彥은 '백제 귀화인인가?'[253]라고 하였고, 山本信三도 '神護원년 百濟 安宿公奈杼麻麿에 外從五位下를 주었는데 出雲의 掾이며 安宿은 飛鳥部'[254]라고 하였다. 安宿公奈杼麿는 백제계임을 알 수 있다.

4473번가의 左注에 '右一首守山背王歌也 主人安宿奈杼麻呂語云 奈杼麻呂被差朝集使擬入京師 因此餞之日 各作歌聊陳所心也'라 하여 그의 이름이 보인다.

작품에 〈八日讚岐守安宿王等集於出雲掾安宿奈杼麻呂之家宴歌二首〉(20, 4472~4473) 중 〈左注 右掾安宿奈杼麻呂〉(20, 4472)가 전한다.

• 桉作村主益人 (쿠라츠쿠리노 스쿠리 마스히토)

桉作村主益人에 대하여 澤瀉久孝는,

推古紀13년에 鞍作鳥의 이름이 보이며, 推古紀14년에 父多須那, 祖父司馬達等이라고 하였다. 敏達紀13년에 「鞍部村主司馬達等이라고 하였고, 雄略紀7년에 鞍部堅貴의 이름이 보인다. 河內志澁川郡鞍作故居에 注하여「鞍作村百濟工人多須那歸化賜姓鞍作其子都理善造佛像世稱禽佛師云云」이라고 하였다. 귀화인의 자손이나 益人의 이름은 보이지 않음. 村主는 귀화인에게 내린 성으로 新撰姓氏錄諸蕃조에 보인다.[255]

---

251) 稻岡耕二, 『萬葉集事典』, p.153.
252) 大久間喜一郞 外 2人編, 『萬葉集歌人事典』, p.9.
253) 星野五彥, 앞의 논문, p.30.
254) 山本信三, 앞의 논문, p.75.

고 하였다. 中西 進은 '天平6년(734)頃 內匠大屬(萬)으로 鳥佛師의 후손인데 村主는 渡來系氏의 姓'이라고[256] 하였다. 『萬葉集歌人事典』에서는 '桉作氏는 新撰姓氏錄에 의하면 仁德朝에 귀화하고 있다. 또 村主는 귀화계의 사람들에게 내린 姓이므로 귀화인의 자손일 것'[257]이라고 하였다. 星野五彦은 漢의 귀화인[258]으로 보았다. 백제계로 보고자 한다.

작품에,

〈桉作村主益人從豐前國上京時作歌一首〉(3, 311)

〈作村主益人歌一首〉(6, 1004)

　　左注　右內匠大屬桉作村主益人聊設飲饌以饗長官佐爲王　未及日斜
　　　　　王既還歸　於時益人怜惜不猒之歸仍作此歌가 있다.

• **鴨君足人**(카모노키미노 타리히토)

鴨君은 『新撰姓氏錄』 攝津國皇別에, 鴨君은 그 앞의 依羅宿禰와 같다고 하였는데 依羅宿禰를 보면 '日下部宿禰同祖　彦坐命之後也　續日本紀合'[259]이라고 되어 있다.

그런데 『萬葉集歌人事典』에서는 日下部使主三中을 '上總國의 國造의 丁으로 성이 使主. 귀화인의 후예인가? 正倉院古裂銘文集成에 보이는 上總國 周淮郡의 大領外從七位上 日下部使主山과의 관계는 不明'[260]이라고 하였다. 鴨君이 日下部와 同祖인데 日下部가 백제와 관련이 있다면 鴨君도 백제계가 될 것이다.

작품에,

---

255) 澤瀉久孝,『萬葉集注釋』卷第三, p.216.
256) 中西 進,『萬葉集事典』, p.229.
257) 大久間喜一郎 外 2人編,『萬葉集歌人事典』, p.150.
258) 星野五彦, 앞의 논문, p.29.
259) 佐伯有淸,『新撰姓氏錄の硏究』, p.196.
260) 大久間喜一郎 外 2人編,『萬葉集歌人事典』, p.147.

〈鴨君足人香具山歌一首 幷短歌〉(3, 257~259, 或本歌曰260)
  左注 右今案遷都寧樂之後怜舊作此歌歟가 있다.

• 額田王(누카타노 오호키미)

額田王은 齊明天皇의 아들 大海人皇子와 결혼하여 十市皇女를 낳았다.
土橋 寬은,

  다음에 額田王의 父 鏡王은 어떤 인물일까 하는 문제. 「王」, 「姬王」이라
고 하는 것은 2세(天皇의 孫)에서 5세까지의 王族에 사용하는 말이지만, 알
수 없는 것은 앞에 인용한 天武紀 2년의 기사이다. 그 天武天皇后妃를 기술
한 순서를 보면 皇后, 妃, 夫人의 順으로, 황후는 황족(天智天皇의 皇女),
妃 3인도 황족, 夫人은 두 사람이 藤原鎌足의 딸, 한 사람이 蘇我赤兄의 딸
로, 그 다음이 額田王, 그 다음이 지방호족 胸形君, 宍人臣出身의 妾이 기록
되어 있다. 額田姬王이 왕족이라면 妃와 夫人의 사이에 서열되어야 할 것인
데 중앙씨족과 지방호족 사이에 들어 있는 것은 무엇 때문일까? 「鏡王」에 대
해서는 「丹波道主王」과 마찬가지로, 왕족으로서 지방호족이 된 자의 자손이
라고 생각하면 일단 설명이 되겠지만 그렇다면 額田王의 서열이 설명이 되지
않으며, 어느 쪽에도 해당되지 않는 것이다. 이것을 해결하는 하나의 방법으
로써 鏡王을 백제로부터 도래한 왕족이라고 생각하면 어떨까?261)

라고 하여 백제계로 보았다. 中西 進은 額田王은 鏡王의 딸이라고 한『日
本書紀』의 기록에 근거하여, 近江의 鏡山이 거울을 만드는 신라계의 기술
자들이 거주하였다고 하고 額田王은 바로 이 신라계의 후손262)이라고 하였
다. 그리고 작품 분석을 통하여서도,

  그리고 額田王이 신라계 도래자의 후예라고 한다면, 아주 이해가 잘 되는

---

261) 土橋 寬,『萬葉開眼』上, NHK ブックス 313(日本放送出版協會, 1981), p.81.
262) 中西 進,『万葉の時代と風土』, pp.110~111.

것이 있다. 王이 春秋 싸움의 노래를 짓고 있는 것은, 많은 사람들이 알고 있을 것이다. (中略) 이른바 春秋 다툼이라고 하는 것은 중국에서는 일찍이 「淮南子」 등에도 보이지만 일본에서는 「源氏物語」까지 내려오지 않으면 등장하지 않는다. 그럼에도 불구하고 額田王이 이것을 부른다고 하는 것은 문학사상에서도 이례적이다. 마침 山上憶良에게 있어서의 눈과 마찬가지로 萬葉集 전체는 눈을 기쁜 것으로 노래하는데 憶良 혼자만이 「貧窮問答의 歌」에서 힘든 것으로서 눈을 노래하고 있는 것이다.

　그러면 왜 王은 이런 노래를 부른 것일까. 하나는 위에서 말한 것처럼 天智朝의 양상이 천황으로 하여금 그런 물음을 하게 한, 환언하면 백제 도래자들이 지식을 披露하고, 그러면 너희들은 어떠한가 하고 천황이 물었기 때문일 것이겠지만 卽座에서 王이 대답할 수 있었던 것은 일찍이 지니고 있었던 지식의 素地가 있었기 때문이라고 생각된다.263)

고 하였다. 그리고 또,

　그런데 額田王을 「紫の妹」라고 한 데는 이유가 있다. 그녀는 전설상의 天日矛를 조상이라고 전하는, 近江의 거울을 제작하는 가계의 한 사람이었기 때문이다. 그녀는 신라계의 外來의 피를 받은 에그조틱한 미모의 주인공이었다고 생각되어진다. 그녀를 「王」이라고 칭한 것은 神鏡을 제사하는 聖職家의 출신이었기 때문일 것으로 그 때문에 고귀함도 더해졌을 것이다.

　王이 신라계이므로 보라색으로 비유된 것이 적절한 것은 말할 것도 없거니와 보라의 염색이 韓(唐)으로부터 전래된 수법이었던 것이다. 당시 紫草는 모두 栽培로, 野生을 기록한 문헌을 볼 수 없다.264)

고 하여 신라계로 보았다.

　土橋 寬은 額田王을 백제계로 보았고 中西 進은 신라계로 보았다. 土橋 寬이 額田王을 백제계로 본 경우는 논거가 희박하므로 中西 進의 설을 따라

---

263) 中西 進, 『万葉の時代と風土』, p.111.
264) 中西 進, 『万葉の時代と風土』, p.125.

신라계로 보고자 한다.

작품에는,

明日香川原宮御宇天皇代

〈額田王歌 未詳〉(1, 7)

　　左注　右檢山上憶良大夫類聚歌林曰　一書戊申年幸比良宮大御歌　但
　　　　　紀曰 五年春正月己 卯朔辛巳天皇至自紀溫湯 三月戊寅朔天皇
　　　　　幸吉野宮而肆宴焉 庚辰日天皇幸近江之平之浦

〈額田王歌〉(1, 8)

　　左注　右檢山上憶良大夫類聚歌林曰　飛鳥岡本宮御宇天皇元年己丑
　　　　　九年丁酉十二月己巳朔壬午　天皇大后幸于伊豫湯宮　後岡本宮
　　　　　馭宇天皇七年辛酉春正月丁酉朔丙寅　御船西征始就于海路　庚
　　　　　戌御船泊于伊豫熟田津石湯行宮　天皇御覽昔日猶存之物當時
　　　　　忽起感愛之情　所以因製歌詠爲之哀傷也　卽此歌者天皇御製焉
　　　　　但額田王歌者別有四首

〈幸于紀溫泉之時額田王作歌〉(1, 9)

〈天皇詔內大臣藤原朝臣競憐春山萬花之艷秋山千葉之彩時額田王以歌
判之歌〉(1,16)

〈額田王下近江國時作歌井戶土卽和歌〉(1, 17~18)

　　左注　右二首歌山上憶良大夫類聚歌林曰　遷都近江國時　御覽三輪山
　　　　　御歌焉　日本書紀曰 六年丙寅春三月 辛酉朔己卯 遷都于近江

〈天皇遊獵蒲生野時額田王作歌〉(1, 20)

　　左注　紀曰 天皇七年丁卯夏五月五日 縱獵於蒲生野 于時大皇弟諸王
　　　　　內臣及群臣皆悉從焉(1, 20~21)

〈額田王奉和歌一首〉(2, 112)

〈從吉野折取蘿生松柯遣時額田王奉入歌一首〉(2, 113)

〈天皇大殯之時歌一首〉(2, 151~152)

〈從山科御陵退散之時額田王作歌一首〉(2, 155)

〈額田王思近江天皇作歌一首〉(4, 488)

〈額田王思近江天皇作歌一首〉(8, 1606)가 있다.

• **野氏宿奈麿**(야시노 스쿠나마로)

澤瀉久孝는 ‘野氏는 大野, 小野, 三野 등 여러 가지가 있는데 누구인지 알 수 없다’[265]고 하였다. 小野가 백제계였으므로 백제계일 가능성도 있는 것이다.

작품에 〈梅花歌卅二首 幷序〉(5, 815~846) 중 833번가에 ‘大令史野氏宿奈麻呂’라고 하였다.

• **若櫻部朝臣君足**(와카사쿠라베노 아소미 키미타리)

若櫻部朝臣君足은 傳未詳이다.『日本書紀』卷第十二 履中天皇 三年 十一月 丙寅朔辛未條에 ‘是日改長眞膽連之本姓曰稚櫻部造 又號膳臣余磯 曰稚櫻部臣’[266]이라 하였다. 長眞膽連이라 하여 連 姓을 사용하였고 櫻部造라 하여 도왜인에게 부여된 造를 사용하였으므로 도왜인이라고 할 수 있다. 작품에 〈若櫻部朝臣君足雪歌一首〉(8, 1643)가 있다.

• **椋椅部刀自賣**(쿠라하시베노 토지메)

星野五彦은 귀화인[267]이라 하였다.『新撰姓氏錄』未定雜姓 攝津國에 椋椅部連이 보이는데 連 姓이므로 도왜인임을 알 수 있다.

---

265) 澤瀉久孝,『萬葉集注釋』卷第五, p.131.
266) 大系『日本書紀』上, 427.
267) 星野五彦, 앞의 논문, p.30.

작품에,

〈左注　右一首妻椋椅部刀自賣〉(20, 4416)

　　左注　二月卄九日　武藏國部領防人使掾正六位上安曇宿祢三國進歌
　　　　　數二十首　但拙劣歌者不取載之(20, 4413~4424의　左注)가
　　　　　있다.

　• **椋椅部弟女**(쿠라하시베노 오토메)

星野五彦은 귀화인268)이라 하였다.

작품에,

〈左注　右一首妻椋椅部弟女〉(20, 4420)

　　左注　二月卄九日　武藏國部領防人使掾正六位上安曇宿祢三國進歌
　　　　　數二十首　但拙劣歌者不取載之(20, 4413~4424의　左注)가
　　　　　있다.

　• **椋椅部荒虫**(쿠라하시베노 무시마로)

星野五彦은 귀화인269)이라고 하였다.

그의 이름은 권제20의 4417번가의 左注 '右一首豐嶋郡上丁椋椅部荒虫
之妻宇遲部黑女'에 보인다.

　• **奄君諸立**(아무노키미 모로타치)

奄君諸立은 傳未詳이다.

奄君諸立은『新撰姓氏錄』左京神別下에 '奄智造', 大和神別에 '奄知造'
가 있는데 모두 도왜인에게 부여되었던 造 姓이므로 도왜인임을 알 수 있다.

---

268) 星野五彦, 앞의 논문, p.30.
269) 星野五彦, 위의 논문, p.30.

작품에 〈奄君諸立歌一首〉(8, 1483)가 있다.

● 余明軍(요노묘오군)

星野五彦은 신라 아니면 백제 귀화인[270]이라 하였고 澤瀉久孝는,

　　余氏는『日本書紀』持統天皇 五年 正月朝에 正廣肆百濟王余禪廣의 이
름이 보이며『續日本紀』天平寶字二年 六月條에 ‘大宰陰陽師從六位下余
益人 造法華寺判官從六位下余東人等四人賜百濟朝臣姓’이라 하였고 天平
寶字五年 三月條에 ‘百濟人余民善女等四人賜姓百濟公’이라 한 기록으로
미루어 백제 王族의 氏이며, 金氏는 續紀 天平五年 六月에 ‘武藏國埼玉郡
新羅人德師等 男女五十三人 依請爲金姓’이라 하였는데 신라 왕족의 氏이
다. 和銅2년 11월에 伯耆守가 된 金上元의 이름이 보인다. 養老7년 정월에
正六位上에서 從五位下가 된 余仁軍은 지금의 작자와 혈족 관계가 있는 듯
하다.[271]

고 하여 백제 왕족으로 보았다.

　稻岡耕二는 ‘流布本에서는 金明軍이라 되어 있다. 余氏라면 백제왕계,
金氏라면 신라왕계이다. 古寫本系가 余氏이고『續日本紀』에는 余仁軍(養
老7년 정월)이라고 보이나 이름과 시대가 가까운 것으로 보아 대부분 余쪽
을 취하고 있다’[272]고 하였다.

　『萬葉集歌人事典』에서는,

　　余氏는 持統紀 5년 정월에 正廣肆百濟王余禪廣의 이름이 보인다. 持統
天平寶字2년 6월에 ‘大宰陰陽師從六位下余益人 造法 崒寺判官從六位下
余東人等四人賜百濟王臣姓’이라고 하였다. 同5년 3월에 ‘百濟人余民善女

---

270) 星野五彦, 위의 논문, p.30.
271) 澤瀉久孝,『萬葉集注釋』卷第三, p.445.
272) 稻岡耕二,『萬葉集事典』, p.234.

等四人賜姓百濟公'이라고 보인다. 余氏는 백제왕계의 씨족임을 이로써 알
수 있다.273)

고 하였다. 中西 進은 余自信의 후예274)라고 하였고, 上田正昭도 백제계
의 도래씨족이었다고 하여275) 백제계라고 하였다. 그러나 山本信三은 金
明軍은 신라에 김씨가 많으므로 그 나라 사람일 것이라고 한 本居氏의 설을
그대로 소개276)하고 있는 것으로 보아 신라계로 본 듯하다. 金明軍으로 보
다는 余明軍이 더 보편화되어 있으므로 백제계로 보아야 할 것이다.
  작품에,
〈余明軍歌一首〉(3, 394)
〈天平三年辛未秋七月大納言大伴卿薨之時歌六首〉(3, 454~458)
   左注 右五首資人余明軍不勝犬馬之慕心中感緒作歌
〈余明軍與大伴宿禰家持歌二首 明軍者大納言卿之資人也〉(4, 579~
580)가 있다.

  • 緣達師(엔다치호우시)
上田正昭는 도래계의 歌人277)이라 하였는데 土屋文明은,

   作者 緣達師의 師는 法師라는 뜻으로, 緣達이라고 하는 이름의 僧일 것이
라고 말해지지만, 大化 元年紀에 緣福이라는 백제의 大使가 보인다. 그것과
관계가 없다고 해도 緣은 백제의 姓이고, 達師가 이름. 백제로부터의 歸化族
의 한사람일 것이다.278)

---

273) 大久間喜一郎 外 2人編, 『萬葉集歌人事典』, p.345.
274) 中西 進, 『万葉の時代と風土』, p.109.
275) 上田正昭, 앞의 논문, p.30.
276) 山本信三, 앞의 논문, p.74.
277) 上田正昭, 앞의 논문, p.32.

고 하였다. 澤瀉久孝와 中西 進도 이를 따르고 있다. 백제계라고 보는 설을 따르고자 한다.

작품에 〈緣達師歌一首〉(8, 1536)가 있다.

•宇努首男人(우노노오비토 오히토)

上田正昭는 도래계의 歌人[279]이라 하였다. 그런데『新撰姓氏錄』大和國諸蕃에 '宇奴首 百濟國君男彌奈曾富意彌也'[280]라 하였고 河內國諸蕃에는 '宇努造 宇努首同祖 百濟國人彌那子富意彌之後也'[281]라고 하였다. 따라서『萬葉集歌人事典』, 星野五彦[282] 모두 백제계로 보았다. 山本信三도 '百濟國君의 男 彌奈曾富意彌의 후손으로 豊前守가 되어 隼人의 난을 평정하였다'고[283] 하였다. 백제계이다.

작품에 〈豊前守宇努首男人歌一首〉(6, 959)가 있다.

•羽栗(하쿠리)

天平八年丙子夏六月 遺使新羅國之時使人의 少判官으로 참가하였다. 高橋庄次는 唐女의 子인가[284]라고 하였으나, 中西 進은 '그리고 이들은 上揭 村山氏의 논문에 언급되어 있는 것과도 일부 공통되지만 그 외에 氏는 笠臣, 坂本臣, 羽栗臣들을 들고 있고, 시대를 널리 보면, 渡來者에 臣姓이 부여된 경우는 적지 않다'[285]고 하였는데 백제계로 본 듯하다. 이 사람도 백

---

278) 土屋文明,『萬葉集私注』四, p.317.
279) 上田正昭, 앞의 논문, p.32.
280) 佐伯有淸,『新撰姓氏錄の硏究』, p.313.
281) 佐伯有淸,『新撰姓氏錄の硏究』, p.327.
282) 大久間喜一郎 外 2人編,『萬葉集歌人事典』, p.43. 星野五彦, 앞의 논문, p.29.
283) 山本信三, 앞의 논문, p.74.
284) 高橋庄次, 앞의 논문, p.49.
285) 中西 進,「憶良 渡來人論 補遺」, p.111.

제계라 보아진다.

작품에 〈天平八年丙子夏六月遣使新羅國之時使人等各悲別贈答及海路之上慟旅陳思作歌幷當所誦詠古歌 一百四十五首〉(15, 3578~3722) 중 〈左注 右一首羽栗〉(15, 3640)이 전한다.

• 元仁(관닌)

元仁은 傳未詳이다. 土屋文明은 元은 氏, 仁은 이름으로 귀화족일까286)라고 하였고, 稻岡耕二는 '도래인계, 혹은 法師명이라는 설이 있으나 불명'이라고287) 하였다. 上田正昭는 도래계의 歌人이라고288) 하였다. 도왜인이겠으나 출자를 분명히 알 수 없다.

작품에 〈元仁歌三首〉(9, 1720~1722)가 있다.

• 六鯖麻呂(무사바 마로)

天平八年丙子夏六月 遣使新羅國之時使人의 한 사람이다.

澤瀉久孝는, '六鯖을『續日本紀』天平寶字八年 正月乙巳(七日)條에 '授正六位上六人部連鯖麻呂外從五位下'라고 한 것을 인용하여 代匠記는 이 사람은 氏와 名을 略해서 쓴 것으로 보았다. 全註釋에는 '正倉院文書에 의하면 六人部鯖麻呂는 天平寶字2년에는 正六位上으로 伊賀守이었다. 氏名을 略해서 쓴 것은 대륙사람의 씨명을 따라서 스스로 생략한 것일 것이다. 그렇다고 한다면 字音으로 읽어야 할 지도 모르겠다'고289) 하였다.『萬葉集歌人事典』에서는,

---

286) 土屋文明,『萬葉集私注』五, p.50.
287) 稻岡耕二,『萬葉集事典』, p.187.
288) 上田正昭, 앞의 논문, p.32.
289) 澤瀉久孝,『萬葉集注釋』卷第十五, p.120.

新撰姓氏錄의 右京皇別下에 '粟田朝臣 大春日朝臣同祖 天足彦國忍人命之後也 日本紀合 山上朝臣 同氏(祖イ) 日本紀合'이라는 것과 관련하여 살펴보면 山上氏는 光昭天皇의 황자 天足彦國忍人命을 조상으로 하고 귀화족의 從屬에 의해 형성된 粟田氏계로부터 分脈한 一氏族이라 생각된다.290)

고 하였다. 그런데 『新撰姓氏錄』 和泉國諸蕃에 '六人部連 百濟公同祖 酒王之後也'라고 하였고, 또 그 百濟公에 대해서는 '百濟公 出自百濟國酒王也'291)라고 하였다. 星野五彦은 백제 귀화인292)으로 보았고 高橋庄次는,

이 사람도 백제계 씨족이다. 이 六鯖의 異例의 略稱은 羽栗의 略稱과 함께, 그것이 재액으로부터 몸을 피하기 위한 주술이었을 가능성에 대하여 이미 졸저에서 지적하였다. 羽栗 쪽은 羽栗氏라고 생각되지만 그가 누구인지는 알 수 없다. 羽栗吉麻呂가 唐女에게 낳은 자식 翼이라고 하는 설도 있다.293)

고 하였다. 백제계이다.

작품에,

〈天平八年丙子夏六月遣使新羅國之時使人等各悲別贈答及海路之上慟旅陳思作歌幷當所誦詠古歌 一百四十五首〉(15, 3578~3722) 중 〈到壹岐嶋雪連宅滿忽遇鬼病死去之時作歌一首 幷短歌〉(15, 3688~3690) 〈左注 右三首六鯖作挽歌〉(15, 3694~3696)가 있다.

● 依羅娘子(요사미노 오토메)

柿本朝臣人麻呂의 妻인데 星野五彦은 귀화인294)이라고 하였다. 한인

---

290) 大久間喜一郞 外 2人編, 『萬葉集歌人事典』, p.323.
291) 佐伯有淸, 『新撰姓氏錄の硏究』, p.331.
292) 星野五彦, 앞의 논문, p.30.
293) 高橋庄次, 앞의 논문, p.47.

계일 것이다.

작품에,

〈柿本朝臣人麻呂妻依羅娘子與人麻呂相別歌一首〉(2, 140)

〈柿本朝臣人麻呂死時妻依羅娘子作歌二首〉(2, 224~225)가 있다.

 • **忍坂部乙麿**(오사카베노 오토마로)

『新撰姓氏錄』未定雜姓에 忍坂連이 보인다. 連 姓이다. 星野五彦은 '백제 귀화인인가?'[295]라고 하였고, 山本信三은 '阿知使主의 族姓. 刑部라고도 한다. 集에 이 사람 외에 刑部垂麿, 刑部三野, 刑部千國 등이 있다'[296]고 하여 백제계로 보았다. 백제계로 보고자 한다.

작품에 〈左注 右一首忍坂部乙麻呂〉(1, 71)가 있다.

 • **忍海部五百麿**(오시누미베노 이호마로)

『新撰姓氏錄』逸文을 보면 忍海村主[297]가 있다. 星野五彦은 漢의 귀화인[298]으로 보았는데 忍坂部와 관련된 것으로 백제계가 아닐까 싶다.

작품에,

〈左注 右一首結城郡忍海部五百麻呂〉(20, 4391)

　　　左注 二月 | 六日 下總國防人部領使少目從七位下縣犬養宿祢淨人

　　　　　　進歌數卄二首 但拙劣歌者不取載之(20, 4384~4394의 左注)

가 있다.

---

294) 星野五彦, 앞의 논문, p.29.
295) 星野五彦, 앞의 논문, p.29.
296) 山本信三, 앞의 논문, p.76.
297) 佐伯有淸, 『新撰姓氏錄の研究』, p.358.
298) 星野五彦, 앞의 논문, p.30.

• 日下部使主三中(쿠사카베노 오미 미나카)

『新撰姓氏錄』을 보면 日下部・日下部連・酒人造[299], 日下部首・日下部宿禰[300], 川俣公[301], 依羅宿禰[302]는 모두 同祖로 되어 있다.『萬葉集歌人事典』에서는 '上總國의 國造의 丁으로 성이 使主, 귀화인의 후예인가? 正倉院古裂銘文集成에 보이는 上總國 周淮郡의 大領外從七位上 日下部使主山과의 관계는 不明'[303]이라고 하였다. 連 姓이어 도왜계라면 혹 백제 酒公과 관련된 姓이 아닐까 추정해 본다.

작품에,

〈右一首國造丁日下部使主三中〉(20, 4348)

　　　左注 二月九日 上總國防人部領使少目從七位下茨田連沙弥麻呂進
　　　　　　歌數十九首 但拙劣歌者不取載之(20, 4347~4359의 左注)

가 있다.

• 日下部使主三中之父

日下部使主三中의 父이다. 그렇다면 日下部使主三中之의 父인 日下部使主三中之父 역시 백제계가 될 것이다.

작품에,

〈右一首國造丁日下部使主三中之父歌〉(20, 4347)

　　　左注 二月九日 上總國防人部領使少目從七位下茨田連沙弥麻呂進
　　　　　　歌數十九首 但拙劣歌者不取載之(20, 4347~4359의 左注)

가 있다.

---

299) 佐伯有淸,『新撰姓氏錄の硏究』, pp.201~202.
300) 佐伯有淸,『新撰姓氏錄の硏究』, p.208.
301) 佐伯有淸,『新撰姓氏錄の硏究』, p.192.
302) 佐伯有淸,『新撰姓氏錄の硏究』, p.196.
308) 大久間喜一郎 外 2人編,『萬葉集歌人事典』, p.147.

• **任生使主宇太麻呂**(미부노 오미 우타마로)

任生使主宇太麻呂는 『續日本紀』 天平九年 正月辛丑(卄七日)條에 '遣新羅使者大判官從六位上任生使主宇太麻呂'라고[304] 하였다. 天平十八年 四月癸卯條(卄三日)에 '授正六位(中略) 任生使主宇太麻呂 (中略) 外從五位'라고[305] 하였고, 同年 八月丁亥(八日)에 '爲右京亮', 天平勝寶二年 五月辛丑(十四日)에 '爲但馬守', 六年 七月丙午(十三日)에 '外從五位下任生使主宇陁麻呂爲玄蕃頭'라고[306] 하였다.

그런데 井上秀雄은,

이처럼 奈良朝에서는 漢氏의 유력자는 律令官人이라도 유력한 지위를 점하고 있었으므로 奈良朝 말기의 延曆年間에는 일찍이 漢氏坂上大忌寸과 文忌寸 등의 계보가 전해지고 있다. 즉, 『續日本紀』 延曆4년(785) 6월조에서, 坂上大忌寸의 조상은 後漢의 靈帝의 曾孫 阿智王으로 되어 있다. 延曆10년 (791) 4월조에서는 文忌寸의 조상을 漢의 高帝의 後裔 鸞의 자손인 王豹가 백제에 이주하여 그 孫인 王仁이 일본에 도래했다고 한다. 이같은 생각은 그대로 『新撰姓氏錄』에 이어지고 있다. 『新撰姓氏錄』의 것을 系圖化하면 다음과 같다. 文宿禰와 坂上大宿禰의 경우는 중앙귀족답게 중국의 왕실과 관련지어진 系圖가 조작되고 그 권위부여가 행해지고 있었음을 알 수 있다. 桑原村主・豊岡連・尾津直 등 지방호족의 계보는, 萬德使主・伊須久牟治使主・大水命 등 使主와 命의 姓이랑 존칭을 지니는 일본에서의 계보밖에 가지지 않았다. 그것이 文宿禰 등과의 從屬關係가 생겨난 것일까, 7세기의 孫, 5세기의 孫 내지는 後裔라고 칭하는 것처럼 계보상 아무런 媒介도 두지 않고 돌연 漢의 高祖와 관련지어지고 있다. 아마 漢高祖와의 연결은 『新撰姓氏錄』 편찬 과정에서 桑原村主 등이 文宿禰 등과의 관계를 계보화한 것은 아닐까고 생각된다.[307]

---

304) 國史大系 『續日本紀』 前篇, p.142.
305) 國史大系 『續日本紀』 前篇, p.187.
306) 國史大系 『續日本紀』 前篇, p.188.

고 하였다.

　使主가 붙은 것은 그리 세력이 크지 않은 지방의 도왜인인 것 같다. 新羅使 大判官으로 참여한 것으로 보아 백제계가 아닐까 한다.

　작품에,

〈天平八年丙子夏六月遣使新羅國之時使人等各悲別贈答及海路之上慟旅陳思作歌幷當所誦詠古歌　一百四十五首〉(15, 3578～3722) 중 〈備後國水調郡長井浦舶泊之夜作歌三首〉(15, 3612～3614) 가운데 〈左注　右一首大判官〉(15, 3612)

〈到筑前國志麻郡之韓亭舶泊經三日　於時夜月之光皎皎流照奄對此華旅情悽忄壹　各陳心緒聊以裁歌六首(15, 3668～3673) 중 〈左注　右一首大判官〉(15, 3669)

〈引津亭舶泊之作歌七首〉(15, 3674～3680) 중 〈左注　右二首大判官〉(15, 3674～3675)

〈竹敷浦舶泊之時各陳心緒作歌十八首〉(15, 3700～3717) 중 〈左注　右一首大判官〉(15, 3702)이 있다.

● 茨田連沙彌麻呂(마무타노 므라지 사미마로)

茨田連沙弥麻呂는 連 姓이므로 도왜인이라고 볼 수 있다. 그런데 朴鐘鳴은,

　　茨田氏는 河內國茨田郡茨田鄕(大阪府門眞市)을 본거지로 하는 신라계의 도래씨족으로 茨田堤 築造에서 알 수 있듯이 토목·水利 기술에 뛰어난 씨족이었다.『古事記』仁德條에는「秦人을 사용하여 茨田堤와 茨田三宅을 만들었다」고 하였고, 또『日本書紀』仁德紀 11년 是歲條에는 茨田堤에 신

---

307) 井上秀雄, 앞의 논문, pp.74～75.

라인이 종사했다고 기록하였다. (中略) 茨田氏는『新撰姓氏錄』河內國諸蕃
에, 茨田勝이라 하여 그 이름이 보인다. 「勝」이라는 것은 고대의 姓으로 도
래인계 씨족의 성이라고 하였다. (中略) 이상에서 보았듯이 茨田社가 綾戶社
라고 한다면 神社의 창건에는 신라계의 茨田氏가 깊이 관계하고 있었다고 생
각되며, 乙訓 一帶의 秦氏의 거주와 아울러 생각하면 秦氏도 관계하고 있었
을 가능성이 높다.308)

고 하여 신라계로 보았다. 이 설을 따르고자 한다.

작품에 〈左注 二月九日上總國防人部領使少目從七位下茨田連沙弥麻呂進
歌數十九首 但拙劣歌者不取載之〉(20, 4347~4359 左注)가 있다.

• 茨田王(마무타노 오호키미)

茨田連沙弥麻呂가 신라계라면 茨田王도 신라계라고 볼 수 있겠다.

작품에 〈五年正月四日於治部少輔石上朝臣宅嗣家宴歌三首〉(19, 428
2~4284) 중 〈左注 右一首中務大輔茨田王〉(19, 4283)이라 하여 그의
작품이 남아 있다.

• 長忌寸娘(나가노 이미키 오토메)

稻岡耕二와『萬葉集歌人事典』에서는 長忌寸意吉麻呂의 딸이라고도 한
다309)고 하였다. 星野五彦은 '漢계 귀화인인가?'310)하였고 山本信三은
韓族 또는 準韓族311)으로 보았다.

長忌寸奧麻呂가 백제계라면 長忌寸娘도 마찬가지로 백제계일 것이다.

작품에 〈二年壬寅太上天皇幸于參河國時歌〉(8, 1584)가 있다.

---

308) 朴鐘鳴, 앞의 책, pp.146~148.
309) 稻岡耕二,『萬葉集事典』, p.214. 大久間喜一郎 外 2人編,『萬葉集歌人事典』, p.259.
310) 星野五彦, 앞의 논문, p.30.
311) 山本信三, 앞의 논문, p.77.

• **長忌寸意吉麿**(나가노 이미키 오키마로)

忌寸은 天武13년에 정해진 八姓의 하나이므로 도왜인임을 알 수 있다.
伊藤 博은 長忌寸意吉麿를 논하면서,

> 長忌寸氏는 紀伊國那賀郡을 本貫으로 하고 漢의 高祖를 조상으로 하는
> 東漢氏의 일족이었던 듯하다. 意吉麻呂 人麻呂와 거의 같은 시대인 持統·
> 文武朝의 歌人 高市連黑人과 거의 동년배이고 人麻呂보다는 약간 후배로
> 하급관인이었던 것 같다.312)

고 하였다. 稻岡耕二는,

> 이름을 奧麻呂라고도 한다. 紀伊國那賀郡을 本據로 하는 長氏의 출신.
> 東漢의 계통에 속하는 도래계 씨족으로 보인다. 성은 처음에 直, 天平11년(6
> 82) 連으로 되고 同14년 6월 忌寸을 받았다.313)

고 하여 역시 漢系로 보았다. 『萬葉集歌人事典』에서도 '意吉麿, 奧麻呂,
奧麿, 興麿 등으로도 표기되며 興은 奧의 오자로 보는 것이 좋음. 성은 忌
寸. 日本書紀에 보이는 長直 (倭漢系 귀화족)이 그 조상인가?'314)라고 하
였으며 星野五彥도 漢의 귀화인315)으로 보았다. 그런데 山本信三은 韓族
또는 準韓族316)으로 보았다. 紀伊國을 본거로 하였다고 하였는데 紀伊國
은 紀氏의 본거지이고 이 紀氏는 백제계임을 생각하면 長忌寸意吉麿는 백
제계가 아닐까 한다.

---

312) 伊藤 博, 『萬葉集全注』 卷第一, p.233.
313) 稻岡耕二, 『萬葉集事典』, pp.213~214.
314) 大久間喜一郎 外 2人編, 『萬葉集歌人事典』, p.256
315) 星野五彥, 앞의 논문, p.29.
316) 山本信三, 앞의 논문, p.75.

작품에,

〈左注　右一首長忌寸奧麻呂〉(1, 57)

〈長忌寸意吉麻呂見結松哀咽歌二首〉(2, 143～144)

〈長忌寸意吉麻呂應詔歌一首　持統天皇〉(3, 238)

〈長忌寸奧麻呂歌一首〉(3, 265)

〈大寶元年辛丑冬十月太上天皇大行天皇幸紀伊國時歌十三首〉(9, 1667～1679) 중 1673번가

　　左注　右一首山上臣憶良類聚歌林曰　長忌寸意吉麻呂應詔作此歌(9, 1673)

〈長忌寸意吉麻呂歌八首〉(16, 3824～3831)

　　左注　右一首傳云　一時衆集宴飮也　於時夜漏三更所聞狐聲　尒乃衆諸誘興麻呂曰　關此饌具雜器狐聲河　橋等物但作歌者　卽應聲作此歌也(16, 3824)

〈詠行騰蔂菁食蘆屋樔歌〉(16, 3825)

〈詠荷葉歌〉(16, 3826)

〈詠雙六頭歌〉(16, 3827)

〈詠香塔廁屎鮒奴歌〉(16, 3828)

〈詠酢醬蒜鯛水葱歌〉(16, 3829)

〈詠玉掃鎌天木香棗歌〉(16, 3830)

〈詠白鷺啄木飛歌〉(16, 3831)가 있다.

• **丈部稻麿**(핫세츠가베노 이나마로)

丈部稻麻呂는 傳未詳이다. 丈部稻麻呂를 星野五彦은 귀화인이라[317] 하였다. 『新撰姓氏錄』에 丈部造가 있으므로 도왜인임을 알 수 있으나 그 출

---

317) 星野五彦, 앞의 논문, p.30.

자를 확실히 알 수 없다.

작품에 〈左注 右一首丈部稻麻呂〉(20, 4346)가 있다.

• **丈部山代**(핫세츠가베노 야마시로)

星野五彦은 丈部山代를 귀화인이라[318] 하였다. 도왜인으로 보고자 한다.

작품에,

〈左注 右一首武射郡上丁丈部山代〉(20, 4355)

　　左注 二月九日 上總國防人部領使少目從七位下茨田連沙弥麻呂進

　　　　歌數十九首 但拙劣歌者不取載之(20, 4347~4359의 左注)

가 있다.

• **丈部与呂麿**(핫세츠가베노 요로마로)

星野五彦은 丈部与呂麻呂를 귀화인이라[319] 하였다. 도왜인으로 보고자

한다.

작품에 〈左注 右一首長狹郡上丁丈部与呂麻呂〉(20, 4354)가 있다.

• **丈部龍麿**(핫세츠가베노 타츠마로)

星野五彦은 丈部龍麻呂를 귀화인이라[320] 하였다. 도왜인으로 보고자

한다.

• **丈部鳥**(핫세츠가베노 토리)

丈部鳥를 星野五彦은 귀화인이라[321] 하였다. 도왜인으로 보고자 한다.

---

318) 星野五彦, 위의 논문, p.30.
319) 星野五彦, 위의 논문, p.30.
320) 星野五彦, 위의 논문, p.30.
321) 星野五彦, 위의 논문, p.30.

작품에 〈左注 右一首天羽郡上丁丈部鳥〉(20, 4352)가 있다.

• **丈部造人麿**(핫세츠가베노 미야츠코 히토마로)

丈部造人麻呂는 傳未詳이다. 丈部造人麻呂를 星野五彦은 귀화인이라[322] 하였다. 도왜인으로 보고자 한다.

작품에 〈左注 右一首助丁丈部造人麻呂〉(20, 4328의 左注)가 있다.

• **丈部足麿**(핫세츠가베노 타리마로)

丈部足麻呂는 傳未詳이다. 丈部足麻呂를 星野五彦은 귀화인이라[323] 하였다. 도왜인으로 보고자 한다.

작품에 〈左注 右一首丈部足麻呂〉(20, 4341)가 있다.

• **丈部足人**(핫세츠가베노 타리히토)

丈部足人을 野五彦은 귀화인이라[324] 하였다. 도왜인으로 보고자 한다.

작품에 〈左注 右一首塩屋郡上丁丈部足人〉(20, 4383)이 있다.

• **丈部直大麿**(핫세츠가베노 아타히오호마로)

丈部直大麻呂를 星野五彦은 귀화인이라[325] 하였다. 도왜인으로 보고자 한다.

작품에 〈左注 右一首印波郡丈部直大麻呂〉(20, 4389)가 있다.

• **丈部眞麿**(핫세츠가베노 마마로)

---

322) 星野五彦, 위의 논문, p.30.
323) 星野五彦, 위의 논문, p.30.
324) 星野五彦, 위의 논문, p.30.
325) 星野五彦, 위의 논문, p.30.

丈部眞麻呂은 傳未詳이다. 丈部眞麻呂를 星野五彦은 귀화인이라[326) 하였다. 도왜인으로 보고자 한다.

작품에 〈天平勝寶七歲乙未二月相替遣筑紫諸國防人等歌〉(20, 4321~4330) 중 4323번가의 左注에 '右一首防人山名郡丈部眞麻呂'라 하여 1수가 전한다.

• **丈部川相**(핫세츠가베노 카와이)

丈部川相은 傳未詳이다. 丈部川相을 星野五彦은 귀화인이라[327) 하였다. 도왜인으로 보고자 한다.

작품에 〈天平勝寶七歲乙未二月相替遣筑紫諸國防人等歌〉(20, 4321~4330) 중 4324번가의 左注에 '右一首同郡丈部川相'이라 하여 1수가 전한다.

• **丈部黑當**(핫세츠가베노 쿠로마사)

丈部黑當은 傳未詳이다. 丈部黑當을 星野五彦은 귀화인이라[328) 하였다. 도왜인으로 보고자 한다.

작품에 〈天平勝寶七歲乙未二月相替遣筑紫諸國防人等歌〉(20, 4321~4330) 중 4324번가의 左注에 '右一首佐野郡丈部黑當'이라 하여 1수가 전한다.

• **(藥師) 張氏福子**(쵸우시노 후쿠시)

澤瀉久孝는 藥師張氏福子를, 攷證을 인용하면서 '귀화인 중에 醫術에

---

326) 星野五彦, 위의 논문, p.30.
327) 星野五彦, 위의 논문, p.30.
328) 星野五彦, 위의 논문, p.30.

능한 사람이 많은데, 이 사람도 대륙계의 사람으로 福子도 字音으로 읽어야 한다'329)고 하였다.『萬葉集歌人事典』에서는 '張氏는 尾張氏라고도 말하지만 續紀 天平寶字八年 十月條에 '張祿滿'이라고 보이는 一字姓을 가진 귀화계 씨족으로 생각되며 '福子'는 家傳下(武智麻呂傳)에 '方士(中略)張福子'라고 보이는 사람일 것이라고 추정'330)하였다. 星野五彦331)과 上田正昭332)는 도래인이라고 하였으며, 山本信三은 韓族 또는 準韓族333)이라고 보았다. 山本信三의 설을 따라 한인계로 보고자 한다.

작품에 〈梅花歌卅二首 幷序〉(5, 815~846) 중 829번가가 있다.

• **田口朝臣益人**(타구치노 아소미 마스히토)

田口益人은『續日本紀』慶雲元年 正月條에 從六位下田口朝臣益人에게 從五位下를 내렸다고334) 하였고 和銅元年 三月丙午(十三日) 從五位上田口朝臣益人爲上野守라335) 하였고 二年 十一月甲寅(二日)에는 爲右兵衛卒이라고336) 하였다.

『新撰姓氏錄』左京皇別上에 '田口朝臣 石川朝臣同祖 武內宿禰大臣之後也 蝙蝠臣 豐御食炊屋姬天皇(諡推古)御世 家於大和國高市郡田口村 仍號田口臣 日本紀漏'337)라고 하였다.

그런데 앞의 石川氏 부분에서 보았듯이 石川氏는 蘇我氏 후손인 셈인데 蘇我의 조상은 백제로부터 일본에 건너간 蘇我滿智라고 한다면 石川氏는

---

329) 澤瀉久孝,『萬葉集注釋』卷第五, p.128.
330) 大久間喜一郎 外 2人編,『萬葉集歌人事典』, p.234.
331) 星野五彦, 앞의 논문, p.30.
332) 上田正昭, 앞의 논문, p.32.
333) 山本信三, 앞의 논문, p.77.
334) 國史大系『續日本紀』前篇, p.20.
335) 國史大系『續日本紀』前篇, p.35.
336) 國史大系『續日本紀』前篇, p.40.
337) 佐伯有淸,『新撰姓氏錄の硏究』, p.161.

백제계가 된다. 그런데 田口가 石川과 同祖라고 한다면 백제계임을 알 수

있다.

작품에 권제3의 296~297번가가 있다.

• **田口朝臣馬長**(타구치노 아소미 우마오사)

田口朝臣馬長도 田口益人과 마찬가지로 백제계일 것이다.

작품에,

〈思霍公鳥歌一首 田口朝臣馬長作〉(17, 3914)

　　左注 右傳云 一時交遊集宴 此日此處霍公鳥不喧 仍作件歌以陳思慕

　　　　之意但其宴所 幷 年月未得詳審也가 있다.

• **田邊史福麿**(타나베노 사키마로)

田邊福麻呂는 많은 작품을 남겼음에도 傳未詳이다.

田邊福麻呂를 星野五彦은 漢의 귀화인[338]이라고 하였다.

上田正昭는,

　　大伴家持의 주변에 도래계의 歌人이 있었다. 越中守이었던 家持에게 左

大臣橘諸兄의 使者로서 파견된 田邊史福麻呂는 家持와 친교를 맺고「新歌

를 짓고, 아울러 곧 古詠을 誦하여 各心緖를 읊은」노래 4수(4032-4035)와

家持와의 遊覽을 둘러싼 노래 (4036, 4038-4042, 4046, 4049) 등을 남기

고 있다.「田邊福麻呂歌集」을 남길 정도의 萬葉歌人이기도 했던 그의, 家持

와의 관계는 家持에게 있어서 歌譜에 무시할 수 없는 측면을 만들고 있다. 田

邊史氏는「弘仁私記」序와「新撰姓氏錄」(右京諸蕃) 등에서 말하는 것처럼

백제계의 도래씨족이었다. 그리고 田邊史大隅는 藤原不比等의 養育도 받았

다(上田正昭「藤原不比等」). 그 一族은 藤原仲麻呂의 家令이 되었을 뿐만

---

338) 星野五彦, 앞의 논문, p.30.

아니라 橘氏와도 밀접한 관계를 가졌다.[339]

고 하여 백제계 도래씨족으로 보았다. 田邊秋庭과 마찬가지로 백제계로 보고자 한다.

권제18의 4056~4062번가 중의 4062번가의 左注에 '右件歌者御船以繩手泝江遊宴之日作也 傳誦之人田邊史福麻呂是也'라 하였다. 大原今城, 山田史土麻呂의 경우도 마찬가지였지만 한인계 작가가 일본의 古歌 전승, 代作에 큰 영향력을 행사한 예로 볼 수 있지 않을까 한다.

작품에,

〈悲寧樂故鄕作歌一首 幷短歌〉(6, 1047~1049)

〈讚久迩新京歌二首 幷短歌〉(6, 1050~1058)

〈春日悲傷三香原荒墟作歌一首 幷短歌〉(6, 1059~1061)

〈難波宮作歌一首 幷短歌〉(6, 1062~1064)

〈過敏馬浦時作歌一首 幷短歌〉(6, 1065~1067)

　　左注 右廿二首田邊福麻呂之歌集中出也(6, 1047~1067)

〈思娘子作歌一首 幷短歌〉(9, 1792~1794)

　　左注 右三首田邊福麻呂之歌集出(9, 1792~1794)

〈過足柄坂見死人作歌一首〉(9, 1800)

〈過葦屋處女墓時作歌一首 幷短歌〉(9, 1801~1803)

〈哀弟死去作歌一首 幷短歌〉(9, 1804~1806)

　　左注 右七首田邊福麻呂之歌集出(9, 1800~1806)

〈天平廿年春三月廿三日 左大臣橘家之使者造酒司令史田邊福麻呂 饗于守大伴宿祢家持舘 爰作新歌幷便誦古詠各述心緒〉(18, 4032~4035)

　　左注 右四首田邊史福麻呂

---

339) 上田正昭, 앞의 논문, p.31.

〈于時期之明日將遊覽布勢水海 仍述懷各作歌〉(18, 4036～4043)중
〈左注 右一首田邊史福麻呂〉(18, 4036)
〈左注 右五首田邊史福麻呂〉(18, 4038～4042)
　左注 前件十首歌者廿四日宴作之(18, 4036～4043의 左注)
〈至水海遊覽之時各述懷作歌〉(18, 4046)
　　左注 右一首田邊史福麻呂
〈左注 右一首田邊史福麻呂〉(18, 4049)
　左注 前件十五首歌者二十五日作340)
〈掾久米朝臣廣繩之舘饗田邊史福麻呂宴歌四首〉(18, 4052～4055)
중〈左注 右一首田邊史福麻呂〉(18, 4052)
　左注 前件歌者廿六日作之(18, 4052～4055의 전체 左注)가 있다.

• 田邊秋庭(타나베노 아끼니와)

田邊秋庭은 傳未詳이다. 天平八年丙子夏六月 遣使新羅國之時使人으로 참가하고 있다.
　星野五彦은 漢 귀화인341)으로 보고 있고 高橋庄次는,

　　田邊秋庭의 "田邊氏"는 『姓氏錄』의 左京皇別下와 右京皇別下에 「田邊史」의 氏姓으로 보이지만 그것과는 별도로 또 하나 右京諸蕃上에도 「田邊史 出自漢王之後知惣也」라고 하였으며 佐伯有清은 이 조에 田邊秋庭을 例示하고 있다. 佐伯은 同條의 漢王에 대하여 「韓王의 뜻으로 百濟王의 뜻인가」라고 한다. 또 知惣에 대해서는 「續紀」延曆9년 7월 17일조에 「百濟國貴須王(中略) 其孫辰孫王 一名智宗王」이라고 하였고 『姓氏錄』(河內國諸蕃)의 「岡原連」의 條에는 「出自百濟國辰斯王子知宗也」라고 한 것을 들어 백제의

---

340) 권제18의 4044～4051번가 전체 左注인데 실제는 8수 뿐이다.
341) 星野五彦, 앞의 논문, p.30.

貴須王의 孫인 智宗王과 백제의 辰斯王의 子인 知宗 및 漢王(韓王)의 후예
인 知惣은 모두 동일인으로 추정하고 있다. 그렇다고 한다면 田邊秋庭은 백
제계의 氏族이었던 것이 된다.[342]

고 하여 백제계로 보았다. 백제계로 보고자 한다.

작품에 〈天平八年丙子夏六月遣使新羅國之時使人等各悲別贈答及海
路之上慟旅陳思作歌幷當所誦詠古歌 一百四十五首〉(15, 3578~3722)
중 3638번가의 左注에 '右一首田邊秋庭'이라고 하여 그의 작품이 보인다.

• **田部忌寸櫟子**(타베노 이미키 이치히코)
田部忌寸櫟子는 傳未詳이다. 『萬葉集歌人事典』에서는,

　　田部를 '타베나'라고도 한다. 櫟子를 '이치히'라고도 읽으며 田部씨, 성은
　忌寸이다. 田部忌寸은 귀화인계인가? 天智, 天武朝의 사람으로 추정되며 大
　宰府官人이 되었다. 天智천황 후궁의 一婦人 舍人吉年을 妻 또는 애인으로
　하여 大宰府 부임 때 증답한 노래 4수가 있다.[343]

고 하였다. 井上秀雄이 『新撰姓氏錄』을 바탕으로 하여 제시한 坂上大宿禰
들의 계보를 보면 다음과 같다.

```
後漢靈帝-延王-□-阿智使主-都賀使主┬山木直-賀提直-□-宇志直-色夫直-平田宿禰
                                │  ┌阿素奈直……田部忌守
                                │  ├志多直……於忌寸
                                └志努直┼阿良直……郡忌寸
                                    └刀禰直……大父直┬畝火宿禰
```

---

342) 高橋庄次, 앞의 논문, pp.46~47.
343) 大久間喜一郎 外 2人編, 『萬葉集歌人事典』, p.231.

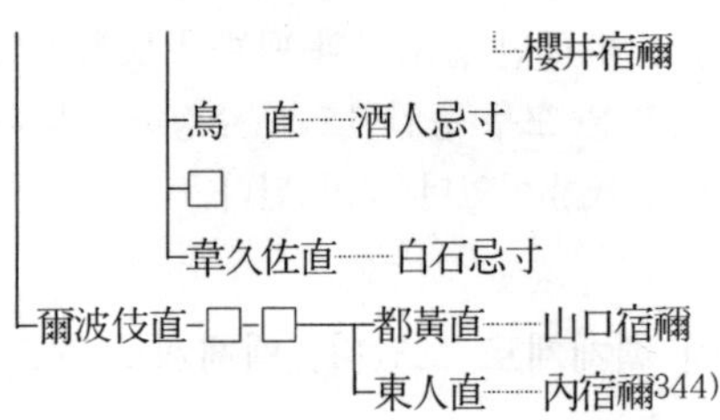

이를 보면 田部忌寸은 坂上系圖에 의하면 阿智王의 후예가 된다. 田部
氏이고 姓은 忌寸이므로 도왜인인데 星野五彦은 귀화인[345]이라고 하였고,
山本信三은 韓族 또는 準韓族[346]이라고 하였다.『新撰姓氏錄』을 따르면
漢系이나『新撰姓氏錄』이 秦氏를 당시의 정치적 상황 속에서 漢系로 바꾼
것과 마찬가지로 백제계일 것이다.

작품에 〈田部忌寸櫟子任大宰時歌四首〉(4, 492~495)가 있다.

• (少令史)**田氏肥人**(덴시노 우마히토)

星野五彦은 귀화인[347]이라고 하였고, 山本信三은 韓族 또는 準韓
族[348]이라고 하였고, 澤瀉久孝는 '田氏는 田口, 田邊, 太田, 野田 등 여러
가지가 있어서 어느 것이라고도 정하기 어렵다'[349]고 하였다. 그런데 田口,
田邊이 백제계라면 田氏肥人도 백제계가 아닐까 한다.

작품에 〈梅花歌卅二首 幷序〉(5, 815~846)중 834번가가 있다.

---

344) 井上秀雄, 앞의 논문, p.75.
345) 星野五彦, 앞의 논문, p.29.
346) 山本信三, 앞의 논문, p.75.
347) 星野五彦, 앞의 논문, p.30.
348) 山本信三, 앞의 논문, p.76.
349) 澤瀉久孝,『萬葉集注釋』卷第五, p.132.

• **田氏眞上**(덴시노마카미)

田氏眞上도 星野五彦과 上田正昭는 귀화인[350]이라고 하였고, 山本信三은 韓族 또는 準韓族[351]이라고 보았다. 田氏肥人과 마찬가지로 백제계가 아닐까 한다.

작품에 〈梅花歌卅二首 幷序〉(5, 815~846) 중 839번가가 있다.

• **調使首**(츠키노오미노오비토)

『萬葉集歌人事典』에서는 '新撰姓氏錄 逸文에 '高向調使(中略) 檜前調使'(續群書類從 八十五, 坂上系圖에도 보임), 또 續紀 神護慶雲원년 정월에 '調使王', 同寶龜원년 7월에 '調使部' 등이 보이나 확증은 없다'[352]고 하였다. 『新撰姓氏錄』 左京諸蕃下 調連에 '水海連同祖 百濟國努理使主之後也 譽田天皇(諡應神)御世 歸化 (中略) 弘計天皇(諡顯宗) 御世 蠶織獻絁絹之樣 仍賜調首姓'[353]이라 하였다. 星野五彦은 백제 귀화인[354]으로 보았고, 上田正昭는 도래계의 歌人[355]으로 보았다. 백제계이다.

작품에 권제13에 3339~3343번가가 있다.

• **調首淡海**(츠기노오비토 아후미)

澤瀉久孝는,

淡海는 天武紀에 壬申年 6월 天皇이 東國에 행차했을 때의 從者 속에 그 이름이 보인다. 續紀 和銅2년과 6년에 敍位에 관한 것이 보이며 養老7년 정

---

350) 上田正昭, 앞의 논문, p.32. 星野五彦, 앞의 논문, p.30.
351) 山本信三, 앞의 논문, p.76.
352) 大久間喜一郎 外 2人編, 『萬葉集歌人事典』, p.235.
353) 佐伯有淸, 『新撰姓氏錄の硏究』, p.286.
354) 星野五彦, 앞의 논문, p.29.
355) 上田正昭, 앞의 논문, p.33.

월에는 正五位上에 敍해지고 있다. 續紀에는 調連으로 되어 있다. 그 무렵에
連의 성을 받았다고 생각된다.356)

고 하였다. 『萬葉集歌人事典』에서는 '調氏는 新撰姓氏錄의 左京諸蕃에
百濟國의 努理使主의 후손으로 應神天皇 때에 귀화하여 顯宗 때에 비단을
바쳐서 調首의 성을 받았으며 도래계 씨족의 출신이다'357)고 하였으며, 星
野五彦, 上田正昭358) 모두 백제로부터의 도래인으로 보았다. 백제계이다.
작품에 〈左注 右一首調首淡海〉(1, 55)가 있다.

• 佐佐貴山君(사사키노 야마노키미)
『續日本紀』 天平十六年 八月乙未(五日)條에 '詔授蒲生郡大領正八位
上佐佐貴山君親人從五位下 (中略) 神前郡大領正八位下佐佐貴山君是人
正六位上 (中略) 斯二人 並伐除紫香樂宮邊山木 故有此賞焉'359)이라고
하였다. 中西 進은 '近江國 居住의 도래계 씨족. 佐佐貴山君親人의 딸인
가'360)라고 하였다. 작품은 남아 있지 않으나 〈天皇太后 共幸於大納言藤
原家之日 黃葉澤蘭一株拔取令持內侍佐佐貴山君遣賜大納言藤原卿 幷陪
從大夫等御歌一首 命婦誦曰〉(19, 4268)에 이름이 보인다.

• 舟氏麻呂(후나시 마로)
星野五彦은 귀화인361)이라고 하였고 山本信三은 '舟는 船이며 백제 仇

---

356) 澤瀉久孝,『萬葉集注釋』卷第一, p.369.
357) 大久間喜一郎 外 2人編,『萬葉集歌人事典』, p.235.
358) 大久間喜一郎 外 2人編,『萬葉集歌人事典』, p.235. 星野五彦, 앞의 논문, p.29. 上田正
    昭, 앞의 논문, p.28.
359) 國史大系『續日本紀』前篇, p.178.
360) 中西 進,『萬葉集事典』, p.236.
361) 星野五彦, 앞의 논문, p.29.

首王에서 나왔다. 高麗烏羽의 表文을 판독한 것으로 유명한 王辰爾의 系이며, 欽明天皇 때 辰爾船賦를 檢한 것으로 인해 船氏를 받았다'362)고 하였다. 그리고 中西 進은 '津臣과 津連과는 다르다고 하는 것이 학계의 통설이지만 津宿禰는 백제 都慕王의 후예(右京諸蕃下), 津史는 船史牛가 부여되고 있으므로(紀), 船·葛井 등과 一祖라 생각되는 것이 津連이다(續紀 寶字2년 8월). 津連의 일부는 이미 朝臣을 받은 것 같지만, 葛井連·船連은 延暦10년 정월에 宿禰를, 津·宮原·中科 등으로 나누어 받고 있다'363)고 하였다. 백제계이다.

• **中臣部足國**(나카토미베노 타리쿠니)

이들 中臣氏에 대하여 中西 進은 '境部臣, 林臣을 포함한 蘇我一族이 도래를 둘러싸고 논의되고 있는 昨今이다. 심지어는 中臣조차 도래계가 아닐까고도 한다'364)고 하였다. 또 大系『萬葉集』補注에서는

壱岐는 卜部를 내는 곳이므로, 宅麿도 占卜일에 종사하기 위해 일행에 참가한 것이라고 말해진다. 그렇다고도 생각되지만 의문이 있다. 壱岐島에 성행한, 卜占을 관장한 壱岐氏는 姓이 直이고, 貞觀六年에 宿禰를 받았으나 連姓은 아니다. 姓氏錄右京神別에「天兒屋命十一世孫雷大臣之家也」라고 하였다. 中臣氏와 遠祖가 같고 神事를 맡아도 부자연스럽지 않다.365)

고 하였다.

壱岐氏 즉 雪氏는 中臣氏와 遠祖가 같다고 하였다. 그런데 앞에서도 살

---

362) 山本信三, 앞의 논문, p.75.
363) 中西 進,「憶良 渡來人論 補遺」, p.110.
364) 中西 進은「憶良 渡來人論 補遺」, p.112에서 杉山二郎·梅原猛·田邊昭三諸氏의「藤原鎌足」을 들고 있음.
365) 大系『萬葉集』四, p.483.

폈듯이 雪連宅麻呂가 백제계라면 이 中臣氏도 백제계가 될 것이다.

작품에 〈左注 二月十四日 下野國防人部領使正六位上田口朝臣大戶進歌數十八首 但拙劣歌者不取載之〉(20, 4373~4383) 중 4378번가가 있다.

• 中臣女郎(나카토미노 이라츠메)

中臣女郎은 傳未詳이다. 中臣部足國이 백제계라면 이 中臣女郎도 백제계가 될 것이다.

작품에 〈中臣女郎贈大伴宿禰家持歌五首〉(4, 675~679)가 있다.

• 中臣朝臣東人 (나카토미노 아즈마히토)

澤瀉久孝는 中臣朝臣東人을 '東人은 中臣氏系圖에 의하면 祭主正四位上意美麻呂의 子, 三代實錄 貞觀六年八月條에 '故刑部卿從四位下東人之玄孫云云이라 하였다. 天平五年 以後 刑部卿이 되고 얼마 안있어 卒한 것으로 생각된다'366)라고 하였다. 中臣部足國이 백제계라면 이 中臣朝臣東人도 백제계가 될 것이다.

작품에 〈中臣朝臣東人贈阿倍女郎歌一首〉(4, 515)가 있다.

• 中臣朝臣武良自(나카토미노 므라지)

中臣部足國이 백제계라면 이 中臣朝臣武良自도 백제계가 될 것이다.
작품에 〈中臣朝臣武良自歌一首〉(8, 1439)가 있다.

• 中臣朝臣宅守(나카토미노 야카모리)

中臣朝臣宅守는 中臣朝臣東人의 七男이다.

中臣部足國이 백제계라면 이 中臣朝臣宅守도 백제계가 될 것이다.

---

366) 澤瀉久孝,『萬葉集注釋』卷第四, p.102.

작품에,

〈中臣朝臣宅守娶藏部女嬬狹野茅上娘子之時勅斷流罪配越前國也 於
是夫婦相嘆易別難會各陳慟情贈答歌六十三首〉(15, 3723~3785) 중
〈左注 右四首中臣朝臣宅守上道作歌〉(15, 3727~3730)
〈左注 右十四首中臣朝臣宅守〉(15, 3731~3744)
〈左注 右十三首中臣朝臣宅守〉(15, 3754~3766)
〈左注 右二首中臣朝臣宅守〉(15, 3775~3776)
〈左注 右七首中臣朝臣宅守寄花鳥陳思作歌〉(15, 3779~3785)가 있다.

 • 中臣清麿(나카토미노 키요마로)

中臣部足國이 백제계라면 이 中臣清麻呂도 백제계가 될 것이다.

작품에 〈十月卅二日於左大弁紀飯麻呂朝臣家宴歌三首〉(19, 4257~4
259) 중 4258번가의 左注에 '右一首左中辨中臣朝臣清麻呂傳誦 古京時
歌也'라 하여 그가 전송한 작품이 있다.

〈天平勝寶五年八月十二日 二三大夫等各提壺酒登高圓野聊述所心作
歌三首〉(20, 4295~4297) 중 〈左注 右一首左中辨中臣清麻呂朝臣〉
(20, 4296의 左注)

〈二月於式部大輔中臣清麻呂朝臣之宅宴歌十五首〉(20, 4496~4505)
중 〈左注 右一首主人中臣清麻呂朝臣〉(20, 4497)
〈左注 右一首主人中臣清麻呂朝臣〉(20, 4499)
〈左注 右一首主人中臣清麻呂朝臣〉(20, 4504)
〈依興各思高圓離宮處作歌五首〉(20, 4506~4510) 중 〈左注 右一首
主人中臣清麻呂朝臣〉(20, 4508)이 있다.

 • 志斐嫗(시히노 오미나)

『新撰姓氏錄』左京神別上에 重臣志斐連이 보인다.

連 姓이므로 도왜인임을 알 수 있다.

작품에 〈志斐嫗奉和歌一首 嫗名未詳〉(3, 237)이 있다.

• **志氏大道**(시시노 오호미치)

澤瀉久孝는 '志氏는 志紀氏. 私注에 武智麻呂傳, 曆의 조에 실린 志紀連大道인 것이 주목된다'[367]고 하였고, 土屋文明은 '志氏는 志紀氏. 志紀連大道는 武智麻呂傳에 이름이 보이는 당시의 曆算의 大家이다'[368]고 하였다. 역시 連 姓이므로 도왜인이라고 할 수 있다.

작품에 〈梅花歌卅二首 幷序〉(5, 815~846) 중 837번가가 있다.

• **秦間滿**(하다노 마마로)

秦間滿은 傳未詳이다.

天平八年丙子夏六月 遣使新羅國之時使人으로 참가하고 있다.

稻岡耕二는 '도래인 秦氏의 一族인가? 秦田麻呂와 동일인이라고도 한다'[369]고 하였고, 上田正昭도 도래계의 歌人[370]이라고 하였으며 星野五彦은 漢의 귀화인[371]으로 보았다.

高橋庄次는 『新撰姓氏錄』·『古語拾遺』·『日本書紀』 14年條를 인용하고 나서,

이러한 反新羅·親百濟 감정이 『神功皇后紀』와 『應神記』에 두드러지게

---

367) 澤瀉久孝, 『萬葉集注釋』 卷第五, p.135.
368) 土屋文明, 『萬葉集私注』 三, p.82.
369) 稻岡耕二, 『萬葉集事典』, p.217.
370) 上田正昭, 앞의 논문, p.33.
371) 星野五彦, 앞의 논문, p.30.

선명하게 보이는 것은, 뒤에서 논할 應神八幡神과 아마 무관하지 않을 것이다. 여기에서는 먼저 秦氏의 조상이 신라의 방해를 뛰어넘어 백제에서 집단도래 했다고 하는『應神記』의 說에 주목해 둔다. 使人等歌는 日本書紀와 같은 발상에서 제작되었다고 생각되기 때문이다. 그래도 反新羅・親百濟 감정이 秦氏의 도래 傳承이라고 하는 형식을 취하여 正史上에 노골적으로 표현되어 있는 것은 秦氏 研究上에도 움직일 수 없는 문제일 것이다. 백제의 신의와 秦氏의 신의가 거의 하나로 겹쳐져 있기 때문이다. 그렇다면『天智紀』의 즉위 前期 9월조에 秦造田來津이 백제구원을 위하여 파견되어 軍5천을 이끌고 백제의 왕자 豐璋을 지켜 보내었다고 하는 기사가 주목될 것이다. 同紀2년 8월조에 秦造田來津이 白村江에서 전사하는 모양이 다음과 같이 기록되어 있다. 「田來津 仰天而誓 切齒而嗔 殺數十人 於焉戰死」. 田來津이 하늘을 우러르고 이를 악물며 분노하고 수십명의 적을 죽이고 전사했다고 하는 이 비극적인 奮戰 모습은 秦의 田來津만을 특기한 것이라 말해도 좋다. 그것은 백제에 대한 秦氏의 신의를 느끼게 하는 듯한 기록이다. 白村江의 싸움에 있어서 이같은 두드러진 형태로 정사에 이름을 남기고 있는 것은 秦氏의 이 田來津 뿐이었던 것이다. 이로 보아도 〈反新羅・親百濟〉의 국가감정에, 秦氏가 얼마나 깊이 관여하고 있었는지 알 수 있다.[372]

고 하고,

　　秦部는 秦氏의 部民이며, 勝氏에 대해서도「秦氏의 配下에 속하는 部民이었다고 하는 점에서는 異論은 없는 것같다」고 한다. (中略)『姓氏錄』(山城國諸蕃)에「勝 上勝同祖 百濟國人 多利須須之後也」라고 한 것처럼 勝氏도 백제계이었다. 豊前國은 백제계의 秦氏族集團의 本據이었다고 말해도 좋다. (中略) 豊前國은 불교의 公傳 이전에 가장 일찍 불교가 들어간 지역으로 諸家에게 주목되고 있고 秦氏 등 귀화계 집단과의 관계가 지적되고 있다.[373]

---

372) 高橋庄次, 앞의 논문, p.45.
373) 高橋庄次, 앞의 논문, p.56.

고 하여 백제계로 보았다. 그리고 井上秀雄은,

> 또 가령 신라가 강대했다고 가정해도 백제로부터 일본에 도래하는데 신라
> 의 위협을 받지 않아도 좋은 길은 얼마든지 확보되어 있었다고 생각한다. 이
> 같은 일로부터 이 설화에 대한 의문이 옛부터 제기되어 秦氏의 出自를 백제
> 라고 하지 않고 신라라고 하는 설이 많다. 그러나 秦氏의 出自를 신라로 하는
> 설은 주로 고고학적 연구의 결과, 畿內의 5세기 후반의 신문물이 신라 계통의
> 문화라고 했기 때문이기도 하다. 그러나 조선의 고고학적 연구는 크게 진보하
> 여 일찍이 신라계 문화라고 말해지고 있던 것도 가야문화로서 분리할 필요가
> 생겨 났다. 秦氏의 출자를 신라라고 하는 설은 그 근거로 되어 있는 고고학적
> 성과가 크게 변하고 있기 때문에 이 설도 또 재검토가 필요하게 되었다. 秦
> (ハタ)氏는 그 訓이 조선어의 *海*의 의미를 가지고 있으므로 秦氏를 해외로부
> 터 도래한 씨족이라고 하는 의미로 보는 것이 가장 온당할 것이다. 다시 한정
> 해서 말하면, 漢(アヤ)氏의 出自를 安羅國・阿羅伽耶(慶尙南道咸安郡)라
> 고 하는 데 대해, 秦氏의 出自를 바다에 접한 金官伽耶國(慶尙南道 金海郡)
> 으로 보는 것을 提唱하고 싶다. 秦氏의 도래는 今來의 도래인들 보다도 오래
> 되었다고 보면『三國志』의 狗邪韓國에 해당하는 金官伽耶國이 조선문화를
> 일본에 전하는 창구이고 그 역할은 5세기 전반의 단계에서도 계속되고 있었
> 다고 생각되기 때문이다.
>
> 秦氏의 出自가 신라인가 금관가야국인가, 그 어느쪽을 취한다고 해도『日
> 本書紀』의 백제 出自說을 부정하는 것이다. 현재의 연구 수준으로 말하면
> 『日本書紀』에 보이는 秦氏의 출자를 백제라고 하는 설은, 편찬 과정에서 그
> 출자를 변경했다고 보고 있는 것이다. 그 경우 적극적으로 그 출자를 변경한
> 것인가, 단순하게 책상 위에서의 付加인가는 명확하지 않지만,『日本書紀』
> 편찬의 시기에는, 백제문화를 신라와 加耶 제국의 문화보다도 뛰어난 것으로
> 보고 秦氏를 백제 문화의 전파자로서 자리매김한 것으로 보아진다.374)

고 하였다. 이처럼 秦씨는 漢系, 백제계, 신라계, 금관가야계로 설이 분분하

---

374) 井上秀雄, 앞의 논문, pp.70~71.

다. 그런데 秦氏를『新撰姓氏錄』에서 漢系라 기록한 것에 대해서는 井上
秀雄이,

　　　秦氏의 계보가 9세기에 들어오면 크게 변질한다. 그 하나는 秦氏의 출신지
　가 조선으로부터 중국으로 바뀌는 것이다. 지금 하나는 일본에 도래하고 나서
　의 계보만이 아니라, 중국 在住의 시기의 계보까지도 만들어지고 있다. 이들
　계보가 9세기 초두에 급히 만들어진 것 같은 것은, 그 用字法이 혼란하고 있
　는 것과 계보에 이동이 있는 것으로부터도 추측할 수 있다. 또 前者처럼 7세
　기 말부터 8세기 초두에 걸쳐서 記紀編纂에 임하여 秦氏의 出自를 加羅 내
　지는 신라에서 백제로 옮기고, 9세기 초의『新撰姓氏錄』편찬에 있어서 秦氏
　의 출신지가 백제에서 중국 秦王朝에로 다시 바뀌고 있다. 8세기에서 9세기
　에 걸쳐서의 변화는 다음의 漢氏의 계보의 異動으로도 추측할 수 있지만 조
　선을 통해서의 신문물의 도입에 서서히 관심을 잃고, 唐文化를 직접 수입하
　는 것에 관심이 옮겨간 것을 나타내고 있다.[375]

고 논하였다. 따라서 漢系는 될 수가 없을 것이다. 백제계로 보고자 한다.
　작품에 〈天平八年丙子夏六月遣使新羅國之時使人等各悲別贈答及海路
之上慟旅陳思作歌幷當所誦詠古歌 一百四十五首〉(15, 3578~3722) 중
〈肥前國松浦郡柏嶋亭船泊之夜遙望海浪各慟旅心作歌七首〉(15, 3681~
3687) 가운데 〈左注 右一首秦田麻呂〉(15, 3589)가 있다.

● 秦伊美吉石竹(하다노 이미키 이와타케)

　星野五彦은 漢의 귀화인[376]으로 보았으나 秦間滿에서 보았듯이 한인계
이며 그 중에서도 백제계로 보아야 할 것이다.
　권제18의 4086의 題詞, 4135번가의 左注, 권제19의 4225번가의 左注

---

375) 井上秀雄, 위의 논문, p.72.
376) 星野五彦, 앞의 논문, p.30.

에 이름이 보인다.

• 秦忌寸朝元(하다노 이미키 쵸우관)

星野五彦은 漢의 귀화인[377]으로 보았다. 上田正昭는,

秦忌寸朝元은 弁正의 子로, 弁正은 大寶 年度의 遣唐 留學僧으로 당에 건너가 조원의 兄 朝慶과 함께 在唐하던 중에 사망하였으나, 朝元은 귀국하여 의술 등에 뛰어난 까닭에 養老5년 정월에는 絁·糸·布·鍬를 받고 있다. 天平2년 (730) 3월에는 通譯 養成을 위하여 粟田馬養 등과 함께 제자를 취하여 漢語를 가르치고 天平 年度의 遣唐使에는 入唐 判官으로서 참가하였다. 天平9년 12월에는 圖書頭가 되고 同18년 3월에는 主計頭가 된 인물이다. 秦忌寸朝元이 應詔歌를 짓는 것을 감당할 수 없었다고 한 것을, 도래인이기 때문에 일본어가 능숙하지 않았다고 해석하는 견해도 있지만 그렇게만은 말할 수 없다. 후술하는 것처럼 도래인이 作歌·作詩에 뛰어난 예는 많으며 作歌의 길에 있어서의 역할도 경시할 수 없다. 더구나 2세, 3세라고 하면 더더욱 그렇다. 오히려 秦朝元은 漢語에 뛰어난 인물이기는 했지만 作歌는 그다지 뛰어나지 않았다고 하는, 개인의 상황과 관련되는 것으로 보아야 할 것이다. 應詔歌의 代償으로 麝香을 가지고 하라고 橘諸兄이 농담삼아 말한 것은, 이 신라계 도래씨족의 집에 麝香이 保有되고 있은 것을 부러워한 것이었는지도 모르겠다.[378]

고 하여 신라게 도래씨족으로 보았다. 秦 姓이므로 역시 백제게로 보아야 할 것이다.

秦忌寸朝元은 권제17의 3926번가의 左注에 이름만 보인다.

• 秦忌寸八千嶋(하다노 이미키 야치시마)

---

377) 星野五彦, 위의 논문, p.30.
378) 上田正昭, 앞의 논문, p.29.

秦忌寸八千嶋를 星野五彦은 漢 귀화인이라고379) 하였고 上田正昭는
'또 天平18년경에는 越中國大目으로서 秦忌寸八千嶋가 있고, 家持의 配
下에 있었으며「萬葉集」에도 노래를 남긴다'380)고 하여 도래계로 보았다.
역시 백제계로 보고자 한다.

작품에,

〈八月七日夜集于守大伴宿祢家持館宴歌〉(17, 3943~3955) 중 〈左注
右一首大目秦忌寸八千嶋〉(17, 3951),

〈大目秦忌寸八千嶋之舘宴歌一首〉(17, 3956)

左注 右舘之客屋居望蒼海 仍主人作此歌가 있다.

● 秦田麿(하다노 타마로)

秦田麻呂는 傳未詳이다. 稻岡耕二는 '天平8년(736) 6월의 遣新羅史의
一人. 도래인 秦氏의 一族인가? 秦間滿과 동일인이라고 하는 설도 있
다'381)고 하였다. 『萬葉集歌人事典』에서는 '日本古代人名辭典에 同名인
을 들고 있으나 不明. 상대의 秦氏의 대부분은 忌寸姓을 가진 자와 무성의
귀화인의 자손으로 이분류 된다고 하는데 이 田麻呂는 후자인가?'382)라고
하였다. 星野五彦은 漢의 귀화인으로383), 上田正昭는 도래계의 歌人으
로384) 보았다. 역시 백제계로 보고자 한다.

작품에 〈天平八年丙子夏六月遣使新羅國之時使人等各悲別贈答及海路之上
慟旅陳思作歌幷當所誦詠古歌 一百四十五首〉(15, 3578~3722) 중 〈肥前

---

379) 星野五彦, 앞의 논문, p.30.
380) 上田正昭, 앞의 논문, p.31.
381) 稻岡耕二,『萬葉集事典』, p.217.
382) 大久間喜一郎 外 2人編,『萬葉集歌人事典』, p.276.
383) 星野五彦, 앞의 논문, p.30.
384) 上田正昭, 앞의 논문, p.33.

國松浦郡柏嶋亭船泊之夜遙望海浪各慟旅心作歌七首〉(15, 3681~3687) 가
운데 〈左注 右一首秦田麻呂〉(15, 3681)가 있다.

• 秦許遍麿(하다노 코헤마로)

稻岡耕二는 '天平10년(738) 10월 橘奈良麻呂의 舊宅에서 베풀어진 연
회에 참가하고 있는데 그 무렵 20세 전후인가? 도래인 秦氏의 一族인
가'385) 하였고, 星野五彦은 漢의 귀화인386)으로 보았다.

『萬葉集歌人事典』과 上田正昭는 도래계387)로 보았는데, 秦忌寸朝元
이 백제계 도왜씨족이므로 秦忌寸八千嶋도 백제계 도왜씨족으로 생각했을
것이다. 마찬가지로 백제계가 아닐까 한다.

작품에,

〈橘朝臣奈良麻呂結集宴歌十一首〉(8, 1581~1591) 중 〈左注 右一首
秦許遍麻呂〉(8, 1589)

左注 以前冬十月十七日集於右大臣橘卿之舊宅宴飲也가 있다.

• (壱岐目)村氏彼方(므라우지노 카나타)

澤瀉久孝는 '壱岐目村氏彼方도 不明인데, 古義에 村國氏인가, 村山氏
인가'388)라고 하였다. 그런데 佐伯有淸은 村山氏를 '中臣氏의 동족이며 성
은 連인데 中臣村山連이라고도 하였다. (中略) 村山連의 본거지는 河內國
丹比郡에 있었을 가능성이 있으며 村山이라고 하는 氏의 名은 丹比郡의 지
명에 유래한 것일까?'라고389) 하였다. 앞의 中臣氏 부분에서 보았듯이 中

---

385) 稻岡耕二, 『萬葉集事典』, p.217.
386) 星野五彦, 앞의 논문, p.30.
387) 大久間喜一郎 外 2人編, 『萬葉集歌人事典』, p.276. 上田正昭, 앞의 논문, p.31.
388) 澤瀉久孝, 『萬葉集注釋』 卷第五, p.139.
389) 佐伯有淸, 『日本古代氏族事典』(雄山閣出版, 1994), p.451.

臣氏가 백제계이므로 村氏도 백제계일 가능성이 높다.

작품에 〈梅花歌卅二首 幷序〉(5, 815~846) 중 840번가가 있다.

• **椎野連長年**(시히노노 므라지 나가토시)

椎野連長年은 傳未詳이다. 全註釋에는 '神龜원년 5월에 성을 받은 사람들은 모두 귀화인 혹은 그 자손으로 보이며 四比忠勇도 그 중의 한 사람으로 다분히 학술을 가지고 벼슬했을 것이다. 따라서 椎野連長年도 그 자손으로 의사이었으므로 脉曰이라고 멋을 부려 쓴 것일 것이다'[390)고 하였다.

澤瀉久孝는 '『續日本紀』神龜元年 五月條에 '辛未(十三日)正七位上四比忠勇賜椎野連'이라고 있으므로 그 일족이라 생각된다'[391)고 하였다. 上田正昭는,

> 椎野連長年도 백제계의 도래씨족이었다. 近江朝의 官人에 백제의 達率 四比福夫가 있고, 四比忠勇은 神龜원년(724) 5월 椎野連을 칭하고, 四比河守도 天平神護2년(766) 3월에 椎野連을 칭하고 있다. 「萬葉集」古歌…(3822)를 「椎野連長年, 脈보아서 말하기를……」(左註)라고 하여 「결정하여 말하기를」……라고 하는 것이 보인다. 이미 지적되고 있는 것처럼 古醫書에 「脈決」이 있고, 「医疾令」에는 「脈보이서」…「결정하여」라고 한 것에 의하면, 椎野連長年은 의술에 뛰어난 사람이었을지도 모르겠다.[392)

고 하였다. 그리고 中西 進은 天智朝 도왜인인 四比忠勇(紀)의 후손으로 의사인 것 같다[393)고 하였다. 그리고,

> 吉田連老, 자는 石麻呂라고 하는 것이 있다. 이른바 仁敬의 子이다. 그

---

390) 澤瀉久孝,『萬葉集注釋』卷第十六, p.117에서 재인용.
391) 澤瀉久孝,『萬葉集注釋』卷第十六, p.116.
392) 上田正昭, 앞의 논문, p.32.
393) 中西 進,『万葉の時代と風土』, p.107.

老, 사람됨, 신체 매우 야위었다. 많이 먹는다고 해도 모습은 굶주린 것 같았다고 한다. 야윈 몸으로 仁敬의 子라고 하는 것은 잔소리 많은 바짝 마른 노인을 상상한다. 융통성이 없는 인간으로 敎義로 뭉쳐진 인물이었을 것이다. 사람들이 그를 「石麻呂」라고 불렀다. 吉大尙은 藥에 뛰어났으므로 天智朝에 位를 받았던 인물로 유교에도 밝은 지식인이었을 것이다. 그 피를 받은 老로서 위의 모습은 웃음을 짓게 한다.[394]

고 하였다. 그리고 이 모습과 어딘가 통하는 것이 椎野長年인데 권제 16의 3822~3823번가를 분석하여,

古歌는 이로써 잘 정리되어 있어 불합리한 곳이 없는데도 改作歌는 의미가 통하지 않는다. 진지하게 생각하면 알 수 없게 되어 버리지만 거기에야말로 이야기의 요점이 있었다고 생각되어진다. 이 주위, 권16은 골계적인 노래를 나열한 부분으로, 이 에피소드 자체가 이야기되어지는데 매우 적합한 話題였을 것이다. 長年이 든 두 가지 이유 중에 俗處가 아니라고 하는 이유는 가장 그럴 듯하다. 古歌의 통속성도 배제한 것이 된다. 그 멋진 것이 제2의 이유의 오해와 대조적인 곳에 「웃음」이 있었다고 보여진다. 제2의 이유를 정확하게 기록하면 「童女」는 「弱冠」의 여자이므로 結句의 「著冠の辭」와 맞지 않는다고 하는 것이다. 일본어를 漢語로 바꾸어 이해한 곳에 혼란이 생겨났다. 이것은 웃을 수 없는 당시의 문화의 일면을 예리하게 비평한 것이라고 할 수 있다. 의외로 웃을 수 없는 골계로서 당시의 문화인들에게 받아들여진 면도 있을 것이다.[395]

고 하여 백제계 도왜인들의 문화적 차이에서 어쩔 수 없이 일어난 골계임을 논하였다. 四比忠勇이 백제에서 건너간 사람이므로 모두 백제계로 본 것이다. 백제계로 보고자 한다.

---

394) 中西 進, 『万葉の時代と風土』, p.122.
395) 中西 進, 『万葉の時代と風土』, p.123.

작품에,

〈古歌曰〉(16, 3822)

　　左注　右歌椎野連長年脉曰　夫寺家之屋者不有俗人寢處　亦你若冠女
　　　　　曰放髮卅矣　然則腹句已云　放髮卅者尾句不可重云著冠之辭哉
〈決曰〉(16, 3823)이 있다.

　●**春日部麿**(카수가베노 마로)

春日部麻呂는 傳未詳이다.

　佐伯有淸은 '山上氏는『新撰姓氏錄』右京皇別에 의하면 粟田氏의 동
족.『姓氏家系大辭典』 소재 系圖를 중시하여, 春日・柿本・小野・木樂
井諸氏와 같이 舊添上郡을 本據로 하는 씨족'396)이라고 하였고『萬葉集歌
人事典』에서는 '柿本氏는 孝昭天皇의 황자로 天足彦國押人命을 조상으로
한다고 전해지며 원래 和珥씨를 本宗으로 하고 春日朝臣・粟田朝臣・小
野朝臣 등과 조상을 같이 한다'397)고 하였다. 이로 보면 春日은 柿本・粟
田・山上 등과 같은 本宗이므로 백제계임을 알 수 있다.

　작품에 〈左注 右一首春日部麻呂〉(20, 4345)가 있다.

　●**春日土**(카수가베노 오호키미)

　澤瀉久孝는 권제3의 243번가를 다루면서 '春日王은, 1. 持統紀 三年四
月條에 薨한 사람, 2. 文武紀三年六月條에 卒한 사람, 3. 天平十七年四月
條에 卒한 사람(이 사람은 志貴皇子의 아들)이 있는데 이 작품은 2의 작인
듯하다398)고 하였다.

---

396) 佐伯有淸,「憶良は天智朝の渡來人か」. 稻岡耕二,『萬葉集事典』, p.230에서 재인용.
397) 大久間喜一郎 外 2人編,『萬葉集歌人事典』, p.117.
398) 澤瀉久孝,『萬葉集注釋』卷第三, p.39.

春日王은 春日長首老로 원래 중이었는데『續日本紀』大寶元年 三月壬辰(十九日)條에 '令僧弁紀還俗 代度一人 賜姓春日倉首名老 授追大壹'[399]이라 한 데서 알 수 있듯이 大寶원년(701) 3월 19일 칙명에 의해 환속하였고 和銅7년(714) 정월 從五位下를 받았다.

『懷風藻』에도 詩 1수가 전한다. 春日部麻呂와 마찬가지로 백제계라 생각된다.

작품에 〈春日王奉和歌一首〉(3, 243)가 있다.

• 春日長首老(카스가노 쿠라비토 오유)

승려이다. 人麻呂·黑人·憶良과 친교가 있었던 듯하다. 澤瀉久孝는 '續紀 大寶元年(701) 三月壬辰(19일)條에 僧弁紀를 환속시켜 春日長首, 이름 老를 내렸다고 되어 있다. 권제3 298번가의 左注에「弁基者春日藏首老之法師名也」라고 되어 있다'[400]고 하였다. 春日部麻呂와 마찬가지로 백제계라 생각된다.

작품에,

〈左注 右一首春日長首老〉(1, 56)

〈三野連(名闕)入唐時春日藏首老作歌〉(1, 62)

〈春日藏首老歌一首〉(3, 282)

〈春日藏首老歌一首〉(3, 284)

〈春日藏首老卽和歌一首〉(3, 286)

〈弁基歌一首〉(3, 298)

〈春日歌一首〉(9, 1717)

〈春日藏歌一首〉(9, 1719)

---

399) 國史大系『續日本紀』前篇, p.10.
400) 澤瀉久孝,『萬葉集注釋』卷第一, p.371.

左注 右一首或本云小弁作也 或記姓氏無記名字 或俔名字不俔姓氏
然依古記便以次載 凡如此類下皆效焉이 있다.

• **置始東人**(오키소메노 아즈마히토)

『日本書紀』孝德天皇 白雉五年二月條에 置始連大伯이 보이는데 連 姓
을 사용하였으므로 도왜인임을 알 수 있다.

작품에,

〈太上天皇幸于難波宮時歌〉중 〈左注 右一首置始東人〉(1, 66)

〈弓削皇子薨時置始東人作歌一首 幷短歌〉(2, 204~206)가 있다.

• **置始連長谷**(오키소메노 므라지 핫세)

置始東人과 마찬가지로 連姓이므로 도왜인임을 알 수 있다.

작품에 〈三月十九日家持之庄門槻樹下宴飮歌二首〉(20, 4302~4303)
중 〈左注 右一首置始連長谷〉(20. 4302)이 있다.

• **土理宣令**(토리노 센료오)

『續日本紀』養老五年 正月條에 山上憶良 등과 함께 '刀理宣令等 退朝
之後 令侍東宮焉'의 詔를 받고 있고[401] 和銅三年 正月條에 正六位上刀
利康嗣 從五位下를 받고 있다.[402] 『懷風藻』에 正六位上刀理宣令으로서
詩二首가 있고 그 때 나이는 59세라고 하였다. 講義에는 '이들은 姓이 아니
고 文學있는 사람들이라고 하면 아마 귀화인의 자손일까'[403]라고 하였다.
星野五彦과 上田正昭는 도래인[404]이라고 하였고, 『萬葉集歌人事典』

---

401) 國史大系『續日本紀』前篇, p.84.
402) 國史大系『續日本紀』前篇, p.43.
403) 澤瀉久孝, 『萬葉集注釋』卷第三, p.221에서 재인용.
404) 星野五彦, 앞의 논문, p.30. 上田正昭, 앞의 논문, p.32.

에서는 백제의 귀화계 씨족인가?[405]라고 하였다. 백제계가 아닐까 한다.

작품에,

〈土理宣令歌一首〉(3, 313)

〈刀理宣令歌一首〉(8, 1470)가 있다.

• 土師稲足(하니시노 이나타리)

土師稲足은 傳未詳이다.

天平八年 丙子夏六月 遣使新羅國之時使 少判官의 한 사람인데 高橋庄次는 그 때의 少判官 중에 '이 使人만이 귀화계가 아니다'[406]고 하여 도래계가 아닌 것으로 보았다. 그러나 뒤의 土氏百村에서 보듯이 土氏가 신라계라면 土師稲足도 역시 도왜인으로 신라계라고 할 것이다.

작품에 〈天平八年丙子夏六月遣使新羅國之時使人等各悲別贈答及海路之上慟旅陳思作歌幷當所誦詠古歌 一百四十五首〉(15, 3578~3722) 중 〈海邊望月作歌九首〉(15, 3659~3767) 가운데 〈左注 右一首土師稲足〉(16, 3660)이 있다.

• 土氏百村(토시노 모모무라)

澤瀉久孝는 '略解에 「土師氏也」라고 하고, 攷證에 養老5년 정월의 詔에 「正七位上土師宿禰百村等 (中略) 退朝之後 令侍東宮焉」이라고 한 것을 인용하고 있다. 즉 憶良, 土理宣令(3, 313題)과 함께 동궁에 근무한 당시의 學藝士이었던 그 사람일 것이다'[407]고 하였다.

『萬葉集歌人事典』에서는 '土氏는 '土師氏'를 말함. 百村은 續紀에 '土氏

---

405) 大久間喜一郎 外 2人編, 『萬葉集歌人事典』, pp.247~248.
406) 高橋庄次, 앞의 논문, p.48.
407) 澤瀉久孝, 『萬葉集注釋』 卷第五, p.124.

宿禰百村'(一本은 百材百枝)이라고 보인다. '土氏宿禰氏'는 新撰姓氏錄에
의하면 天孫 天穗日命의 후예이다'[408]고 하였다. 天孫 天穗日命은 신라에
서 건너간 신이므로 土師氏는 신라계로 볼 수 있지 않을까 한다.

작품에 〈梅花歌三十二首 幷序〉(5, 815~846) 중의 825번가에 '少監
土氏百村'이라 하여 1수가 전한다.

• **土師宿禰道良**(하니시노 스쿠네 미치요시)

土師宿禰道良도 신라계가 되겠다.

작품에 〈七日夜集于守大伴宿祢家持館宴歌〉(17, 3943~3955) 중 〈左
注 右一首史生土師宿禰道良〉(17, 3955의 左注)이 있다.

• **土師宿禰水道(通)**(하니시노 스쿠네 미미치)

〈梅花歌卅二首 幷序〉(5, 815~846) 중의 843번가에 '土師氏御通'이
라고 이름이 보인다.

土師宿禰水道는 傳未詳이다. 澤瀉久孝는 土師氏御通을, '앞에 土師宿
禰水道(4, 557題)라고 한 사람과 같다고 생각된다'[409]고 하였다. 土師宿
禰水道(通)도 신라계가 되겠다.

작품에,

〈土師宿禰水道從筑紫上京海路作歌二首〉(4, 557~558)

〈嗤哢黑色歌一首〉(16, 3844)

　　左注 右歌者傳云 有大舍人土師宿禰水通字曰志婢麻呂也 于時大舍
　　　　　人巨勢朝臣豐人字曰正月麻呂 與巨勢斐太朝臣 名字忘之也島
　　　　　村大夫之男也 兩人並此彼兒黑色焉 於是土師宿禰水 通作斯歌

---

408) 大久間喜一郎 外 2人編, 『萬葉集歌人事典』, p.244.
409) 澤瀉久孝, 『萬葉集注釋』卷第五, p.141.

嗤哭者 而巨勢朝臣豐人聞之卽作和歌酬哭也가 있다.

• 波多朝臣小足(하타노 아소미 오타리)

傳未詳이다. 『新撰姓氏錄』右京皇別上에 '八多朝臣 石川朝臣同祖 武內宿禰命之後也 日本紀合'410)이라 하였다. 星野五彦은 漢의 귀화인411)이라고 하였다. 그러나 石川 부분에서 살폈듯이 石川氏는 蘇我氏의 후손인 셈인데 蘇我의 조상은 백제로부터 일본에 건너간 蘇我滿智라고 한다면 石川氏는 백제계가 되는데 그렇다면 波多도 백제계가 되는 것이 아닐까 한다.

작품에 〈波多朝臣小足歌一首〉(3, 314)가 있다.

• 坂門人足(사카토노 히토타리)

星野五彦은 귀화인412)이라 하였다. 도왜인으로 보고자 한다.

• 坂上忌寸人長(사카노우에노 이미키 히토오사)

忌寸 姓이어 도왜인임을 알 수 있는데, 土屋文明은 '坂上忌寸은 후에 宿禰가 된 田村麿 등의 氏族으로 漢種이다'413)고 하였고 『萬葉集歌人事典』, 星野五彦도 漢의 귀화인414)으로 보았다. 山本信三은 坂上은 阿知使主의 族姓으로 韓族 또는 準韓族415)이라 보았다. 그리고 井上秀雄은,

이처럼 奈良朝에서는 漢氏의 有力者는 律令官人이라도 유력한 지위를 점

---

410) 佐伯有清, 『新撰姓氏錄の研究』, pp.172~173.
411) 星野五彦, 앞의 논문, p.29.
412) 星野五彦, 위의 논문, p.29.
413) 土屋文明, 『萬葉集私注』五, p.15.
414) 大久間喜一郎 外 2人編, 『萬葉集歌人事典』, p.170. 星野五彦, 앞의 논문, p.29.
415) 山本信三, 앞의 논문, p.75.

하고 있었으므로 奈良朝 말기의 延曆年間에는 일찍이 漢氏 坂上大忌寸과 文忌寸 등의 계보가 전해지고 있다. 즉「續日本紀」 延曆4년(785) 6월조에서 坂上大忌寸의 조상은 後漢의 靈帝의 曾孫 阿智王으로 되어 있다. 延曆 10년(791) 4월조에서는 文忌寸의 조상을 漢의 高帝의 後裔 鸞의 자손인 王豹가 백제에 이주하여, 그 孫인 王仁이 일본에 도래했다고 한다. 이같은 생각은 그대로『新撰姓氏錄』에 이어지고 있다.『新撰姓氏錄』의 것을 系圖化하면 다음과 같다. 文宿禰와 坂上大宿禰의 경우는 중앙 귀족답게 중국의 왕실과 관련지어진 系圖가 조작되고 그 권위부여가 행해지고 있었음을 알 수 있다.416)

고 한 데서 알 수 있듯이『新撰姓氏錄』 편찬시 조작된 것으로 원래는 백제계라고 보아야 할 것이다. 그리고 朴鍾鳴은,

　　坂上田村麻呂의 조상은 백제계의 도래인이다. 그의 아버지인 苅田麻呂에 의한 寶龜3년(772)의 상표문에는, 조상이 阿智使主이고, 應神天皇 때에 17縣의 人夫를 거느리고 귀화하여, 高市郡檜前에 살고 있었다고 하였다.(續日本紀) 日本書紀에는 應神天皇 20년 가을 9월조에 '倭漢直의 祖, 阿知使主, 그 아들 都加使主, 및 그가 黨類 17현을 이끌고 귀화하였다'고 함. 高市郡은 현재의 奈良縣 飛鳥 일대를 중심으로 한 지역으로, 倭漢氏라고 하는 것은, 東 漢氏라고도 쓰여지는 백제계로는 최대의 세력을 가진 도래인이었다. (中略) 坂上氏는, 倭漢氏에서 나누어진 일족이었는데, 阿知使主를 先祖로 하는 그 후예 56氏 중에서 가장 번성하였다. 그리고 보면 田村麻呂는 백제계 도래인의 자손인 坂上氏의 정점에 선 인물이었던 것이다.417)

고 하였다. 그러므로 坂上忌寸人長은 阿知使主를 조상으로 하는 백제계 도왜인임을 알 수 있다.

---

416) 井上秀雄, 앞의 논문, pp.74～75.
417) 朴鍾鳴, 앞의 책, p.119.

　작품에는 〈大寶元年(辛丑)冬十月太上天皇大行天皇(持統天皇)幸紀伊國時歌十三首〉(9, 1667~1679) 중 〈左注 右一首或云坂上忌寸人長作〉(9, 1679)이 있다.

　• (壱岐守)**板氏安麿**(한시노 야스마로)

　澤瀉久孝는 '『續日本紀』天平七年 九月條에 大史從六位下 板持連安麻呂라고 한 사람이라고 생각된다'[418]고 하였는데 그렇다면 連 姓이므로 도왜인이다. 星野五彦은 萬葉 3기의 漢의 귀화인[419]이라 하였으나 출자를 분명히 알 수 없으므로 도왜인으로 보고자 한다.

　隱岐島의 月讀神社는 전국의 月讀社의 元宮이다. 朴鍾鳴은 이 신사를 주관한 壱岐氏는 후의 松室氏인데, 松室氏는 신라계인 秦氏에서 분파된 것으로[420] 거북점에 종사한 小氏族일 것이라 하였는데, 도래계[421]라 보아지고 있다. 이 사실과, 隱岐島는 彌生時代에 들어서면서부터 金海式 土器, 無文土器, 漢鏡 등과 같은 한국과 중국의 문물을 다량으로 수입하는 대륙문화의 선진지였음[422]을 생각한다면 隱岐守는 한인계의 사람이었으리라 생각된다.

　• **河內王**(카후치노 오호키미)

　澤瀉久孝는 『日本書紀』天武天皇 朱鳥元年 正月條에 '신라의 金智祥을 접대하기 위하여 筑紫에 파견된 사람 중에 淨廣肆川內王이라고 있으므

---

418) 澤瀉久孝, 『萬葉集注釋』卷第五, p.130.
419) 星野五彦, 앞의 논문, p.29.
420) 朴鍾鳴, 앞의 책, p.12와 p.32.
421) 奧野正男, 「九州北部の渡來文化」, 『日本のなかの朝鮮文化』39號, 1978.(朴鍾鳴의 위의 책 p.34에서 재인용)
422) 中上史行, 『隱岐の風土と歷史』(昭和堂印刷, 1995), pp.42~47.

로 그 사람으로 추정되고 있다423)고 하였다. 河內에 한인계가 많이 거주하
고 있었다는 것과 신라 金智祥을 접대하기 위해 파견된 사람이라면 아마도
백제계가 아닐까 한다.

• **海犬養宿祢岡麿**(아마노이누카이노 스쿠네 오카마로)
海犬養宿祢岡麻呂는 傳未詳이다.
『新撰姓氏錄』右京神別下에 '海犬養 海神綿積命之後也'424)라 하였고,
『日本書紀』天武天皇 十三年 十二月己卯(二日)條에 海犬養連에 宿祢 姓
을 내렸다425)고 하였다. 連 姓을 사용하였으므로 도왜인이다.
작품에 〈海犬養宿祢岡麻呂應詔歌一首〉(6, 996)가 있다.

• **縣犬養橘宿祢三千代**(아가타노이누카이노 타치바나노 스쿠네 미치요)
縣犬養橘宿祢三千代도 海犬養宿祢岡麻呂와 마찬가지로 도왜계일 것이다.
작품에,
〈太政大臣藤原家之縣犬養命婦奉天皇歌一首〉(19, 4235)
　左注 右一首傳誦掾久米朝臣廣繩也가 있다.

• **縣犬養娘子**(아가타노이누카이노 오도메)
縣犬養娘子는 傳未詳이다. 마찬가지로 도왜인으로 볼 수 있을 것이다.
작품에 〈縣犬養娘子依梅發思歌一首〉(8, 1653)가 있다.

• **縣犬養宿祢吉男**(아가타노이누카이노 스쿠네 요시오)
縣犬養宿祢吉男은 『續日本紀』天平寶字二年 八月庚子朔正六位上에

---

423) 澤瀉久孝, 『萬葉集注釋』卷第三, p.498.
424) 佐伯有淸, 『新撰姓氏錄の硏究』, p.236.
425) 大系 『日本書紀』下, p.467.

서 從五位下426), 三年五月壬午(十七日)肥前守427), 寶字八年 十月己丑(廿六日) 伊豫介가428) 되었다.

마찬가지로 도왜인으로 볼 수 있을 것이다.

작품에,

〈橘朝臣奈良麻呂結集宴歌十一首〉(8, 1581~1591) 중 〈左注 右一首 內舍人縣犬養宿禰吉男〉(8, 1585)

以前冬十月十七日集於右大臣橘卿之舊宅宴飲也(8, 1581~1591 전체 左注)가 있다.

• **縣犬養宿禰人上**(아가타노이누카이노 스쿠네 히토가미)

縣犬養宿禰人上은 傳未詳이다. 天平13년 12월에 縣犬養連에 宿禰의 성을 주었다. 마찬가지로 도왜인으로 볼 수 있을 것이다.

작품에,

〈天平三年辛未秋七月大納言大伴卿薨之時歌六首〉(3, 459)

左注 右一首勅內礼正縣犬養宿禰人上使檢護卿病 而醫藥無驗逝水不留 因斯悲慟即作此歌가 있다.

• **縣犬養宿禰持男**(아가타노이누카이노 스쿠네 모치오)

縣犬養宿禰持男은 傳未詳이다. 마찬가지로 도왜인으로 볼 수 있을 것이다.

작품에 〈橘朝臣奈良麻呂結集宴歌十一首〉(8, 1581~1591) 중 〈左注 右一首縣犬養宿禰持男〉(8, 1586)

以前冬十月十七日集於右大臣橘卿之舊宅宴飲也(8, 1581~1591 전체 左注)가 있다.

---

426) 國史大系『續日本紀』前篇, p.251.
427) 國史大系『續日本紀』前篇, p.261.
428) 國史大系『續日本紀』後篇, p.312.

● **刑部垂麿**(오사카베노 타리마로)

刑部垂麻呂는 傳未詳이다.

刑部는『新撰姓氏錄』右京諸蕃下에 '刑部 出自百濟國酒王也'[429]라고 하여 백제계로 보았다. 河內國諸蕃 刑部造에서는 '出自吳國人李牟意彌也'[430]라고 하는데, 일본 고대에서 말하는 吳國은 백제국임을 생각하면 刑部는 백제계임을 알 수 있다. 星野五彦은 백제 귀화인[431]이라고 하였고, 山本信三은 '阿知使主의 族姓. 刑部라고도 한다. 集에 이 사람 외에 刑部垂麿, 刑部三野, 刑部千國 등이 있다'[432]고 하여 백제계로 보았다. 따라서 刑部는 백제계로 보고자 한다.

작품에,

〈從近江國上來時刑部垂麻呂作歌一首〉(3, 263)

〈田口廣麻呂死之時刑部垂麻呂作歌一首〉(3, 427)가 있다.

● **刑部志加麿**(오사카베노 시카마로)

刑部志加麻呂를 星野五彦은 귀화인으로[433] 보았다. 마찬가지로 백제계이다.

직품에,

〈左注 右一首猨嶋郡刑部志加麻呂〉(20, 4390)

　　左注 二月十六日　下總國防人部領使少目從七位下縣犬養宿祢淨人進歌數
　　　　　廿二首 但拙劣歌者不取載之(20, 4384~4394)가 있다.

---

429) 佐伯有淸,『新撰姓氏錄の研究』, p.303.
430) 佐伯有淸,『新撰姓氏錄の研究』, p.325.
431) 星野五彦, 앞의 논문, p.29.
432) 山本信三, 앞의 논문, p.76.
433) 星野五彦, 앞의 논문, p.30.

• **刑部直三野**(오사카베노 아타히미노)

刑部直三野를 星野五彦은 백제 귀화인으로[434] 보았다. 역시 백제계이다.

〈左注 右一首助丁刑部直三野〉(20, 4349)

   左注 二月九日 上總國防人部領使少目從七位下茨田連沙弥麻呂進歌數十
     九首 但拙劣歌者不取載之(20, 4347~4359)가 있다.

• **刑部直千國**(오사카베노 아타히치쿠니)

刑部直千國을 星野五彦은 귀화인으로[435] 보았다. 백제계로 보고자 한다.
작품에,

〈左注 右一首市原郡上丁刑部直千國〉(20, 4357)

   左注 二月九日 上總國防人部領使少目從七位下茨田連沙弥麻呂進歌數
     十九首 但拙劣歌者不取載之(20, 4347~4359)가 있다.

• **刑部虫麿**(오사카베노 무시마로)

刑部虫麻呂는 傳未詳이다. 刑部虫麻呂를 星野五彦은 백제 귀화
인[436]으로 보았다. 백제계이다.

작품에 〈左注 右一首刑部虫麻呂〉(20, 4339)가 있다.

• **丸子連多麿**(마로코노 므라지 오호마로)

丸子連多麻呂는 傳未詳이다. 連 姓이므로 도왜계로 보고자 한다.

작품에 〈天平勝寶七歲乙未二月相替遣筑紫諸國防人等歌〉(20, 4321~4
330) 중 〈左注 右一首鎌倉郡上丁丸子連多麻呂〉(20, 4330)가 있다.

---

434) 星野五彦, 위의 논문, p.30.
435) 星野五彦, 위의 논문, p.30.
436) 星野五彦, 위의 논문, p.30.

• **丸子連大歲**(마로코노 므라지 오호토시)

丸子連大歲는 傳未詳이다. 마찬가지로 도왜계로 보고자 한다.

작품에,

〈左注 右一首朝夷郡上丁丸子連大歲〉(20, 4353)

　　左注 二月九日 上總國防人部領使少目從七位下茨田連沙弥麻呂進歌數
　　　　十九首 但拙劣歌者不取載之(20, 4347~4359)가 있다.

• **丸子部佐壯**(마로코베노 스케오)

丸子部佐壯은 傳未詳이다. 모두 連 姓을 사용하고 있으므로 丸子部佐壯
도 도왜계일 것이다.

작품에,

〈左注 右一首久慈郡丸子部佐壯〉(20, 4368)

　　左注 二月十四日 常陸國部領防人使大目正七位上息長眞人國嶋進歌數
　　　　卄七首 但拙劣歌者不取載之(20, 4363~4372)가 있다.

• **檜前舍人石前之妻**(히노쿠마노 토네리 이와사키가메)

　星野五彦은 漢의 귀화인[437]이라고 하였고, 山本信三은 韓族 또는 準韓
族[438]이라고 하였다. 한인계로 보고자 한다.

이상으로『萬葉集』의 한인계 작가를 중심으로 하여 살펴보았는데, 위에
서 살펴본『萬葉集』작가들의 출자를 정리하면 다음과 같다.

백제계 : 角麿, 角朝臣廣弁, 葛井連廣成, 葛井連大成, 葛井連子老, 葛

---

437) 星野五彦, 위의 논문, p.30.
438) 山本信三, 앞의 논문, p.77.

井連諸會, 境部宿禰老麻呂, 境部王, 高丘連河內, 高市連黑人, 軍王, 紀卿, 紀女郎, 紀朝臣男梶, 紀朝臣鹿人, 紀朝臣淸人, 紀朝臣豊河, 吉田連宜, 吉田連老, 丹比麿, 丹比眞人, 丹比眞人屋主, 丹比眞人國人, 丹比眞人乙麿, 丹氏麿, 丹波大女娘子, 大石蓑麿, 大倭, 大原眞人高安, 大原眞人今城, 大原眞人櫻井, 笠朝臣金村, 馬史國人, 麻田連陽春, 巫部麻蘇娘子, 文忌寸馬養, 門部連石足, 門部王, 文室智努麻呂眞人, 物部古麿, 物部廣足, 物部刀自賣, 物部道足, 物部龍, 物部歲德, 物部眞根, 物部眞島, 物部秋持, 物部乎刀良, 史氏大原, 舍人吉年, 舍人娘子, 山口忌寸若麿, 山上臣, 山上憶良, 山田史君麿, 山田史土麿, 山村己知部, 三方沙弥, 三野連石守, 三野岡麻呂, 上古麿, 上毛野牛甘, 石上朝臣堅魚, 石上卿, 石上乙麻呂, 石上朝臣宅嗣, 石川郎女, 石川大夫, 石川女郎, 石川夫人, 石川少郎, 石川女郎, 石川朝臣廣成, 石川朝臣年足, 石川朝臣老夫, 石川朝臣水通, 石川朝臣足人, 石川賀係女郎, 雪連宅麻呂, 小野朝臣國堅, 小野氏淡理, 小野朝臣老, 粟田女娘子, 粟田大夫, 粟田女王, 手持女王, 柿本朝臣人麿, 安都扉娘子, 安都宿禰年足, 安宿公奈登麿, 桉作村主益人, 鴨君足人, 野氏宿奈麿, 余明軍, 緣達師, 宇努首男人, 羽栗, 六鯖麻呂, 忍坂部乙麿, 忍海部五百麿, 日下部使主三中, 日下部使主三中之父, 任生使主宇太麻呂, 長忌寸娘, 長忌寸意吉麿, 田口朝臣益人, 田口朝臣馬長, 田邊史福麿, 田邊秋庭, 田部忌寸櫟子, 田氏肥人, 田氏眞上, 調使首, 調首淡海, 舟氏麻呂, 中臣部足國, 中臣女郎, 中臣朝臣東人, 中臣朝臣武良自, 中臣朝臣宅守, 中臣淸麿, 秦間滿, 秦伊美吉石竹, 秦忌寸朝元, 秦忌寸八千嶋, 秦

田麿, 秦許遍麿, 村氏波方, 椎野連長年, 春日部麿, 春日王,
春日王首老, 土理宣令, 土師稻足, 土氏百村, 土師宿禰道良,
土師宿禰水道(通), 波多朝臣小足, 坂上忌寸人長, 河內王, 刑
部垂麿, 刑部志加麿, 刑部直三野, 刑部直千國, 刑部虫麿
고구려계 : 高麗朝臣福信, 高氏老, 高氏義通, 高氏海人, 高安大島, 高
　　安王, 高田女王, 消奈行文,
신라계 : 大藏忌寸麿, 薩妙觀 命婦, 額田王, 茨田連沙彌麿, 茨田王
韓人系 : 忌部首黑麿, 忌部首, 內藏忌寸繩麻呂, 磐余伊美吉諸君, 神社忌
　　寸老麿, 依羅娘子, 張氏福子, 板氏安麿, 檜前舍人石前妻
도왜인 : 高橋朝臣, 高橋蟲麻呂, 藤井連, 尾張連某, 尾張少咋, 拔氣大
首, 生石村主眞人, 小鯛王, 矢作部眞長, 阿倍朝臣繼麿, 阿倍
朝臣繼麿 第二男, 阿倍朝臣老人, 阿倍大夫, 阿倍女郞, 阿倍
女王, 阿氏奧嶋, 安倍朝臣廣庭, 安倍朝臣沙弥麿, 安倍朝臣奧
道, 安倍朝臣子祖父, 安倍朝臣蟲麿, 安倍朝臣豐繼, 若櫻部朝
臣君足, 椋椅部刀自賣, 椋椅部弟女, 椋椅部荒虫, 奄君諸立,
元仁, 丈部稻麿, 丈部山代, 丈部与呂麿, 丈部龍麿, 丈部鳥,
丈部造人麿, 丈部足麿, 丈部足人, 丈部直大麿, 丈部眞麿, 丈
部川相, 丈部黑當, 佐佐貴山君, 志斐嫗, 志氏大道, 置始東人,
置始連長谷, 坂門人足, 海犬養宿祢岡麿, 縣犬養橘宿禰三千
代, 縣犬養娘子, 縣犬養宿 禰吉男, 縣犬養宿禰人上, 縣犬養
宿禰持男, 丸子連多麿, 丸子連大歲, 丸子部佐壯

3. 그 외의 작가들에 대한 가능성

星野五彦은『萬葉集』의 작가 중에서 황족이 약 16명 있으나 그것은 신분상 한 획을 긋는 것이므로 논외로 한다고 하였다. 실제로 황족의 이름 중에는 한인계의 氏姓과의 관련성이 보이는 이름들이 있을뿐만 아니라 그 혈통 등 다양한 면에서 충분히 한인계일 가능성이 있는 황족들이 있다.

더구나 최근 들어 일본의 제42대 文武天皇은 신라의 문무대왕이며, 天武天皇은 고구려의 연개소문이라는 설까지 일본의 사학자 사이에서 조심스럽게 제기되고 있는 실정이다. 즉 신라의 文武대왕이 唐과의 알력 속에 신라에서의 입지가 불리해지자 일본에 건너가 일본이 어수선한 틈을 타 한반도의 세력에 의해 文武天皇이 되었다고 한다. 문무천황은 일본에서 수수께끼의 천황으로, 사망한 나이가 문헌마다 큰 차이를 보이고 있으며,『續日本紀』에서 문무천황은 신라왕에게 여러번 편지를 보내는데 706년 11월 성덕여왕에게 보낸 편지는 마치 유서를 방불케 하며, 효소왕에게 보낸 편지에는 '추위에 몸조심하고' 등등의 내용이 보이고 있어 손자를 걱정하는 할아버지의 따뜻한 마음이 엿보인다. 또 700년 11월 신라사신이 문무천황에게 母王 돌아가셨다고 전하는 기록이 보이는데 이것은 문무천황의 母이거나 왕비일 것이라고 추정되고 있다.

만약 이처럼 문무천황이 바로 신라의 문무대왕이라면『萬葉集』의 문무천황의 작품은 바로 신라의 작품이 될 것이다.

또 1972년 3월 21일 飛鳥에서 발굴된 高塚古墳에 매장된 사람은 연령이 30세에서 70세에 살해되어 매장된 것으로 추정되는데 그 주인공은 고구려계일 것으로 보고 있다. 왜냐하면 고구려 고분에서만 보이는 사신도가 보이고 4명의 여성 그림이 있는데 고구려 복장을 하고 있고 또 그 일대에 고구려인들이 집단적으로 살았다는 기록이 나오기 때문이다. 그런데 이 고분의 주인공이 바로 천무천황일 것이라는 설을 조심스럽게 펴고 있는 것439)이다.

---

439) 1998년 2월 23일 밤, 대구 mbc방송에서 이에 관한 내용을 상세히 소개하였다.

고대사에 있어서의 이러한 연구가 충분히 입증이 된다면 일본천황 중에서도 한인계가 더 나올 수 있을 것이며 황족 중에 한인계는 더욱 그 수가 늘어날 것으로 보인다. 그러나 이러한 설이 제기되고 있는 시점이므로 그 가능성에 대한 지적을 하는 것으로 그치고자 한다.

그리고 이같은 황족뿐만이 아니라 그 외의 姓氏 중에서도 한인계일 가능성이 있는 작가들이 더 있을 것으로 추정된다. 이들을 모두 합치면 『萬葉集』의 한인계 작가는 더 늘어날 것으로 보인다.

Ⅲ. 결론

이상 위에서 고대문학 자료의 영성함을 보완하여 우리 문학의 영역을 확대하고자 하는 의도하에 『萬葉集』의 한인계 작가를 추출하여 보았다. 서론에서 밝혔듯이 이 논문은 완결된 것이라기 보다는 하나의 중간과정으로 본 논문에서 다룬 이외의 작가 중에서도 한인계일 가능성이 있는 작가들이 많이 있다. 그리고 혹시 본 논문에서 한인계 작가로 본 사람 중에서도 출자에 관해서는 구체적인 검증이 더 이루어져야 할 것이다. 왜냐하면 『新撰姓氏錄』편찬 시기에 당나라 중심의 외교 관계가 백제계를 漢系로 조작하였듯이 『新撰姓氏錄』에서나 그 외에 백제계라고 되어 있는 것도 백제 중심의 외교 관계에서 신라·고구려를 모두 백제로 보았을 가능성도 있기 때문이다. 그러므로 이 논문은 앞으로 계속 수정 보완 작업이 필요하겠다. 그러나 일단 본고에서 살펴본 도왜인 작가들을 정리하여 결론을 말하면 다음과 같다.

첫째, 『萬葉集』 작가는 총 500여명인데, 그 중 본 논문에서 여러 연구자의 설과 그 외 『新撰姓氏錄』의 기록 등으로 미루어 도래계라고 추정된 작가는 일단 모두 222명이었다. 이 중에서 한인계로 추정된 자는 모두 167명이었으며, 출자가 분명하지 않은 도왜 작가는 55명이었다.

둘째, 한인계 작가 중에서 백제계로 추정되는 작가는 모두 145명이었으며 고구려계가 8명, 신라계가 5명이었다. 그리고 한인계이지만 구체적인 출자를 알 수 없는 작가가 9명이었다. 그러나 현재로서는 出自를 알 수 없어 도왜인이라고만 한 작가 중에서도 앞으로 검증을 하면 한인계는 더욱 늘어날 여지가 있다.

셋째, 僞倭에 관한 문제가 남아 있다. 가능한 한 하나의 자료라도 있으면 한인계로 보려는 입장을 취하였는데 이 논문에서 다루지 않은 황족과, 일본인으로 되어 있는 자들 중에서도 僞倭의 문제가 있으므로 이에 대한 검토를 하면 한인계는 더 늘어날 것이다.

넷째, 『新撰姓氏錄』이 중국 편도에의 상황에서 편찬된 것인 만큼 백제계를 비롯한 한인계를 漢系로 조작한 경우가 많다는 것이다. 따라서 『新撰姓氏錄』에 백제계라고 되어 있는 경우는 한인계로 보아 틀림이 없을 것이다. 그런데 백제계를 漢系라고 조작한 것과 마찬 가지로 백제계라고 되어 있는 작가들도 백제와의 외교관계가 중심이 된 시대의 반영임을 생각한다면 이 중에는 고구려, 신라계도 있을 것으로 보인다. 이들에 대한 출자도 다시 면밀히 계속 연구되어야 할 과제이다. 이에 대한 연구는 다음으로 미루기로 한다.

다섯째 한인계 작가 중에서도 도래인 몇 세인지를 구분하여 일본에의 동화가 어느 정도 이루어졌는지, 한국적인 동질성이 어느 정도 남아 있는지를 선별하는 작업일 것이다. 일본에 도래하여 만약 2,300년이 지난 氏族의 경우는 그 문학에서 엄밀하게 한국적인 성격을 찾기는 어려울 것이기 때문이다.

따라서 이에 대한 검증도 아울러 이루어져야 할 것인데 이 작업도 앞으로의 큰 과제이다.

일본 고대 한시집의 한인계 작가

- 백제 · 발해를 중심으로 -

日本 古代 漢詩集의 韓人系 作家
-백제·발해를 중심으로-

I. 서론

우리의 고대문학은 자료가 영성한 까닭에 그 시대의 문학 상황 전모를 살펴보기가 무척 어려운 실정이다. 신라의 경우는 『삼국유사』에 향찰표기의 노래가 14수 현전하고 있고 최치원을 비롯한 소수의 한시문도 전하고 있어 어느 정도는 당시의 문학양상을 살펴볼 수가 있다. 그러나 고구려의 경우 겨우 『삼국사기』, 『고려사』에 몇 편의 작품명이니, 작품창작 배경에 대한 설화만 전할 뿐 실제 작품은 거의 전무한 실정이다.

백제의 경우도 그 화려했던 문화에 비해 현재 남아 있는 작품이라고는 극소수에 불과할 뿐이며 발해 문학의 경우도 마찬가지이다.

이처럼 삼국전체를 통틀어도 전체 작품이 불과 몇 되지 않음을 생각하면 우리의 고려조 이전까지의 시가문학은 큰 공백상태라고 해도 과언이 아니며 따라서 이 부분에 관한 문학사 정리도 제대로 되지 않고 있는 실정이다. 특히 발해 문학의 경우, 김수업은 『배달문학의 길잡이』1)에서 남북국발해문학을 설정만 하고 있다. 조동일은 『국문학통사』에서 김육불의 발해국지장편의 자료를 인용하여 남북국시대 문학에 대한 관심을 표명하고[2] 있으며, 김승찬은『한국문학의 이해』에서 남북국시대의 문학전개를 논하면서 이에 대한 서술을 시도하고[3] 있다. 그러나 자료가 워낙 제한되어 있는 까닭에 문제제기 이상의 진전을 보지 못하고 있는 실정이다. 그러나 이러한 자료의 공백을 메우고 공백으로 있는 발해문학사 서술이 가능할 수 있는 여지는 충분히 있다고 생각한다.

그것은 고대에 있어서 우리와 문화적, 인적 교류가 무척 활발했던 중국·일본 문학과의 비교를 통한 자료 발굴인 것이다.

따라서 본 논문에서는 일본의 고대 漢詩集인『懷風藻』·『文華秀麗集』·『凌雲集』·『經國集』 속의, 일본 체류 한인계 작가를 추출함으로써 백제·발해를 중심으로 한 우리 문학자료를 발굴하여 보고자 한다.

이 연구를 통하여 우리 나라 고대의 문학작가 자료를 외국문헌 자료를 통하여 발굴함으로써 우리 작품의 영역을 확대시킬 수 있을 뿐만 아니라 그 동안 공백 상태로 있는 백제·발해 문학사 서술의 새로운 기반을 마련할 수 있을 것이다.

뿐만 아니라, 이러한 작품을 토대로 하여 일본 문학과 비교하여 볼 때 동일한 한자문화 수신국이면서도, 수용한 한자문화와 한문학을 우리나라가 어떻게 발전시켰는지 그 양상이 드러날 것이며, 또 우리 한문학의 특수성을 밝힐 수 있을 것이다.

최근 들어 근세를 중심으로 한 한일간의 사신들의 창화시에 대한 연구가 양국의 교섭관계를 중심으로 한 연구와 더불어 병행되고 있는데 이 연구는 그 상한선을 고대로까지 끌어 올려 줄 수 있을 것이다. 또 이러한 세부적인

---

1) 김수업,『배달문학의 길잡이』(鮮一文化社, 1986), pp.34~35.
2) 조동일,『국문학통사』1(지식산업사, 1982), pp.214~229.
3) 김승찬,『한국문학의 이해』(세종출판사, 1993).

비교를 바탕으로 동아시아 한자문화권 문학의 동질성과 이질성을 밝힐 수 있고 나아가 세계문학 속에서의 동양문학 그 속에서 한국문학의 자리매김이 뚜렷해 질 수 있을 것이다.

Ⅱ. 본론

삼국시대·남북국시대에 한국과 일본이 계속적인 교류를 가지면서 우리 한반도의 문화가 일본에 큰 영향을 미쳤다는 것은 주지의 사실이나 이에 대한 문학적인 측면에서의 규명은 아직 큰 성과를 얻지 못하고 있는 실정이다. 최근 일본의 역사학자들이나 소설가들이 한반도에서 건너간 한인이 일본문화를 주도하였고, 심지어는 일본의 천황이 되기도 했다는 설들을 제기하고 나섰다. 이런 것을 보면 당시에 일본에 건어간 한반도의 세력이 얼마나 컸나 하는 것을 알 수 있다.

이러한 세력이 일본에서 문학 활동을 하였다면 이것은 우리 문학의 영역으로 인정할 수는 없을까 하는 생각이 든다.

일본의 『懷風藻』·『凌雲集』·『文華秀麗集』·『經國集』·『本朝文粹』는 일본 고대의 詩歌集인 『萬葉集』에 상응하는 漢詩集이다. 『懷風藻』는 天平勝寶 3년(751)에 편찬된 것으로 撰者는 누구인지 아직 확실하지 않으나 현존하는 최고의 한시집이다. 『文華秀麗集』은 弘仁9년(818)에 편찬되었을 것으로 추정되며 『經國集』은 827년에 편찬되었다. 『凌雲集』은 小野岑守 등이 편찬한 최초의 칙찬 한시집인데 弘仁5년(814) 경 성립되었다. 『本朝文粹』는 弘仁~長元(810~1037) 기간의 詩文 427편을 수록한 것으로 平安後期에 편찬되었다. 이 漢詩集들에는 우리 고대 문학의 공백을 메꾸어 줄 수 있는 백제계와 발해계 작가들과 그들의 작품이 발견된다. 이 작품들을 분석함으로써 우리문학 작품의 영역을 확대시킬 수 있을 뿐만 아니라 거의 공백상태라 할 수 있는 백제·발해 문학사 서술이 실제 작품을 통해 다소 가능해질 수 있을 것이다.

먼저 이들 한시집이 백제 멸망 후 1세기 내지 1세기 반이 경과하여 있으므로 백제적 성격이 어느 정도 보존되어 있는가, 한인계가 일본 도래 몇 세인가에 대해 일단 문제가 제기될 수 있겠다. 그러나 이는 中西 進이,

8세기가 된 이후의 渡來者들은 별도로 하고『萬葉集』開幕과 만난 도래자들의 후예는, 이 陽春과 같은 방법을 일반적으로 하였다. 이미 表現者로서 고대 조선의 모습을 나타내는 것은 드물지만, 2세의 마음 깊숙이 잠재해 있는 고대 조선의 내음을 지워 없앤다는 것도 잘못일 것이다. 하물며 생활상의 규법으로 앞에서 본 것과 같이 異國風(실은 自國風)이 존중되는 日常이고 보면, 더더욱 그러했을 것이다.『萬葉集』이라고 하는 일본어권에서는 他와 섞여가게 되었지만 또 한편의 한자권『懷風藻』의 세계에서는 8세기가 되어서도 渡來系의 사람들이 주된 활약자이었던 것은 그러한 점에 있어서 간과할 수 없는 사실인 것이다.4)

라고 한 것이나 星野五彥이,

그런데 本題에 들어가기 전에 언급해 둘 것이 있다. 그것은 본 논문에서 다루는 "귀화인"에 관한 범주의 문제이다.

즉, 귀화인이라고 하면, 어디까지를 말하는 것인가 하는 문제, 무엇을 가지고 그것을 단정할 것인가 하는 것이다. 사람에 따라 10姓 있으면 7姓까지가 귀화인이라고도 하고, 그 반대라고 말하는 사람도 있다. 또 시간적으로 三代 이상 지나면 토착화되어 귀화인으로서의 특성을 찾기 어렵다고도 한다. 그리고 이들을 과연 귀화인으로 취급하는 것이 적절한가 어떤가 하는 문제도 있다. 이러한 것들은 다 중요한 문제이지만 귀화인의 도래의 본격적인 시기(『日

---

4) 中西 進,『萬葉の時代と風土』(角川書店, 1980), p.114.

本書紀』에 의하면 7세기 중엽으로부터 말엽에 걸쳐서 집중적으로 보이는 점)
와 그들이『萬葉集』에 詠出한 시기(시대 구분의 제4기의 하한을 750으로 해
도 도래한지 1세기 전후밖에 되지 않는다)가 근접하고 있는 점으로 보아 실제
는 그렇게 문제가 되지 않는다고 할 수 있다.5)

고 논급하고 있듯이 이들 한시집의 한인계 작가들은 한국적 특성을 지니고
있었다고 보아지므로 별 문제가 되지 않는다고 보아진다.

그 작가군들은 성격상 다음과 같은 세 부류로 정리할 수 있다.

첫째는 일본에 건너간 우리 나라 사신들인데 그들이 일본인들과 주고받
은 唱和詩가 남아 있다. 일본에 사신으로 갔던 우리 나라 사람들의 시이
므로 이 작품들은 바로 우리 문학 자료라고 할 수 있다. 이는 바로 우리
문학사에 정리될 수 있는 작가, 작품군이 될 것이므로 무척 귀중한 자료라고
할 수 있다.

둘째는 한인계로 추정되는 작가들의 작품이다. 이 작가들의 작품을 분석
함으로써 간접적으로나마 우리 문학에 대한 자료를 보충할 수 있을 것으로
사료된다.

셋째는 우리 나라 사신의 작품은 남아 있지 않지만 일본인의 화답시가 남
아 있는 경우이다. 이 작품들은 일본인의 작품이지만 당시 동아시아의, 한시문
을 공통적인 문화매체로 하여 정치 외교의 수단으로 사용하였던 만큼 일본인의
화답시의 내용을 미루어 우리나라 사신의 작품 내용을 간접적으로 살펴볼 수 있
을 것이다. 이 경우 실제 작품은 전하지 않더라도 작자명은 알 수 있는 경우
가 있으므로 문학사 정리에서 역시 중요한 자료가 될 수 있겠다.

이러한 연구를 통하여 공백 상태로 있는 우리 백제, 발해 문학사 서술의
새로운 기반을 마련할 수 있을 뿐만 아니라, 한국과 일본이 동일한 한자문화

---

5) 星野五彦,「萬葉集における歸化人」,『國學院雜誌』(1973. 10), p.29.

수신국이면서도 수용한 한자문화, 한문학을 어떻게 발전시켰는지 그 양상이 드러날 것이다.

그런데 최근 들어 백제·발해에 대한 연구가 역사학 쪽에서는 상당히 활발하게 전개되어 진전을 보이고 있으나 문학쪽에서의 구체적인 연구는 거의 전무한 실정이다.

이들 한시집 자체에 관한 연구가 일본에서도 활발하지 않을 뿐더러6) 한국쪽에서의 연구는 거의 전무한 실정이다.

첫째 유형에 관한 것은 小島憲之가『上代日本文學と中國文學』下7)에서 한일 교류관계를 언급하고 한시 작품의 전거를 밝히면서 한·중·일의 영향관계를 논하고 있다. 그리고『韓國漢文學史』8)에 일부가 소개되어 있는 정도이다.

둘째 유형에 관한 것을 다룬 것으로는 小島憲之의 日本古典文學大系『懷風藻』9)의 詩人小傳 부분과 김성진의 최근의 논문10) 정도가 있을 뿐이다. 그런데 小島憲之는 일부 작가들을 귀화계라고 추정을 하고 있으나 出自를 명확히 밝히지는 않고 단순히 귀화계라고만 한 작가가 많다.

그리고 김성진의 논문은 日本古典文學大系『懷風藻』의 詩人小傳에서 귀화계로 설명된 자들의 이름을 소개하고 그 중에 몇 명을 한인계라고 소개하는 정도에 머무르고 있을 뿐 아무런 새로운 자료를 제시하지 못하고 있다.

그러나 小島憲之가 귀화계라고만 한 작가들 중에도 그 出自를 살펴보면 한인계, 특히 백제계로 추정되는 작가들이 있다. 또 小島憲之가 귀화계로

---

6) 1997년도에『懷風藻研究』1호가 나온 이후 해마다 발행되고 있다.
7) 小島憲之,『上代日本文學と中國文學』下(塙書房, 1965).
8) 李丙疇 외 5인 공저,『韓國漢文學史』(半島出版社, 1995), pp.52~55.
9) 小島憲之 校注, 日本古典文學大系『懷風藻』(岩波書店, 1982).
10) 金聲振,「「懷風藻」와「文華秀麗集」을 통해 본 韓日間 文化交流」,『東洋漢文學研究』
   제10집(東洋漢文學會, 1997. 7), pp.44~66.

보지 않은 작가들 중에도 한인계라 보아지는 작가들이 상당수 있다.

셋째 유형에 관한 것은 小島憲之에 의해 위의 『上代日本文學と中國文學』 下11)에서 일부 다루어졌을 뿐이다.

따라서 이들 유형의 작가군의 出自를 밝히고 작품들을 살펴봄으로써 우리 고대문학 자료 영역을 확대시킬 수 있을 것이므로 본 논문에서는 이를 위한 기초 작업으로 일본의 한시집 속의 한인계 작가를 밝히고 그 작품들을 자료로 제시하고자 한다.

1. 백제·발해와 일본의 교류

먼저 백제·발해와 일본과의 교류를 간단히 살펴보기로 한다.

백제는 663년 일본군의 지원에도 불구하고 나당연합군에 의하여 白村江 싸움에서 크게 패함으로써 결국 멸망하고 만다. 그리고 백제의 왕족과 귀족들은 대거 일본에 건너가 그들의 문화를 주도하며 지대한 영향력을 끼치게 되는 것이다. 따라서 이들 백제계의 작품은 『萬葉集』을 비롯하여 『懷風藻』·『凌雲集』·『文華秀麗集』·『經國集』·『本朝文粹』에 많이 보인다.

발해는 698년 고구려의 유민 大祚榮이 고구려 유민과 靺鞨人의 힘을 합쳐 건국하여 926년까지 228년간 존속한 나라인데 일본과 빈번한 사신의 내왕이 있었다.

727년(神龜4년) 高仁義를 大使로 하는 1차 발해 사신이 일본에 파견된 이후 발해와 일본의 국교가 이루어져 929년(延長7년) 裵璆까지 합하여 다음과 같이 35회12)에 걸쳐서 발해 사신이 일본에 파견되었다.

---

11) 小島憲之, 『上代日本文學と中國文學』 下(塙書房, 1965).
12) 崔在錫, 『統一新羅·渤海와 日本의 關係』(一志社, 1993), pp.357~358.

次	渡來年度	大使名	人員數	日本도착年月日	歸國年月日	日本체류기간 (개월·일)
1	神龜 4 (727)	高仁義 (高齊德)	24	727.9.27	928.6.5	8.15
2	天平 11 (739)	胥要德 (己珍蒙)	?	739.7.13	740.2.2	6.206.20
3	天平勝寶 4 (752)	慕施蒙	75	752.9.24	753.6.8	8.14
4	天平寶字 2 (758)	揚承慶	23	758.9.18	759.2.16	4.28
5	天平寶字 3 (759)	高南申	?	759.10.18	760.2.20	4.02
6	天平寶字 6 (762)	王新福	23	762.10.1	763.2.20	4.19
7	寶龜 2 (771)	壹萬福	325	771.6.27	772.2.29	8.02
8	寶龜 4 (773)	烏須弗	40	773.6.12	773.6	?
9	寶龜 7 (776)	史都蒙	167	776.12.22	777.5.13	4.21
10	寶龜 9 (778)	張仙壽	?	778.9.21	779.2.2	4.11
11	寶龜 10 (779)	高洋弼	359	779.9.14	779.12.22	3.08
12	延曆 5 (786)	李元泰	65	786.9.18	787.2.19	5.01
13	延曆 14 (795)	呂定琳	68	795.11.3	796.5.17	6.14
14	延曆 17 (798)	大昌泰	?	798.12.27	799.4.15	3.19
15	大同 4 (809)	高南容	?	809.10(?)	810.4.8	6.0
16	弘仁 元 (810)	高南容	?	810.9.29	811.4.27	5.29
17	弘仁 5 (814)	王孝廉	?	814.9.30	815.5.18	7.18
18	弘仁 8 (817)	慕咸德	?	817(?)		?
19	弘仁 10 (819)	李承英	?	819.11.20	820.1.21	2.0
20	弘仁 12 (821)	王文矩	?	821.11.13	822.1.21	2.8
21	弘仁 14 (825)	高貞泰	101	823.11.22	824.6	7.0
22	天長 2 (825)	高承祖	103	825.12.3	826.5.15	5.12
23	天長 4 (827)	王文矩	100	827.12	828(?)	?
24	承和 8 (841)	賀福延	105	841.12.22	842.4.12	3.20
25	嘉祥 元 (848)	王文矩	100	848.12.30	849.5.12	4.12
26	貞觀 元 (859)	烏孝愼	104	859.1.22	859.7.6	5.14
27	貞觀 3 (861)	李居正	105	861.1.20	861.5	?
28	貞觀 13 (871)	楊成規	105	871.12.11	872.5.25	5.14
29	貞觀 18 (876)	楊中遠	105	876.12	877.6.15	6.0
30	元慶 6 (882)	裵頲	105	882.11.27	883.5.12	5.15
31	寬平 4 (892)	王龜謀	105	892.1.8	892.8(?)	7.0
32	寬平 6 (894)	裵頲	?	894.5	895.5.16	12.0
33	延喜 19 (919)	裵頲	?	908.1.8	908.5(?)	4.0
34	延喜 19 (919)	裵璆	105	919.11.18	920.5.18	6.0
35	延長 7 (929)	裵璆	93	929.12.24	930.8	8.0

이 중에서 개인적인 사절 1회와 발해 멸망 후의 1회를 제외하면 33회가

된다. 또 일본에서 발해에 파견된 사신은 728년의 引田虫麻呂를 시작으로 하여 810년의 林東人에 이르기까지 13회13)이다.

　이러한 사신교환의 목적은 일본인 연구자들에 의해서 주로 '발해가 일본의 屬國인 고구려의 後繼者로 自任함과 동시에 신라를 견제하기 위하여 일본에 渤海使를 파견한 것으로'14), 혹은 '처음에는 군사적 혹은 정치적인 盟友가 되려는 데에 있었지만, 뒤에는 차차 조공무역에 의한 경제적인 이익을 구하는 경향으로 기울었다.'15)고 주장되었다. 그러나 최재석은 사료를 검토 분석하여, 당시에 조선술과 항해술이 미발달한 일본은 遣唐使 파견이 거의 불가능한 상태였기 때문에, 항해술과 조선술이 발달했을 뿐만 아니라 고구려의 계승자이자 동북아시아의 강대국인 발해에 진상품을 많이 내고라도 주종관계를 맺는 것을 오히려 바라고 있었을 것16)이라고 하였다.

　발해사들은 일본에 모피나 약초 등 야생품 뿐만 아니라 중국의 서적을 비롯한 선진 문물과 소식을 전해주기도 했으며 일본인들이 중국으로 가는 통로가 되기도 했던 것이다. 이 사신들의 일행이 적게는 20여 명에서 많게는 359명에 이르기도 했으나 대개 100여 명17)이었고 짧게는 2개월 간, 길게는 약 8개월 간 체류하였다. 그리고 발해 사신들이 귀국할 때 대체로 일본 사신이 함께 발해에 파견되었다. 758년(天平寶字2년) 9월에 제4차 遣日本 渤海使가 越前國에 도착하여 12월 入京한 이후의 일정을 예로 들면 다음과 같다.

---

13) 高瀨重雄,「古代の日本海交通-とくに日本と渤海の交流」,『季刊 考古學』15(雄山閣出版, 1986)(임상선 번역, 앞의 책, p.360).
14) 崔在錫, 앞의 책, p.373.
15) 高瀨重雄, 앞의 논문(임상선 번역, 앞의 책, p.360).
16) 崔在錫, 앞의 책, p.381.
17) 崔在錫, 위의 책, pp.357~358.

· 天平寶字2년(758) 9월 丁亥(18일)에 小野朝臣田守 등이 발해에서
돌아왔다. 발해대사인 보국대장군겸 장군 行木底州의 자사겸 兵署少
正, 開國公의 양승경 이하 23인이 田守를 수행하여 내조했다. 그래서
越前國에 체재시켰다.

· 天平寶字2년 12월 24일 발해사 양승경 등이 입조했다.

· 天平寶字3년 봄 정월(759) 戊辰朔(1일)에 大極殿에서 조하를 받았다.
문무백관 및 고구려의 번객들은 규정의 의례에 따라서 각각 배하했다.

· 天平寶字3년 봄 정월(759) 乙酉(18일), 천황이 궁전의 끝쪽 가까이
나와 고구려(발해)대사 양승경에게 正三位를, 부사인 양태사에게 從三
位를, 국왕 및 대사 이하에게는 지위에 맞게 녹을 내렸다. 五位 이상의
관인과 고구려의 使人 및 主典 이상을 朝堂에서 향연을 베풀어주고 무
대에서 女樂을 베풀었으며 뜰에서는 내교방의 여성이 踏歌를 추었다.
발해의 使人과 主典 이상인 자도 이를 이었다. 다 끝나자 신분에 따라
각각 眞綿을 내렸다.

· 天平寶字3년 봄 정월 丙戌(19일)에 內射를 행했다. 발해 客人을 불러
역시 마찬가지로 활을 쏘게 했다.

· 天平寶字3년(759) 2월 癸丑(16일)에 양승경 등이 돌아갔다. 고원도
등도 또 이들을 따라 출발하였다.18)

---

18) · 天平寶字二年九月 丁亥 天平寶字二年九月 丁亥 小野朝臣田守等至自渤海 渤海大使
輔國大將軍兼將軍 行木底州刺史兼兵署少正開國公揚承慶已下卅三人 隨田守來朝
便於越前國安置
· 天平寶字二年十二月 壬戌 渤海使揚承慶等入京
· 天平寶字三年春正月 戊辰朔 御大極殿受朝 文武百官 及高麗蕃客等 各依儀拜賀
· 天平寶字三年春正月 乙酉 帝臨軒 授高麗大使揚承慶正三位 副使揚泰師從三位 判官
馮方禮從五位下 錄事 已下十九人各有差 賜國王及大使已下祿有差 饗五位已上 及蕃
客 幷主典已上於朝堂 作女樂於舞臺奏內敎坊踏歌於庭 客主典 殿已上次之享畢賜綿
各有差

평균 100여명에 달하는 발해사 일행들이 수개월간 일본에 머무는 동안 '일본인들의 발해사에 대한 대접이 君主나 王子 또는 勅使에 대한 대접과 거의 동일'19)하였음을 보면 그들에게 발해가 얼마나 중요한 위치에 있었나를 짐작할 수 있다.

그런데 이러한 공식적인 사신 교류 이외에도 집단적인 인적 교류가 있었던 사실을 알 수 있다. 즉 『續日本紀』를 보면 天平18년(746년 聖武天皇) 條에 '이 해에 渤海人 및 鐵利惣 1100 여명이 일본에 건너 갔는데 出羽國에 배치하여 보호하고 의복과 식량을 공급하고는 자유롭게 돌아가게 했다'20)고 하였다. 또 寶龜10년(779년 光仁天皇) 庚辰(14일)條에는 '조칙을 내려 渤海人과 鐵利人 359명이 德化를 바라고 入朝하였는데, 지금 出羽國에 있다. 통례대로 그들에게 필요한 것을 공급하라. 다만 온 사신은 신분이 낮으므로 賓客의 대우를 할 수 없으니 지금 사자를 보내어서 향응을 베풀고, 그대로 거기서 돌려보내고자 한다. 만약 타고 온 배가 파손되었다면 또 修造해야 할 것이다. 蕃國(渤海와 鐵利)에 돌아가는 날짜를 끌게 해서는 안된다고 하였다'21)는 기록이 보인다.

이러한 기록으로 보면 발해인들이 일본에 집단으로 건너갔음을 알 수 있다. 기록에는 방환하였다고 되어 있는데 발해인들이 그대로 다 발해로 돌아왔다고는 생각하기 어려운 듯하다. 이러한 인적 교류에 의해 빌해인들 상당

· 天平寶字三年春正月 丙戌 內射 喚客亦令同射

· 天平寶字三年二月 癸丑 揚承慶等歸蕃 高元度等亦相隨而去[國史大系 『續日本紀』 前篇(吉川弘文館, 1982), pp.256～260].

19) 崔在錫, 위의 책, p.356.

20) 是年 渤海人及鐵利惣一千一百餘人慕化來朝 安置出羽國 給衣粮 放還[『續日本紀』前篇, p.189].

21) 庚辰 勅 渤海及鐵利 三百五十九人 慕化入朝 在出羽國 宜依例供給之 但來使輕微 不足爲賓 今欲遣使給響自彼放還 其駕來船 若有損壞 亦宜修造 歸蕃之日 勿令留滯[『續日本紀』 後篇(吉川弘文館, 1982), p.451].

수가 일본에 체류하였음을 추정할 수 있다. 이러한 공적인 사신의 교류나 일
반인들이 집단적인 교류를 통하여 발해의 문화와 문학은 알게 모르게 일본
에 많은 영향을 미쳤으리라 생각이 된다. 자료가 많이 남아 있지는 않지만
그래도 공적인 사신들의 교류를 통한, 일본인들과의 시문 교류는 어느 정도
그 면모를 추정해 볼 수 있다.

2. 발해 작가와 작품

발해의 사신이 일본에 도착하게 되면 발해객을 접대하는 領客使가 임명
된다. 領客使는 迎賓館인, 당시 敦賀의 松原舘과 京都에 있던 鴻臚館에서
손님을 맞이하여, 주연을 베풀고 詩酒를 열었다. 거기에서 주로 양국 官人
의 문학 교류를 볼 수 있다.

첫째 유형인 우리나라 사신들의 작품에 관해서 살펴보기로 한다.

위의 한시집들이 편찬된 시기는 백제가 이미 멸망하고 난 뒤이므로 이 경
우는 주로 신라·발해가 해당된다. 그런데 신라의 경우는 창화한 사실이 있
었음은 명백하나 신라 사신의 작품은 전하고 있지 않다. 그러나 발해 사신의
작품은 『文華秀麗集』과 『經國集』에 일부 남아있다.

渤海使는 35회에 걸쳐 일본에 파견되었고, 늦가을 9월경부터 초봄에 이
르기까지 일본에 수개월 머무는데 그 동안 公私의 환대를 받으며 詩酒의 모
임에도 참가하였다. 이러한 자리에서 당시의 동아시아 공통의 표현 수단이
었던 한시문의 교환이 있었음은 자명한 일인데 그 자료들이 거의 남아 있지
않다. 다만 758년(天平寶字2년)의 楊承慶을 大使로 하는 제4차 일본파견
발해사신과 814년(弘仁5년)의 王孝廉을 大使로 하는 제17차 발해사들이
일본에 가서 詩酒에 참여하여 남긴 작품들이 보인다.

758년(天平寶字2년) 9월의 제4차 遣日本 渤海使를 위하여, 공적인 행

사 다음에는 公私의 詩宴이 베풀어졌음을 알 수 있다. 그들이 入京한 이듬
해 정월에는,

> 天平寶字三年春正月(759) 甲午(27일) 大保·藤原惠美朝臣押勝이 발
> 해 使人을 田村第에 초대하여 연회를 베풀었다. 천황은 조칙을 내려 內裏의
> 歌妓를 보내어 眞綿一萬屯을 내렸다. 또 당대의 문인들이 시를 지어 便人에
> 게 보내었는데 부사인 양태사도 시를 지어 창화하였다.22)

라 한 기록에서 보듯이 송별연에서 시가 창화되었음을 알 수 있다.

또 후에 大納言 藤原眞楯이 楊承慶을 위하여 宴餞을 베푼 사실이『續日
本紀』卷第二十七 稱德天皇(天平神護2년 3월 12일)條에 다음과 같이 보
인다.

> 勝寶 초년에 從四位上을 받아 參議에 임명되고 이어 信部卿 겸 大宰帥에
> 임명되었다. 발해사인 양승경이 마침 조정에 의례를 마치고 본국으로 돌아가
> 려고 했을 때, 眞楯은 송별연을 베풀었다. 승경은 이에 대해 무척 감동하여
> 칭찬하였다.23)

이런 모임에서 분명히 창화가 있었을 것인데 다른 사람들의 작품은 남아
있지 않으나 副使 楊泰師의 詩는『經國集』卷第十三(詩十二)에〈七言 夜
聽搗衣一首(雜詠三)〉와〈五言 奉和紀朝臣公詠雪詩一首(雜詠三)〉가 다
음과 같이 전한다.

---

22) 天平寶字三年春正月 甲午 大保藤原惠美朝臣押勝宴蕃客於田村第 勅賜內裏女樂幷綿
一萬屯 當代文士賦詩送別 副使揚泰師作詩和之[『續日本紀』前篇, p.259].
23) 勝寶初 授從四位上 拜參議 累遷信部卿兼大宰帥 于時 渤海使楊承慶朝禮云畢 欲歸本
蕃 眞楯設宴餞焉 承慶甚稱歎之[『續日本紀』後篇, p.330].

〈七言 夜聽搗衣 一首(雜詠三)〉
霜天月照夜河明　客子思歸別有情
厭坐長宵愁欲死　忽聞隣女擣衣聲
聲來斷續因風至　夜久星低無暫止
自從別國不相聞　今在他鄕聽相似
不知綵杵重將輕　不悉靑磴平不平
遙怜體弱多香汗　預識更深勞玉腕
爲當欲救客衣單　爲復先愁閨閣寒
雖忘容儀難可問　不知遙意怨無端
寄異土兮無新識　相同心兮長歎息
此時獨自閨中聞　此夜誰知明眸縮[24]

〈五言 奉和紀朝臣公詠雪詩一首(雜詠三)〉
昨夜龍雲上　今朝鶴雪新
怪看花發樹　不聽鳥驚春
廻影疑神女　高歌似郢人
幽蘭難可繼　更欲效而嚬

　전자는 타국 일본에서, 고향에서 들은 것과 같은 다듬이질하는 소리를 듣고 저절로 생각이 흐트러져 탄식한 가을밤의 슬픈 시이다. 아마 상륙한 晩秋(758) 越前敦賀 객사에서 지은 것으로 추정된다.

---

24) 『經國集』 卷十三, 『群書類從』 第八輯 卷第125(續群書類從完成會, 1977), pp.524～525. 그런데 小島憲之는 市河寬齋撰의 「日本詩紀」(권6)에 의하면 이 작품의 마지막 구에 이어 다시 '憶憶兮心已懸 重聞兮不可穿 將因夢尋聲去 只爲愁多不得眠'의 본문이 계속하고, 三手文庫本에도 같은 본문을 싣고 '此四句今詩結矣'라고 한 것을 들어 '이 4句를 더하면 雜言體의 시가 되어 題詩의 「七言」과는 다르게 된다. 더구나 이 시의 전후의 시가 雜言體의 시인 것으로 미루어 보면 오히려 「雜言」이라고 볼 수 있는 여지가 있고, 「七言」은 후세의 잘못인지도 모르겠다. 후고를 기다리면서 日本詩紀의 본문을 따른다'고 하였다.[『上代日本文學と中國文學』 下, pp.1495～1496].

小島憲之는 '이 시에는 유사한 시구가 있다. 初唐 劉希夷의 七言二八句의 〈擣衣篇〉이 그것이다. (中略) 이 七言詩는 옷을 두들기면서 싸움터에 나가 있는 남편을 생각하는 시로 양태사의 시의 경우와는 반대이지만 서로 유사한 부분이 많으며 류희이의 시를 참고로 해서 양태사의 시는 지어진 것이라고 말할 수 있다.'25)고 하여 전거를 논하였다.

그리고 814년(平安初期 嵯峨天皇 弘仁5년) 9월에 제17차 견일본 발해사 일행이 일본에 도착한 기록이 보인다. 渤海國大使 王孝廉, 副使 高景秀, 判官 高英善, 王昇基, 錄事 釋仁貞 일행은 이듬해인 6년(815) 정월 7일 일본 조정에 入朝, 22일 귀국하게 된다. 이들도 일본 領客師들이 베푼 詩酒에 참가하여 시를 창화하는데 그 작품들은 먼저『文華秀麗集』卷上에 王孝廉26)의 작품이 宴集에 2수(16·18), 贈答에 3수(39·40·41), 모두 5수, 釋仁貞27)의 작품이 宴集에 1수 전한다.

• 王孝廉
〈奉勅陪內宴詩 一首〉(16)
海國來朝自遠方 百年一醉謁天裳

---

25) 小島憲之,『上代日本文學と中國文學』下, p.1496.
26) 渤海國人. 弘仁5년(814) 9월 30일, 來朝上貢한 渤海國使 일행 중 大使였다. 이듬해 6년 정월 7일 從三位를 받고, 같은 달 20일에 일행을 위한 향연 때에 음악 및 祿을 받았다. 그리고 22일 귀국할 때에 親書를 부탁 받았다. 승선하여 귀국 길에 올랐으나 逆風을 만나 5월 18일 난파하여 漂着하였다. 같은 달 23일 越前國에서 代船을 하였으나 瘡을 앓아 갑자기 沒하였다. 正三位를 받았다. 그리고 本書에 작품을 남긴 錄事 釋仁貞 등도 이어서 物故하여 副使 高景秀가 親書 등을 가지고 귀국하였다. [小島憲之 校注,『懷風藻』, p.512].
27) 渤海國 사람. 弘仁5년(814) 9월 30일, 來朝한 渤海 國使 일행 중의 錄事. 이듬해 6년 정월 從五位下를 받았다. 이 해 5월 18일 歸國船이 난파하여 大使 王孝廉이 6월 14일 사망하고, 仁貞 등도 이어 物故하였다. 6년 가을까지는 사망한 것이라고 할 수 있다.[小島憲之 校注,『懷風藻』, p.515].

日宮座外何攸見　五色雲飛萬歲光

〈春日對雨　探得情字　一首〉(18)

主人開宴在邊廳　客醉如泥等上京

疑是雨師知聖意　甘滋芳潤濾羈情

〈在邊亭賦得山花　戲寄兩箇領客使幷滋三　一首〉(39)

芳樹春色色甚明　初開似哦聽無聲

主人每日專攀盡　殘片何時贈客情

〈和坂領客對月思鄕見贈之作　一首〉(40)

寂寂朱明夜　團團白月輪

幾山明影徹　萬象水天新

棄妾看生恨　羈情對動神

唯言千里隔　能照兩鄕人

〈從出雲州書情　寄兩箇勅使　一首〉(41)

南風海路速歸思　北雁長天引旅情

賴有鏘鏘雙鳳伴　莫愁多日住邊亭

　　왕효렴의 작품 〈奉勅陪內宴詩　一首〉(16)는 弘仁6년 정월 7일 궁중 仁
壽殿에서 행해진 私宴에, 칙명을 받들어 참가했을 때의 작품이다. 먼 발해
국에서 일본에 건너가 일본왕을 만나고 백년에 한 번일 정도로 대취하여 주
위를 살펴보니 오색 구름이 감돌아 영원히 빛날 뿐이다고 하였다.

　　같은 날의 궁중 연회에서 錄事 釋仁貞도 〈七日禁中陪宴詩　一首〉(17)를

짓고 있다.

• 釋仁貞(1首)
〈七日禁中陪宴詩 一首〉(17)
入朝貴國蹔下客 七日承恩作上賓
更見鳳聲無妓態 風流變動一國春

왕효렴의 〈春日對雨 探得情字 一首〉(18)는 제목으로 보아 弘仁6年 비오는 봄날 지어진 것임을 알 수 있다. 좌석의 사람들에게 韻字가 부여되고, 왕효렴은 분배된 '情'(庚韻)자에 의해 지은 것이다. 내용에서 주인이라고 하는 것은 당시의 領客使 중 滋野貞主라고 생각된다. 邊廳은 당시의 발해객을 맞아 접대하기 위한 敦賀의 迎賓館을 말하는 것이다. 제2구의 上京은 발해의 수도인 龍泉府를 가리키고 있다. 따라서 일본의 영객사는 우리를 접대하기 위해 영빈관에서 연회를 베풀고, 우리 발해객들은 완전히 취해버렸지만 이것은 발해의 龍泉府에서 그러는 것과 같다. 아마도 비의 신이 천자의 마음을 알고, 단비를 내려 여수를 달래주는 것인가라고 하였다.

좌석의 사람들에게 운자가 부여된 것인 만큼 다른 사람들의 1작품도 분명히 있었을 것이나 작품집의 宴集 부분에는 발해 사신의 작품만 4수 실려 있다.

또 滋野貞主가 鴻臚館에 숙박하면서 왕효렴에게 旅愁를 통하여 渤海客의 마음을 생각하여 편지에 써 보낸 시〈春夜宿 鴻臚 簡渤海入朝王大使一首〉(37)가 있다.

枕上宮鐘傳曉漏 雲間賓雁送春聲
辭家里許不勝感 況復他鄉客子情

베게 머리에 들리는 종소리는 새벽을 알리고 자신의 집은 불과 얼마 멀지 않은 거리에 있지만 그래도 집을 떠나 있으니 旅情이 견딜 수 없는데 하물며 타국에 있는 그대의 마음은 어떠하겠는가고 그 마음을 위로한 시인 것이다. 이에 대한 王孝廉의 답시도 있었을 것이다.

滋野貞主가 領客使가 된 것은『文華秀麗集』에 巨勢識人의 작품〈春日餞野柱史奉使存問渤海客〉(24)이 보이므로 아마도 일행이 1월 歸蕃길에 오른 이후의 작일 것으로 추정되고28) 있다.

『經國集』권11에도 같은 무렵의 그의 작품〈春日奉使入渤海客館一首〉를 신고 있다.

> 滄茫渤海幾千里　五兩舟中送一年
> 鯷壑難辛孤帆度　鯨濤殺怕遠情傳
> 春鴻愛暖南江水　旅客看雲北海天
> 曉籟莫驚單宿夢　他鄉覺後不勝憐

이 작품도 마찬가지로 자신의 직접적인 체험을 통하여 발해객의 여수를 공감하며 위로하고 있는 것이다.

마지막 2구는 '여명의 소리여 혼자 꾸는 꿈을 깨우지 말아주게나, 타향에서는 잠이 깨면 여행의 슬픔을 견딜 수 없으니까'의 뜻으로 자신의 旅愁의 적적함은 동시에 발해객의 여수이어 공감대를 형성하고 있다. 이에 대한 발해 사신의 시가 있었을 것이나 남아 있지 않다.

139번 작품은 題詞에〈在邊亭賦得山花 戲寄兩箇領客使幷滋三〉이라고 하여 滋野貞主·坂上今雄·今繼에게 놀이삼아 보낸 시인데 '賦得山花'라

---

28) 小島憲之,『上代 日本文學と中國文學』下, p.1501.

고 한 이상, 다른 3인도 각각 시를 지어 답을 하였을 것이다. 향기로운 봄 나무들에는 봄기운이 확연하고 꽃은 막 피어 웃는 것 같지만, 귀를 기울여도 꽃에는 소리가 없네. 邊亭의 주인(나)은 산의 꽃을 꺾는 일에 몰두하고 있으므로 그 나머지 꽃을 언제 그대에게 보내어 외로운 여정을 위로할까라는 내용인데 가벼운 희롱으로 되어 있다.

왕효렴이 보낸 시에 대해 坂上今繼가 창화한 시가, 마찬가지로 弘仁 6년 봄에 지은 작품 〈和渤海大使見寄之作 一首〉(36)이다.

賓亭寂寞對淸溪 虛虛登臨旅念悽 萬里雲邊辭國遠 三春煙裡望鄕迷 長天去雁催歸思 幽谷來鶯助 客啼 一面相逢如舊識 交情自與古人齊

이것은, 鴻臚館은 푸른 계곡을 앞에 두고 조용한데 여기 저기 높은 곳에 올라 멀리 바라보면 旅愁에 마음이 아프네. 끝도 없는 먼 구름 저쪽, 발해를 떠난 지 오래고, 봄 아지랑이 속에 발해를 바라다보지만 어디쯤인지 알 수가 없네. 높은 하늘 북으로 가는 기러기는 고향으로 가고 싶은 마음을 재촉하고, 조용한 골짜기에 우는 꾀꼬리는 여수를 더욱 부추긴다. 한 번 만나면 옛부터 알던 것처럼 생각되고 교우의 정은 古人들과 같다고 하였다.

그런데 이 작품이 왕효렴의 작품 〈在邊亭賦得山花 戲寄兩箇領客使幷滋三〉(39)에 대한 시인지는 확인할 수 없다. 만약 다른 작품에 대한 답시라고 한다면 왕효렴의 작품은 위의 것 이외에도 더 있었을 것이라 생각된다.

왕효렴 일행은 봄에 邊亭에서 발해를 그리워하다가 드디어 越前을 출발하였으나 逆風을 만나게 된다. 표류하다가 운좋게 구조되었지만 왕효렴은 결국 창질에 걸려 사망하고 判官 王昇基, 錄事 釋仁貞도 이어 사망하였다. 조난당한 왕효렴이 出雲國에서 배를 기다릴 때 자신의 심정을 써서 坂上 領客使 두 사람에게 보낸 시가 〈從出雲州書情 寄兩箇勅使 一首〉(41)이다.

　　바다길에 부는 남풍은 고향에 돌아가고 싶은 마음을 계속 부추기고, 높은 하늘 북쪽으로부터 온 기러기는 여수를 불러일으킨다. 다행히도 봉황이 울며 배를 둘러싸고 있으니 이곳 出雲에 며칠 머무르고 있는 것을 염려하지 말라는 내용이다.

　　또 〈和坂領客對月思鄕見贈之作 一首〉(40)로 보아, 坂領客(今繼)이 왕효렴의 입장이 되어 지은 〈對月思鄕〉이 있었던 것으로 생각된다. 왕효렴의 이 작품은 여름 6월의 작으로 추정되는데 죽음이 임박했을 무렵에 지어진 듯하다.

　　'조용한 여름밤, 둥글고 훤한 달, 산마다 밝은 달빛이 흐르고, 삼라만상은 물에도 하늘에도 신선함이 감돌고, 멀리 헤어진 아내는 달을 보자 더욱 한탄하며, 여정은 달에 대하여 자신의 마음을 밑바닥까지 뒤흔든다. 천리나 떨어져 있다고 누가 말했던가. 달은 고향의 아내와 이곳의 나를 비추고 있는 것을'이라고 하여 고향에 두고 온 아내를 달을 매개로 하여 생각하며 여수를 달래고 있다.

　　여름 6월의 작품이며 죽음이 가까웠을 때의 작29)으로 생각된다.

　　먼저 坂上今雄이 判官 高英善과 錄事 釋仁貞에게 旅愁를 위로하기 위해 보낸 시 〈秋朝聽雁 寄渤海入朝高判官釋錄事〉(35)가 『文華秀麗集』에 실려 있다.

大海途難涉　孤舟未得廻　不如關隴雁　春去復秋來

　　내용은 대해를 건너기는 무척 어렵고, 한척의 배를 아직 발해에 돌려 보내지 못하고 있으니 서북쪽의 기러기가 봄 가을 자유롭게 바다를 건너는 것처

---

29) 小島憲之, 上代日本文學と中國文學 下, p.1504.

럼 용이하지 않다고 하여 여수를 위로하고 있는 것이다. 이로 보아 判官 高英善과 錄事 釋仁貞이 답한 작품이 있었을 것으로 추정되나 작품은 남아 있지 않다.

이처럼 814년에 일본에 사신으로 가서, 815년 정월에 일본 조정에 들어간 왕효렴과 우리 관인들의, 일본인들과의 교류의 일단이지만 이들의 증답의 시가 『文華秀麗集』의 贈答部의 반 정도를 차지하고 있는 것은 주목할 만한 일인 것이다.

이외에 작품은 남아 있지 않지만 『文華秀麗集』의 桑原腹赤의 시에 〈和渤海入觀副使公賜對龍顏之作 一首〉(38)로 미루어 보면 814년의 17차 발해사신 중 副使인 高景秀가 815년 1월에 지은 시에 〈公賜龍顏〉이 있었음을 알 수 있다. 그리고 『文華秀麗集』 贈答에 坂上今雄이 判官 高英善과 錄事 釋仁貞에게 보낸 시 〈秋朝廳鴈寄渤海入朝高判官釋錄事〉(35)가 있으므로 高英善의 작품도 있었을 것으로 추정된다.

815년(弘仁 6년) 정월의 발해의 入朝에 대해서는 『凌雲集』에도 大伴氏上의 작품 〈渤海入朝〉가 있다.

自從明皇御寶曆　悠悠渤海再三朝
乃知玄德已深遠　歸化純情是最昭
片席聊懸南北吹　一船長洽去來潮
占星水上非無感　就日遙思眷我堯

또 『本朝文粹』를 보면 908년(延喜 8년)에, 제33차 발해사를 餞別하는 後江相公(大江朝綱)의 시 〈夏夜於鴻臚館餞北客〉이 있다.

延喜八年　天下太平　海外慕化　北客箄彼星躔　朝此日域　望扶木而鳥集

涉滄溟而子來　我后憐其志褒其勞　或降恩或增爵　於是餞宴之禮已畢　偀裝
之期忽催　夫別易會難　來遲去速　李都尉於焉心折　宋大夫以之骨驚　想彼梯
山航海　凌風穴之煙嵐　廻棹揚鞭　披龜林之蒙霧　依依然莫不感忘退之誠焉
若非課詩媒而寬愁緒　携歡伯而緩悲端　何以續寸斷之腸　休半鎖之魂者乎
于時日會鷁尾　船蟻龍頭　麥秋動搖落之情　桂月倍分隔之恨　嗟呼　前途程遠
馳思於鴈山之暮雲　後會期遙　霑纓於鴻臚之曉淚　予翰苑凡叢　楊庭散木　媿
對遼水之客　敢陣孟浪之詞云爾(卷第九　序乙　詩序二　祖餞　蕃客餞別)

이로 보면 당시의 발해의 사신들의 답시가 있었을 것이나 자료가 남아 있
지 않아 알 수 없다.

이상의 증답 관계 부분만 정리하면 다음과 같다.

王孝廉,〈春日對雨　探得情字　一首〉(18) ― 領客使　등　×
高景秀,〈公賜對龍顏〉× ←桑原腹赤,〈和渤海入覲副使公賜對龍顏之
　　　　　　　　　　　作一首〉(『文華秀麗集』38)
滋野貞主,〈春夜宿　鴻臚　簡渤海入朝王大使一首〉(『文華秀麗集』37)→
　　　王孝廉　×
滋野貞主,〈春日奉使入渤海客館一首〉(『經國集』권11)→　王孝廉(?)　×
王孝廉,〈在邊亭賦得山花　戲寄兩箇領客使幷滋三〉(『文華秀麗集』39)
　　　→　滋野貞主・坂上今雄・坂上今繼　×
王孝廉(?)　× ←坂上今繼,〈和渤海大使見寄之作　一首〉(『文華秀麗
　　　集』36)
王孝廉,〈從出雲州書情　寄兩箇勅使　一首〉(『文華秀麗集』41)→　坂上
　　　今雄・坂上今繼　×
坂上今繼,〈對月思鄉〉× ←　王孝廉,〈和坂領客對月思鄉見贈之作〉

(『文華秀麗集』40)

坂上今雄,〈秋朝聽雁 寄渤海入朝高判官釋錄事〉(『文華秀麗集』35)→
判官 高英善, 錄事釋仁貞 ×

後江相公,〈夏夜於鴻臚館餞北客〉(『本朝文粹』)→ 발해사신 ×

발해와 일본의 사신의 교류는, 양국의 사신들이나 문인들간의 교류 뿐만 아니라 각각의 나라에서도 먼 곳으로 사신을 떠나 보내면서 그들의 안전을 빌고 이별을 아쉬워하는 문학 작품을 산출하게 하였다.

또 발해객을 영접하기 위하여 영객사들이 떠날 때에 전별의 시를 짓기도 하였음을 알 수 있다. 그 예가 滋野貞主가 領客使가 되어 渤海客을 위문하기 위해 출발하려고 할 때에 巨勢識人이 지은,『文華秀麗集』의〈春日餞野柱史奉使存問渤海客 一首〉(24)이다.

발해객을 접대하는 분주한 일에 종사하기 위해 먼 곳으로 떠나는 滋野貞主에게 두터운 정으로 이별의 슬픔을 위로하며, 또 滋野貞主의 旅路를 상상하여 쓴 것이다. 당시의 발해사들을 위하여 영객사들이 영빈관으로 파견되고, 따라서 이들 영객사들과 지인들과의 이별을 둘러싼 餞別의 시들도 쓰여졌음을 알 수 있다.

『萬葉集』권제 20에는, 寶字2년(758) 2월에 小野田守를 송별하는 大伴家持의 宴歌〈二月十日於內相宅餞渤海大使小野田守朝臣等宴歌一首〉(4514번가)가 전한다.

푸른 바다에 바람 물결 나부껴, 가고 오는 것 아무런 지장 없이 배는 빠르겠지요.[30]

---

30) 靑海原 風浪靡き 行くさ來さ 障むこと無く 船は早けむ

라는 작품이 있다. 발해 파견 사신을 송별하면서 무사히 돌아오기를 기원하는 마음을 담은 노래인 것이다.

이외에도 使藤原賀能이 입당한 때(延曆24년-805), 가끔 在唐 중의 발해 왕자와 만났는데 그 후 재회할 수 없어 편지로 생각을 전하려고 空海에게 의뢰한 一文(『性靈集』 爲藤大使與渤海王子書)도[31] 남아 있다.

그리고 승려 空海가 왕효렴과 교제가 깊었던 것은, 弘仁6년 1월 19일, 空海가 왕효렴에게 보낸 글이『高野雜筆集』에 '辱枉一封書狀及一章新詩 翫之誦之 口手不倦 而卽胡越 心也傾蓋 一喜一懼 不知爲喩矣'[32]라고 보이는 것으로 알 수 있다.

또 9세기 후반 淸和天皇 때에 문장에 뛰어난 渤海國 副使 周元伯과 能文家 嶋田忠臣과의 시문창화가 있은 사실은『類聚國史』194 天安三年三月條의 기록으로 알 수 있으나[33] 작품은 전하지 않는다.

이처럼 발해와 일본의 교류를 둘러싸고 발해 사신의 작품, 영객사들의 작품, 그리고 발해사신과 일본의 영객사들을 중심으로 한 증답은 물론이고, 발해사신을 영접하기 위한 영객사로, 혹은 견발해사로 떠나는 이들에게 주는 전별의 시 등이 일본의 시문집 등에 전하는 것은 발해와 일본과의 문학적 교류 양상을 살필 수 있는 하나의 단서가 될 수 있을 것이다.

또 사신으로 간 경우는 아니지만 일본에 체류한 고구려계 작가와 그 작품들이 있다. 그런데 고구려계는 바로 발해문학으로 볼 수 있지 않을까 생각되는데 그 작가들을 소개하면 다음과 같다.

• **都良香**(미야코노 요시카)

---

31) 小島憲之,『上代日本文學と中國文學』下, p.1490.
32) 小島憲之,『上代日本文學と中國文學』下, p.1510.
33) 小島憲之,『上代日本文學と中國文學』下, p.1491.

小島憲之는

　　承和원년(834)?-元慶3년(879). 大和介貞繼의 子.『文華秀麗集』撰者의 一人, 大學頭文學博士 桑原腹赤은 그의 伯父(弘仁13년(822) 성을 都宿禰로 고쳤다). 貞觀2년(860) 文章生, 이어 文章得業生이 되고, 安藝權少目이 된다. 同10년 播磨權大目, 이어 對策에 급제하여, 同12년 少內記, 同14년 掌渤海客使, 이 해, 이름을 言道에서 良香으로 고쳤다. 이듬해 15년 從五位下, 大內記・文章博士 등을 역임, 同18년 越前權介를 겸하여, 侍從이 되었다. 元慶3년 沒. 年46(36이라고도). 그의 문집에『都氏文集』(三代實錄「有集六卷」內三卷現存)이 있다. 江談抄・十訓抄에 記事가 전한다.34)

고 하였다. 桑原腹赤이 그의 伯父라면, 뒤의 桑原腹赤 부분에서 논하겠지만 桑原姓이 고구려계이므로 발해문학에 넣을 수 있을 것이다.『本朝文粹』에〈良馬讚〉,〈弁薰蕕論〉,〈銚子銘〉,〈富士山記〉4편이 전한다.

〈良馬讚〉(卷第十二)

龍淵涌乳　兎魄降精　耳尖鼻大　胸凸腹平

逐電飛影　嘶風送聲　眼懸星耀　權插月明

引身赴敵　蓄氣應兵　相與人類　愛將妾幷

瘦容易失　逸態難傾　靑蒭充餒　紅粟養生

一朝價重　萬里蹄輕　莫言衆駕　御之有程

〈弁薰蕕論〉(卷第十二)

人有賢愚　物有美惡　人以賢才爲賢　物以美體爲美　是故人中有人　人之有

---

34) 小島憲之 校注,『懷風藻』, p.519.

賢才者名高 物中有物 物之有美體者價貴 庸詎謂無賢愚於人 無美惡於物
乎 若然則曲阜尼丘 比培塿而無別 紫蘭紅蕙 渾蕭爻而不分 求之竺論 何
其謬乎 觀夫草之有薰蕕 亦猶人之有賢愚 薰也蕕也 生一園之中 共有枝葉
賢也愚也 居二儀之間 共有頭足 人或不辨 謂無異同 彼一賢一愚 而世不
以爲異 此或香或臭 而人猶以爲同 遂使賢愚一貫 曾無等差 香臭一氣 時
有混亂 當此之時 能視者視之 而別人之賢愚 能聞者聞之 而辨草之香臭
否則白藏九月 驚飇加振擊之威 玄英三冬 嚴霜致殺伐之暴 徒蘊酷烈之氣
與凡叢而盡耳 但至歲窮陰律 音入陽爻 群木榮於林 百卉秀於野 本臭者亦
自臭 初香者亦自香 此爲稟性不同 含氣有素 遂則臭者生於道路 牛羊之足
踐其萌芽 香者薦於宗廟 鬼神之口 嘗其氣味 今之君子 若能杜絶鵰鳩之啄
令久其芬芳 鋤除莨莠之根 無雜其穢惡 不同器而藏 當異處而種 美種香惡
種臭 可得而明焉

〈銚子銘 回文〉(卷第十二 銘)

多煮茶茗 飲來如何 和調體內 散悶除痾

〈富士山記〉(卷第十二)

富士山者 在駿河國 峯如削成 直聳屬天 其高不可測 歷覽史籍所記 未
有高於此山者也 其聳峯鬱起 見在天際 臨瞰海中 觀其靈基所盤連 互數千
里間 行旅之人 經歷數日 乃過其下 去之顧望 猶在山下 蓋神仙之所遊萃
也 承和年中 從山峰落來珠玉 玉有小孔 蓋是仙簾之貫珠也 又貞觀十七年
十一月五日 吏民仍舊致祭 日加午天甚美晴 仰觀山峰 有白衣美女二人 雙
舞山嶺上 去嶺一尺餘 土人共見 古老傳云 山名富士 取郡名也 山有神 名
淺間大神 此山高 極雲表 不知幾丈 頂上有平地 廣一許里 其頂中央窪下
體如炊甑 甑底有神池 池中有大石 石體驚奇 宛如蹲虎 亦其甑中 常有氣

蒸出 其色純靑 窺其甑底 如湯沸騰 其在遠望者 常見煙火 亦其頂上 匝池
生竹 靑紺柔懊 宿雪春夏不消 山腰以下 生小松 腹以上 無腹生木 白沙成
山 其鬱登者 止於腹下 不得達上 以白沙流下也 相傳 昔有役居士 得登其
頂 後攀登者 皆點額於腹下 有大泉 出自腹下 遂成大河 其流寒暑水旱 無
有盈縮 山東脚下 有小山 土俗謂之新山 本平地也 延曆廿一年三月 雲霧
晦冥 十日而後成山 蓋神造也

• **背奈王行文**(세나노 키미 유키후미)

消奈行文은『續日本紀』養老五年正月甲戌(廿七日)條에 '詔曰 文人武
士 國家所重 醫卜方術 古今斯崇 宜擢於百僚之內 優遊學業 堪爲師範者
特加賞賜 勸勵後生 因賜明經第一博士從五位上鍛冶造大隅（中略）各絁
二十疋 絲二十絢 布三十端 鍬二十口 第二博士正七位上背奈公行文（中
略）各絁十五疋 絲十五絢 布三十端 鍬二十口'라 하였고, 神龜四年十二月
丁亥(廿日)條에 '授正六位上背奈公行文從五位下'라 하였다. 續紀 天平
十九年六月辛亥(七日)條에 '正五位下背奈福信 外正七位下背奈大山 從
八位上 背奈廣山等八人 賜背奈王姓'이라 하였다. 小島憲之는

　　背奈公이라고도. 行文은 교오몬이라고도 한다. 귀화인 背奈福德의 아들
　이다. 父 福德은 귀화하여 武藏國高麗郡에 살았으며, 行文은 官人이 되었
　다. 養老5년(721) 정월 明經第二博士의 임무를 맡았고, 學業의 師範者로서
　絁・糸・布・鍬 등을 받았는데, 그때 正七位上. 大學助는 이 무렵인가. 神
　龜4년(727) 12월 從五位下. 萬葉集에 短歌 一首(3836)가 전한다. 62세
　沒.35)

이라고 하였다. 山本信三은,

---

35) 小島憲之 校注,『懷風藻』, p.509.

背奈는 高麗로부터의 歸化系이다. 陸奧의 大守가 되고 또 일본 初産의 황금을 聖武天皇에게 獻上한 것으로 유명한 高麗福信도 本姓은 背奈이다. 行文은 和歌도 萬葉集에 남기고 있으며 그 불후의 이름을 남기고 있다.36)

고 하여 고구려계로 보았다. 中西 進은 『萬葉集』의 高麗朝臣福信을 다루면서,

福德의 손자이다. 背奈行文은 伯父이며 武藏國高麗郡의 사람이다. 본성은 背奈, 나중에 高麗・高倉으로 고쳤으며 延曆8년에 薨하였다. 天平10년 (738) 3월에 從六上에서 外從五下 (中略) 天平勝寶2년 1월 賜姓 高麗朝臣 (中略) 天平 勝寶4년 入唐使藤原朝臣淸河等에 肴酒를 하사하는 遣使였다. 이때 從四上(萬).37)

이라고 하였다. 星野五彦은 고구려 귀화인38)이라고 하였다. 『萬葉集』에도 그의 작품이 전하고 있다. 발해 작가 속에 포함시킬 수 있을 것이다. 『萬葉集』에도 消奈行文이라 하여 그의 작품이 전하고 있다. 그의 작품은 『懷風藻』에 〈五言 秋日於長王宅宴新羅客 一首(賦得風字)〉(60), 〈五言 上巳 禊飮 應詔 一首〉(61) 2수가 전한다.

從五位下大學助背奈王行文 二首 年六十二
〈五言 秋日於長王宅宴新羅客 一首 賦得風字〉(60)
嘉賓韻小雅 設席嘉大同 鑒流開筆海 攀桂登談叢
盃酒皆有月 歌聲共逐風 何事專對士 幸用李陵弓

---

36) 山本信三, 「萬葉集に見えたる日鮮關係の詞藻」, 『朝鮮』 116호(大正14, 12), p.74.
37) 中西 進, 『萬葉集事典』(講談社文庫, 1996), p.234.
38) 星野五彦, 앞의 논문, p.30.

〈五言 上巳禊飮 應詔 一首〉(61)
皇慈被萬國 帝道沾群生 竹葉禊庭滿 桃花曲浦輕
雲浮天裏麗 樹茂苑中榮 自顧試庸短 何能繼叡情

• **桑原廣田**(쿠와하라노 히로타)

『新撰姓氏錄』左京諸蕃上에 ‘桑原村主 出自漢高祖七世孫萬德使主
也’39)라고 하였고 山城國諸蕃에서는 ‘桑原史 出自狛國人漢胸也’40)라고
하였다. 또 攝津國諸蕃에는 ‘桑原史 桑原村主同祖 高麗國人萬德使主之
後也’41)라고 하였다. 고구려계이므로 발해문학 속에 포함시킬 수 있을 것이
다. 그의 작품은 『文華秀麗集』에 〈冷然院各賦一物 得水中影 應製〉(125)
-雜詠 1수가 전한다.

〈冷然院各賦一物 得水中影 應製〉(125)-雜詠
萬象無須匠 能圖綠水中 看花疑有馥 聽葉不鳴風
一鳥還添鳥 孤叢更向叢 天文遙降耀 應爲潭心空

• **桑原腹赤**(쿠와하라노 하라아카)

小島憲之는

「凌」2수. 「經」1수. 都腹赤이라고도 한다. 延曆8년(789)-天仁長壽2년
(825). 左京 사람. 本姓은 桑原氏. 弘仁13년(822), 성을 都宿禰라고 고쳤
다. 父는 大和介外從五位下桑原公秋成. 文藻가 있고 才名이 나타난다. 嵯
峨天皇 때 때때로 연회에서 모시고 詩를 賦하였다. 凌雲集 시대는 그 목록에

---

39) 佐伯有淸, 『新撰姓氏錄の硏究』本文篇(吉川弘文舘, 1981), p.284.
40) 佐伯有淸, 『新撰姓氏錄の硏究』本文篇, p.310.
41) 佐伯有淸, 『新撰姓氏錄の硏究』本文篇, p.319.

의하면, 文章生相模權博士太初位下. 弘仁5년(814) 秋, 渤海使의 來朝 때 副使 高景秀와 唱和하였다(38). 또 仲雄王等과 文華秀麗集 撰集에 참여하였다. (同集 序에「從七位下守少內記兼行播磨少目」이라고 하였다). 同11년 정월, 正六位 下에서 外從五位가 되었다. 腹赤은 또 朝典에 정통하고 內裏式編輯에 참여하였다. (內裏式의 序 등에 의하면 이 무렵 文章博士 從五位下兼行大內記). 同14년(823) 4월 正五位下. 天長2년(825) 7월 7일, 正五位下 文章博士로서 沒. 年37.[42]

이라고 하였다. 桑原廣田에서 보았듯이 마찬가지로 고구려계이므로 발해문학 속에 포함시킬 수 있을 것이다. 『文華秀麗集』에 〈月夜言離〉(27), 〈和渤海入覲副使公賜對龍顔之作一首〉(38), 〈奉和婕妤怨〉(60), 〈奉和聽擣衣〉(61), 〈仰同尙書良右丞銅雀台〉(82), 〈奉和傷野女侍中〉(84), 〈奉和故關聽鷄〉(118), 〈冷然院各賦一物 得曝布水 應製〉(124), 〈和野內史留後看殿前梅之作〉(131), 〈和滋內史秋月歌〉(138) 10수, 『經國集』卷第十四 詩十三 雜詠四에 同前〈雜言 奉和淸凉殿畫壁山水歌一首〉(雜詠四)가 전한다.

〈月夜言離〉(27)
地勢風牛雖異域 天文月兎尙同光
思君一似雲間影 夜夜相隨到遠鄕

〈和渤海入覲副使公賜對龍顔之作一首〉(38)
渤海望無極 蒼波路幾千 占雲遙驟水 就日遠朝天
慶自紫霄降 恩將丹化宣 以君吳札耳 應悅聽薰絃

---

42) 小島憲之 校注, 『懷風藻』, p.513.

〈奉和婕妤怨〉(60)

年色誠難保　妾人獨自尤　昭陽歌舞盛　長信綺羅愁
月向空帷落　風經暗葉流　銀環終不賜　嬌愛永成秋

〈奉和聽擣衣〉(61)

雙雙秋雁數般翔　閨妾當驚邊已霜
何處擣衣宵達旦　空樓月下萬家場
暗中不辨杵低擧　枕上唯聞聲昂揚
守夜宮鐘乍相和　應通長信復昭陽

〈仰同尙書良右丞銅雀台〉(82)

憶昔妓堂好　君情應未闌　一朝雄志滅　千載爵臺寒
北上臨風詠　西陵向月看　漳河與妾涕　日夜流無乾

〈奉和傷野女侍中〉(84)-哀傷

思媚一人容髮老　崦嵫暮嗒不留年
孤墳對月貞女硤　閼水咽雲孝子泉
柳絮文詞身後在　蘭芬婦德世間傳
古來蒿里爲誰邑　今日松門閉鬼埏
野暗駿嘶通白霧　山空挽響入黃煙
何崇盜藥求仙臺　不朽哀榮降聖篇

〈奉和故關聽鷄〉(118)-雜詠

覇道寢來是舊城　人鷄獨送司晨聲
自分陽精應覺曉　如今不爲孟嘗驚

〈冷然院各賦一物 得曝布水 應製〉(124)-雜詠
兼山傑出院中險 一道長泉曳布開
驚鶴偏隨飛勢至 連珠全逐逆流頹
巖頭照日猶零雨 石上無雲鎭聽雷
疇昔耳聞今眼見 何勞絶粒訪天台

〈和野內史留後看殿前梅之作〉(131)-雜詠
夙分爲宮樹 開榮不畏寒
向南仙仗從 臨北綵花殘
待蝶香猶富 藏鶯影未寬
雖知先衆木 尙恨後天看

〈和滋內史秋月歌〉(138)-雜詠
鐘鳴漏盡夜行息 月照無私幽顯明 歷歷衆星皆掩輝 悠悠萬象不逃形 亭
亭光自嶺頭來 漸入高樓正徘徊 葉映洞庭波裡水 珠盈合浦蜂心胎 堯蓂莢
滿自諳曆 仙桂花開誰所裁 點彩蕭疎楊柳堤 凝華遙裔白雲倪 吳江影下寒
鳥宿 巫峽光中曉猿啼 長信深宮圓似扇 昭陽秘殿淨如練 西園公讌本忘倦
北地胡人應好戰 占募狂夫久從征 料知照劍獨橫行 漢邊一雁負書叫 外城
千家擣衣聲 月落月昇秋欲晚 姜人何耐守閨情

『能雲集』에 文章生 相模權博士大初位下 桑原公腹赤 二首가 전한다.

〈春日於友人山莊興飮 探得飛字〉
入春今幾日 聞道數鶯飛
煙沒主人柳 花薰客子衣

野童驅犢去 山叟負薪歸
何獨漢陰老 此間可絶機

〈秋日於友人山莊興飲 探得檐字〉
聞有幽栖地 捫羅試一瞻 白雲杯下起 黃菊掌中黏
野近獸馴座 林隣鳥望檐 登臨不外俗 吏隱兩相兼

『經國集』卷第十四 詩十三 雜詠四에 다음의 작품이 전한다.
〈同前〉(雜言 奉和淸凉殿畫壁山水歌一首)(雜詠四)
仙宮粉壁畫師情 翰綵偏能逐手生 万像雖資造化力 丹靑之妙更加精 名山大水宛然是 咫尺能分千萬里 眇眇蓬萊指掌間 綿綿員嶠寸眸裏 巨靈贔屭躡峯出 神龜卽藏背鳥起 江漢朝宗入海寬 長流風拂不動瀾 玄鶴雲中飛不去 白鷗水上浴猶乾 空靑淡著春楊暖 石黛濃施古栢寒 蜂蝶紛飛寧換蘂 煙霞澹蕩不復空 秋花荻浦經年白 春色桃源度歲紅 羽客吹笙無韻調 幽人傾爵未曾醲 群鼇林裏春不停 積雪巖間夏仍照 朝望山 夕望川 山川朝夕右座邊 人間氣序幾廻轉 壁上風光無明年 不學周王勞轍遍 取於戶牖知普天

　• 黃文連備(키후미노 므라지 소나후)
小島憲之는,

　　귀화인계 출신. 大寶律令撰定에 참여하였고, 文武天皇 4년(700) 6월 祿을 받았는데 그 때 追大壹. 和銅4년(711) 4월 從五位下가 되고 후에 主稅頭가 되었으나 그 年時는 미상. 56세 沒43)

이라고 하였다. 그런데 『新撰姓氏錄』山城國諸蕃에 '黃文連 出自高麗國

---

43) 小島憲之 校注,『懷風藻』, p.508.

人久斯祁王也'[44]라고 하였다. 고구려계인 것이다. 그렇다면 발해 작가로
보아야 하지 않을까 한다.『懷風藻』에 〈五言 春日侍宴 一首〉(57)가 있다.

主稅頭從五位下黃文連備 一首 年五十六
〈五言 春日侍宴 一首〉(57)
玉殿風光暮 金墀春色深 雕雲遏歌響 流水散鳴琴
燭花粉壁外 星燦翠烟心 欣逢則聖日 束帶仰韶音

3. 백제계 작가와 작품

다음은 백제계로 추정되는 작가들의 작품이다. 그런데 이 유형도 무척 중
요한 의의를 지닌다. 일본인인 것처럼 보이지만 그 出自를 살펴보면 한인계
로 추정되는 작가들이 많기 때문에 이 한인계 작가들이 추출된다면 이들의
작품은 우리 문학으로 보아 우리 문학의 영역을 확대시키고 우리 고대문학
의 특질을 밝힐 수 있는 계기가 될 수 있기 때문이다. 일본 고대 한시집 작가
들 중에는『萬葉集』의 작가와 중복되는 자가 있고 또 한인계로 추정되는 작
가들과 姓氏가 같은 사람들이 많이 있으므로 이 부분은『萬葉集』의 한인계
작가와도 관련이 깊다고 하겠다.
　이 경우는 백제계가 많으므로 백제문학 작품의 발굴에 도움이 되리라 보
아진다.
　『懷風藻』에는 序에 '遠自淡海 云曁平都 凡一百二十篇 勒成一卷 作者
六十四人'[45]이라고 하여 64인 120편의 작품을 수록한다고 하였으나 현전
하는 것은 판본에 따라 차이가 있지만 失名氏를 別人으로 하면 65인 116

---

44) 佐伯有淸,『新撰姓氏錄の硏究』本文篇, p.310.
45) 小島憲之 校注,『懷風藻』, p.62.

편46)이 전한다.

그런데 이 64인 중에서 小島憲之 校注 『懷風藻 文華秀麗集 本朝文粹』 詩人小傳에서 귀화인으로 소개된 작가는 모두 17명이고 이들의 작품수는 모두 27수인데, 그 내용을 도표화하면 다음과 같다.

이 작자들 중 약 20명47)은 『萬葉集』에 和歌를 남기고 있으므로 더욱더 주목된다.

번호	作者名	作品數	作品番號	作品題目
1	釋弁正	2	26 27	五言 與朝主人 一首 五言 在唐憶本鄕 一絶
2	調忌寸老人	1	28	五言 三月三日 應詔 一首
3	荊助仁	1	34	五言 詠美人 一首
4	刀利康嗣	1	35	五言 侍宴 一首
5	田辺史百枝	1	38	五言 春苑 應詔 一首
6	山田史三方	3	52 53 54	五言 秋日於長王宅宴新羅客 一首 (幷序) 五言 七夕 一首 五言 三月三日曲水宴 一首
7	吉智首	1	56	五言 七夕 一首
8	黃文連備	1	57	五言 春日侍宴 一首
9	背奈王行文	2	60 61	五言秋日於長王宅宴新羅客一首(賦得風字) 五言 上巳禊飮 應詔 一首
10	調忌寸古麻呂	1	62	五言 初秋於長王宅宴新羅客 一首

---

46) 『懷風藻』에는 111~114번 작품이 없고 116편이 실려 있다.

47) 星野五彦은 '萬葉集과 懷風藻의 兩書에 이름이 보이는 20명의 작자에, 和歌에 대해 한시가 엄격하게 一線을 긋고 존재함을 생각할 때 그들 귀화계인 쪽이 시와 노래 사이에 融和性을 가지고 있었음을 알 수 있어 흥미롭다'[星野五彦, 앞의 논문, p.33]고 하였고, 澤田總清은 '萬葉集의 作者가 18인데 38편의 시가 있다. 즉 川島皇子·大津皇子·文武天皇·山前王·大伴旅人·境部王·春日藏老·背奈行文·刀利宣令·長屋王·安倍廣庭·吉田宜·藤原房前·藤原宇合·藤原弟麿·麻田陽春·石上乙麻呂·葛井廣成이 그들이다'[澤田總清, 『懷風藻註釋』(大岡山書店, 1933).pp.411~412]고 하였다.

11	刀利宣令	2	63	五言秋日於長王宅宴新羅客一首(賦得稀字)
			64	五言 賀五八年 一首
12	百濟公和麻呂	3	75	五言 初春於左僕射長王宅讌 一首
			76	五言 七夕 一首
			77	五言秋日於長王宅宴新羅客一首(賦得時字)
13	吉田連宜	2	79	五言秋日於長王宅宴新羅客一首(賦得秋字)
			80	五言 從駕吉野宮 一首
14	麻田陽春	1	105	五言和藤江守詠神叡山先考之舊禪處柳樹之作 一首
15	伊支連古麻呂	1	107	五言 賀五八年宴 一首
16	民黑人	2	108	五言 幽棲 一首
			109	五言 獨坐山中 一首
17	葛井連廣成	2	119	五言奉和藤太政佳野之作一首(仍用前韻四字)
			120	五言 月夜坐河濱 一絶
		총27수		

　　小島憲之는 이 작자들을 단순히 귀화인이라고만 하였다. 그러나 이들 출자 성분도 어느 정도 구체적으로 파악할 수 있을 뿐만 아니라 小島憲之가 들지 않은 작자 중에서도 도왜인 혹인 한인계로 추정될 수 있는 작가들이 많이 있다.

　　그러면 『懷風藻』의 작가 중에서 한인계라 추정되는 작가의 출자를 한 사람씩 순서대로 살펴보기로 하되 한자표기 인명을 우리말 순서에 따라 논하고자 한다.

• 葛井連廣成(후지이노 므라지 히로나리)

小島憲之는

　　처음 성은 白猪史(시라이노 후비토)로 귀화인계이다. 養老3년(719) 윤7월, 大外記從六位下로 遣新羅使에 임명되고, 同4년 5월 葛井連의 성을 받았다. 天平3년(731) 정월 外從五位下. 同年 6월 備後守, 7월 從五位下. 天平20년 2월 從五位上, 8월에 그의 집에 聖武天皇의 행차가 있었는데, 正五

位上을 받았다(本書에는 正五位下라고 하였다). 天平勝寶원년(749) 8월 中務少輔. 『萬葉集』에 短歌 3수(962·1011·1012)가 있으며, 또 『經國集』에도 天平3년 5월 8일자의 對策文 3편이 있다.[48]

고 하였다. 『萬葉集』에도 그의 작품이 실려 있는데 稻岡耕二는,

　　渡來人系로 白猪史. 養老4년(720) 葛井連의 성을 받았다. 同3년 遣新羅史. 大外記. 從六下. 天平3년(731) 外從五下. 同15년 新羅史를 檢校, 신라와 관계있은 듯하다. 同年 備後守. 同20년 從五上. 이 해 아내 縣犬養宿禰八重(光明皇后의 生母 縣犬養三千代의 친족인가)의 後宮出仕 관계로 천황이 廣成 집에 行幸. 부부 함께 正五上을 받음. 天平勝寶원년(749) 中務少輔(以上續紀).[49]

라 하였으나 그의 형으로 추정되는 葛井連大成을 논하면서,

　　葛井大夫라고도 한다. 葛井氏는 백제계 도래인이다. 大成은 神龜5년(728) 5월 正六位上에서 外從五下(續紀). 天平2년(730) 정월의 梅花宴에 筑後守로 列席. 葛井連廣成은 동생인가?(全註釋)[50]

고 하여 백제계로 보았다. 『萬葉集歌人事典』에서도[51], 그리고 高橋庄次[52]와 星野五彦도 백제계[53]로 보았다. 『新撰姓氏錄』右京諸番下에 '葛井宿祢 菅野朝臣同祖'[54]라 하였고, 바로 그 앞의 '菅野朝臣'에서 '出自百

---

48) 小島憲之 校注, 『懷風藻』, p.510.

49) 稻岡耕二, 『萬葉集事典』(別册國文學 46, 學燈社 平成五年 8月), p.220.

50) 稻岡耕二, 『萬葉集事典』, p.220.

51) 大久間喜一郎 外 2人編, 『萬葉集歌人事典』(雄山閣, 1982), p.276.

52) 高橋庄次, 「遣新羅使歌の百濟系の歌主と八幡神(上)」, 『上代文學』 제66호(上代文學會, 1991. 4), p.47.

53) 星野五彦, 앞의 논문, p.29.

濟國都慕王十世孫 貴須王也'55)라고 하였으므로 宿祢姓의 앞의 葛井連도 역시 백제이다. 葛井連의 처음 姓인 白猪史의 氏姓에 대하여『新撰姓氏錄』未定雜姓・河內國에서는 '大友史 百濟國人白猪奈世之後也'56)라고 하였으므로 葛井氏가 백제계의 씨족인 것은 명백하다고 하겠다. 그의 작품은『懷風藻』에〈五言 奉和藤太政佳野之作 一首(仍用前韻四字)〉(119),〈五言 月夜坐河濱 一絶〉(120) 2수가,『經國集』卷第二十에 對策文 2수57)가 전한다.

正五位下中務少輔葛井連廣成 二首(119, 120)
〈五言 奉和藤太政佳野之作 一首 仍用前韻四字〉(119)
物外囂塵遠 山中幽隱親 笛浦棲丹鳳 琴淵躍錦鱗
月後楓聲落 風前松響陳 開仁對山路 獵智賞河津

〈五言 月夜坐河濱 一絶〉(120)
雲飛低玉柯 月上動金波
落照曹王苑 流光織女河

『經國集』卷第二十目錄 策下에 天平3년 5월 9일의 白猪廣成對策文 2수라 하였는데 실제는 3수가 전한다.

問 明主立法 殺人者處死 先王制禮 父讐不同天 因禮復讐 旣違國憲 守法忍怨 爰失子道 失子道者不孝 違國憲者不臣 惟法惟禮 何用何捨 臣子

---

54) 佐伯有淸,『新撰姓氏錄の硏究』本文篇, p.298.
55) 佐伯有淸,『新撰姓氏錄の硏究』本文篇, p.298.
56) 佐伯有淸,『新撰姓氏錄の硏究』本文篇, p.346.
57) 목록에는 2수라고 하였으나 실제는 3수 전하고 있다.

之道 兩濟得無

　對 臣聞 三才始闢 禮旨爰興 六情漸萌 樂趣亦動 固知陰禮之作基 綿代而自遠 陽樂之開肇 邃古而實遐 但結繩以往 杳然難述 書契而還 炳焉可談 尋夫禮是肥國之脂粉 樂卽易俗之鹽梅 莫不揖讓堯舜率斯道以安上 干戈履發抱玆緒以化下 美善則丹蛇赤龍之瑞自臻 和諧則黃竹白雲之曲彌韻 所以高曁天涯 共日月而俱懸 遠遍地角 與山川而齊峙 辟水火之利物 方梨橘之味口 縱無姜生之制地 有夏氏之應天 則敬異之旨悉卷 親同之跡偏舒 誠乃俎豆之業 鐘鼓之節 於理終須行兩 在義寧容廢一 謹對

　問 李耳嘉道以示虛玄之理 宣尼危難而修仁義之敎 或以爲精 或以爲麁 其理云爲 仰聽所以

　對 竊聞 眷山林以被黃緇 道德之玄敎也 是則柱下之風 入皇朝以施靑紫 仁義之敦儒也 彼亦司寇之訓 故淸虛之理 煥二篇而同春日 折施之蹤 明五經而類秋月 誠能拯蒼生之沈溺 繼皇風之絶廢 伏惟 聖朝 德光万寓 化高五岳 動植苞其亭育 翔走荷其陶鑄 烈風五日曾不鳴條 崇爾一句徒無破塊 復乃南蠻稞壞 占靑雲以航海 北狄章身 蹈雲以梯山 巍兮廳兮其化如此 猶懼 聃丘之敎未備汚隆 玄儒之旨有舒雄雌 欲思分其條目辨 其精麤 竊以玄以獨善爲宗 無愛敬之心 棄父背君 儒以兼濟爲本 別尊卑之序 致身盡命 因玆而尋 鹽酸可斷 謹對

　問 李耳嘉遁 以示虛玄之理 宣尼危難 而脩仁義之敎 或以爲精 或以爲鹿 其理云爲 仰聽所以

　對 竊聞 眷山林以被黃緇 道德之玄敎也 是則柱下之風 入皇朝以才色施靑紫 仁義之敦儒也 彼凱而竄四凶 姬旦攝機 封阜邵而討二叔 因知 國之二柄 德之與刑 爲政之基 莫甚於此 方今化高龍首 道洽鶉居 行禮措刑 揚

210   일본 고대 한인작가 연구

淸激濁 但連城之寶猶稱有瑕 況旣非聖人 詎能無過 誠須賞疑從重 罰疑從
輕 不可以譽 淺罪輕 便以有功見弃 勳績重 終以小過掩功 必須考其眞僞
察其虛實 則法禁行而不犯 賞罰明而不欺 謹對

　• 葛井諸會(후지이노 므라지 모로아이)

　天平7년(735) 송사관계를 잘 처리하지 않아 죄를 지었으나 사면되었으
며 그때 右大史正六位下였다58)고 한다. 같은 葛井姓이므로 백제계이다.
『萬葉集』에도 작품이 전하는데『經國集』卷第二十에 和同四年 三月五日
의 對策文 2수가 실려 있다.

　問 仁智信直 必須學習 以屛其弊 乃顯精暉 學爲何物 其理旣然 遲爾吐
實 以正指南
　對 臣聞 人生天地 以學爲先 所以本德之后畵龜圖以學 星精之帝摸鳥跡
以習 然則學是脩德之端 習亦立身之要 至若七十之達 會洙泗而鑽洪敎 五
六之童遊舞雩而仰芳風 莫不慕道之志雲合振名四海 受業之人霧集揚譽一
代 廼識 仁智學枝不剪根 則愚蒙之蔽立至 信直習派不堰源 則賊絞之綱必
纏 謹對

　問 殺無道以就有道 仲尼之所輕 制刑辟以節放恣 帝舜之所重 大聖同致
所立殊途 垂敎之旨貞而言之
　對 竊以 誅惡之義 先聖垂典 戮逆之旨 後哲宣軌 所以無爲軒帝動三戰
之跡 有道周王示二叔之放 則知凶必殛 邪必正者也 但宣父鳥殺之試欲行
偃草之德是旣權敎 重華節恣之制乃敬 丕天之法此亦將謨 兩聖所立 殊途

---

58) 中西 進,『萬葉集事典』, p.272.

以同歸 二訓攸述 異言而混志 謹對

•巨勢朝臣識人(코세노 아소미 시키히토)

小島憲之는

> 「凌」1수.「經」4수. 志貴人이라고도 한다. 巨勢朝臣은 石川朝臣과 同
> 祖. 巨勢雄柄宿禰의 후손(新撰姓氏錄, 右京皇別). 凌雲集의 目錄에「蔭孫
> 無位巨勢朝臣志貴人」이라고 하였다. 弘仁 14년(823) 2월 從五位上. 經國
> 集의 목록에 從五位上巨勢朝臣識人이라고 기록하였다.59)

고 하였다. 石川朝臣과 同祖라고 하였는데 뒤의 石川石足에서 논하듯이 石
川姓이 백제계이므로 巨勢朝臣도 백제계라고 할 수 있다. 그의 작품은『文
華秀麗集』에 20수, 그리고『經國集』卷第十(詩九)에 〈從五位上巨勢朝臣
識人 一首(樂府)〉, 卷第十三 詩十二 雜言에 〈九日林亭賦得山亭明月秋
應太上天皇製一首(雜詠三)〉가 전한다.
　먼저『文華秀麗集』에 전하는 작품은 다음과 같다.

〈奉和春日江亭閑望 一首〉(6)
浩蕩三仲春 春晴萬里天 園林半灼灼 原野盡芊芊 日煖鴛鴦水 風和楊柳
煙 山光霽後綠 江氣晩來鮮 遠樹繞湖小 長波接海連 潮生孤嶼沒 霧卷巨
帆懸 草色洲中短 花香窓外傳 歸聲聞去雁 春響送鳴鵑 流靜看遊艇 溪幽
聽落泉 興餘日已暮 江月照仙眠

〈嵯峨院納凉 探得歸字 應製〉(10)

君王倦熱來玆地 玆地淸閑人事稀
池際追涼依竹影 巖間避暑隱松帷
千年駁蘚覆垲密 一片晴雲互嶺歸
山院幽深無所有 唯餘朝暮泉聲飛

〈敬和左神策大將軍春日閑院餞美州藤大守甲州藤判官之作 一首〉(23)
杜鵑啼序春將闌 閑院花亭餞兩官
飛鳥始乘鳥翼去 離絃頻送鶴聲彈
鄕心遠樹孤雲跡 客路邊山片月寒
一別情期勿蹔忘 音書屢寄往來看

〈春日餞野柱史奉使存問渤海客 一首〉(24)
使乎遠欲事皇皇 芳情睽離但有觴
遲日未銷邊路雪 暖烟遍着主人楊
天涯馬踏浮雲影 山裡猿啼朗月光
策騎翩翩何處至 春風千里海西鄕

〈春日別原掾赴任 一首〉(25)
良儔本自非易得 之子爲別最情深
水國天邊千里遠 暮山江上一猿吟
白鷗狎人隨去舳 靑草連湖傍客心
此日交頤無可贈 相思空有淚沾襟

〈秋日別友人〉(26)
林葉翩翩秋日曛 行人獨向邊山雲

唯餘天際孤懸月 萬里流光遠送君

〈奉和春閨怨 一首〉(53)

妾年妖艶二八時 灼灼容華桃李姿 幸得良夫憐玉貌 鬱金帳裡薦蛾眉 綺筵朝共琅玕食 錦褥夜同翡翠帷 誰慮遣君向戎路 恩情婉女戀忽相遺 皇城一去關山遠 閨閣連年音信稀 自恨相別不相見 使妾長歎復長思 長思長歎紅顔老 客子何心還不早 君不見妾離別 晝夜吁嗟涕如雪 雙蛾眉上柳 葉嚬 千金咲中桃花歇 空床春夜無人伴 單寢寒衾誰共暖 金繡羅衣盡啼濕 銀莊縷帶日瘦緩 又不見守空閨 閨中怨坐意常迷 昔時送別秋蘆白 此日秋思春草萋 階前花積妾不掃 窓外鶯啼妾復啼 柳塞廻鴻引群度 杏梁來燕比翼棲 閑庭點點蒼苔駮 暗牖依依綠柳低 晚來嬾織機中錦 秋向高樓明月孤 片時枕上夢中意 幾度往還塞外途

〈奉和春情 一首〉(54)

孤閨已遇芳菲月 頓使春情幾許紛
玉戶愁褰蘇合帳 花蹊嬾曳石榴裙
鶯啼庭樹不堪妾 雁向邊山難寄君
絶恨龍城征客久 年年遠隔萬重雲

〈和伴姬秋夜閨情 一首〉(55)

比來朔雁度千番 一箇封書未曾看
遙想燕山涼氣早 誰堪砧杵搗衣難
眞珠暗箔秋風閉 楊柳疎窓夜月寒
不計別怨經歲序 唯知曉鏡玉顔殘

〈奉和長門怨 一首〉(57)
日夕君門閉 孤思不暫安
塵生秋帳滿 月向夜床寒
星怨曀難霽 雲愁鬢欲殘
唯餘舊時賞 猶人夢中看

〈奉和婕妤怨 一首〉(59)
昔時同贊愛 翻怨裂紈情
孤帳秋風冷 空簾曉月明
啼顏拭尙濕 愁黛畫難成
絶妬昭陽近 聞來歌吹聲

〈奉和折楊柳 一首〉(70)
楊柳東風序 千條搖颺時
邊山花映雪 虛牖葉嚬眉
樓上春簫怨 城頭曉角悲
君行音信斷 攀折欲寄誰

〈和澄上人臥病述懷之作 一首〉(78)
吾師山上寺 託疾臥雲煙
猿鳥狎梵宇 鬼神護法筵
澗花當佛唉 峯月向僧懸
已覺非眞有 觀身自得痊

〈奉和侍中翁主挽歌詞 二首〉(91・92)

夜谿生涯盡　佳城艷骨淪
婺星藏遠漢　仙桂落虛輪
淑問遺仍在　恩榮歿更新
冥途無節候　何處復知春

曉月銘旌出　春山轅馬通
繁笳悲薤露　畫翣送松風
洛雪廻光罷　巫雲行影空
可嗟桃李貌　長掩重泉中

〈春日侍神泉苑　賦得春月　應製　一首〉(128)
春天霽靜無纖翳　皎潔孤明桂月來
窓外曲鉤疑卷箔　空中懸鏡不關臺
漸圓光隨漢東蜂　半缺影逐淮南灰
堯帝當時何計曆　須看蓂葉夾階開

〈和野柱史觀鬪百草　簡明執之作〉(130)
聞道春色遍園中　閨裡春情不可窮　結伴共言鬪百草　競來先就一枝叢　尋
花萬步攀桃李　摘葉千廻繞薔薇　或取倒葩或尖蕚　人人相隱不相知　彼心猜
我我猜彼　竊遣小兒行密窺　團欒七八者　重樓粉窓下　百香懷裡薰　數樣掌中
把　擁裙集綺筵　比首雜華鈿　相催猶未出　相讓不肯先　鬪百草　鬪千花　矜有
嗤無意遞奢　初出紅莖敵紫葉　後將一藥爭兩葩　證者一判籌初負　奇名未盡
日又斜　勝人不聽後朝報　脫贈羅衣恥向家

〈神泉苑九日落葉篇　應製　一首〉(140)

晚節商天朔氣侵 嚴霜夜雨變秋林 高颺一獵欲吹盡 灑落寒聲萬葉吟 來往本無何處定 東西偏任自然心 颻空無着千餘滿 積地不掃尺許深 觀落葉 落林塘 半分紅兮半分黃 洞庭隨波色泛映 合浦因風影飄揚 繞叢宛似莊周蝶 度浦遙疑郭泰舟 四時寒暑來且往 一歲榮枯春與秋 劉安獨傷長年歎 屈平多增遲暮憂 紫塞寒風苦鐵衣 紅樓夜月怨羅帷 已見淮南木葉落 還逢天北雁書歸 觀落葉 落林中 林中葉盡秋云窮 衰影遙知楚山桂 餘香猶想吳江楓 誰使變化能若此 一時萬物不相同 唯餘上林凌霜葉 歲寒之後獨靑蒽

〈和滋內史奉使遠行觀野燒之作〉(141)

皇華辭宅遠有期 行踏雲山臘月時 正馬駈馳忽逢夜 瞑朦暗色迷所之 誰村野火客行邊 不待月暉見朗天 初着孤叢微燎發 須臾逆散萬山然 炎爛紛飛無暫斷 冬時不寒還生暖 狀似天河曉星落 色如仙竈暮煙滿 寒氷鎔盡百谷中 熱雲蒸落九天空 山鳥愁傷構巢樹 野人畏着編宇蓬 忽起邊風吹焦聲 雄光列列看更明 長途今夜不知暗 屢策輕蹄獨照行

〈琴興 一首〉(143)

獨居想像嵇生興 靜室一弄五絃琴
形如龍鳳性閑寂 聲韻山水響幽深
極金徽一曲 萬拍無倦時
伯牙彈盡天下曲 知音者或但子期
子期伯牙歿來久 鳴琴千載□□□

『凌雲集』에는 蔭孫無位巨勢朝臣志貴人一首라고 하여 〈和進士貞主初春過菅祭酒舊宅 悵然傷懷之作 一首〉가 있다.

〈和進士貞主初春過菅祭酒舊宅 悵然傷懷之作〉

間庭宿草無復掃 虛院高松自依聲

但見平生風月處 春朝花鳥慘人情

『經國集』卷第十과 卷第十三 詩十二 雜詠三에 작품이 전한다.

從五位上巨勢朝臣識人 一首(詩九)

〈七言 奉和塞下曲一首〉

胡兒塞月曉吹笳 梅柳雖春未見花

爲報國恩不敢死 邊亭萬里老風沙

〈五言 奉和巫山高一首〉

巫嶺巴東峙 雲崖貌削成

危巖干鳥路 虛谷寫雷鳴

雲臨朝舘起 雨向夕臺行

秋月狐猿曙 腸斷旅遊情

從五位上巨勢朝臣識人 一首 (樂府)

巨識人一首(樂府)

『經國集』卷第十三 詩十二 雜詠三

〈雜言 九日林亭賦得山亭明月秋應太上天皇製一首〉

秋天如水高且虛 上有明月無根株 流光洞澈空山裏 林下孤亭靜者居 往來一餌不死藥 已得一 生長爲樂 山寂寂 月團團 仙悵無眠山夜寒 千山一霜物衰朽 運謝時代空有有 雲鶴晴飛紫 霄上 野猿淸叫淸溪口 月正午轉明 古蘿松下照幽情 今夕卽重陽 月樽唯是更生香

〈雜言 奉和搗衣引 一首(太上天皇 在祥)〉(雜詠三)

婦家禮 生來十年不出門 四敎傳受慈母言 始修法度何嚴重 婦功之營無
與論 春天蠶作罨收絲 秋景織糸任霜授衣 從此卽今勞所務 招携婭女它幾
家姬 衣初擣 擣衣之難若寒早 女須鳴石秋聲擊 叔虞封枝 月影抱 判是歌
舞無勞曲 通霄砧杵未爲足 音韻埍土虎不相讓 響添坺暗連續 万杵千砧意
豈齊 殊令怨者就中悽 鴈度相思蘇子女 鴛機獨泣寶生妻 擣衣罷華裁初纖
四阿向曉風蕭踈 剪刀欲倦玉手冷 刺針還嫌線脚麤 不知肥瘦異於今 寬窄
仍准別時襟 君不見 隴頭水 是妾凄切擣衣音

• 高向朝臣諸足(타카므코노 아소미 모로타리)

小島憲之는

> 天平5년(733) 3월 外從五位下. 本書에「從五位下鑄錢長官」이라고 하
> 였고, 鑄錢司는 持統天皇 8년(694) 3월에 설치되어 그 후 중단되고 있었는
> 데 다시 文武天皇 3년(699) 12월에 설치되었다. 諸足의 鑄錢司 임명은 天
> 平7년(735) 윤11월(19일)의 그것에 해당하는 것일까.60)

고 하였다. 山本信三은 '高向은 支那種(阿知使主의 후예)이라고 말해지지
만, 지금의 黃海道 沙里院 지방에 살고 있었던 자로, 準朝鮮系의 귀화인이
다'61)고 하였다. 그런데『新撰姓氏錄』右京皇別上에 '高向朝臣 石川同祖
武內宿禰六世孫猪子臣之後也 日本紀合'62)이라고 하였다. 石川朝臣과 동
조라면 백제계가 될 것이다. 그의 작품은『懷風藻』에〈五言 從駕吉野宮〉
(102) 1수가 전한다.

---

60) 小島憲之 校注,『懷風藻』, p.509.
61) 山本信三,「懷風藻に見えたる日鮮關係の詩詞」,『朝鮮』159호(1928. 8), p.70.
62) 佐伯有淸,『新撰姓氏錄の硏究』本文篇, p.174.

〈五言 從駕吉野宮 一首〉

在昔釣魚士　方今留鳳公

彈琴與仙戲　投江將神通

柘歌泛寒渚　霞景飄秋風

誰謂姑射嶺　駐蹕望仙宮

・**錦部彦公**(니시코리베노 히코키미)

小島憲之는 「經」 1수. 錦部氏는 饒速日命十二世의 孫 物部目大連의
후손(新撰姓氏錄, 山城國神別)인데 傳未詳이다'63)고 하였다. 『新撰姓氏
錄』 河內國諸蕃에 '錦部連 三善宿禰同祖 百濟國速古大王之後也'64)라고
하였으므로 백제계임을 알 수 있다.

그의 작품은 『文華秀麗集』에 〈題光上人山院〉(80)-梵門 1수와 『經國集』
卷第十四 詩十三 雜詠四에 〈七言 看宮人翫扇一首〉(雜詠四)가 전한다.

〈題光上人山院〉(80)-梵門

梵宇深峯裡　高僧住不還

經行金策振　安坐草衣閑

寒竹留殘雪　春蔬採舊山

相談酌綠茗　煙火暮雲間

『經國集』 卷第十四 詩十三 雜詠四

〈七言 看宮人翫扇一首(雜詠四)〉

妖姬二八御樓東　華扇添粧翳顏紅

---

63) 小島憲之 校注, 『懷風藻』, p.516.
64) 佐伯有淸, 『新撰姓氏錄の硏究』 本文篇, p.326.

遙似恒娥憑漢月 還疑班子恐秋風
掩鬢影暗賓劍上 隨手泣生羅袖中
寄語陽臺爲雨者 朝朝應入楚王夢

• 紀朝臣古麻呂(키노 아소미 코마로)

紀朝臣麻呂(키노 아소미 마로)의 동생으로 백제계이다. 小島憲之는

> 大納言紀大人의 子. 慶雲2년(705) 11월, 新羅使를 맞기 위하여 諸國의
> 騎兵을 徵發하고 그 長인 騎兵大將軍이 된다(正五位上). 단 紀朝臣飯麻呂
> 의 傳記(天平寶字6년 7월)에 「平城朝式部大輔正五位下古麻呂云云」이라
> 고 보이며, 前述한 正五位上에는 의문이 간다. 이것은 懷風藻에서도 마찬가
> 지이며, 「正五位上」「正五位下」 어느 쪽을 따라야할지 未詳이다. 59세
> 沒.65)

이라고 하였다. 金達壽는,

> 紀氏는 무엇일까 하는 문제입니다만, 특히 和歌山縣은 紀伊國이라는 겁
> 니다. 간단히 말하면 백제에 八大姓이라는 것이 있는데 그 중에 木氏, 후에
> 木刕라고 하는 複姓으로도 됩니다만, 이 八大姓의 하나인 木氏族이라고 하
> 는 것이 일찍부터 紀伊에 도래하여 있었다고 나는 생각하고 있습니다. 우리가
> 이 紀伊의 고분 출토품에 보이는 조선적인 것, 그 조선 문화는 그들과 함께
> 도래하여 온 것이라는 것입니다.66)

고 하여 백제계로 보았다. 그런데 石川朝臣은『新撰姓氏錄』左京皇別上에

---

65) 小島憲之 校注,『懷風藻』, p.508.
66) 座談會 司馬遼太郎 上田正昭 金達壽編,『日本の渡來文化』, 中央文庫(中央公論社, 198
    2), p.119.

‘紀朝臣 石川朝臣同祖 建內宿禰男紀角宿禰之後也’[67]라고 하였다. 백제
계이다. 『萬葉集』에 紀朝臣男梶, 紀朝臣鹿人, 紀朝臣淸人, 紀朝臣豊河
의 이름이 보인다.

　　그의 작품은 『懷風藻』에 〈望雪〉(22), 〈秋宴 得聲淸驚情四字〉(23) 2수
가 전한다.

〈七言 望雪 一首〉(22)

　　無爲聖德重寸陰　有道神功輕球琳

　　垂拱端坐惜歲暮　披軒褰簾望遙岑

　　浮雲靉靆縈巖岫　驚颷蕭瑟響庭林

　　落雪霏霏一嶺白　斜日黯黯半山金

　　柳絮未飛蝶先舞　梅芳猶遲花早臨

　　夢裏釣天尙易涌　松下淸風信難斟

〈秋宴 得聲淸驚情四字 一首〉(23)

　　明離照昊天　重震啓秋聲

　　氣爽煙霧發　時泰風雲淸

　　玄燕翔巳歸　寒蟬嘯且驚

　　忽逢文雅席　還愧七步情

　・紀朝臣男人 (키노 아소미 오비토)

　小島憲之는

　　雄人이라고도 한다. 天武天皇 10년(682)-天平10년(738). 麻呂의 子이

─────────────────────

67) 佐伯有淸, 『新撰姓氏錄の研究』本文篇, p.161.

다. 慶雲2년(705) 12월 從五位下, 同4년 10월 文武天皇의 大藏의 造御竈
司가 된다. 和銅4년(711) 9월 平城京役民取締의 將軍이 되어 兵車의 방위
를 맡고 同5년 정월 從五位上. 養老원년(717) 정월 正五位下. 同2년 정월
正五位上. 同5년 정월 東宮(聖武)에 侍하였다. 同7년 정월 從四位下. 天平
3년(731)정월 從四位上. 이 무렵 大宰大貳. 同8년 정월 正四位下. 同9년
7월 右大弁의 職에 있고 勅使로서 右大臣藤原武智麻呂의 병문안을 하였다.
同10년 10월 沒. 年57. 그때 正四位下 大宰大貳. 萬葉集 권제5 梅花歌 32
수 중의 작자「大貳紀卿」은 男人이라고도 생각되며 이 무렵(天平 2년) 이미
大宰大貳이었던 것인가.68)

라고 하였다. 紀氏이므로 역시 백제계이다. 그의 작품은『懷風藻』에〈遊吉
野川〉(72),〈扈從吉野宮〉(73),〈七夕〉(74) 3수가 전한다.

　　大宰大貳正四位下紀朝臣男人 三首 年五十七
　　〈七言 遊吉野川 一首〉(72)
　　萬丈崇巖削成秀 千尋素濤逆折流
　　欲訪鐘池越潭跡 留連美稻逢槎洲

　　〈五言 扈從吉野宮 一首〉(73)
　　鳳蓋停南岳 追尋智與仁
　　嘯谷將孫語 攀藤共許親
　　峰巖夏景變 泉石秋光新
　　此地仙靈宅 何須姑射倫

　　〈五言 七夕 一首〉(74)

---

68) 小島憲之 校注,『懷風藻』, p.508.

犢鼻標竿日　隆腹曬書秋
鳳亭悅仙會　針閣賞神遊
月斜孫岳嶺　波激子池流
歡情未充半　天漢曉光浮

・**紀朝臣麻呂**(키노 아소미 마로)
小島憲之는

　　紀男人의 父, 古麻呂의 兄이다. 持統天皇7년(693) 6월 直廣肆. 大寶원
년(701) 3월 正從三位, 大納言으로 昇進. 慶雲2년(705) 7월 沒. 年47(3
0, 37, 45 등 諸本에 異同이 있음). 그때 大納言正三位.[69]

이라고 하였다. 같은 紀姓이므로 백제계이다. 그의 작품은『懷風藻』에〈春
日 應詔〉(14) 1수가 전한다.

　正三位大納言紀朝臣麻呂 一首 年四十七
　〈五言 春日 應詔 一首〉(14)
　惠氣四望浮　重光一園春
　式宴依仁智　優遊催詩人
　崑山珠玉盛　瑤水花藻陳
　階梅鬪素蝶　塘柳掃芳塵
　天德十堯舜　皇恩霑萬民

・**紀朝臣末茂**(키노 아소미 스에시게)

---

69) 小島憲之 校注,『懷風藻』, p.508.

小島憲之는

> 傳未詳. 藤原朝에서 奈良朝 초기에 걸친 사람인 것같으나 未詳. 類聚國史 66, 天長2년(825) 6월, 紀長田麻呂卒의 條에, 「中判事正六位上末茂之孫云云」이라고 보여, 本書 目錄에 「判事從七位下」라고 보일 뿐이다. 31세 沒.[70]

이라고 하였다. 紀朝臣古麻呂와 마찬가지로 紀姓이므로 백제계가 될 것이다. 그의 작품은 『懷風藻』에 〈臨水觀魚〉(25) 1수가 전한다.

判事紀末茂 一首 年三十一
〈五言 臨水觀魚 一首〉(25)
結宇南林側　垂釣北池潯
人來戲鳥沒　船渡綠萍沈
苔搖識魚在　緡盡覺潭深
空嗟芳餌下　獨見有貪心

· **紀末守**(키노 수에모리)
小島憲之는

> 紀氏系圖에 의하면 麻呂의 玄孫, 眞人의 子. 天長2년(825) 정월에 正六位上에서 從五位下가 되었다. 同8년 정월에 從五位上(「從五位下 (中略) 紀朝臣末守 (中略) 從五位上」). 또 系圖에 의하면 民部少輔에 補해졌다.[71]

---

70) 小島憲之 校注, 『懷風藻』, p.508.
71) 小島憲之 校注, 『懷風藻』, p.513.

고 하였다. 앞의 紀末茂 등에서 보았듯이 백제계일 것이다. 그의 작품은 『文華秀麗集』에 〈早春別阿州伴掾赴任〉(28)-餞別 1수가 전한다.

〈早春別阿州伴掾赴任〉(28)-餞別
一朝銜命遠離別 上月春初風尙寒
欲識我魂隨子去 羈亭夜夜夢中看

•吉田連宜(요시다노 므라지 요로시)

『續日本紀』文武四年八月條에 '乙丑(卄日) 勅僧通德 惠俊並還俗 代度各一人 賜通德姓陽侯史 名久尒 曾授勤廣肆 賜惠俊姓吉 名宜 授務廣肆 爲用其藝也'72)라고 하였다.

山本信三은 '僧惠俊. 神龜원년 還俗 吉田連의 성을 받음. 天平5년 圖書頭. 10년 典藥頭가 됨. 任那人의 후예(혹은 말하기를 鹽乘津彦의 후손이라고도)'73)라고 하여 任那系로 보았다. 小島憲之도

先祖는 任那에서 吉氏를 칭하고 있었으나 귀화하여 대대로 의술을 전하였는데 宜는 그 자손이다. 처음에 중이 되어 惠俊이라고 하였으나 文武天皇 4년(700) 還俗하여 성을 吉, 이름을 宜로 받고 務廣肆를 받아 의술에 종사하였다. 和銅7년(714) 정월 從五位下. 養老5년(721) 정월에 醫術의 사범자이었으므로 絁·糸·布·鍬를 받았는데 그때 從五位上. 神龜원년(724) 5월 吉田連의 성을 받았다. 天平2년(730) 3월에 子弟에게 의술을 傳習하고 同年 봄부터 가을에 걸쳐 筑紫에 있던 大伴旅人·山上憶良 등과 書狀·和歌의 贈答을 하였다. (萬葉集卷五). 同5년 12월 圖書頭. 同9년 9월 正五位下, 同10년 윤7월 典藥頭. 本書의 목록에「正五位下圖書頭」라고 하였다. 7

---

72) 國史大系 『續日本紀』 前篇, p.7.
73) 山本信三,「萬葉集に見えたる日鮮關係の詞藻」, p.74.

0세沒.74)

이라고 하여 任那系로 보았다. 그러나 稻岡耕二는,

> '키치다'라고도 한다. 백제 출신의 醫術의, 吉氏(續後紀, 文德實錄) 출신
> 이다. 원래 僧惠俊, 文武 4년(700) 8월에 칙명에 의해 환속. 吉宜의 姓名을
> 받고 의술에 종사하였다. 和銅7년(714) 正月 山上憶良과 함께 從五下. 神
> 龜원년(724) 5월 姓 吉田連을 내렸다.(續紀)75)

고 하였다. 그리고 中西 進은,

> 「日本書紀」는 白村江 이후에 일본에 도래한 사람들로서 吉大尙, 沙門詠,
> 答本春初, 四比忠勇, 余自信, 角福牟, 憶禮福留, 沙宅紹明, 許率母, 그외
> 다른 사람들의 이름을 기록하고 있다. 그리고 조정은 그들의 힘을 적극적으로
> 정책에 활용하여 정치를 정비하고 있었다. 당면한 가장 필요한 군정에 대해서
> 는 春初와 忠勇, 福留들이, 예법에 대해서는 角福牟, 紹明, 許率母들이 그
> 리고 의약에 대해서는 吉大尙 등이 지식을 제공하고 있었다.76)

고 하고는 吉田宜를 吉大尙의 후예라고 하였다. 上田正昭는

> 吉田連宜는 백제로부터의 도래인이었다. 처음에 중이 되어서 惠俊이라고
> 하였으나, 文武天皇 4년(700) 8월에는 그 藝를 사용했으므로 환속이 명해져
> 吉宜라 칭하고 務廣肆가 되었다. 和銅7년(714) 정월에는 正六位下에서 從
> 五位下가 되고 養老5년 정월에는 樂浪河內, 秦朝元 등과 함께 師範을 감당
> 할 수 있는 자로서 絁·糸·布·鍬를 받고 있다. 그때 從五位上이었다. 天

---

74) 小島憲之 校注,『懷風藻』, pp.511~512.
75) 稻岡耕二,『萬葉集事典』, p.234.
76) 中西 進,『万葉の時代と風土』, p.107.

平2년(730) 3월에는 大津連首 등과 함께 제자를 취하여 醫術 등을 傳習하고, 同5년 12월에는 圖書頭, 同9년 9월에는 正五位下, 同10년 윤7월에는 典藥頭가 되었다. 「家傳」(下)등에 의하면 神龜 연간에는 方士로서도 유명하였다고 보아진다. 이 吉宜가 吉田連의 성을 받은 것은 神龜원년(724)의 5월이었다.[77]

고 하였다.『新撰姓氏錄』左京皇別下에 의하면 吉田連은 大春日朝臣과 同祖로 孝昭天皇의 皇子 天帶彦國押人命四世의 孫彦國押命의 後裔로 崇神天皇때 任那의 請에 의해 彦國押命의 孫 鹽垂津彦命이 칙명을 받아 그 땅을 鎭定하였다. '彼俗稱宰爲吉 故謂其苗裔之姓爲吉氏 男從五位下 知須等家 居奈良京田村里間 仍天異國押開豊櫻彦天皇 (聖武) 神龜元年賜吉田連姓(吉本姓, 田取居地名也連)'[78]이라 하였다. 그리고 文德實錄 嘉祥三年十一月己卯(六日)에 治部大輔興世朝臣書主의 死去 記事에 '書主右京人也 本姓吉田連 其先出自百濟 祖正五位下圖書頭兼內藥正相模介吉田連宜 父內藥正五位下古麻呂 並爲侍醫 累代供奉 宜等兼長儒道 門徒有錄'이라 하였다. 이에 대해 澤瀉久孝는

　　新撰姓氏錄 의 기록과 출자를 달리 하고 있지만 어쨌든 조선과 관계가 있는 것은 명확하고 그런 까닭에 한문 소양도 깊있다고 생각되며 이 서장은 그 吉田連 의 것이라고 인정된다. 어쨌든 조선과 관계있는 것은 확실하다.[79]

고 하여 조선과 관계가 있다고 하였다. 한국과 관계가 있다면 백제계가 되는 것이다.『萬葉集』에 吉田連老가 있는데 星野五彦은 백제 귀화인[80]이라고

---

77) 上田正昭,「萬葉の歌と渡來人」,『國文學 解釋と教材の研究』제23권(學燈社, 1978. 4), p.29∼30.
78) 佐伯有淸,『新撰姓氏錄の硏究』, p.167.
79) 澤瀉久孝,『萬葉集注釋』卷第五(中央公論社, 1983), p.185.

하였고, 山本信三은 '續紀에는 백제에서 왔다고 하였으며 姓氏錄에는 任那人이라고 하였다'[81]고 하였다.

『萬葉集』에도 그의 작품이 있으며 『懷風藻』에 〈五言 秋日於長王宅宴新羅客 一首 賦得秋字〉(79), 〈五言 從駕吉野宮 一首〉(80) 2수가 전한다. 『萬葉集』에도 한문편지와 그의 작품들이 있다.

正五位下圖書頭吉田連宜 二首 年七十

〈五言 秋日於長王宅宴新羅客 一首 賦得秋字〉(79)

西使言歸日 南登餞送秋 人隨蜀星遠 驂帶斷雲浮

一去殊鄉國 萬里絶風牛 未盡新知趣 還作飛乖愁

〈五言 從駕吉野宮 一首〉(80)

神居深亦靜 勝地寂復幽 雲卷三舟谷 霞開八石洲

葉黃初送夏 桂白早迎秋 今日夢淵上 遺響千年流

• 吉智首(키치노 치슈)

小島憲之는 '吉田連宜와 동족이며 귀화인계다. 養老3년(719) 정월 從五位下에 오르고 神龜원년(724) 5월, 宜와 함께 吉田連의 성을 받았다. 宜와 함께 대대로 의술로 조정에 종사함. 本書에 「出雲介」라고 하였는데 그 임관 연월은 미상이며 68세沒'[82]이라고 하였다. 吉田連宜에서 보았듯이 백제계인 것이다. 그의 작품으로는 『懷風藻』에 〈五言 七夕 一首〉(56) 1수가 전한다.

---

80) 星野五彦, 앞의 논문, p.30.
81) 山本信三, 「萬葉集に見えたる日鮮關係の詞藻」, p.74.
82) 小島憲之 校注, 『懷風藻』, p.509.

從五位下出雲介吉智首 年六十八

〈五言 七夕 一首〉(56)

冉冉逝不留 時節忽驚秋

菊風披夕霧 桂月照蘭洲

仙車渡鵲橋 神駕越淸流

天庭陳相喜 華閣釋離愁

河橫天欲曙 更歎後期悠

•丹墀眞人廣成(타지히노 마히토 히로나리)

小島憲之는

　　多治比라고도 한다. 左大臣正二位島의 第五子. 和銅원년(708) 정월 從
五位下, 3월 下野守. 同5년 정월 從五位上, 7년 11월 副將軍. 養老원년(7
17) 정월 正五位下. 同3년 7월 越前守, 能登・越中・越後 3국의 按察使를
겸하였다. 同4년 정월 正五位上, 神龜원년(724) 2월 從四位下, 天平3년(7
31) 從四位上, 同4년 8월 遣唐大使가 되어 이듬해 5년 4월 출발하였다. 天
平6년 11월, 多禰島에 來着하여 이듬해 7년 3월 入京歸朝. 天平9년 8월 參
議, 그때 正四位上. 9월 中納言 從三位. 天平10년 정월 式部卿을 겸하고
이듬해 11년(739) 4월沒.[83]

이라고 하였다. 丹墀, 丹比, 多治比가 모두 타지히로 발음되어 같은 氏姓이
라고 보아지는데, 『萬葉集』에 보면, 丹比, 多治比는 지명을 딴 것이라 생각
된다. 丹比郡에 백제계의 도래인이 많이 살고 있었음을 생각하면 丹墀는 백
제계라 추정된다. 그의 작품은 『懷風藻』에 〈遊吉野山〉(99), 〈吉野之作〉
(100), 〈述懷〉(101) 3수가 전한다.

---

83) 小島憲之 校注, 『懷風藻』, p.509.

從三位中納言丹墀眞人廣成 三首

〈五言 遊吉野山 一首〉(99)

山水隨臨賞 巖谿逐望新

朝看度峰翼 夕翫躍潭鱗

〈七言 吉野之作 一首〉(100)

高嶺嵯峨多奇勢 長河渺漫作廻流

鍾池超潭異凡類 美稻逢仙同洛洲

〈五言 述懷 一首〉(101)

少無螢雪志 長無錦綺工

適逢文酒會 終恧不才風

・**大石王**(오오이시노 오오키미)

小島憲之는

文武天皇 3년(699) 7월, 弓削皇子死去 때 喪事를 監護하고 同年 10월 山科山陵修造使가 된다. 그 때 淨廣肆. 大寶3년(703) 7월 河內守, 때에 從五位上. 和銅원년(708) 3월 正五位下彈正尹, 同6년 4월 從四位下. 同年 8월 攝津大夫. 養老7년(723) 정월 從四位上. 天平11년(739) 정월 正四位下. 本書에「從四位下播磨守」라고 하였는데 그 補任年月은 不明. 57세沒.[84]

이라고 하였다.『萬葉集』의 작가 중에 大石蓑麻呂가 있는데 이 작가에 대하여 星野五彦은 백제 아니면 漢 귀화인[85]이라고 하였고 高橋庄次는,

---

84) 小島憲之 校注,『懷風藻』, p.506.

使人等歌의 歌主로 秦氏 다음에 등장하는 것이 大石蓑麻呂이다. 『姓氏錄』에 「大石 高丘宿禰同祖 廣陵高穆之後也」(左京諸蕃下)라고 하였는데 大石氏와 同祖인 高丘宿禰에 대해서는 「高丘宿禰 出自百濟國公族 大夫高侯之後 廣陵高穆也」(河內國諸蕃)라고 하였으므로 백제계일 것이다. 또 「大石椅立 出自百濟國人 庭姓蚊介也」(右京諸蕃下), 「大石林 林連同祖 百濟國人 木貴之後也」(同)라고도 하였으므로 백제계의 씨족인 것은 틀림이 없다.[86]

고 하였다. 같은 大石 姓이므로 大石王은 백제계일 것이다. 그의 작품은 『懷風藻』에 〈侍宴 應詔〉(37) 1수가 전한다.

從四位下播磨守大石王 一首 年五十七
〈五言 侍宴 應詔 一首〉(37)
淑氣浮高閣 梅花灼景春
叡睠留金堤 神澤施群臣
琴瑟設仙籥 文酒啓水濱
叨奉無限壽 俱頌皇恩均

• **大神朝臣高市麻呂**(오호미와노 아소미 타케치마로)
小島憲之는

大三輪, 三輪(舊姓)이라고도 한다. 齊明天皇 3년(657)-慶雲3년(706). 壬申의 亂(672)의 공신이다. 天武天皇 12년(684) 大神의 성을 받았다. 朱鳥원년(686) 9월 天武天皇의 大喪에 理官의 일을 誄하였는데 그때 直大肆. 持統天皇 6년(692) 2월 伊勢 行幸이 있었을 때 上表하여 간하여 말렸는데 그때 中納言直大貳(이 사건은 日本靈異記 上卄五에도 所收). 大寶2년(70

---

85) 星野五彦, 앞의 논문, p.30.
86) 高橋庄次, 앞의 논문, p.46.

2) 정월 從四位上長門守, 赴任의 別宴의 노래가 萬葉集(1770~1772)에
있다. 同3년 6월 左京大夫. 慶雲3년 2월 沒. 年50. 그때 左京大夫從四位
上. 壬申의 亂의 공으로 從三位를 追贈. 歌經標式(浜成式)에 高市万呂의
노래로 旋頭歌 1수가 있다. 本書의 藤原万里의 「過神納言墟」 2수는 高市
麻呂의 舊居를 읊은 것으로 이것에 의하면 전술한 持統6년의 行事諫止의 上
表 사건의 결과 高市麻呂는 관직을 물러나 大寶2년(702) 다시 任官될 때까
지의 행동은 未詳.87)

이라고 하였다. 『萬葉集』에도 그의 작품이 보인다. 『萬葉集』의 大神朝臣高市
麻呂, 大神女郎 등을 다루면서 星野五彦은 귀화인88)으로 보았고, 山本信三
은 韓族 또는 準韓族으로 보았다.89) 그리고 山本信三은 또,

　　開卷第一에 「淡海朝大友皇子 二首」라고 있다. 그 小序에 皇太子者 淡海
帝之長子也 魁岸奇偉 風範弘深 眼中精耀 顧眄煒燁 年二十三立爲皇太子
廣延學士 沙宅紹明 塔本春初 吉太尙許率毋 木素貴子等 以爲賓客太子 天
性明悟 下筆成章 出言爲論 未幾文藻日新紹明이하 모두 백제인이다. 특히
紹明은 天智天皇 때, 法官大輔에 임명되고 총애가 극히 두터웠다. 吉大에서
貴子까지 10자를 읽는 것이 어려운 까닭에 從來 未考, 혹은 不詳 등이라 하
여 어쨌든 오늘날까지 애매하지만, 나는 吉太尙許率 毋木素貴子의 두 사람
이라고 판단한다. 「萬葉集」에 神社라고 하는 사람의 노래가 2수 실려 있다.
그도 조선으로부터 건너온 귀화계의 사람이다. 社와 許素는 借音字로 모두다
コソ를 옮긴 것이라고 생각된다. 貴子는 吉子라고도 쓰며, 君을 의미한다. 王
(國王)과 함께 존칭을 나타내는 조선의 古語이다. 達率도 그럴 것이다. 素字
가 붙어 있는 이름은 西素 卓素등 應神天皇 때 王仁과 함께 일본에 건너간
사람의 이름에도 보이고 있다. 몇 사람인지조차 알 수 없는 글자도 이렇게 해
서 吉太尙 毋木素의 두 사람인 것이 분명하게 되는 것이다. 어쨌든 王仁이

---

87) 小島憲之 校注, 『懷風藻』, p.507.
88) 星野五彦, 앞의 논문, p.30.
89) 山本信三, 앞의 논문, p.75.

皇太子 稚郎子의 師이었던 것처럼, 紹明 이하의 백제인이 존귀한 황태자의
賓師가 되어 우리 나라 궁중 교육의 大任을 맡아 후에 帝王으로서의 人格啓
培에 心力을 기울였던 일은 이 序詞 중에 特筆되어 있다.[90]

고 하였다. 백제로부터의 神社와 관련이 있는 것인지도 모르겠다. 澤瀉久孝는

　　『萬葉集』의 大神大夫는 앞(1.44의 左注)에 있은 三輪朝臣高市麻呂이
다. 거기서도 日本紀를 인용했으나, 續紀 大寶2년 정월 乙酉(17일)「從四
位上大神朝臣高市麻呂爲長門守」라 하였고, 3년 6월 乙丑(5일)「爲左京大
夫」, 慶雲3년 2월「庚辰(六日) 左京大夫從四位上大神朝臣高市麻呂卒 以
壬申年功 詔贈從三位 大華上利金之子也」라고 하였다. 懷風藻에 行年 50
세라고 되어 있는 것은 旣述. 즉 이 작품은 大寶2년 봄의 일이다. 天武5년
정월조에, 「甲子(廾五日) 詔曰 凡任國司者 除畿內及陸奧長門國 以外皆任
大山位以下人」이라고 하였다.[91]

고 하여 古典大系本에서 인용하여 長門守는 重職이었다고 주의하고, 大神
女郎을 다루면서 大神氏는 高市(1, 44左注), 奧守(16, 3840)가 있다[92]
고 하였다.
　　그의 작품은『懷風藻』에 〈五言 從駕 應詔 一首〉(18)가 전한다.

從三位中納言大神朝臣高市麻呂 一首 年五十
〈五言 從駕 應詔 一首〉(18)
臥病已白髮 意謂入黃塵
不期逐恩詔 從駕上林春

---

90) 山本信三, 앞의 논문, pp.66~67.
91) 澤瀉久孝,『萬葉集注釋』卷第九, p.186.
92) 澤瀉久孝,『萬葉集注釋』卷第四, p.332.

松巖鳴泉落 竹浦笑花新
臣是先進輩 濫陪後車賓

• **大神朝臣安麻呂**(오호미와노 아소미 야스마로)
小島憲之는

　　大三輪이라고도 한다. 天智天皇2년(663)-和銅7년(714). 高市麻呂의
弟로 持統天皇 3년(689) 2월 判事, 그때 務大肆. 慶雲4년(707) 9월, 兄
高市麻呂가 卒한 후, 氏長이 되었는데 그때 正五位下. 和銅원년(708) 9월
攝津大夫正五位上. 同2년 정월 從四位下. 同7년 정월 沒. 52. 그때 從四位
上兵部卿(本書에는 從四位下로 되어 있다).[93]

이라고 하였다. 大神朝臣高市麻呂가 백제계이므로 그의 동생인 大神朝臣
安麻呂도 백제계가 된다. 그의 작품은『懷風藻』에 〈山齋言志〉(39) 1수가
전한다.

從四位下兵部卿大神朝臣安麻呂 一首 年五十二
〈五言 山齋言志 一首〉(39)
欲知間居趣 來尋山水幽
浮沈烟雲外 攀翫野花秋
稻葉負霜落 蟬聲逐吹流
祇爲仁智賞 何論朝市遊

• **大神直虫麻呂**(오호미와노 무시마로)

---

93) 小島憲之 校注,『懷風藻』, p.507.

생몰연대는 알 수 없으나 같은 大神氏이므로 백제계라 할 것이다. 그의 작품은『經國集』卷第二十에 天平五年 七月卄九日의 大神直虫麻呂對策文 二首(策下)가 전한다.

問 明主立法 殺人者處死 先王制禮 父讎不同天 因禮復讎 旣違國憲 守法忍怨 爰失子道 失子道者不孝 違國憲者不臣 惟法惟禮 何用何捨 臣子之道 兩濟得無

對 竊聞 孝子不遺 已著六義之典 幹父之蠱 或綸八象之文 是知興國隆家必由孝道 故使 烝烝虞帝 終受肥華之珪 翹翹漢臣 乃標萬石之號 自阿劉淳孝 乃殞身而令親 桓溫篤誠 終振刀而殺敵 魏陽斬首 存薦祭之心 趙娥刺仇 致就刑之請 我國家登樞踐曆 握鏡臨圖 仁超栖鳳之君 道出駕龍之帝 取破觚於漢律 弃緊茶於秦刑 兩璧決疑 從陶公之雅說 百鍰遺訓 協夏典之明科 囚人不祭 皐繇之靈 獄氣旣銷長平之醋 蒲鞭澄惡行 葦興謠惡行 猶恐屈志同天 則彌睽孝弟 推才報怨 則多挂網羅 廣迨蒭蕘 傍詢政略 夫以資父事主 著在格言 移教爲忠 聞諸甲令 由是丁蘭雪耻 漢主留赦事之恩 維氏刃讎 梁配有減死之論 若使酌恤刑之義 驗純情而存哀 討議獄之規 矜至孝而輕罰 高柴出宰 良績遠聞爲卿臨官 芳猷尙在 則可能孝于室必忠於邦 當守孝之時 不憚損生之罪 臨盡忠之日 詎領膝下之恩 謹對

問 虞舜無爲 垂拱巖廊之山 周文日昃 廣延 英俊之人 夫常王之道 條貫豈異 何勞逸之不同 而黔黎之懷輯 欲使變斯俗於彼俗化奸吏於良吏 人民富庶 囹圄虛空 其術如何 悉心以對

對 竊以 逖覽玄風 邈觀列辟 結繩以往 鴻荒之世難知 刻石而還 步驟之蹤可迷 至於根英易代金石變聲 咸以事誇藝縑 義彰華篆 煥焉在眼 若秋昊之披密雲 粲然可觀 似春日之望花苑 當今握褒御俗 履翼司辰 風淸執象之君 聲軼繞樞之后 設禹虞而待士 坐堯衢以求賢 鼓腹擊壤之民 舞於紫陌

負鼎釣璜之佐 接武乎丹墀 方欲窮姬文日昃之勞 明虞舜垂拱之逸 驅風帝
王之代 駕俗仁壽之鄕 博採蒭訶 側訪幽介 夫以時異浮沈 運分否泰 文質
之統玆別 張弛之宜不同 然則四乳等皇運 經三徵之虐政 重華踐帝世 近二
皇之淳風 淳風之時必須垂拱 虐政之世何不經營 是知聖王與 世以汚隆 黎
庶從君而低仰 若能追有虞无爲之化 則隆周勒己之治 表廉平 宣禮讓 賁帛
旌其英俊 懸捧絶其奸回 勸之以耕桑 勗之以德義 則可金科不濫 沙圖恒淸
九歲有儲 千斯積庾 水魚不犯 共喜南風之薰門鵲莫喧 盛懷東后之化 謹對
　天平五年七月卅九日

· **大津連首**(오오츠노 므라지 오비토)
小島憲之는

　　처음에 출가하여 義法이라고 칭하고, 學問僧으로서 신라에 건너가, 慶雲4
년(707) 5월 歸朝. 和銅7년(714) 환속, 從五位下, 성을 大津連, 名을 意毗
等이라고 칭하였다. 養老5년(721) 정월에 医卜方術에 공이 있어 상으로
絁·糸·布·鍬 등을 받았는데 그 때 從五位上. 天平2년(730) 3월에 후계
자를 양성하기 위하여 제자를 얻어 陰陽術을 가르쳤다. 官位는 本書의 목록
에 「陰陽頭正五位下」, 本文에 「從五位下陰陽頭兼皇后宮亮」이라고 하여
일치하지 않는다. 66세 沒.[94]

이라고 하였다. 中西 進은

　　위의 角臣들과 同類로는 津臣을 생각할 수 있지 않을까? 津臣偏僂는 齊
明 3년에 西海使의 한사람으로서 백제로부터 「還」하지만, 이 출발은 기록되
어 있지 않다. 그리고 津臣과 津連과는 다르다고 하는 것이 학계의 통설이지

---

94) 小島憲之 校注, 『懷風藻』, p.506.

만 津宿禰는 백제 都慕王의 후예(右京諸蕃下), 津史는 船史牛가 부여되고 있으므로 (紀), 船·葛井 들과 一祖라 생각되는 것이 津連이다(續紀 寶字2년 8월). 津連의 일부는 이미 朝臣을 받은 것 같지만, 葛井連·船連은 延曆 10년 정월에 宿禰를, 津·宮原·中科 등으로 나누어 받고 있다. 이들에 의하며 津一族에 있어서 姓은 결코 고정적이지 않고 그때의 사정에 따라 부여되고 있는 것처럼, 津의 臣宿禰連 또는 朝臣까지 극히 유동적이었던 것처럼 생각된다.95)

고 하였다. 津이 백제계라면 大津도 같은 津姓이므로 백제계일 것이다. 그의 작품은 『懷風藻』에 〈和藤原大政遊吉野川之作〉(83), 〈春日於左僕射長王宅宴〉(84) 2수가 전한다.

從五位下陰陽頭兼皇后宮亮大津連首 二首 年六十六
〈五言 和藤原大政遊吉野川之作 一首 仍用前韻〉(83)
地是幽居宅 山惟帝者仁
潺湲侵石浪 雜沓應琴鱗
虛懷對林野 陶性在風煙
欲知歡宴曲 滿酌自忘塵

〈五言 春日於左僕射長王宅宴 一首〉(84)
日華臨水動 風景麗春墀
庭梅已含笑 門柳未成眉
琴樽宜此處 賓客有相追
飽德良爲醉 傳盃莫遲遲

---

95) 中西 進,「憶良 渡來人論 補遺」,『上代文學』제36호(1975. 7), p.110.

• 刀利康嗣(토리노 야스츠구)

小島憲之는

> 귀화인계이다. 和銅3년(710) 從五位下. 刀利宣令의 父라고 하는 설도
> 있으나 未詳. 同族의 한사람이다. 本書에 「大學博士」라고 하였는데, 和銅
> 연간에 大學博士이었던 것인가. 81세沒.[96]

이라고 하였다. 山本信三은

> 法隆寺 金堂의 世界的珍寶인 釋迦三尊을 만든 鞍作鳥는 司馬達等의 孫
> 으로 보통 그를 鳥佛師라고 한다. 토리가 부르는데 익숙해지자 마침내 姓으
> 로 바뀐 것일 것이다. 刀利, 鳥, 모두 토리이다. 康嗣의 아들 宣令도 作詩家
> 로 뒤에 기술하는 것처럼 長王이 신라의 客을 대접할 때에 자리에 임해서 한
> 수를 賦하고 있다. 萬葉集에도 그 노래가 실려 있다고 기억한다.[97]

고 하였다.『萬葉集』에 그의 아들 土理宣令이 있는데[98] 그를『萬葉集歌人
事典』에서는,

> 백제의 귀화계 씨족인가? 續紀 養老五年正月 退朝 後 東宮을 모셨다고
> 되어 있음. 당시 從七位下, 懷風藻에는 '正六位上刀理宣令 年五十九'라 하
> 고 시 2수가 있다. 그 외 經國集에 對策文이 있음.[99]

이라고 하였다. 백제계로 보아야 할 것이다. 그의 작품은『懷風藻』에 〈五言

---

96) 小島憲之 校注,『懷風藻』, p.510.
97) 山本信三,「懷風藻に見えたる日鮮關係の詩詞」, p.69.
98) 代匠記에는 '康嗣는 宣令의 아버지인가'라고 하였다.(澤瀉久孝,『萬葉集注釋』卷第三,
    p.221에서 재인용).
99) 大久間喜一郎 外 2人編,『萬葉集歌人事典』, pp.247~248.

侍宴 一首〉(35) 1수가 전한다.

　　大學博士從五位下刀利康嗣 一首 年八十一
　　〈五言 侍宴 一首〉(35)
　　嘉辰光華節 淑景風日春 金堤拂弱柳 玉沼泛輕鱗
　　爰降豐宮宴 廣垂柏梁仁 八音寥亮奏 百味馨香陳
　　日落松影闇 風和花氣新 俯仰一人德 唯壽萬歲眞

　・刀利宣令(토리노 미노리)
　小島憲之는

　　　刀理・土理라고도 한다. 宣令은 노부요시・센료오라고도 한다. 귀화인계
　　이다. 養老5년(721) 정월 東宮(聖武)에 侍하였는데, 그때 從七位下. 本書
　　의 목록에는 「正六位上伊予掾」이라고 하였는데, 養老5년 이전의 일은 기록
　　에 없다. 萬葉集에 短歌 2수(313・1470), 經國集에 和銅4년 (711) 3월
　　5일자의 對策文 2篇이 전한다. 59세(혹은 57세)沒.[100]

이라고 하였다. 앞의 刀利康嗣와 같은 姓氏이므로 백제계임을 알 수 있다.
ㄱ의 작품은『懷風藻』에 〈五言 秋日於長土宅宴新羅客 一首 賦得稀字〉(6
3), 〈五言 賀五八年 一首〉(64) 2수,『經國集』卷第二十에 和同4년(71
1) 3월 5일의 刀利宣令對策文 二首(策下)가 전한다.『萬葉集』에도 그의
작품이 전한다.

　　正六位上刀利宣令 二首 年五十九

---

100) 小島憲之 校注,『懷風藻』, pp.509~510.

〈五言 秋日於長王宅宴新羅客 一首 賦得稀字〉(63)
玉燭調秋序 金風扇月幃
新知未幾日 送別何依依
山際愁雲斷 人前樂緒稀
相顧鳴鹿爵 相送使人歸

〈五言 賀五八年 一首〉(64)
縱賞靑春日 相期白髮年
淸生百萬聖 岳出半千賢
下宴當時宅 披雲樂廣天
玆時盡淸素 何用子雲玄

『經國集』卷第二十目錄 策下에 和同4년 3월 5일의 刀利宣令對策文二
首(策下)가 있다.

問 設官分職 須得其人 而行殊輕重 能有長短 委任成責 非當覆饋 授受
之略 可得聞乎
對 竊以 天垂七政 辨星紀於三百 地陳八座 條議式於三千 所以動異東
西 調四時於玉燭 治兼刑德齊萬機於金鏡者也 夫百臣分職 虞后致肅肅之
美 十亂當朝 周王有濟濟之盛 士會還肆 衆盜去於晉郊 大叔爲政 羣奸聚
於鄭蒲 輕重短長 略可言焉 伏惟 皇朝 化平日域 德及天涯 執禹麾而招能
坐堯衢而訪賢 逃周避漢之臣 鴈行於丹墀 遊潁隱箕之夫 鱗次於絳闕 無爲
軼於觀象 有道籠於垂衣 是知釣潢同載 木運祚於七百 損度成佐 金精減於
二世 得其人興畫一之歌 非其任有尸素之譏 案此而論粗當分別 但東遊天
縱猶迷兩兒之對 西蜀含章莫辨一夫之問 至於授洪務 維帝難之 况乎末學

淺志　豈能備述　謹對

　問　烈火炎兵　畏之者歸魂　柔水衰陵　坤之者遂往　是以東里遺猛烈之言　西門盡嚴明之事　然藏孫爲政　端木御訓　廉茫莅官　雲中起詠　寬猛之要　冀敘厥猷

　對　竊以　飛龍不息　彳建猛之用顯矣　行馬無彊　順寬之利亨焉　稟天地之氣者人也　含喜怒之諍者情也　稟同含異　理宣寬猛　猛能禁斷　子產有烈火之喩　寬是兼愛　廉范放夜作之令　沛公入洛　義帝許其寬容　仲由言志　素王樂於行行　旣載於經　亦見於史　義有二途　其揆一也　但理髮解繩前史美論　以寬濟猛聖人格言　是以水避高而趨下　民去急而就緩　因水民之趨就　明寬猛之梗槪　欲使著弦之夫擁簪寬穹之庭　佩韋之臣束　帶太平之運　謹對

• 嶋田朝臣淸田(시마다노 아소미 키요다)

　『新撰姓氏錄』右京皇別下에 '島田臣 多朝臣同祖'[101]라고 하였다. 그런데 바로 그 다음의 같은 『新撰姓氏錄』右京皇別下에 '茨田連 多朝臣同祖'[102]라 하였다. 그렇다면 嶋田朝臣은 茨田連과 同祖가 되는데 이 茨田連은 茨田宿禰와 같고 茨田勝이 있는데 혹은 이와 같은 것인지 모르겠다. 그런데 『新撰姓氏錄』河內國諸蕃에 '茨田勝 出自吳國王孫晧之後意富加牟枳君也　大鷦鷯大皇(諡仁德) 御世　賜居地於茨田邑　因爲茨田勝'[103]이라 하였다. 吳國이라면 백제계일 것이다.

　『經國集』卷第十目錄(詩九)에 〈大外記正六位上嶋田朝臣淸田同安領客感客等禮佛之作一首(梵門)〉가 있다. 이 작품은 발해사를 대접하는 임무

---

101) 佐伯有淸, 『新撰姓氏錄の硏究』 本文篇, pp.183～184.
102) 佐伯有淸, 『新撰姓氏錄の硏究』 本文篇, p.184.
103) 佐伯有淸, 『新撰姓氏錄の硏究』 本文篇, p325.

를 맡았던 領客使 安倍吉人의 작품 〈忽聞渤海客禮佛感而賦之〉에 대하여 島田渚田가 화답한 것이다.

〈七言 同安領客感客等禮佛之作一首〉
禪堂寂寂架海濱 遠客時來訪道心
合掌焚香忘有漏 廻心頌偈覺迷津
法風冷冷疑迎曉 天蕚輝輝似入春
隨喜君之微妙意 猶是同見崛山人

・**麻田連陽春**(아사다노 므라지 야수)
『續日本紀』神龜元年五月辛未(十三日)條에 正八位上答本陽春에게 姓 麻田連을 내렸다고 하였다.
小島憲之는

　　　귀화인 答本氏의 출신이다. 처음에 答本陽春(正八位上)이라 칭했으나, 神龜원년(724) 5월 麻田連의 성을 받았다. 天平2년(730) 겨울, 大宰府에서 大宰大典, 同3년 3월 從六位上에 올랐다. 同11년 정월 外從五位下. 本書에 보이는「石見守」의 임관 연월은 미상이다. 萬葉集에 短歌 4수(569·570·884·885)가 있으며, 권5의 유력한 찬자의 한사람으로 보는 설이 있다. 56세沒.[104]

이라고 하였다. 澤田總淸은

　　　백제국 조선 王准의 후예이다. 神龜中 正八位에 임명되고 姓麻田連을 받았다. 寶字원년에 藥方이 되고, 天平11년에 正六位上이 되고, 石見守에 임

---

104) 小島憲之 校注,『懷風藻』, p.505.

명되고 外從五位下가 되었다. 陽春은 萬葉 작자의 한 사람으로 和歌를 잘
지었으므로 一世에 알려져 있다.105)

고 하여 백제계로 보았다. 上田正昭는

　　淺田連陽春으로도 쓰고, 원래 答本陽春이라 이름한 백제계의 도래인이었
다. 近江朝廷의 관료로서 활약한 答㶱春初(塔本春初라고도 쓴다)와 橘
奈良麻呂의 變에 連座한 答本忠節들과 同系의 인물로 陽春은 神龜원년
(724) 5월 麻田連을 칭하게 되었다. 大宰大典이 되고 天平2년 大伴旅人이
大宰帥에서 大納言으로 榮轉하여 平城京에 돌아갈 때는 餞歌 2수를 부르고
있다.106)

고 하였으며 中西 進은,

　　원래 答本陽春(續紀). 答本은 백제계 도래인. 出自는 백제왕 조선 王淮
(姓). 答本春子의 아들인가? (中略) 天平3년경 大宰大典(「萬葉集」). 藤原
武智麿에게 화답한 五言詩一首가 있다. 그때 石見守이고 나이는 56세.(『懷
風藻』)107)

라고 하였다.

　『新撰姓氏錄』 右京諸蕃下에 '麻田連 出自百濟國朝鮮瓦淮也'108)라
고 하였다. 백제계이다. 『萬葉集』에도 그의 작품이 실려 있다. 『懷風藻』
에 〈五言 和藤江守詠褌叡山先考之舊禪處柳樹之作 一首〉(105) 1수가
전한다.

---

105) 澤田總淸, 앞의 책, p.382.
106) 上田正昭, 「萬葉の歌と渡來人」, p.30.
107) 中西 進, 『萬葉集事典』, p.193.
108) 佐伯有淸, 『新撰姓氏錄の硏究』本文篇, p.358.

外從五位下石見守麻田連陽春 一首 年五十六
〈五言 和藤江守詠裨叡山先考之舊禪處柳樹之作 一首〉(105)
近江惟帝里 裨叡寔神山
山靜俗塵寂 谷間眞理專
於穆我先考 獨悟闡芳緣
寶殿臨空構 梵鐘入風傳
烟雲萬古色 松柏九冬堅
日月荏苒去 慈範獨依依
寂寞精禪處 俄爲積草堰
古樹三秋落 寒花九月衰
唯餘兩楊樹 考鳥朝夕悲

• **美努連淨麻呂**(미노노 므라지 키요마로)
小島憲之는

    慶雲2년(705) 12월 從五位下, 同3년 8월 遣新羅大使가 되어 渡海, 同4
   년 5월 歸朝하였다. 和銅원년(708) 3월 遠江守. 본서에 보이는 「大學博士」
   의 임명 연월은 未詳.[109]

이라고 하였다.『新撰姓氏錄』河內國神別을 보면 '美努連 同神四世孫天
湯川田奈命之後也'[110]라고 하여 도왜계임을 알 수 있으나 출자를 분명히
는 알 수 없다.『懷風藻』에 1수 전한다.

〈春日 應詔〉(24)

---

109) 小島憲之 校注,『懷風藻』, p.511.
110) 佐伯有淸,『新撰姓氏錄の硏究』本文篇, p.262.

玉燭凝紫宮　淑氣潤芳春
曲浦戲嬌鴛　瑤池躍潛鱗
階前桃花映　塘上柳條新
輕煙松心入　囀鳥葉裏陳
絲竹遏廣樂　率舞洽往塵
此時誰不樂　普天蒙厚仁

· (隱士)民忌寸黑人(타미노 이미키 쿠로히토)
小島憲之는

　　귀화인계의 사람이다. 本書 목록에 「隱士民忌寸黑人」이라고 하였다. 姓
氏錄 逸文에 「山木直者是民忌寸 … 伊勢國奄藝郡民忌寸 … 等廿五姓之祖
也」라고 하였고, 또 正倉院 文書에 「播磨國大掾從六位上民忌寸黑人」이라
고 하였는데, 이에 해당한다. 「隱士」라고 하고 있는 것으로 보아서도, 또 그
작품 내용으로 보아서도 官途에서 떠나 은둔해 있었던 것이라 생각된다.111)

고 하였다. 山本信三은 출자를 밝히지는 않았으나 한인계 작가들 끝에 나열
하여 놓았으므로 한인계로 본 것112)같다. 그런데 『新撰姓氏錄』 逸文에

　　姓氏錄曰 阿智使主男都賀使主　大泊瀨稚武天皇(諡雄略)御世　改使主賜直
姓 子孫因爲姓 男山木直 是兄腹祖也(本名山猪) 次志努(一名成努)直 是中腹
祖也 次爾波伎直 是弟腹祖也 姓氏錄曰 山木直者 是民忌寸 (後略)113)

이라 한 것으로 보아 백제계로 보아야 할 것이다. 『懷風藻』에 〈五言 幽棲

---

111) 小島憲之 校注,『懷風藻』, p.509.
112) 山本信三,「懷風藻に見えたる日鮮關係の詩詞」, p.70.
113) 佐伯有淸,『新撰姓氏錄の硏究』本文篇, p.358.

一首〉(108),〈五言 獨坐山中 一首〉(109) 2수가 전한다.

　　隱士民黑人 二首
　　〈五言 幽棲 一首〉(108)
　　試出囂塵處 追尋仙桂叢
　　巖谿無俗事 山路有樵童
　　泉石行行異 風煙處處同
　　欲知山人樂 松下有淸風

　　〈五言 獨坐山中 一首〉(109)
　　烟霧辭塵俗 山川壯處居
　　此時能莫賦 風月自輕余

　• **百濟公和麻呂**(쿠다라노 야마토마로)
　小島憲之는

　　倭麻呂라고도 하며 傳未詳인데 귀화인계이다. 本書에 의하면, 正六位上,
　但馬守이었음을 알 수 있으나 그 연대는 미상이다. 시의 내용에 의해 長屋王
　시대의 사람이라고 할 수 있다. 經國集에 對策文 二篇이 있는데(慶雲四年
　九月八日付), 젊을 때의 작이라고 할 수 있다. 56세沒.[114]

이라고 하였다. 澤田總淸은

　　조상은 백제 사람이다. 慶雲 年中에 시험을 보아 對策하였다. 正六位上에

---

114) 小島憲之 校注,『懷風藻』, p.508.

임명되어 但馬守에 임명되었다. 卒年56.[115]

이라고 하였다.『新撰姓氏錄』和泉國諸蕃을 보면 '百濟公 出自百濟國酒王也'[116]라고 하였다. 백제계임을 알 수 있다.『懷風藻』에 〈五言 初春於左僕射長王宅讌 一首〉(75), 〈五言 七夕 一首〉(76), 〈五言 秋日於長王宅宴新羅客 一首 賦得時字〉(77) 3수,『經國集』卷第二十에 慶雲4년 9월 8일의 〈百濟君倭麻呂對策文二首(策下)〉가 전한다.

正六位上但馬守百濟公和麻呂 三首 年五十六(75~77)
〈五言 初春於左僕射長王宅讌 一首〉(75)
帝里浮春色 上林開景華
芳梅含雪散 嫩柳帶風斜
庭煥將滋草 林寒未笑花
鶉衣追野坐 鶴蓋入山家
芳舍塵思寂 拙場風響譁
琴樽興未已 誰載習池車

〈五言 七夕 一首〉(76)
仙期呈織室 神駕逐河邊
笑臉飛花映 愁心燭處煎
昔惜河難越 今傷漢易旋
誰能玉機上 留怨待明年

〈五言 秋日於長王宅宴新羅客 一首 賦得時字〉(77)

---

115) 澤田總清, 앞의 책, p.377.
116) 佐伯有淸,『新撰姓氏錄の研究』本文篇, p.330.

勝地山園宅　秋天風月時
置酒開桂賞　倒屣逐蘭期
人是雞林客　曲卽鳳樓詞
靑海千里外　白雲一相思

『經國集』卷第二十에　慶雲4년　9월　8일의 〈百濟君倭麻呂對策文二首
(策下)〉가 있다.

問　數步之內　空流蘭蕙之芳　十室之中　獨伏麒麟之櫪　而羽毛難辨　遂昧
楚鷄　玉石易迷　浪珍燕石夬

況復顓師愷悌　被輕於魯公　馬氏方圓　見重於魏主　帝難之旨　其斯謂歟
鑒識之方　宜陳指要

對　竊以　赤帝文明　知人其病　素王天縱　取士其失　然則珍石夬不可辨矣
蓬性不可量矣　鳳鷄別也　草情豈堪識也　但無求不得　負鼎朝殷　扣角入齊
擇必所汰　四凶剪虞　二叔除周　況今道泰隆　雄德盛導焉　歲星可談　占風雨
而仰欵　竪亥雨步　盡入提封之垠　遂使少微一星應多士之位　大雲五彩覆周
行之列　魏魏蕩蕩合其時歟　不驅愚去　不召賢來　謹封

問　伏閣之臣　精勤徹夜　還珠之宰　淸儉日新　瞻彼二途　兼之非易　如不得
已　何者爲先

對　臣聞　莅百寮而順二柄　宰九州而班六條　捐金挍玉　虞舜之淸儉矣　櫛
風沐雨　夏禹之精勤矣　加以　楊震作守陳神知於抂道　馮豹爲郞侍天漁於閣
前　飛譽目前　揚美身後　但淸者稟根自天　勤者勞株由己　又飮水留犢之輩
經疎史少　駕星去虎之徒　古滿今多　臣器非宋寶　宇是燕石　豈堪冫夫前後之
源　唯竊折梗槪之枝　謹封

• 山田史三方(야마다노 후히토 미카타)

小島憲之는

　　御方·御形 등으로도 쓰며 귀화인계이다. 처음 출가하여 신라에서 배우고, 三方沙彌라고 칭하였으나, 후에 환속하여 山田史三方이라고 칭하였다. 持統天皇 6년(692) 10월 務廣肆. 慶雲4년(707) 4월, 그 학술로 布·鍬·塩·穀 등을 상으로 받았는데 그때 正六位下. 和銅3년(710) 정월 從五位下. 이어 同年 4월 周防守. 養老4년(720) 정월 從五位上. 同5년 정월에 동궁(聖武)에 侍하고 또 학술의 사범으로서 絁·糸·布·鍬 등을 받았는데 그때 文章博士. 同6년 4월에 周防守在任中, 己의 관리하고 있던 官物을 훔친 죄로 除名 免官되었으나 이전의 학문의 공으로 인해 특히 은총을 입어 용서 받았다. 本書에 「大學頭」라고 하였는데 養老5년경 大學頭이었던 것일까. 萬葉集에 長歌 1수(4227)·短歌 6수(123·125·508·1027·2315·4228)가 있다.[117)

고 하였다.

　『萬葉集』에도 越中守 大伴家持의 측근에 있었던 鷹匠으로서 山田史君麻呂, 山田史土麻呂, 山田御母 등이 보이나 모두 도래계라고만 하였을 뿐 그 출자를 밝히지는 않고 있다. 그런데 『新撰姓氏錄』右京諸蕃上에서는 ‘山田宿禰 出自周靈王太子晉也’[118)라고 하였고, 河內國諸蕃에서는 山田連, 山田造를 모두 ‘山田宿禰同祖 忠意之後也’[119)라고 하였다. 모두 漢系로 보고 있는 것이다. 그런데 未定雜姓 河內國에서는 ‘山田造 新羅國天佐疑利命之後也’[120)라고 하였다. 신라계라고 되어 있는 것이다. 그런데 養老5년(721) 정월 동궁(聖武)에 侍하고, 또 학술의 사범으로서, 絁·糸·

117) 小島憲之 校注,『懷風藻』, p.511.
118) 佐伯有淸,『新撰姓氏錄の硏究』本文篇, p.293.
119) 佐伯有淸,『新撰姓氏錄の硏究』本文篇, p.321.
120) 佐伯有淸,『新撰姓氏錄の硏究』本文篇, p.350.

布·鍬 등을 받았다고 하였는데 당시의 동궁(聖武)에 侍한 사람들이 대부
분이 백제계 도왜인이고, 또『新撰姓氏錄』에서 漢系라고 되어 있지만 그
漢系는 주로 백제계가 들어 있는 것으로 보아 아마도 백제계가 아닐까 한다.
『懷風藻』에 〈五言 秋日於長王宅宴新羅客 一首 幷序〉(52), 〈五言 七夕
一首〉(53), 〈五言 三月三日曲水宴 一首〉(54) 3수가 전한다.

　　大學頭從五位下 山田史三方 三首
　　〈五言 秋日於長王宅宴新羅客 一首 幷序〉(52)
　　君王以敬愛之沖衿 廣闢琴樽之賞 使人承敦厚之榮命 欣戴鳳鸞之儀 於
是琳瑯滿目 蘿薜充筵 玉俎雕華 列星光於煙幕 珍羞錯味 分綺色於霞帷
羽爵騰飛 混賓主於浮蟻 淸談振發 忘貴賤於窈雞 歌臺落塵 郢曲與巴音雜
響 笑林開靨 珠輝共霞影相依 于時露凝旻序 風轉商郊 寒蟬唱而柳葉飄
霜鴈度而蘆花落 小山丹桂 流彩別愁之篇 長坂紫蘭 散馥同心之翼 日云暮
矣 月將除焉 醉我以五千之文 旣舞踏於飽德之地 博我以三百之什 且狂簡
於敍志之場 請寫西園之遊 兼陳南浦之送 含毫振藻 式贊高風云爾
　　白露懸珠日　黃葉散風朝
　　對揖三朝使　言盡九秋韶
　　牙水含調激　虞葵落扇飄
　　已謝靈臺下　徒欲報瓊瑤

　　〈五言 七夕 一首〉(53)
　　金漢星楡冷　銀河月桂秋
　　靈姿理雲鬢　仙駕度潢流
　　窈窕鳴衣玉　玲瓏映彩舟
　　所悲明日夜　誰慰別離憂

〈五言 三月三日曲水宴 一首〉(54)
錦巖飛瀑激 春岫曄桃開
不渾流水急 唯恨盞遲來

• **上毛野朝臣潁人**(카미츠케노노 아소미 에히토)

小島憲之는

「凌」1首,「經」2首. 天平神護2년(766)-弘仁12년(821). 上毛野氏는 下毛野朝臣과 同祖. 崇神天皇의 皇子, 豊城入彦命五世의 孫, 多奇波世君의 後裔. 天平勝寶2년(750) 다시 上毛野公을 내렸다. 弘仁원년(810) 다시 朝臣姓을 받았다.(新撰姓氏錄, 皇別). 從五位下上毛野大川의 子. 젊어서 文章生. 延曆年中, 遣唐錄事에 임명되어 復命 후 공으로 발탁되었다. 延曆20년(801) 12월 右少史. 延曆25년 4월 右大史. 大同원년(806) 7월 大內記. 同年 8월 左大史. 同2년 6월 大外記正六位上. 同4월 7월 外從五位下, 이어 9월 從五位下. 藥子의 亂의 공으로 弘仁원년(810) 9월 從五位上. 弘仁2년 3월 度一人을 받았다. 이어 同3년 정월 因幡介를 겸하고, 2월 山城國乙訓郡에 荒地一町을 받음(凌雲集의 目錄 및 新撰姓氏錄, 上表文에「從五位上行大外記兼因幡介」라고 하였다). 同8년 2월 東宮學士. 同10년 정월 正五位下. 同11년 정월 從四位下(經國集의 목록에「從四位下行民部大輔兼東宮學士」라고 하였다). 이듬해 12년 8월 18일 沒. 年56.[121]

이라고 하였다.『新撰姓氏錄』左京皇別下에 '上毛野朝臣 下毛野朝臣同祖(中略) 孫斯羅 諡皇極御世 賜河內山下田 以解文書 爲田邊史(後略)'[122] 라 하였다. 그런데 田邊史는 田邊百枝에서 보듯이, 右京諸蕃上에 '田邊史 出自漢王之後知惣也'[123]라 하였는데 知惣은 백제계이다. 따라서 田邊이

---

121) 小島憲之 校注,『懷風藻』, p.513.
122) 佐伯有淸,『新撰姓氏錄の硏究』本文篇, p.168.
123) 佐伯有淸,『新撰姓氏錄の硏究』本文篇, p.297.

백제계이므로 백제계로 보아야 할 것이다. 그의 작품은『文華秀麗集』에〈
奉和代美人殿前夜合詠之什〉(122) 1수와『凌雲集』에 1수,『經國集』卷第
十一 (詩十)에 雜詠 1수와〈毛穎人春庭友人見過一首(雜詠一)〉가 전한다.

〈奉和代美人殿前夜合詠之什 一首〉
久厭幽溪何處託 朝家假貸御樓傍
卽今自入仙園裡 已後春恩任聖皇

『凌雲集』에〈春日歸田直疏〉가 전한다.

〈春日歸田直疏〉
干祿終無驗 歸田入弊門
庭荒唯壁立 籬失獨花存
空手飢方至 低頭日已昏
世途如此苦 何處遇春恩

『經國集』에 다음의 작품이 전한다.

〈同前〉
未及懸車乞骸骨 明皇恩寵帶平章
近江太有鱸魚膾 定識休閑壽命長

〈五言 春庭友人見過一首〉
春氣不嫌人 席門花自新
雖異陳平德 欣驚長者塵

• **釋道融**(샤크 도우유우)

釋道融은 傳記에

　　釋道融者 俗姓波多氏 少遊槐市 博學多才 特善屬文 性殊端直 昔丁母憂 寄住山寺 偶見法華經 慨然歎曰 我久貧苦 未見寶珠之在衣中 周孔糟粕 安足以留意 遂脫俗累 落飾出家 精進苦行 留心戒律 時有宣律師六帖鈔 辭意隱密 當時徒絶無披覽 法師周觀 未踰浹辰 敷講莫不洞達 世讀此書 從融始也 時皇后嘉之 施絲帛三百匹 法師曰 我爲菩提 修法施耳 因玆望報 市井之事耳 遂策杖而遁124)

이라고 하였다. 小島憲之는 '俗姓波多氏. 聖武天皇 무렵 출가하여 佛法을 배웠다. 博學多才하고 글을 잘 지었으며 三船王(淡海三船)으로 倂称되었다'125)고 하였다. 그런데『新撰姓氏錄』大和國諸蕃에서는 '多造 出自百濟國人佐布利智使主也'126)라고 하였다. 백제계이다.『懷風藻』에 5수가 전한다고 하였는데 실제로는 〈我所思兮在無漏〉(110)만 전하고 111~114는 缺로 되어 있다.

〈我所思兮在無漏〉(110)
我所思兮在無漏 欲往從兮貪瞋難
路險易兮在由己 壯士去兮不復還

• **釋道慈**(샤크 도우지)

작자 설명 부분에 釋道慈는 俗姓이 額田氏이며 添下 사람이라고 하였다. 전체 내용을 정리하여 小島憲之는,

---

124) 小島憲之 校注,『懷風藻』, p.174.
125) 小島憲之 校注,『懷風藻』, p.509.
126) 佐伯有淸,『新撰姓氏錄の硏究』本文篇, p.313.

　　俗姓額田氏. 大寶원년(701) 제8차 遣唐使와 함께 入唐(大寶二年), 養
老2년(718) 12월 歸朝. 同3년 11월, 神叡法師와 함께 그 學德으로 食封
50戶의 상을 받았다. 天平원년(729) 10월 律師, 同8년 2월 扶翼童子 6인
을 내림. 同9년 4월, 大安寺에 거주하며 大般若經을 강하고, 布施를 청하여
허가를 받았다. 同年 10월에 大極殿에 金光明最勝王經을 講하다. 同16년
(744) 10월 沒. 年 70有余.127)

라고 하였다.『萬葉集』의 작가 額田王을 논하면서 土橋 寬은 額田王의 父
鏡王을,

　　다음에 額田王의 父 鏡王은 어떤 인물일까 하는 문제.「王」「姬王」이라고
하는 것은 2세(天皇의 孫)에서 5세까지의 王族에 사용하는 말이지만, 알 수
없는 것은 앞에 인용한 天武紀 2년의 기사이다. 그 天武天皇后妃를 記述한
순서를 보면 皇后, 妃, 夫人의 順으로, 皇后는 皇族(天智天皇의 皇女), 妃
3인도 皇族, 夫人은 두 사람이 藤原鎌足의 딸, 한 사람이 蘇我赤兄의 딸로,
그 다음 이 額田王, 그 다음이 지방호족 胸形君, 突人臣出身의 妾이 기록되
어 있다. 額田姬王이 王族이라면 妃와 夫人 사이에 서열되어야 할 것인데 중
앙씨족과 지방호족사이에 들어 있는 것은 무엇 때문일까?「鏡王」에 대해서는
「丹波道主王」과 마찬가지로, 왕족으로서 지방호족이 된 자의 자손이라고 생
각하면 일단 설명이 되겠지만 그렇다면 額田王의 서열이 설명이 되지 않으며
어느쪽에도 해당되지 않는 것이다. 이것을 해결하는 하나의 방법으로써 鏡王
을 백제로부터 도래한 왕족이라고 생각하면 어떨까? 雄略紀 5년 7월조에 백
제의 蓋鹵王의 弟「昆支君」이 來朝한 것을「軍君」이라고 기록하고 있는데,
同 23년 4월조에는「昆支王」, 그의 第二子를「末多王」이라고 기록하고 있
다. 콘키시는 大王을 의미하는 조선어로「軍君」은 그것의 音·訓으로 보이
며, 萬葉集 권1의「軍王」은 그의 자손일 가능성이 있다. (靑木和夫「軍王小考」
『上代文學論叢』所收). 그「軍王으로 類推해서「鏡王」을 近江의 鏡里에 거주
하고 있은 백제계 왕족이라고 생각할 수도 있지 않을까고 생각한다.128)

---

127) 小島憲之 校注,『懷風藻』, p.509.

고 하여 백제계로 보았다. 그리고 또

天智天皇과의 贈答歌가 있고, 후에 藤原鎌足의 아내가 된 鏡女王(鏡王女・鏡姬王이라고도 쓴다)과의 관계는, 本居宣長이 『玉かつま』에서, 鏡女王을 額田王의 實姉이며 함께 鏡王의 딸일 것이라고 추정한 이래 그것이 통설로 되어 있지만 鏡女王의 墓가 舒明天皇의 押坂陵의 域內에 있는 것(延喜式. 현재도 있다)이 지적되어 女王은 舒明天皇의 近親者라고 하는 설이 현재로는 유력하며 額田王과의 姉妹 關係는 부정되었다. 天武 12년 7월 5일, 鏡姬王의 薨去 前日, 천황이 일부러 그 집에 행차하여 病間安을 한 것에 비해 額田王 쪽은 사망한 해 조차도 기록되지 않고 持統天皇과의 관계 등, 여러 가지 사정이 있다고 해도 日本書記의 취급 방법이 너무나 다른 것은 그의 신분에 의한 것은 아닐까.
    額田王은 『藥師寺緣起』에는 「額田部姬王」이라고 기록되어 있는데 이것은 母 쪽의 氏의 名이거나, 양육자의 名을 따른 것일 것이다. 그리고 「額田」은 그곳의 지명이라고 보이는데 이것은 大和國平群郡額田鄕(和名抄), 지금의 大和郡山市額田部의 당을 想定하는 설이 유력하다. 여기에는 지금 文字池라고 불리는 隋唐式園池가 있고, 額田寺의 뒤에는 額田部의 窯址도 전해지고 있다. 누카타는 아마도, 니카타(土型)의 音韻轉化로, 瓦랑 土器를 굽는 도래인 기술자의 部民(額田部)과 그것을 관리하는 伴造額田部連이 거주하고 있었던 것이라고 생각되며, 櫻田王은 거기에서 少女時代를 지냈을 섯이다.129)

고 하였다. 또 中西 進은,

鏡谷은 鏡山의 東麓, 가까이는 須惠의 지명이 있고 陶人의 도래 집단이 살았던 곳이다. 天日槍이라고 하는 것은 신라계의 도래자들이 소중하게 여겼던 조상신이었다.

---

128) 土橋 寬, 『萬葉開眼』上, NHK ブックス 313(日本放送出版協會, 1981), pp.81~82.
129) 土橋 寬, 위의 책, p.82.

256   일본 고대 한인작가 연구

　　그러나 鏡王의 집은 陶業의 가계는 아니다. 王이라고 하는 것은 따로 丹波
의 首長을 丹波主王이라고 칭하는 것처럼 鏡의 地의 首長을 가리키는 것이
겠지만, 鏡이라고 하는 것은 각지에 존재했던 거울을 만드는 집단, 또 그 거주
지의 거울을 만드는 마을, 그 곳에 있는 鏡山들과 마찬가지로 일찍이 도래한
거울을 만드는 기술자와 관계가 있다. 그들을 통괄하고, 성스러운 거울을 제
사하는 王家의 當主를 대대로 鏡王이라고 칭했다고 생각된다. 그 첫째 딸이
경왕녀, 그녀는 따로 이름이 있었겠지만 立場上의 통칭으로 오늘날 이름으로
고정되었다. 額田王은 둘째 딸이다. (이 누카타라고 하는 이름도 거울과 관계
있는 조선어라고 생각되지만 아직 풀리지 않고 있다.)
　　鏡村에는 陶業 기술을 가진 도래자가 있었다고 한다. 이것도 옛날에 거울
을 만드는 마을이었기 때문에 정주한 것으로, 山의 거울 業, 골짜기의 陶業과
함께 天日槍의 후예를 칭하는 도래자에 의해 기술이 계승되고, 額田은 이 齋
王家의 딸이었다. 재미있는 것은(그리고 당연하기도 하지만) 초기 萬葉에는
제사와 관계있는 여성들을 제일의 歌人으로 하고 있다. (中略)
　　鏡王女도 額田王도 그 중의 한사람이었다. 초기 만엽은 和歌가 의례의 장
에서 점차로 개인적인 서정의 형식으로 자립하여 가는 시기이므로 그녀들이
제사자라고 하는 것은 지극히 납득이 가는 일이기도 하다.130)

고 하여 신라계로 보았다. 『新撰姓氏錄』 大和國諸蕃에 '額田村主 出自吳
國人天國古也'131)라 하였는데 吳國은 백제를 가리키고 있으므로 백제계로
보고자 한다. 그의 작품은 『懷風藻』에 〈在唐奉本國皇太子〉(103), 〈初春
在竹溪山寺於長王宅宴追致辭 幷序〉(104) 2수가 전한다.

〈五言 在唐奉本國皇太子 一首〉(103)
三寶持聖德 百靈扶仙壽
壽共日月長 德與天地久

---

130) 中西 進, 『万葉の時代と風土』, pp.110~111.
131) 佐伯有淸, 『新撰姓氏錄の研究』 本文篇, p.313.

〈五言 初春在竹溪山寺於長王宅宴追致辭 一首 幷序〉(104)

沙門道慈啓 以今月二十四日 濫蒙抽引 追預嘉會 奉旨驚惶 不知攸措
但道慈少年落飾 常住釋門 至於屬詞吐談 元來未達 況乎道機俗情全有異
香盞酒盃又不同 此庸才赴彼高會 理乖於事 事迫於心 若夫魚麻易處 方圓
改質 恐失養性之宜 乖任物之用 撫躬之驚惕 不遑啓處 謹裁以音匂 以辭
高席 謹至以左 羞穢耳目 纖素杳然別 金漆諒難同 納衣蔽寒體 綴鉢足飢
嚨 結蘿爲垂幕 枕石臥巖中 抽身離俗累 滌心守眞空 策杖登峻嶺 披裘襟
和風 桃花雪冷冷 竹溪山冲冲 驚春柳雖變 餘寒在單躬 僧旣方外士 何煩
入宴宮

• **釋辨正**(샤크 벤쇼우)

釋弁正은 傳記에,

> 辨正法師者 俗姓秦氏 性滑稽 善談論 少年出家 頗洪玄學 太寶年中 遣
> 學唐國 時遇李隆基龍潛之日 以善圍碁 屢見賞遇 有子朝慶朝元 法師及慶
> 在唐死 元歸本朝 仕至大夫 天平年中 拜入唐判官 到大唐見天子 天子以其
> 父故 特優詔厚賞賜 還至本朝尋卒132)

이라고 하였듯이 俗姓은 秦氏로 문무천황의 大寶年間(701~704) 渡唐해
서 학문을 배우고 바둑이 뛰어났으므로 현종에게 상을 많이 받고 그곳에서
사망하였음을 알 수 있다. 小島憲之의 詩人小傳에서

> 俗姓은 秦氏로 귀화인계이다. 젊어서 출가하였다. 文武天皇의 大寶年間
> (701~704) 渡唐해서 학문을 배우고 특히 바둑이 뛰어났으므로 玄宗에게 상을
> 많이 받고 그곳에서 사망하였다. 養老원년(717) 7월에 보이는 沙門弁正과는

---

132) 小島憲之 校注,『懷風藻』, pp.96~97.

別人일 것이다. 그의 아들 朝慶. 朝元에 대해서는 본서 전기 참조.133)

라고 하였다. 『新撰姓氏錄』을 보면 秦은 漢의 귀화인으로 되어 있다. 星野五彦은 漢의 귀화인134)이라고 하였다. 上田正昭는 『萬葉集』에 보이는, 釋弁正의 아들인 秦忌寸朝元에 대해,

> 秦忌寸朝元은 弁正의 子로, 弁正은 大寶 年度의 견당 유학승으로 당에 건너가, 朝元의 형 朝慶과 함께 在唐하던 중에 사망하였으나, 朝元은 귀국하여 의술 등에 뛰어난 까닭에 養老 5년 정월에는 絁·糸·布·鍬를 받고 있다. 天平2년(730) 3월에는 通譯 養成을 위하여 粟田馬養 등과 함께 제자를 취하여 漢語를 가르치고, 天平 年度의 遣唐使에는 入唐 判官으로서 참가하였다. 天平9년 12월에는 圖書頭가 되고 同18년 3월에는 主計頭가 된 인물이다. 秦忌寸朝元이 應詔歌를 짓는 것을 감당할 수 없었다고 한 것을, 도래인이기 때문에 일본어가 능숙하지 않았다고 해석하는 견해도 있지만, 그렇게만은 말할 수 없다. 후술하는 것처럼 도래인이 作歌·作詩에 뛰어난 예는 많으며, 作歌의 길에 있어서의 역할도 경시할 수 없다. 더구나 2세, 3세라고 하면 더더욱 그렇다. 오히려 秦朝元은 漢語에 뛰어난 인물이기는 했지만 作歌는 그다지 뛰어나지 않았다고 하는, 개인의 상황과 관련되는 것으로 보아야 할 것이다. 應詔歌의 代償으로 麝香을 가지고 하라고 橘諸兄이 농담삼아 말한 것은, 이 신라계 도래 씨족의 집에 麝香이 保有되고 있은 것을 부러워한 것이었는지도 모르겠다.135)

고 하여 신라계로 보았다. 또 井上秀雄은 『日本書記』 기록을 미루어 살펴보고 난 뒤,

> 또 가령 신라가 강대했다고 가정해도 백제로부터 일본에 도래하는데 신라

---

133) 小島憲之 校注, 『懷風藻』, p.509.
134) 星野五彦, 앞의 논문, p.30.
135) 上田正昭, 「萬葉の歌と渡來人」, p.29.

의 위협을 받지 않아도 좋은 길은 얼마든지 확보되어 있었다고 생각한다. 이 같은 일로부터 이 설화에 대한 의문이 옛부터 제기되어 秦氏의 출자를 백제라고 하지 않고 신라라고 하는 설이 많다. 그러나 秦氏의 출자를 신라로 하는 설은 주로 고고학적 연구의 결과, 畿內의 5세기 후반의 신문물이 신라 계통의 문화라고 했기 때문이기도 하다. 그러나 조선의 고고학적 연구는 크게 진보하여 일찍이 신라계 문화라고 말해지고 있던 것도 가야문화로서 분리할 필요가 생겨났다. 秦氏의 출자를 신라라고 하는 설은 그 근거로 되어 있는 고고학적 성과가 크게 변하고 있기 때문에 이 설도 또 재검토가 필요하게 되었다. "秦(ハタ)氏는 그 訓이 조선어의 海의 의미를 가지고 있으므로 秦氏를 해외로부터 도래한 씨족이라고 하는 의미로 보는 것이 가장 온당할 것이다." 다시 한정해서 말하면, 漢(アヤ)氏의 출자를 安羅國・阿羅伽耶(慶尙南道咸安郡)라고 하는데 대해, 秦氏의 출자를 바다에 접한 金官伽耶國(慶尙南道 金海郡)으로 보는 것을 주장하고 싶다. 秦氏의 도래는 今來의 도래인들 보다도 오래 되었다고 보면 『三國志』의 狗邪韓國에 해당하는 金官伽耶國이 조선문화를 일본에 전하는 창구이고 그 역할은 5세기 전반의 단계에서도 계속되고 있었다고 생각되기 때문이다.

　秦氏의 출자가 신라인가 금관가야국인가, 그 어느쪽을 취한다고 해도 『日本書記』의 백제 출자설을 부정하는 것이다. 현재의 연구 수준으로 말하면 『日本書紀』에 보이는 秦氏의 출자를 백제라고 하는 설은, 편찬 과정에서 그 출자를 변경했다고 보고 있는 것이다. 그 경우 적극적으로 그 출자를 변경한 것인가, 단순하게 책상 위에서의 付加인가는 不明이지만, 『日本書紀』 편찬의 시기에는, 백제문화를 신라와 加耶제국의 문화 보나도 뛰어난 것으로 보고 秦氏를 백제문화의 전파자로서 자리매김한 것으로 보아진다.[136]

고 하여 金官伽耶國으로 보았다. 그리고 高橋庄次는 『日本書記』 應神天皇 十四年條에 반신라 감정이 두드러진 것을 들어,

이러한 반신라・친백제 감정이 『神功皇后紀』와 『應神記』에 두드러지게

---

136) 井上秀雄, 「渡來人の系譜」, 『日本神話と朝鮮 講座 日本の神話』 9(有精堂, 1977), pp.70~71.

선명하게 보이는 것은, 뒤에서 논할 應神八幡神과 아마 무관하지 않을 것이다. 여기에서는 먼저 秦氏의 조상이 신라의 방해를 뛰어넘어 백제에서 집단 도래 했다고 하는『應神記』의 설에 주목해 둔다. 使人等歌는 日本書記와 같은 발상에서 제작되었다고 생각되기 때문이다. 그래도 반신라·친백제 감정이 秦氏의 도래 전승이라고 하는 형식을 취하여 正史上에 노골적으로 표현되어 있는 것은 秦氏 연구상에도 움직일 수 없는 문제일 것이다. 백제의 신의와 秦氏의 신의가 거의 하나로 겹쳐져 있기 때문이다.

그렇다면『天智紀』의 즉위 前期 九月條에 秦造田來津이 백제구원을 위하여 파견되어 軍 5천을 이끌고 백제의 왕자 豐璋을 지켜 보내었다고 하는 기사가 주목될 것이다. 同紀2년 8월조에 秦造田來津이 白村江에서 전사하는 모양이 다음과 같이 기록되어 있다. 「田來津 仰天而誓 切齒而嗔 殺數十人 於焉戰死」. 田來津이 하늘을 우러르고 이를 악물며 분노하고 수십명의 적을 죽이고 전사했다고 하는 이 비극적인 奮戰 모습은 秦의 田來津만을 특기한 것이라 말해도 좋다. 그것은 백제에 대한 秦氏의 신의를 느끼게 하는 듯한 기록이다. 白村江의 싸움에 있어서 이같은 두드러진 형태로 정사에 이름을 남기고 있는 것은 秦氏의 이 田來津 뿐이었던 것이다. 이로 보아도 〈반신라·친백제〉의 국가 감정에, 秦氏가 얼마나 깊이 관여하고 있었는지 알 수 있다.[137]

고 하였다. 또

秦部는 秦氏의 部民이며, 勝氏에 대해서도 「秦氏의 配下에 속하는 部民이었다고 하는 점에서는 異論은 없는 것같다」고 한다. (中略)『姓氏錄』(山城國諸蕃)에 「勝 上勝同祖 百濟國人多利須須之後也」라고 한 것처럼 勝氏도 백제계였다. 豊前國은 백제계의 秦氏族集團의 본거이었다고 말해도 좋다 (中略) 豊前國은 불교의 公傳 이전에 가장 일찍 불교가 들어간 지역으로 諸家에게 주목되고 있고 秦氏 등 귀화계 집단과의 관계가 지적되고 있다. 그것은 密敎 주술적인 巫僧集團의 활약의 場이기도 했다.[138]

---

137) 高橋庄次, 앞의 논문, p.45.

고 하여 백제계로 보았다. 이처럼 秦氏에 대하여는 漢의 귀화인으로 보는 설, 백제계로 보는 설, 신라계로 보는 설, 그리고 井上秀雄처럼 秦氏의 출자를 바다에 접한 金官伽耶國(慶尙南道 金海郡)으로 보는 설들이 있다. 백제계로 보는 설은『日本書記』의 기록 분석과 勝氏는 진씨의 配下에 속하는 部民이라고 일컬어지는데『新撰姓氏錄』의 山城國諸蕃에 '勝 上勝同祖百濟國人多利須須之後也'라고 하였음을 근거로 들고 있다. 또 신라계로 본 설과 금관가야로 본 설은 고고학적인 측면을 중시하고 있다. 이로 보면 秦氏는 漢系 보다는 韓系인데, 본 논문에서는 백제계설을 따르고자 한다. 그런데도『新撰姓氏錄』에서 秦氏를 漢系라고 한 것은 井上秀雄이,

秦氏의 계보가 9세기에 들어오면 크게 변질한다. 그 하나는 秦氏의 출신지가 조선으로부터 중국으로 바뀌는 것이다. 지금 하나는 일본에 도래하고 나서의 계보만이 아니라, 중국 在住의 시기의 계보까지도 만들어지고 있다. 이들 계보가 9세기 초두에 급히 만들어진 것 같은 것은, 그 用字法이 혼란하고 있는 것과 계보에 이동이 있는 것으로부터도 추측할 수 있다. 또 전자처럼 7세기 말부터 8세기 초두에 걸쳐서 記紀編纂에 임하여 秦氏의 출자를 加羅 내지는 신라에서 백제로 옮기고, 9세기초의『新撰姓氏錄』편찬에 있어서 秦氏의 출신지가 백제에서 중국 秦王朝에로 다시 바뀌고 있다. 8세기에서 9세기에 걸쳐서의 변화는 다음의 漢氏의 계보의 異動으로도 추측할 수 있지만 조선을 통해서의 신문물의 도입에 서서히 관심을 잃고, 당 문화를 직접 수입하는 것에 관심이 옮겨간 것을 나타내고 있다.139)

고 논한 것에서 그 이유를 알 수 있다. 그렇다면 釋弁正의 작품은 백제의 작품으로 인정할 수 있을 것이다.『萬葉集』에 秦間滿, 秦忌寸石竹, 秦忌寸朝元(僧 弁正의 子), 秦忌寸八千嶋, 秦田麻呂(傳未詳, 秦間滿과 동일인)

---

138) 高橋庄次, 위의 논문, pp.56~57.
139) 井上秀雄,「渡來人の系譜」, p.72.

등의 한인계 작가들이 보인다. 그의 작품으로는 『懷風藻』에 〈五言 與朝主人 一首〉(26), 〈五言 在唐憶本鄕 一絶〉(27) 2수가 있다.

〈五言 與朝主人 一首〉(26)

鐘鼓沸城闉　戎蕃預國親

神明今漢主　柔遠靜胡塵

琴歌馬上怨　楊柳曲中春

唯有關山月　偏迎北塞人

〈五言 在唐憶本鄕 一絶〉(27)

日邊瞻日本　雲裏望雲端

遠遊勞遠國　長恨苦長安

• **石上朝臣乙麻呂**(이소노카미노 아소미 오토마로)

小島憲之는,

　　左大臣石上朝臣麻呂의 第三子. 神龜원년(724) 2월 從五位下, 天平4년 (732) 정월 從五位上, 同年 9월 丹波守. 同8년 정월 正五位下, 同9년 9월 正五位上, 同10년 정월 從四位下, 左大弁. 同11년 3월, 久米若亮을 간한 죄로 土佐國에 유배되었다. 이 때의 작품이 本書에 실려 있으며, 또 萬葉集 에 작자 미상의 「石上乙麻呂卿의 土佐國에 유배될 때의 노래 3수와 短歌」 (1019-1023)가 있다. 후에 放免되어 天平15년 5월 從四位上. 同16년 9월 西海道巡察使. 同18년 3월 治部卿. 同年 4월 常陸守, 正四位下가 되어 9 월에는 右大弁이 되었다. 同20년 2월 從三位. 天平勝寶원년(749) 4월 中 務卿. 同年 7월 中納言. 同2년(750) 9월沒. 本書의 傳記에 의하면 天平 연 간에 入唐大使에 임명되어 入唐하지 않은 것이 보이는데, 다른 사료에는 그

所傳이 없다. 그의 시집 「銜悲藻」 2권은 현존하지 않지만 本書의 작품도 그
속에서 택해진 것이라 생각된다. 모두 다 土佐 유배 중의 작품으로 天平11년
에서 天平15년 경까지의 것이다.[140)

고 하였다. 物部氏의 직계라고 하는 石上氏가 大化 이후 번성하여 그 명맥
을 유지한 것은 推古朝 당시의 정치적 정세와 관계가 있는데[141) 中西 進은,

　이 시대, 欽明朝에서 齊明朝에 걸쳐 兩土에 관련된 인물은 결코 적지 않
다. 欽明2년 7월 이후의 書紀에 산견되는 紀臣弥麻沙는 奈率로 百濟朝에
종사한 사람이지만 書紀의 注에 의하면 紀臣某가 韓婦를 취하여 낳은 아들
이라고 한다. 더구나 여기에 「다른 사람들도 모두 이를 본받았다」고 하는 것
이 주목되며, 이러한 사람들이 많이 있었던 것이라 생각된다. 弥麻沙는 4년
4월에 돌아오지만 同年 9월에 온 百濟使의 한사람, 物部麻奇牟는 15년 12
월의 記事에 의하면 동방의 領物로서 군사를 지휘하는 임무를 맡았으나 여기
에서는 連이라는 姓을 가지고 있어, 같은 사정을 가진 사람이 아니었을까?
(中略)5년 2월에 보이는 百濟使의 한사람, 物部用奇多(6년 5월紀에도 보인
다), 翌 3월에 보이는 物部奇非, 15년 2월의 物部烏도 동족일 것이다. 15년
12월紀에는 백제 구원군의 한 사람에 物部莫奇委沙奇라는 이름이 보이며 筑
紫인이라고 하므로 일본에 있어서의 그들의 거주지는 筑紫이었던 것이라 생
각된다. 그리고 神龜원년 5월의 例의 도래 씨족 賜姓 속에 物部用善이 物部
射園連을 받고 있는 것은 그들의 후손임이 틀림없다.[142)

고 하였다. 백제계이다. 『萬葉集』에도 그의 작품이 전한다. 그리고 『萬葉
集』에 石上堅魚朝臣, 石上朝臣豊庭, 石上朝臣宅嗣가 있다. 그의 작품은
『懷風藻』에 〈飄寓南荒贈在京故友〉(115), 〈贈掾公之遷任入京〉(116), 〈

---

140) 小島憲之 校注, 『懷風藻』, pp.505~506.
141) 大系 『日本書紀』 上(岩波書店, 1981) 補注 3-16, p.580.
142) 中西 進, 「憶良 渡來人論 補遺」, p.108.

贈旧識〉(117), 〈秋夜閨情〉(118) 4수가 전한다.

〈五言 飄寓南荒 贈在京故友 一首〉(115)
遼敻遊千里 徘徊惜寸心
風前蘭送馥 月後桂舒陰
斜鷹凌雲響 輕蟬抱樹吟
相思知別慟 徒弄白雲琴

〈五言 贈掾公之遷任入京 一首〉(116)
余含南裔怨 君詠北征詩
詩興哀秋節 傷哉槐樹衰
彈琴顧落景 步月誰逢稀
相望天垂別 分後莫長違

〈五言 贈旧識 一首〉(117)
萬里風塵別 三冬蘭蕙衰
霜花逾入鬢 寒氣益顰眉
夕鴛迷霧裏 曉鷹苦雲垂
開衿期不識 吞恨獨傷悲

〈五言 秋夜閨情 一首〉(118)
他鄉頻夜夢 談與麗人同
寢裏歡如實 驚前恨泣空
空思向桂影 獨坐聽松風
山川嶮易路 展轉憶閨中

・**石上朝臣宅嗣**(이소노카미노 아소미 야카츠구)

같은 石上姓이므로 백제계로 보고자 한다. 그의 작품은『經國集』卷第一
(賦一)에 〈大納言贈從二位石上朝臣宅嗣小山賦一首〉가 전한다.

〈大納言贈從二位石上朝臣宅嗣小山賦一首〉

夫四序之交代　經萬古以無私　草逢春而花錦　樹入夏而葉帷　秋氣悲兮落
實　冬風急兮空枝　觀節物之如此　覺世人之盛衰　聞瀛岳方靡覩　望帝鄕兮難
期　顧爲山之在進　想覆簣之不移　事孰有貴　會心無卑　搆微由由於庭際　引
細流於堂垂　天下有山　地中生木　小人以遠　君子所育　雖乏習坎之勢　豈謝
設險之德　坐酌損之澤西　臨制節之水北　爾乃參差簣土　日度不障　皎潔坳地
風動而奚漲　松欹岸兮傾盖　石澄流兮泛鏡　雲片覆兮嶺陰　月半出兮谿映　鳥
乍鳴兮遷木　我若遺兮委命　嗟大造之珠品　誠卑細而同慶　於是攝深思於一
指　跨鯤海而無居　騁幽情於萬物　據蟻垤而有餘　信夫不出戶牖而知矣　何必
歷覽山水而尙諸　聊託文之在玆　式寫心之所如　亂曰　四節遞謝兮萬物榮枯
視昔異代兮知後同途　高尙在心兮聊地足只　淸淨委命兮崑岳蔑爾　禽獸不
羣兮何必避世　簞瓢爲樂兮聊而卒歲　爲而不恃兮孰知其德　燕處超然兮唯
道是則

・**釋智藏**(샤크 지조우)

小序에,

智藏師者　俗姓禾田氏　淡海帝時　遣學唐國　時吳越之間　有高學尼　法師就
尼受業學業　穎秀　太皇天皇(持統帝)世　師向本朝　同伴登陸　曝凉經書　法師
開襟　對風曰　我亦曝凉經典之奧義　衆皆嗤笑以爲妖言　臨於試業　辭義峻遠
音詞雅麗　應對如流　皆屈服莫不驚駭　帝嘉之拜僧正143)

이라고 하였다. 小島憲之는 '俗姓禾田氏, 天智부터 持統 무렵까지의 사람. 近江朝 무렵 唐에 유학하고 持統 때에 歸朝하여 三藏을 전했다. 僧正이 되고, 73세로 사망'144)이라고 하였다. 山本信三은,

> 智藏은 고려의 僧, 福亮이 세속에 있을 때의 자식이다. 이 福亮은 일본에 건너와 , 당시의 천자로부터 僧正에 임명되어 두터운 대우를 받았다. 그로 미루어 생각하면 智藏도 조선계의 사람이다.145)

고 하였다. 무엇에 근거하여 고려의 승으로 보았는지에 대해서는 밝히지 않고 있다. 그런데 元亨釋書에 '僧智藏 吳國人 福亮法師俗時子也 謁嘉祥受 三論微旨 入此土居法隆寺 盛唱空宗 自鳳元年 爲僧正 道慈智光皆藏之徒 也'라고 하였고, 同書便蒙에도 '釋智藏 吳國人 福亮法師俗時子也 (中略) 天武皇帝二年 春二月 天皇卽位 沙門智藏爲僧正'이라고146) 하였으므로 이에 의한 추정인 듯하다. 그러나 일본의 여러 문헌에서 吳國이 고구려가 아니라 백제를 가리키고 있음과 俗姓이 禾田氏로 秦씨임을 생각하면 백제계로 보아야 할 것이다. 그의 작품은 『懷風藻』에 〈翫花鶯〉(8), 〈秋日言志〉(9) 2수가 전한다.

〈五言 翫花鶯 一首〉(8)
桑門寡言晤 策杖事迎逢
以此芳春節 忽値竹林風
求友鶯嫣樹 含香花笑叢

---

144) 小島憲之 校注, 『懷風藻』, p.78.
144) 小島憲之 校注, 『懷風藻』, pp.508~509.
145) 山本信三, 「懷風藻に見えたる日鮮關係の詩詞」, p.68.
146) 澤田總淸, 앞의 책, p.61에서 재인용.

雖喜遨遊志　還媿乏雕蟲

〈五言　秋日言志　一首〉(9)
欲知得性所　來尋仁智情
氣爽山川麗　風高物候芳
燕巢辭夏色　鷹渚聽秋聲
因玆竹林友　榮辱莫相驚

· **石川朝臣石足**(이시카와노 아소미 이와타리)

小島憲之는,

> 天智天皇 6년(667)-天平元年(729). 和銅원년(708) 3월 河內守, 그 때
> 正五位下. 同4년 4월 正五位上. 同7년 정월 從四位下. 養老3년(719) 정월
> 從四位上. 同4년 10월 右大弁. 同5년 6월 大宰大貳. 同7년(723) 정월 正
> 四位下. 神龜5년(728) 5월 正四位上. 天平원년(729) 2월, 長屋王의 사건
> 때 임시로 參議가 되었다. 그 때 左大弁. 同年 3월 從三位. 同年 8월 沒.
> 年63.[147]

이라고 하였다. 『萬葉集』에 石川朝臣年足, 石川朝臣老夫, 石川朝臣水通,
石川朝臣足人, 石川朝臣廣成 등의 작가명이 보인다.

그런데 中西 進은 石川朝臣年足을 논하면서 石河라고도 하며 天平寶字
6년(762) 9월, 年足薨傳에 蘇我臣牟羅志의 증손. 石足의 아들[148]이라고
하였다. 그런데 여기에서 주목할 것은 이 石川朝臣年足이 蘇我臣牟羅志의
증손이어 蘇我씨의 계보라면 생각해 볼 문제가 있는 것이다. 즉 中西 進은,

---

147) 小島憲之 校注, 『懷風藻』, p.505.
148) 中西 進, 『萬葉集事典』, p.199.

　　井上氏가 「僞倭」의 예로 든 것은 「大倭木滿致」이었으나 그가 蘇我氏의 조상인 蘇我滿智가 아닐까 하는 추정은 널리 알려진 바다. 그러나 그의 父 木羅斤資는 신라를 토벌했을 때, 신라의 부인을 취하여 滿智를 낳았다고 한다. 任那에도 힘을 미친 武將이었는데 「일본의 영토인 任那의 권력자이며 일본의 위세를 빌어 백제에서 세력을 잡았다」(古典大系「日本書紀」上, 補注 9-39) 백제인이 그였다. 斤資는 例의 神功遠征譚에 활약하는 인물이지만 그의 子 滿智는 應神25년조에 인용한 百濟記에 의하면 백제에 「들어와서 貴國에 往還한다. 制를 天朝에 이어 우리 나라의 정권을 잡는다」고 한다. 貴國·天朝는 일본을 가리키고, 「來入」이라고 하는 말에 의하면 본래 任那에 있었던 듯하고 三國을 둘러싼 그의 행동은 복잡하다. 더구나 그 해 그는 일본에 「召」되고 있다.149)

고 하였다. 井上秀雄도 蘇我氏의 조상인 蘇我滿智로 추정되는 大倭木滿致를 僞倭의 예로 들었는데 그렇다면 이 蘇我氏는 일본계가 아닌 것이다. 中西 進은 백제계로 보았는데, 門協禎二도 5세기 말에 백제에서 도래한 木刕滿致와 동일 인물일 것이라고 논증150)하였다. 그리고 李進熙도 蘇我씨의 직계의 계보를 蘇我石川宿禰-滿智-韓子-高麗-稻目-馬子-蝦夷-入鹿으로151) 보고 門協禎二의 설을 인용하여 백제계로 보고 있다. 그렇다면 石川씨는 蘇我씨의 후손인 셈인데 蘇我의 조상을 백제로부터 일본에 건너간 蘇我滿智라고 한다면 石川氏는 백제계가 된다. 蘇我石川宿禰의 石川과도 관계가 있는 것인지도 모르겠다.

　　그의 작품은 『懷風藻』에 〈春苑. 應詔〉(40) 1수가 전한다.

〈五言 春苑 應詔 一首〉(40)

---

149) 中西 進, 「憶良 渡來人論 補遺」, pp.108〜109.
150) 李進熙, 『日本文化と朝鮮』, NHK ブックス 359(日本放送出版協會, 1981), p.52.
151) 李進熙, 위의 책, p.52.

聖衿愛良節 仁趣動芳春
素庭滿英才 紫閣引雅人
水淸瑤池深 花開禁苑新
戲鳥隨波散 仙舟逐石巡
舞袖留翔鶴 歌聲落梁塵
今日足忘德 勿言唐帝民

• 小野年永(오노노 토시나가)

小島憲之는,

　　「經」1수. 小野朝臣은 大春日朝臣과 同祖. 彦姥津命五世의 孫 米餠搗
　大使主命의 후예. 敏達天皇 때에 小野臣妹子가 近江國滋賀郡小野村에 家
　居하였으므로 小野氏라고 稱했다고 한다(新撰姓氏錄, 左京皇別下). 經國
　集의 목록에「大舍人助正六位上小野朝臣年永」이라고 하였다.[152]

고 하였다.『新撰姓氏錄』左京皇別下에 '小野朝臣 大春日朝臣同祖'[153]
라고 하였다. 그런데 같은 곳의 和安部朝臣도 大春日朝臣同祖인데 和爾部
宿禰는 和安部朝臣同祖이며[154], 和邇部는 小野朝臣同祖(山城國皇別)
인 것으로[155] 보아 백제계일 것이다.

　稻岡耕二도 小野氏國堅을 논하면서 '山上氏는『新撰姓氏錄』右京皇別
에 의하면 粟田氏의 동족.『姓氏家系大辭典』소재 系圖를 중시하여, 春
日·柿本·小野·木樂井諸氏와 같이 舊添上郡을 본거로 하는 씨족이라고

---

152) 小島憲之 校注,『懷風藻』, p.513.
153) 佐伯有淸,『新撰姓氏錄の硏究』本文篇, pp.165~166.
154) 佐伯有淸,『新撰姓氏錄の硏究』本文篇, p.166.
155) 佐伯有淸,『新撰姓氏錄の硏究』本文篇, p.186.

하는 설'156)을 들었다.『萬葉集歌人事典』에서는 '柿本氏는 孝昭天皇의 황자로 天足彦國押人命을 조상으로 한다고 전해지며 원래 和珥씨를 本宗으로 하고 春日朝臣·粟田朝臣·小野朝臣 등과 조상을 같이 한다'157)고 하였다. 山上氏·柿本·小野·木樂井諸氏가 모두 백제계로 同系이며 舊添上郡이 그들의 본거임을 생각하면 이 小野氏도 백제계라고 볼 수 있다. 小野氏國堅은 正倉院 문서에 그 이름이 보이며 萬葉 作者 중에서 자필이 남아 있는 점은 이 사람이 첫번째이다. 작품은『文華秀麗集』에〈奉和觀新燕 一首〉1수,『經國集』에〈大舍人助正六位上小野朝臣年永夏日同美三郎遇雨過菩提寺一首(梵門)〉가 전한다.

〈奉和觀新燕 一首〉(115)-雜詠
早燕雙飛入曙晴 遙經聖眼奏新聲
還嗟未狎鴛鴦帳 先負漢家妖艶名

『經國集』卷第十(詩九)
〈七言 夏日同美三郎遇雨過菩提寺作 一首〉
晚景雲蒸雨初下 遊人半濕靑山側
垂鞭撫轡無所往 便寄玄爐且棲息
古殿燈薰栴檀香 山僧法服薜花色
深窓欲曙憑松暗 絶巘初明御雲蘿
誰識心田先種因 希夷覺路仰餘德

・小野岑守(오노노 미네모리)

---

156) 稻岡耕二,『萬葉集事典』, p.230.
157) 大久間喜一郎 外 2人編,『萬葉集歌人事典』, p.117.

小島憲之는,

　「凌」 13수, 「經」 9수, 峰守라고도 한다. 寶龜8년(777)-天長7년(830).
大宰大貳大德冠妹子의　玄孫. 征夷副將軍從五位下行陸奧介永見의　第三
子. 延曆22년(803) 4월 權少外記. 大同원년(806) 3월 少外記. 5월 春宮
少進. 同2년 정월 기내관찰사판관에 임명되었다. 同4년 4월 從五位下, 右少
弁, 11월 式部少輔. 弘仁5년(814) 정월 從五位上, 同年 9월 內藏頭. 또 凌
雲集 序(이 序는 岑守가 草한 것이며 菅原淸公・勇山文繼 등과 撰進한 것)
및 목록에 의하면 從五位上左馬頭兼內藏頭美濃守라고 하였다. 同6년 정월
陸奧守. 同10년 정월 正五位下. 同11년 정월 阿波守. 또 治部大輔. 同12
년 정월 從四位下. 同月 皇后宮大夫를 겸하였다. 또 同月, 良岑安世・朝野
鹿取 등과 「內裏式」을 撰進하고 그 序를 草하였다. 同13년 3월 參議에 임
명되고 大宰大貳를 겸하였다. 이듬해 14년 2월 管內 9국의 民이 궁핍한 것
을 보고 公營田의 경작을 4년에 한하여 허용할 것을 추청하였다(政事要略,
53 「上嵯峨天皇請爲凶年貯穀表」). 또 行旅者의 止宿의 편의를 위하여 續
命院을 세웠다(續日本後紀, 4 「上仁明天皇請賜續命院凶当狀」). 天長3년
(826) 정월 從四位上, 또 勘解由長官이 되어 同5년 윤3월 刑部卿을 겸하였
다. 同7년 4월 19일 卒. 年53.[158)]

이라고 하였다. 『新撰姓氏錄』 山城國皇別 和邇部에 '和邇部 小野朝臣同
祖'[159)]라고 하였고, 또 左京皇別下에 '小野朝臣 大春日朝臣同祖 彦姥津
命五世孫米餠搗大使主命之後也 大德小野臣妹子 家于近江國滋賀郡小野
村 因以爲氏'[160)]라고 하였다. 이로 보면 小野씨는 백제계임을 알 수 있다.
　『萬葉集』에 小野氏淡理, 小野朝臣田守, 小野朝臣老 등이 보인다. 그의
작품은 『文華秀麗集』에 〈江樓春望〉(7), 〈留別文友〉(22), 〈在邊贈友〉(3

---

158) 小島憲之 校注, 『懷風藻』, p.513.
159) 佐伯有淸, 『新撰姓氏錄の硏究』 本文篇, p.186.
160) 佐伯有淸, 『新撰姓氏錄の硏究』 本文篇, pp.165~166.

272   일본 고대 한인작가 연구

3), 〈奉拜披庭簡橘尙書〉(34), 〈奉和宿舊居之什〉(47), 〈奉和臥病逢重
陽節之作〉(49), 〈奉和聽新鶯〉(116), 〈奉和隴頭秋月明〉(135) 총 8수,
『凌雲集』에 13수, 그리고『經國集』卷第十(詩九)에 〈參議從四位上小野
朝臣岑守梅花引二首(樂府)〉, 〈小野岑守歸休獨臥寄高雄山寺空海上人一
首(梵門)〉, 卷第十一(詩十)에 〈參議從四位上小野朝臣岑守奉和落梅花
一首(雜詠一)〉, 〈野岑守一首(雜詠一)〉, 〈野岑守竹樹新栽流水遠引卽事
有興把筆直疏得寒字應制一首(雜詠一)〉, 卷第十四(詩十三 雜詠四)에 〈
五言 奉試詠天一首(雜詠四)〉, 〈五言 旅行吟一首(雜詠四)〉 총 9수가 전
한다.

〈江樓春望 應製 一首〉(7)
春雨濛濛江樓黑　悠悠雲樹盡微茫
橋頭孤立一竿柱　湖口競入千許檣
麥壟新色荒村綠　楓林初葉釣家香
滔滔流水何所似　四海朝宗歸聖王

〈留別文友 一首〉(22)
一朝從吏十年許　文友存亡半是新
固爲同道無新舊　但悲我作萬里人

〈在邊贈友 一首〉(33)
班秩邊城久　夕來夢帝畿
衿霑異縣淚　衣緩故鄉闈
弦望年頻改　弓鞍力稍非
綿綿千累路　帛素寄雙飛

〈奉拜掖庭 簡橘尙書 一首〉(34)
朔平門衛不敢入　別有殊恩拜掖庭
美女花簪傳芳命　一言猶是粉骨情

〈奉和宿舊居之什 一首〉(47)
君王一去池館廢　四海爲家感舊來
昔從驂駕曳裾出　今配龍輿鏘佩廻
簷前枯柳看後樹　岸曲長松聽初栽
漢筑□□□□盡　況乎沛唱復相催

〈奉和臥病逢重陽節之作 一首〉(49)
聖躬違和日數廻　今節重陽儵忽來
時菊不知高宴罷　黃花一兩殿前開

〈奉和聽新鶯 一首〉(116)
聽新鶯　鶯聲新兮人惟舊
御柳初暖仰狔狔　帝梧猶寒未易就
澁音近恩先雜沓　弱羽承煦早差池
小臣授命戎麾遠　萬里沙場欲傷離
邊亭節物花鳥異　料得唯聞笛中吹

〈奉和隴頭秋月明 一首〉(135)
反覆天驕性　元戎馭未安
我行都護道　經陟隴頭難
水添鞞鼓咽　月濕鐵衣寒

獨提勅賜劒 怒髮屢衝冠

『凌雲集』에 內藏頭從五位上兼左馬頭美濃守小野朝臣岑守十三首가 전한다.

〈雜言 於神泉苑侍讌 賦落花篇 應製〉
　三陽二月春云半 雜樹衆花唉日散 鑾駕早來遍歷覽 奇香詭色互留翫 昔聞一縣榮河陽 今見仙源避秦漢 此時澹蕩吹和風 落藥因之滿遠空 梅院不掃寸餘紫 桃源委積盡所紅 看花落 落花寂寂聽無聲 靑黃赤白天然染 南北東西非有情 遊蝶息尋葉初見 群蜂罷釀草纔生 待花宴花宴 何太合良辰 玉管千調無他曲 金罍百味自能醇 臺上美人奪花綵 攔中花綵如美人 人花兩兩共相對 誰得分明僞與眞 借問花節有期否 花開花落億萬春

〈夏日神泉苑釣臺 應製〉
　釣臺新結搆 浮柱出從深
　水近綸偏盡 軒低竿直臨
　岸喧瀑布落 浦暗橘柚陰
　自仰中孚化 同欣在落心

〈九月九日侍宴神泉苑 各賦一物得秋柳 應製〉
　九月高颶吹暮柳 千條縮折無復柔
　寒聲寥亮空留笛 衰蔭凄凉不障樓
　短晷晚斜星舍冷 邊山盡暗塞途脩
　哀生雖謝對霜勒 恩煦之餘未先秋

〈秋日皇太弟池亭 應製賦園字〉

高秋八月氣將肅　叡興幽尋太弟園
古地猶居帝城裏　抎池體勢絶煩喧
梨庭帶露冷菓落　蘆浦生風水葉飜
憶昔欲論吳季重　南皮之賞不足言

〈奉和觀佳人蹋歌　御製〉
春女春粧言不及　無量無數滿華庭
心嬌瞻小羞蹋步　聲裏微微壽千齡
洛津廻雪當韜影　巫嶺朝雲應歛行
河湯舊縣先亡色　金谷新園無復榮
泣眼看看不會厭　徒然奪魂亦損明
還知人間仙路近　重見桃李目前生

〈雜言　奉和聖製春女怨〉
春女怨　春日長兮怨復長　聞道陽和煦萬物　何偏寒妾一空牀　爲愁心死君
不數　綠耻顏銷誰假粧　縣母敎喩逐相泣　伴儔戲慰還共傷　獨對鏡臺試拂塵
影中唯見顦顇人　平生容色不會似　宿昔蛾眉迷自身　春女怨　吁嗟薄命良可
憐　庭前隱暎茂靑草　階卜斑斑點碧錢　林暮歸禽入檐口參　園噶遊蝶抱花眼
幽園獨寢危魂壓　單枕夢啼粉顏穿　君若欲老腸斷處　高樓明月曉孤懸

〈奉和江亭曉興詩　應製〉
傳舍前長枕江側　滔滔流水日夜深
本期旅客千里到　不慮鑾輿九天臨
棹唱全聞邊俗語　漂歌半雜上都音
曉猿莫作斷腸叫　四海爲家帝者心

〈奉和春日暮宿江頭亭子 御製〉

君王獵罷日云暮　江上郵亭駐綵輿

鑽石山流汲御井　□郡客舘作重闈

鷄潮曉落波瀾急　蜃氣朝涵瀉鹵微

室乏草澤今在否　應知天子同載歸

〈奉和傷右衛大將軍故宿禰 御製〉

蠢爾蝦夷不息亂　羽書力斗月夜傳　此時承命鑿凶出　千里戰勝厭捷旋　援
武當居貳師右　論勳須初衛靑前　豈圖丹壑潛相代　知與不知共潛然　廐馬長
吟從戀主　良弓久橐不復弦　柳條還生百中碎　伏石猶留一發穿　馬鬣新封未
及燥　燕泥舊感欲覺先　滋羕唯泣早朝露　古木空浮薄暮煙　天子哀傷下神筆
悠悠功德日月懸　魂貴儻君無所昧　應載殊寵照重泉

〈賀賜新集兼謝〉

貿貿庸人識多躓　擧言不顧累相隨　偏恩哀讚神筆麗　謬失樞機味所宜　愼
口三緘知先毀　悔過泗馬性空馳　俯焦寒戰未唯極　履薄春氷遂謝危　誰謂鴻
私典肆肆　免千國典被虛吹　天門中使賜臨辱　秘府新詩許獨披　花徑還開欲
落唉　柳園尙看鬱茂垂　一生非分恩涯久　萬死何階報不訾

〈砂土印佛 應製〉

檀印一點玉沙上　尊容儵忽手下生

四八靈相省工巧　八十妙好廢丹靑

風來吹拂終塡滅　誠見應不久口停

唯有如如理法體　坦然無壞亦無成

〈遠使邊城〉
王事古來稱靡監　長途馬上歲云闌
黃昏極嶂哀猿叫　明發渡頭孤月團
旅客期時邊愁斷　誰能坐識行路難
唯餘勅賜裘與帽　雪犯風牽不如寒

〈別故人之任贈琴〉
素琴申舊意　塵穢不嫌君
單父思良宰　武城望雅聞
重財非子好　輕贈是吾分
每對他鄕月　須彈慰離群

『經國集』卷第十(詩九)에 다음의 작품이 전한다.

參議從四位上小野朝臣岑守梅花引二首(樂府)
〈七言 梅花引二首〉
水精窓外一株梅　擬納芬芳壓砌栽
地近恩煦花早發　君干帳裡香風來

百卉寒無色　梅花獨有春
欲添新粧美　灑着妓樓人

〈小野岑守歸休獨臥寄高雄山寺空海上人一首(梵門)〉
三千千法界 一十三生將有無 俄頃復忽矣 影花假艷嬌 風火期滅已 寵辱

驚難息 是非紛易似 聖人獨出鑒 獨臥白雲裡 忍鎧 爲穿 慧刀豈因砥 五明 探眞密 七覺 神理 護戒鵝得性 依慈 知時 垂蘿宜綴衲 盤木便憑几 野院醉 茗茶 溪香飽蘭藏 昔余深結義 自爾十餘紀 眞諦憐俗物 緇衣交素履 彌天 許道安 四海慙鑿齒 幸遇滄浪淸 濯纓欣貴仕 榮華尙貪進 盈滿未能止 恩 貸雖曲私 □庸虛添揆 勵 求一割 策 思千里 日往月還來 愼終願如始 歸休 樂閑寂 在瘽忘嚚滓 披帙遊玄妙 彈琴翫山水 寄言陵藪客 大隱隱朝市 偏將 瓊 報 投之以桃李

『經國集』卷第十一(詩十)에 다음의 작품이 전한다.

參議從四位上小野朝臣岑守奉和落梅花一首(雜詠一)
〈五言 奉和落梅花一首〉
晚樹梅花落 輕飛競滿空
窓前將歛素 簾下未銷紅
著面催粧婦 黏衣助女工
華篇終寡和 何獨郢之中

〈野岑守一首(雜詠一)〉161)
苦寒經暮節 服暖仰初陽
龍鳳長樓影 鴛鴦薄瓦霜
窓開靑柳色 院閉紫梅芳
一聽虞韶美 能令三月忘

---

161) <同前>이라는 제목인데 그 앞 공주의 작품에 <五言 奉和春日作一首>라 되어 있다, 太
　　上天皇의 <五言 春日作一首>에 奉和한 것임.

〈野岑守一首(雜詠一)〉
伊人登仕久　閑養臥芳春
知足愼玄誠　辭盈謝鬼神
貞松百尺節　寒竹四時筠
應識千年後　獨將疎氏倫

〈五言　竹樹新栽流水遠引卽事有興把筆直疏得寒字應制一首(雜詠一)〉
竹樹新成蔭　春光始欲闌
雜花壓欄暖　瀑水擊梁寒
侍女開扉聽　親臣卷箔看
非經山河遠　卽坐得考盤

『經國集』卷第十四　詩十三　雜詠四에 다음의 작품이 전한다.

〈五言　奉試詠天一首(雜詠四)〉
列位三光轉　因時萬物通
窮陰終謝北　陽煦早驚東
就日望唐帝　披雲覯樂公
慙乏捫天術　來班與奪熊

〈五言　旅行吟一首(雜詠四)〉
十年戌西東　客裏白頭翁
東臥無安寢　鄕心夜夜夢

　• 守部連大隅(모리베노 므라지 오호스미)

小島憲之는

　　舊姓, 鍛冶造. 文武天皇 4년(700) 刑部親王·藤原不比等 등과 함께 律
令撰定에 참여하였는데, 그때 追大壹. 養老4년(720) 정월 從五位上, 10월
刑部少輔. 同5년 정월, 學業의 師範者로 絁·糸·布·鍬 등을 받음. 그때
明經第一博士從五位上. 神龜3년(726) 정월 正五位下. 同5년 2월, 鍛冶造
를 고쳐 守部連의 姓을 받음. 同年 8월, 上表하여 骸骨을 구했으나 優詔가
있어 허용되지 않고 絹·絁·綿·布 등을 받음. 73세沒. 本書에「正五位上
大學博士」(目錄「正五位下」라고 하였는데, 大學博士 임명의 연월은 未詳,
神龜初年頃인가?162)

라고 하였다. 澤田總淸은

　　本姓은 鍛冶造. 河內國神別에「守部連振魂命之後」라고 하였다. 文武天
皇初 律令을 撰하는 일을 맡았다. 元明元正의 시대에 從五位上에 累進하여
刑部少輔를 거쳐 明經第一博士가 되었다. 養老 中에 越智廣江, 背奈行文
등 十餘人과 학문이 뛰어났음으로 인해 師範이 되어 상을 받았다. 神龜5년에
지금의 성을 받았다. 續紀「二月癸未 勅正五位下鍛冶大隅 賜守部連姓」「
神龜五年八月 正五位下守部連大隅上表乞骸骨 優詔不許 仍賜絹一十疋 絁
一十疋 綿一百屯 布四十端」후 正五位上大學博士에 이르러 卒하였다. 그
때 나이 73이었다.163)

고 하였다. 連姓이어 도왜인임을 알 수 있는데 越智廣江, 背奈行文 등 十
餘人과 학문이 뛰어났음으로 인해 師範이 되어 상을 받았다고 한 것으로 보
면 백제계라 추정이 된다. 그의 작품은『懷風藻』에〈五言 侍宴 一首〉(78)
1수가 전한다.

---

162) 小島憲之 校注,『懷風藻』, p.511.
163) 澤田總淸, 앞의 책, p.377.

正五位上大學博士守部連大隅 一首 年七十三
〈五言 侍宴 一首〉(78)
聖衿愛韶景 山水翫芳春
椒花帶風散 柏葉含月新
冬花銷雪嶺 寒鏡泮氷津
幸陪濫吹席 還笑擊壤民

• **安倍朝臣廣庭**(아베노 아소미 히로니와)
小島憲之는,

> 阿部, 阿倍라고도 한다. 齊明天皇 5년(659)-天平4년(732). 慶雲원년(7
> 04) 7월 그 父의 主人의 功封百戶의 사분의 일을 이어 받고 從五位上. 和銅
> 2년(709) 11월 伊勢守, 그 때 正五位下. 同4년 4월 正五位上, 同6년 정월
> 從四位下. 靈龜원년(715) 5월 宮內卿, 養老2년(718) 정월 從四位上, 同5
> 년 정월 正四位下, 同年 6월 左大弁. 同6년 參議. 同年 3월 知河內和泉事
> 를 겸하고, 同7년 정월 正四位上. 神龜4년(727) 11월 中納言에 임명되고
> 天平4년 2월 沒. 年74(續紀에「中納言從三位兼催造宮長知和泉等國事阿
> 倍朝臣廣庭薨」이라고 하였다). 萬葉集에 短歌 4首(302・370・975・142
> 3)를 남기고 있다.[164]

고 하였다.『萬葉集』에도 그의 작품이 있다.
   그의 작품은『懷風藻』에〈春日侍宴〉(70),〈五言 秋日於長王宅宴新羅
客 一首 賦得流字〉(71) 2수가 전한다.

從三位中納言兼催造宮長官安倍朝臣廣庭 二首 年七十四

---

164) 小島憲之 校注,『懷風藻』, p.505.

〈春日侍宴〉(70)

　聖衿感淑氣　高會啓芳春

　樽五齊濁盈　樂萬國風陳

　花舒桃苑香　草秀蘭筵新

　堤上飄絲柳　波中浮錦鱗

　濫吹陪恩席　含毫愧才貧

〈五言 秋日於長王宅宴新羅客 一首 賦得流字〉(71)

　山牖臨幽谷　松林對晚流

　宴庭招遠使　離席開文遊

　蟬息涼風暮　雁飛明月秋

　傾斯浮菊酒　願慰轉蓬憂

● **安倍朝臣首名**(아베노 아소미 오비토나)

小島憲之는,

　　阿倍라고도 한다. 天智天皇 3년(664)-神龜4년(727). 慶雲원년(704) 정월 從五位下, 同3년 2월 大宰少貳. 和銅4년(711) 4월 正五位下, 同7년 정월 從四位下, 靈龜원년(715) 5월 兵部卿이 된다. 養老3년(719) 정월 從四位上, 同5년 3월 諸府衛士의 三載一番制를 奏上하고 이듬해인 6년 2월 勅制. 同7년 正四位下, 神龜4년 2월 13일 沒. 年64.[165]

라고 하였다. 그의 작품은 『懷風藻』에 〈春日 應詔〉(43) 1수가 전한다.

---

165) 小島憲之 校注, 『懷風藻』, p.505.

〈五言 春日 應詔 一首〉(43)

世頌隆平德　時謠交泰春

舞衣搖樹影　歌扇動梁塵

湛露重仁智　流霞輕松筠

凝麾賞無倦　花將月共新

• **塩屋連古麻呂**(시오야노 므라지 코마로)

小島憲之는,

　　寬政本頭注, 吉麻呂라 한다. 養老 律令 撰修일에 참여하였다. 養老5년
(721) 정월, 東宮(聖武)에 侍하였는데, 그때 從七位下. 同6년 2월에 律令
撰修의 공으로 田5町을 받았다. 天平11년(739) 정월 外從五位下. 天平12
년 9월, 藤原廣嗣의 叛亂에 연좌되어 유배되었으나 이듬해 13년 정월에 配
處에서 돌아온다. 本書의 「大學頭」의 취임 연월은 不明이지만 天平11년 이
전인가.[166]

라고 하였다. 그런데 『新撰姓氏錄』河內國皇別에 '塩屋連 同上 日本紀
漏'[167]라 하였다. 그런데 그 앞의 的臣은 '道守朝臣同祖'인데 이 道守朝臣
은 '波多朝臣同祖'라고 하였다. 『新撰姓氏錄』大和國諸蕃에 '波多造 出自
百濟國人佐布利智使主也'[168]라고 하였다. 그렇다면 백제계가 될 것이다.
또 『文華秀麗集』의 작가 仲科善雄을,

　　「凌」1수. 「經」1수. 中科善雄·仲科吉雄이라고도 한다. 菅野朝臣(百濟
　　國都慕王 10세손 貴首王의 후예)과 동조. 塩君의 孫 宇志의 후예(新撰姓氏

---

166) 小島憲之 校注, 『懷風藻』, p.508.
167) 佐伯有淸, 『新撰姓氏錄』本文篇, p.199.
168) 佐伯有淸, 『新撰姓氏錄の硏究』本文篇, p.313.

錄, 右京諸蕃下). 延曆18년(799) 大外記從五位下. 同19년 정월 伊予介.
弘仁5년(814) 9월 東宮學士. 弘仁8년 정월 從五位上. 經國集의 목록에「
從五位上行攝津介」라고 하였다.169)

고 하였다. 塩屋連古麻呂가 連 姓이므로 귀화계임을 알 수 있다. 그런데 仲
科善雄이 菅野朝臣(百濟國都慕王 10세손 貴首王의 후예)과 동조이며 塩
君의 孫 宇志의 후예(『新撰姓氏錄』右京諸蕃下)라고 한 기록을 생각하면
塩君과 같은 族姓으로 백제계가 아닐까 한다. 『懷風藻』에 〈春日於左僕射
長屋王宅宴〉(106) 1수가 전한다.

〈五言 春日於左僕射長屋王宅宴 一首〉(106)
卜居傍城闕 乘輿引朝冠 繁絃辨山水 妙舞舒齊紈
柳條風未煖 梅花雪猶寒 放情良得所 願言若金蘭

• **勇山文繼**(이사야마노 후미츠구)
小島憲之는,

　　勇山連은 饒速日命三世의 孫, 出雲醜大使主命의 후손(新撰姓氏錄 河內
國神別參照). 弘仁원년(810) 10월 姓連을 받았다(「河內國人…從八位下
文繼等賜始連」). 同2년 정월 從六位下에서 外從五位下. 同年 2월 紀傳博
士인 채로, 새로이 相模權掾이 되었다. 또 同月 大學助(凌雲集序「大學助
外從五位下」). 同7년 6월 嵯峨帝에의 史記進講을 마치고, 從五位下를 받
았다.(文華秀麗集 序「從五位下行大學助兼紀傳博士」)170)

고 하였다. 『新撰姓氏錄』 河內國神別에 '勇山連 神饒速日命三世孫出雲

---

169) 小島憲之 校注, 『懷風藻』, p.516.
170) 小島憲之 校注, 『懷風藻』, p.512.

醜大使主命之後也'171)라고 하였다. 連姓이어 귀화계임을 알 수 있다.

〈春日左將軍臨況 一首 勇文繼〉(15)-宴集
灑掃荊扉望風久 尊卑禮隔未成歡
微誠有感降恩顧 欲酌春醪心自寬
檐下閑花光艶燖 籬前修竹影檀欒
何圖一損台門貴 今日高車過下官

• 伊与部連馬養(이요부노 므라지 우마카이)
小島憲之는,

持統天皇 3년(689) 6월 撰善言司, 그때 勤廣肆. 文武天皇 4년(700) 6월, 律令撰定에 참가한 공으로 祿을 받았는데 그때 直廣肆. 大寶원년(701) 8월 율령이 완성되어 다시 祿을 받았는데 그때 從五位下.(後略)172)

라고 하였다. 連姓이어 귀화계임을 알 수 있다.

『新撰姓氏錄』 右京神別下 '伊與部 高媚牟須比命三世孫天辭代主命之後也'173)나 하였고, 또 右京神別卜에서 '伊與部同上'이라고 하였는데 그 앞에 '尾張連 火明命五世孫武礪目命之後也'라고174) 하였다. 『萬葉集』에 尾張連, 尾張少咋이 있는데 星野五彦은 귀화인175)이라고 하였다.

皇太子學士從五位下伊与部馬養 一首 年四十五

---

171) 佐伯有淸,『新撰姓氏錄の硏究』本文篇, p.264.
172) 小島憲之 校注,『懷風藻』, p.506.
173) 佐伯有淸,『新撰姓氏錄の硏究』本文篇, p.232.
174) 佐伯有淸,『新撰姓氏錄の硏究』本文篇, p.233.
175) 星野五彦, 앞의 논문, p.30.

〈五言從駕 應詔 一首〉(36)

帝堯叶仁智 仙蹕玩山川 疊嶺杳不極 驚波斷復連

雨晴雲卷羅 霧盡峰舒蓮 舞庭落夏槿 歌林驚秋蟬

仙槎泛榮光 鳳笙帶祥煙 豈獨瑤池上 方唱白雲天

• **伊支連古麻呂**(이키노 므라지 코마로)

小島憲之는,

> 伊吉·雪이라고도 하며 귀화인계 출신이다. 大寶2년(702)의 제7차 遣唐使를 따라 渡唐(釋道慈·山上憶良 등도 동행). 慶雲4년(707) 5월 歸朝. 功으로 綿, 絁. 鍬, 穀을 받았는데, 이 때 從八位下. 和銅6년(713) 5월 從五位下. 天平원년(729) 3월 從五位上, 同4년 10월 下野守. 本書에 의하면 上總守도 되었으나 그 年時는 不明(만약 목록의 「從五位下」가 맞다고 한다면 上總守가 된 것은 天平5년 이전이 된다. 혹은 下野守 때에 上總守를 겸했던 것인가). 이 詩는 長屋王 四十歲의 賀宴의 作이라고 한다면 養老7년(723)의 작으로 볼 수 있다.[176]

고 하였다. 雪氏와 같은 것이라고 하였는데『萬葉集』에 雪連宅麻呂가 있다.『新撰姓氏錄』左京諸蕃上과 右京諸蕃上에서는 모두 '伊吉連 出自長安人劉家楊雍也'[177]라고 하여 중국계로 보고 있다. 그런데 天平8년(736)의 新羅使人 중 少判官의 대부분이 백제계인데 구태여 唐系 도래인을 데리고 갈 필요가 있었을까 하는 점이다. 그리고 壹岐는 한국의 도래인과 밀접한 관련성이 있는데 雪連宅麻呂는 壹岐와 관계있는 점 등을 생각하면 雪連宅麻呂는 백제계로 보아야 할 것이다. 그렇다면 伊支連古麻呂도 백제계가 될 것이다. 그의 작품은『懷風藻』에〈五言 賀五八年宴 一首〉(107)가 전한다.

---

176) 小島憲之 校注,『懷風藻』, p.505.
177) 佐伯有淸,『新撰姓氏錄の硏究』本文篇, p.281과 p.293.

從五位上上總守伊支連古麻呂 一首

〈五言 賀五八年宴 一首〉(107)

萬秋長貴戚 五八表遲年

眞率無前後 鳴求一愚賢

令節調黃地 寒風變碧天

已應黍斯徵 何須顧太玄

・**藏伎美麻呂**(쿠라키노 미마로)

佐伯有淸은 漢系로 보고[178] 있다. 그런데『新撰姓氏錄』攝津國諸蕃에 '藏人 石占忌寸同祖 阿智王之後也'라 하였다. 藏伎美麻呂의 藏이 이 藏人과 관계있는 것이라면 도왜인인 것은 분명한데 백제계일 것이다.『經國集』卷二十에 天平三年 五月九日 藏伎美麻呂對策文二首(策下)가 있다.

問 郊祀之禮 責簡尙存 孟春上辛 有司行事 由是正月上事 應拜南郊 曆有盈縮 節氣遲晩 立春在辛後 郊祀在春前 因以爲疑 不知進退適用之理 何從而可

對 臣聞 哲王御宇 郊祀爲先 明后臨時 禋望爲務 故知 拜天之禮 乃往帝之良規 報地之儀 寔前王之茂範 雖復馳騖云異 沿革不同 莫不就遠郊而焚柴 因厚地而埋王 遂使莫聲遠著 茂實遐流 踰千祀而永存 經百代而不朽 郊祀之設 無屬上辛 事不得已 因爲常會 然而日月廻薄 盈縮時改其行 節氣推移 遲速惑變其序 立春後辛 祀日先春 不可以一致尋 寧須以同塗量 且夫進退殊揆 聞諸鄒衍之談 推步定辰 勤在容成之說 唯愚謂 適用之理 宜合時便 事備司存 何煩更議 謹對

---

178) 佐伯有淸,『新撰姓氏錄の硏究』本文篇, p.316.

問 帝王御世 必須賞罰 用賞罰之道 雖褒貶善要 或有辜而可賞者 或有
功可辜也 理可分疏 庶詳其要

對 臣聞 經邦導俗 貴在愼刑 調風御民 先務命賞 由是憚惡勸善 黜幽陟
明 淸彼奸凶之源 改斯彫幣□季 方今遐邇寧輯 內外元釐 化被八荒 德流
四□ 開三面以敷惠 慮一物之有傷 爰及蒭蕘 廣垂下聽 竊以 賞疑從重 哲
后之格言 眚災肆赦 明王之篤論 至如管中有隙 齊桓擧而厚任 韓信有過
漢高捨而不驗 若專棄有功 掛彼重科 旣忽良才 不加褒賞 何以獎勵來者
勸勤後人者哉 雖然不有典刑 稍長犯綱 此而可捨 積習生常 若使寬布
惠和 明愼賞罰 道忠信而齊俗 班禮敎而訓民 兼復選于公之儔 悉之庶獄
召黃覊之輩 寧以群州 然則上下克諧 褒貶得衷 淸靖之風斯在 邑凞之化可
期 謹對

• 田邊百枝(타나베노 모모에)

山本信三은,

　　萬葉集에 田部櫟子의 노래가 실려 있다. 田名部, 田邊, 모두 타나베로 귀
　화인의 후예이다. 史라고 하는 姓도 대개 三韓人에게 내린 것이다.[179]

고 하였다. 小島憲之는,

　　귀화인계이다. 文武天皇 4년(700) 6월 刑部親王·藤原不比等 등과 함
　께 칙명으로 율령 撰定에 관여하였는데, 그 때 追大壹. 本書의 목록에 「大學
　博士從六位上」이라고 하였는데 그 연월은 미상이다.[180]

---

179) 山本信三, 「懷風藻に見えたる日鮮關係の詩詞」, p.70.
180) 小島憲之 校注, 『懷風藻』, p.509.

고 하였다.『萬葉集』에 田邊福麻呂, 田邊史眞上, 田邊秋庭, 田部忌寸櫟子가 있는데 高橋庄次는 田邊秋庭을,

　　田邊秋庭의 "田邊氏"는『姓氏錄』의 左京皇別下와 右京皇別下에「田邊史」의 氏姓으로 보이지만 그것과는 별도로 또 하나 右京諸蕃上에도「田邊史 出自漢王之後 知惣也」라고 하였으며 佐伯有淸은 이 조에 田邊秋庭을 例示하고 있다. 佐伯은 同條의 漢王에 대하여「韓王의 뜻으로 百濟王의 뜻인가」라고 한다. 또 知惣에 대해서는『續紀』延曆9년 7월 17일조에「百濟國貴須王(中略) 其孫辰孫王 一名智宗王」이라고 하였고『姓氏錄』(河內國諸蕃)의「岡原連」의 條에는「出自百濟國辰斯王子知宗也」라고 한 것을 들어 백제의 貴須王의 孫인 智宗王과 백제의 辰斯王의 자인 知宗, 및 漢王(韓王)의 후예인 知惣은 모두 동일인으로 추정하고 있다. 그렇다고 한다면 田邊秋庭은 백제계의 씨족이었던 것이 된다.[181]

고 하여 백제계로 보았다.『萬葉集』에 田邊福麻呂, 田邊史眞上, 田邊秋庭이 있는데, 田邊福麻呂에 대해 星野五彦은 漢의 귀화인[182]이라고 하였다. 上田正昭는,

　　大伴家持의 주변에 도래계의 歌人이 있었니. 越中守이었던 家持에게 左大臣橘諸兄의 使者로서 파견된 田邊史福麻呂는 家持와 친교를 맺고「新歌를 짓고 아울러 곧 古詠을 誦하여 各心緖를 읊은 노래 4수(4032-4035)와 家持와의 遊覽을 둘러싼 노래 (4036, 4038-4042, 4046, 4049) 등을 남기고 있다.「田邊福麻呂歌集」을 남길 정도의 萬葉歌人이기도 했던 그의, 家持와의 관계는 家持에게 있어서 歌譜에 무시할 수 없는 측면을 만들고 있다. 田邊史氏는「弘仁私記」序와「新撰姓氏錄」(右京諸蕃) 등에서 말하는 것처럼 백제계의 도래씨족이었다. 그리고 田邊史大隅는 藤原不比等의 養育도 받았

---

181) 高橋庄次, 앞의 논문, pp.46∼47.
182) 星野五彦, 앞의 논문, p.30.

290 일본 고대 한인작가 연구

다(上田正昭「藤原不比等」). 그 一族은 藤原仲麻呂의 家令이 되었을 뿐만
아니라 橘氏와도 밀접한 관계를 가졌다.[183]

고 하여 백제계로 보았다. 그렇다면 같은 田邊 姓인 田邊百枝도 역시 백제
계가 되는 것이다. 그의 작품은 『懷風藻』에 〈五言 春苑 應詔 一首〉(38) 1
수가 전한다.

大學博士田邊史百枝 一首
〈五言 春苑 應詔 一首〉(38)
聖情敦汎愛　神功亦難陳
唐鳳翔臺下　周魚躍水濱
松風韻添詠　梅花薰帶身
琴酒開芳苑　丹墨點英人
適遇上林會　忝壽萬年春

· **調忌寸古麻呂**(츠키노 이미키 코마로)
小島憲之는,

　　귀화인계 사람이다. 養老5년(721) 정월에 학업의 사범자로서 絁·糸·
布·鍬 등을 받았는데 그때 明經第二博士 正七位上. 本書에 「皇太子學士
正六位上」이라고 하였는데 그후 累進하여 正六位上이 되고 皇太子學士가
된 것이라 생각된다.[184]

고 하였다. 『新撰姓氏錄』 左京諸蕃下의 調連에 '水海連同祖 百濟國 努理

---

183) 上田正昭,「萬葉の歌と渡來人」, p.31.
184) 小島憲之 校注, 『懷風藻』, p.509.

使主之後也 譽田天皇（諡應神）御世歸化（中略）弘計天皇（諡顯宗）御世蠶織獻絁絹之樣 仍賜調首姓'185)이라고 하였듯이 백제계이다. 그리고『萬葉集』에 調使首, 調首淡海가 있는데 이들에 대해서도 星野五彥은 백제 귀화인186)이라고 하였으며 上田正昭도 調淡海를 논하면서,

　　이 調氏는「新撰姓氏錄」(左京諸蕃)에서 말하는 것처럼 백제로부터 도래한 努理使主의 자손으로 전해지며, 顯宗天皇代에 蠶織하여 絁絹을 바쳤으므로 調氏姓을 받았다고 하는, 백제계의 도래 씨족이었다.187)

고 하여 백제계로 보고 있다. 『萬葉集歌人事典』에서도

　　調氏는 新撰姓氏錄의 左京諸蕃에 백제국의 努理使主의 후손으로 應神天皇 때에 귀화하여 顯宗 때에 비단을 바쳐서 調首의 성을 받았으며 도래계 씨족의 출신이다.188)

고 하여 백제계로 보았다. 그의 작품은『懷風藻』에〈五言 初秋於長王宅宴新羅客 一首〉(62) 1수가 전한다.

皇太子學士正六位上調忌寸古麻呂 一首
〈五言 初秋於長王宅宴新羅客 一首〉(62)
一面金蘭席 三秋風月時
琴樽叶幽賞 文華敍離思
人含大王德 地若小山基

---

185) 佐伯有淸, 앞의 책, p.286.
186) 星野五彥, 앞의 논문, p.29.
187) 上田正昭,「萬葉の歌と渡來人」, p.28.
188) 大久間喜一郎 外 2人編,『萬葉集歌人事典』, p.235.

江海波潮靜 披霧豈難期

•調忌寸老人(츠키노 이미키 오키나)

調忌寸老人에 대해 小島憲之의 詩人小傳에서는,

　忌寸은 伊美吉이라고도 한다. 귀화인계의 사람이다. 持統天皇 3년(689)
6월 撰善言司, 그때 勤廣肆. 大寶원년(701) 8월, 律令撰定의 功으로 正五
位上. 同3년 2월에 그 아들이 田10町封100戶를 하사 받음. 本書에「正五位
下大學頭」라고 있지만 文武天皇 初年 무렵 大學頭이었던 것일까.189)

라고 하였다. 山本信三은,

　應神天皇 때 努理使主라는 사람이 백제로부터 와서 일본에 귀화하였다.
(그는 我國養蠶의 시조) 그 증손 彌禾日는 顯宗天皇 때 등용되어 調首가 된
爾來謂를 姓으로 하였다. 유명한 伊企儺도 이 시의 작자 老人도 모두 그 혈
통이다. 忌寸은 귀화인에게 주어진 姓이다.190)

고 하여 백제계로 보았다. 調忌寸古麻呂와 마찬가지로 백제계이다.
『懷風藻』에〈五言 三月三日 應詔 一首〉(28) 1수가 전한다.

正五位下大學頭調忌寸老人 一首
〈五言 三月三日 應詔 一首〉(28)
玄覽動春節 宸駕出離宮
勝境旣寂絶 雅趣亦無窮
折花梅苑側 酌醴碧瀾中

---

189) 小島憲之 校注,『懷風藻』, p.509.
190) 山本信三,「懷風藻に見えたる日鮮關係の詩詞」, p.69.

神仙非存意 廣濟是攸同
鼓腹太平日 共詠太平風

• **朝野鹿取**(아사노노 카토리)

小島憲之는,

　　寶龜5년(774)-承和10년(843). 원래 大和國 사람. 正六位上忍 海原連
鷹取의 子, 叔父朝野宿禰道長의 養子. 젊어서 大學을 배우고, 漢史를 섭렵
하였으며, 또 漢音에 정통하였다. 蔭生에서 文章生이 되었다. 이어 延曆21
년(802) 4월 遣唐准錄事. 後에 大宰大典, 式部錄, 大同4년(809) 左大史,
同年 6월 左近衛將監을 거쳐, 弘仁원년(810) 3월 藏人이 되었다. 同2년 정
월 嵯峨帝皇太子의 때의 侍講이었으므로 正六位上에서 從五位下가 되었다.
同年 2월 左衛門佐. 이듬해 3년 정월 近江介. 同5년 左近衛少將, 同7년 主
殿頭를 겸하고, 동년 12월, 因幡介를 겸하였다. 同8년 정월 從五位上. 同9
년 6월 內藏頭. 同年에 또 上野介를 겸하였다. 同10년 정월 正五位下가 되
고, 5월에 兵部大輔가 되었으며, 相模介를 겸하였다.
　　同11년 윤정월, 병으로 그 직을 그만 두었다. 이어 從四位下. 同年 5월
兵部大輔에 복직되었다. 同12년 정월 中務大輔가 되고 同年 5월 民部大輔,
6월 中務大輔에 복직하였다. 同14년 藏人頭에 補해졌으나 그만 두고 同年
5월 左中弁이 되었다. 天長4년(827) 정월 從四位上. 同年 2월 大宰大貳가
되었으나 사퇴, 허용되지 않았다. 4월 부임에 임하여 宴餞 등이 있고 御製
및 御服을 받았다. 同10년 6월 參議에 임명되고 11월 式部大輔를 겸하였다.
承和원년(834) 7월 左大弁. 同3년 5월 民部卿. 同7년 정월 正四位下. 同9
년 정월 越中守를 겸하였다. 同年 7월 從三位가 되었으며 더불어 그 남녀 19
인에게 朝臣의 성을 내렸다. 同10년(843) 6월 11일 沒. 年70. 그는 才藝가
많고 성품은 근면 성실하였으며 일에 임하여는 밝았다. 吏幹으로 칭해졌다.
또 內裏式 및 日本後紀의 撰修에 참가.191)

---

191) 小島憲之 校注,『懷風藻』, p.512.

했다고 하였다. 海原連鷹取의 아들이라고 하였는데 『新撰姓氏錄』 右京諸
蕃下에 '海原造 新羅國人進廣肆金加志毛禮之後也'[192]라고 하였으므로
신라계라고 할 수 있다. 『文華秀麗集』에 작품 6수가 전한다.

〈秋山作 探得泉字 應製 一首〉(13)
八月秋山凉吹傳 千峯萬嶺寒葉翩
羽客裳斑蜺氣度 隱人帶綠女蘿懸
谿生濃霧織薄穀 水寫輕雷引飛泉
入谷猶知玄牝道 登巒何近白雲天

〈奉和春閨怨 一首〉(52)
妾本長安姿驕奢 衣香面色一似花 十五能歌公主第 二十工舞季倫家 使
君南來愛風聲 春日東嫁洛陽城 洛陽城東桃與李 一紅一白蹊自成 錦褥玳
筵親惠密 南鶼東鰈還是輕 賤妾中心歡未盡 良人上馬遠從征 出門唯見揚
鞭去 行路不知幾日程 尙懷報國恩義重 唯念春閨愁怨情 紗窓閉 別鶴唳
似登隴首腸已絶 非入楚宮腰忽細 水上浮萍豈有根 風前飛絮本無帶 如萍
如絮往來返 秋去春還積年歲 守空閨 妾獨啼 虛座塵暗 空階草萋 池前悵
看鴛比翼 梁上憨對燕雙栖 淚如玉箸流無斷 髮似飛蓬亂復低 丈夫何時凱
歌歸 不堪獨見落花飛 洛花飛盡顏欲老 早返應見片時乎

〈奉和王昭君 一首〉(65)
遠嫁匈奴域 羅衣淚不干
畫眉逢雪壞 裁鬢爲風殘
塞樹春無葉 胡雲秋早寒

---

192) 佐伯有淸, 『新撰姓氏錄の硏究』 本文篇, p.306.

閼氏非所願　異類誰能安

奉和河陽十詠　二首
〈江上船〉（107）
江潮漫漫流幾年　日夜送迎往還船
已似飛龍遊雲裏　還看翔鳳入天邊

〈水上鷗〉（108）
河陽別宮對江流　不勞行往見群鷗
能知人意狎不去　或泝或沿與波遊

〈和巨內記春日四詠　一首　飛燕〉（112）
衣玄裳素入蘭閨　雙去雙來不獨栖
梁上登巢居是逸　簾前向戶飛暫低

・**仲科善雄**(나카시나노 요시오)
小島憲之는,

　「凌」1수.「經」1수. 中科善雄・仲科吉雄이라고도 한다. 菅野朝臣(百濟
國都慕王 10세손 貴首王의 후예)과 同祖. 塩君의 孫 宇志의 후예(新撰姓
氏錄 右京諸蕃下). 延曆18년(799) 大外記從五位下. 同19년 정월 伊予介.
弘仁5년(814) 9월 東宮學士. 弘仁8년 정월 從五位上. 經國集의 목록에「
從五位上行濕津介」라고 하였다.[193]

고 하였다.『新撰姓氏錄』右京諸蕃下에 '中科宿禰 菅野朝臣同祖 鹽君孫宇志

---

193) 小島憲之 校注,『懷風藻』, p.516.

之後也'194)라고 하였다. 그런데 右京諸蕃下에 '菅野朝臣 出自百濟國都慕王
十世孫貴首王也'195)라 하였으므로 백제계임을 알 수 있다.『文華秀麗集』에
〈奉和秋夜書懷之作 一首〉(48), 그리고『經國集』卷第十一(詩十)에 〈從五位
上行攝津介中科宿禰善雄一首(雜詠一)〉가 전한다.

〈奉和秋夜書懷之作 一首〉(48)
今茲聖主無彊筭 始及安仁秋興年
感發良霄不寐久 況乎聞鴈白雲天
淸風吹起上林樹 曉月光流禁掖前
當慶貞松不彫葉 誰論蒲柳望秋遷

『凌雲集』의 목차에는 〈散位從五位下仲科宿禰吉雄一首〉라 하였고 본문에
서는 〈散位從五位下仲科宿禰善雄一首〉라 하여 〈秋夜臥病〉이 있다.

〈散位從五位下仲科宿禰善雄一首 秋夜臥病〉
臥來頻改歲 年去復逢秋
照月三更靜 無人四壁幽
養形方已省 知命送非優
唯有風前樹 搖落使人然

『經國集』卷第一(賦一)에 〈重陽節神泉苑賦秋可哀應製〉에 대한 〈同前〉
과, 第十一(詩十)에 〈從五位上行攝津介中科宿禰善雄一首(雜詠一)〉가
있다.

---

194) 佐伯有淸,『新撰姓氏錄の硏究』本文篇, pp.298~299.
195) 佐伯有淸,『新撰姓氏錄の硏究』本文篇, p.298.

〈重陽節神泉苑賦秋可哀應製〉의 〈同前〉

秋可哀兮哀秋氣之依依 望景宇而高爽 瞻林沼以澄稀 樹在庭前而併槭
草非塞外以具衰 菊方新而欲暮 蘭雖敗而猶芳 物色直置如此 自然堪斷人腸
秋可哀兮哀歲序之遞過 觀搖落以起感 履代謝而自嗟 惜百年之過半 愴一生
之蹉跎 陪重陽之慶席 知品彙之同頹 雖對秋天之凄景 何異冬日之可愛

〈從五位上行攝津介中科宿禰善雄 一首(雜詠一)〉
玆禽群鳥俊 禁苑數雛生
日日雄姿美 朝朝猛氣驚
靑骸羈綵胖 素質狎丹庭
願以凌雲翼 長輸逐雀誠

• **中臣朝臣大島**(나카토미노 아소미 오오시마)

小島憲之는 '中臣朝臣人足과 동족인가? 天武天皇 10년(682) 3월에 島
皇子·忍壁皇子 들과 함께 帝紀 및 上古의 諸事를 筆錄하였다. 그때 大山
上'196)이라고 하였다. 中西 進은 杉山二郎·梅原猛·田邊昭三諸氏의「
藤原鎌足」을 들어 '境部臣, 林臣을 포함한 蘇我一族이 도래를 둘러싸고 논
의되고 있는 昨今이다. 심지어는 中臣조차 도래게가 이닐까고도 한다'197)
고 하였다. 그런데 日本古典文學大系『萬葉集』에서,

    壹岐는 卜部를 내는 곳이므로, 宅麿도 占卜일에 종사하기 위해 일행에 참
    가한 것이라고 말해진다. 그렇다고도 생각되지만 의문이 있다. 壹岐島에 성
    행한, 卜占을 관장한 壹岐氏는 姓이 直이고, 貞觀6년에 宿禰를 받았으나 連
    姓은 아니다. 姓氏錄右京神別에「天兒屋命十一世孫雷大臣之家也」라고 하

---

196) 小島憲之 校注,『懷風藻』, p.510
197) 中西 進,「憶良 渡來人論 補遺」, p.112.

였다. 中臣氏와 遠祖가 같고 神事를 맡아도 부자연스럽지 않다.[198]

고 하였다. 壱岐氏 즉, 雪氏는 中臣氏와 遠祖가 같다고 하였는데 앞에서도 살폈듯이 雪連宅麻呂가 백제계라면 이 中臣氏도 백제계가 될 것이다. 『懷風藻』에 〈詠孤松〉(12), 〈山齋〉(13) 2수가 전한다.

〈五言 詠孤松 一首〉(12)
隴上孤松翠　凌雲心本明
餘根堅厚地　貞質指高天
弱枝異莫草　茂葉同桂榮
孫楚高貞節　隱居悅笠輕

〈五言 山齋 一首〉(13)
宴飮遊山齋　遨遊臨野池
雲岸寒猨嘯　霧浦柂聲悲
葉落山逾靜　風凉琴益微
各得朝野趣　莫論攀桂期

• **中臣朝臣人足**(나카토미노 아소미 히토타리)

승려이다. 人麻呂, 黑人, 憶良과 친교가 있었던 듯하다. 澤瀉久孝는 '續紀 大寶원년(701) 3월 壬辰(19일)條에 僧弁紀를 환속시켜 春日倉首, 이름 老를 내렸다고 되어 있다. 三 298의 左注에 「弁基者春日藏首老之法師名也」라고 되어 있다'[199]고 하였다.

---

198) 日本古典文學大系 『萬葉集』 4(岩波書店, 1981), p.483.
199) 澤瀉久孝, 『萬葉集注釋』 卷第一, p.371.

小島憲之는,

　　慶雲4년(707) 정월 從五位下. 和銅원년(708) 9월 造平城宮司次官, 同
4년 4월 從五位上, 靈龜원년(715) 1월 正五位下. 同2년 2월, 神祇大副의
任을 맡아 出雲國造의 神賀事를 奏聞함. 養老원년(717) 정월 正五位上, 同
年10월 封이 더해짐. 그후 累進하여 從四位下左中弁으로 神祇伯을 겸함.˙5
0세沒.200)

이라고 하였다. 中臣朝臣大島와 마찬가지로 백제계일 것이다. 『懷風藻』에
〈五言 遊吉野宮 二首〉가 전한다.

〈五言 遊吉野宮 二首〉
惟山且惟水　能智亦能仁
萬代無埃所　一朝逢柘民
風波轉入曲　魚鳥共成倫
此地卽方丈　誰說桃源賓(45)

仁山狎鳳閣　智水啓龍樓
花鳥堪沈翫　何人不淹留(46)

•**春日藏老**(카수가노쿠라비토 오유)
小島憲之는,

　　원래 중으로 弁紀(弁基라고도)라 하였다. 大寶원년(701) 3월 還俗, 성을
春日藏首(倉首·椋首라고도), 名을 老로 받고 追大壹을 받았다. 和銅7년

---

200) 小島憲之 校注, 『懷風藻』, p.510.

(714) 정월 從五位下, 이 무렵 本書에 보이는「常陸介」가 된 것일까(常陸
風土記의 撰者라고 보는 설도 있다). 萬葉集에도 多數의 노래(56・62・28
2・284・286・298・1717・1719 등)가 있다. 52세 沒.[201]

이라고 하였다.『萬葉集』에 春日長首老라 하여 그의 작품이 보인다. 春日
씨는 柿本씨, 粟田씨 등과 같은 本宗이므로 백제계이다.『懷風藻』에〈述懷〉
(59) 1수가 전한다.

〈述懷〉(59)
花色花枝染 鶯吟鶯谷新
臨水開良宴 泛爵賞芳春

• **下毛野蟲麻呂**(시모츠케노 무시마로)
小島憲之는,

　　養老4년(720) 정월 從五位下, 本書에 大學助敎 從五位下라고 하였다.
養老5년 정월 從五位上. 동시에 學業의 師範者로서 絁・糸・布・鍬 등을
받았는데, 그 때 文章博士. 同年 6월 式部員外 少輔. 經國集에 和銅4년(71
1) 3월 5일자의 對策文 2篇을 남기고 있다. 35세 沒.[202]

이라고 하였다.『新撰姓氏錄』左京皇別下에 '上毛野朝臣 下毛野朝臣同祖
(中略) 孫斯羅 諡皇極御世 賜河內山下田 以解文書 爲田邊史 寶字稱德
孝謙皇帝天平勝寶二年 改賜上毛公 今上弘仁元年 改賜朝臣姓 續日本紀
合'[203]이라고 하였다. 그런데 田邊史는 大學博士 田邊史百枝에서 보았듯

---

201) 小島憲之 校注,『懷風藻』, p.507.
202) 小島憲之 校注,『懷風藻』, p.508.

이 백제계이므로 下毛野도 백제계가 될 것이다.『懷風藻』에〈五言 秋日於
長王宅宴新羅客 一首(幷序 賦得前字)〉(65), 그리고『經國集』卷第二十
(策下)에〈下野虫麻呂對策文二首(策下)〉가 전한다.

大學助敎從五位下下毛野朝臣虫麻呂 一首 年三十六
〈五言 秋日於長王宅宴新羅客 一首 幷序 賦得前字〉(65)
夫秋風已發 張步兵所以思歸 秋氣可悲 宋大夫於焉傷志 然則歲光時物
好事者賞而可憐 勝地良遊 相遇者懷而忘返 況乎皇明撫運 時屬無爲 文軌
通而 華夷翕欣戴之心 禮樂備而朝野得歡娛之致 長王以五日休暇 披鳳閣
而命芳筵 使人以千里羈遊 俯鴈池而沐恩盼 於是彫俎煥而繁陳 羅薦紛而
交映 芝蘭四座 去三尺而引君子之風 祖餞百壺 敷一寸而酌賢人之酊 琴書
左右 言笑縱橫 物我兩忘 自拔宇宙之表 枯榮雙遣 何必竹林之間 此日也
溽暑方間 長皐向晚 寒雲千嶺 涼風四域 白露下而南亭肅 蒼烟生以北林藹
草也樹也 搖落之興緒難窮 觴兮詠兮 登臨之送歸易遠 加以物色相召 煙霞
有奔命之場 山水助仁 風月無息肩之地 請染翰操紙 卽事形言 飛西傷之華
篇 繼北梁之芳音勹 人深一字 成者先出
聖時逢七百 祚運啓一千 況乃梯山客 垂毛亦比肩
寒蟬鳴葉後 朔鴈度雲前 獨有飛鸞曲 並人別離絃

『經國集』卷第二十(策下)
〈下野虫麻呂對策文二首(策下)〉(和同四年 三月五日)
問 旣號天龍 無足而走 還稱地馬 無翼而飛 雖逐時文異 如泉利同 豈可
起詐之子擅放西蜀之僞 乾沒之夫專行東吳之私 斯濫群小 因冒公司 屢煩
丹筆 徒閱黃沙 謂爾進士 應識公方 懲玆不軌 用何能爾

---

203) 佐伯有淸,『新撰姓氏錄の硏究』本文篇, p.168.

對 竊聞 沙石化爲珠玉 良難可以療飢 貪困實其土互京 唯易迷以濟命
是知寫圖而前 猶事血飮 調律 而後 誰不食穀 自太公開九府之制 管父通
万鐘之式 龍文錯於郭裏 龜册入於幣間 白金馳其奸情 朱仄競其濫制 西蜀
銅岳 徒擅俊倖之門 東晉金溝 遂滿誇奢之室 姬景舍輕 單穆陳擁子之譏
劉文放鑄 賈生致轉禍之談 寔由弃耕桑之務 爭錐刀之末 伏惟 聖朝 握天
鏡 紐地鉾 德音被於有載 致敎翔於無垠 御禾之獸屢臻 見穰之鱗荐集 今
欲旣停起詐之功 終析冶鎔之途 誠使三農叶節千箱盈庾 淮陽高枕追長孺
之芳趣 邪谷送歸發祖榮之淸轍 則銖文曷惑 鏃貫無訛 頓屏磨屑之風 永絶
炭挾之俗 謹對

問 周孔名敎 興邦化俗之規 釋老格言 致福消殃之術 爲當內外相乖 爲
復精麤一揆 定其同不 覆此眞訛

對 竊以 眇觀列辟 繞電履翼之皇 逖聽風聲 洞八連三之帝 雖歷代千古
而源仍畫一 但隨時之便不齊 救弊之術亦異 原夫公涉淸虛 契歸於獨善 儒
抱旋析 理資於兼濟 是以泣麟降跡 刻魯册之秘典 狠跋垂敎 闡周編之雅籙
至如白毫東輝演打剝之道 紫氣西泛望凝玄之□ 斯誠事隱探頤之際 理昧
鉤深之間 然詳搜化俗之源 曲尋消殃之術 旣淺淄澠之疑 亦有涇渭之泒 但
學謝嬴金 徒迷同不之義 詞暝屑玉 寧述眞訛之旨 謹對

• 荊助仁 (케이 죠진)

小島憲之의 詩人小傳에서는,

傳未詳이나 귀화인계이다. 大寶4년(704)경 大宰少典이었던 것 같고 당
시는 官位가 正八位上 정도였을까. 本書에「正六位上左大史」라 하였고 官
位로 미루어 보면 太政官의 左大史는 正六位上으로 大宰少典 後 승진한 것

이다. 37세 沒.204)

이라고 하였다. 출자를 명확하게 알 수 없다. 그러나 『新撰姓氏錄』左京諸蕃下를 보면 '香山連 出自百濟國人達率荊貝常也'205)라고 하였다. 이로 보면 백제계임을 알 수 있다. 『懷風藻』에 〈五言 詠美人 一首〉(34)가 전한다.

正六位上左大史荊助仁 一首 年三十七)
〈五言 詠美人 一首〉(34)
巫山行雨下 洛浦廻雲霏
月泛眉間魄 雲開鬘上暉
腰逐楚王細 體隨漢帝飛
誰知交甫珮 留客令忘歸

이상에서 백제계와 신라계 작가들에 대해 살펴보았다. 백제계 작가들은 『懷風藻』에 집약적으로 많이 보이는데 이는 『懷風藻』라는 서명, 찬자에서도 확인할 수 있는 것이다. 즉 '藻'를 책명으로 사용한 것은 石上乙麻呂의 『銜悲藻』를 본 딴 것으로 추정되는데206) 이 石上乙麻呂가 백제계인 것을 보면 더욱더 공감이 가는 것이다. 『懷風藻』의 찬자에 대해 淡海三船이라는 설, 葛井廣成으로 보는 설, 石上宅嗣라고 하는 설207), 그리고 紀淸人·高丘河內·大倭小東人 등과 같이 『懷風藻』에 작품을 남기지 않은 사람들208)이라는 설 등, 일본에서 다양한 설이 제기되고 있으나, 거론되고 있는 자들의 대부분이 백제계라는 것으로 미루어 보면 찬자가 정확하게 누구인지

---

204) 小島憲之 校注, 『懷風藻』, p.508.
205) 佐伯有淸, 앞의 책, p.287.
206) 小島憲之 校注, 『懷風藻』, p.6.
207) 小島憲之 校注, 『懷風藻』, pp.6~7.
208) 林古溪, 「懷風藻 陽春の作·作者と撰者」, 『國語と國文學』(東京大學校, 1948, 6), p.13.

는 알 수 없지만『懷風藻』라는 서명과 아울러 생각해 볼 때 백제계일 가능성이 높은 것이다. 그리고 新妻利久가 8세기 중엽 당시 일본 정부는 정부의 허가 없이는 渤海國使와 詩文을 贈答하는 것을 금지하였는데, 이것은 渤海國使에게 보낸 시가 조소를 받을 염려가 있었음에 틀림이 없으며, 또한 그것에 의해 일본의 문화 정도가 발해의 그것보다 下位라고 평가되는 것을 두려워하였기 때문209)이라고 논급한 것으로 미루어 보면, 그보다 앞선 시기의 사람들의 시를 모은『懷風藻』의 대부분의 작가들은 한시문에 능숙한 백제계 사람들이라는 것이 더욱 확신이 간다. 또『懷風藻』에서 신라 사신과 창화한 시들이 〈秋日於長王宅宴新羅客〉이라는 題詞의 시만 11수 있어 당시의 詩宴이 대단했음을 알 수 있는데 신라 사신들의 시는 한 수도 싣고 있지 않음은 백제계인들의 반신라 감정이 작용하였던 때문인지도 모르겠다.

Ⅲ. 결론

이상으로 일본 고대의 한시집에서 발해·백제·신라 작가를 추출하여 보았다. 현재 이 방면에 관한 구체적인 연구가 거의 전무한 실정이므로 과감한 하나의 시도라고 할 수 있다. 결론을 요약하면 다음과 같다.

첫째, 발해 작가의 경우는 758년 4차 발해 사신으로 일본에 파견되었던 副使 楊泰師의 작품이『經國集』에 2수 전한다. 그리고『文華秀麗集』에 814년 17차 견일본 발해 大使 王孝廉의 작품이 5수, 錄事 釋仁貞의 작품이 2수 보인다. 그리고 작품은 전하지 않지만 高景秀의 작품 〈公賜龍顏〉이 있었음을 알 수 있다.

---

209) 新妻利久,「渤海國史及日本との國交史の研究」(1969), p.375(崔在錫의 앞의 책 p,347에서 재인용하였음).

둘째, 그리고 일본에 체류했던 고구려계로 추정되는 작가들로는 都良香·背奈王行文·桑原廣田·桑原腹赤·黃文備가 있는데 이들은 발해 작가로 볼 수 있지 않을까 한다.

셋째, 백제계와 신라 작가의 경우는 葛井廣成·葛井諸會·高向諸足·錦部彦公·紀古麻呂·吉田連宜 등 모두 52명으로 이들의 작품은『懷風藻』·『文華秀麗集』·『經國集』·『凌雲集』에 보인다.

넷째, 백제계 작가들의 대부분은『懷風藻』에 보이는데 이들 작가들의 대부분이 백제계임은,『懷風藻』라는 서명이 백제계인 石上乙麻呂의『銜悲藻』라는 서명을 본딴 것으로 일본 漢詩集名으로는 특이한 점을 들 수 있다.

다섯째,『懷風藻』의 찬자에 대해 일본에서 다양한 설이 제기되고 있는데 그 대부분이 백제계 사람들인 것으로 미루어 보면 찬자가 정확하게 누구인지는 알 수 없지만 백제계일 가능성이 높은 것이다.

여섯째, 또『懷風藻』에서 신라 사신과 창화한,〈秋日於長王宅宴新羅客〉이라는 題詞의 시만 11수 있어 당시의 詩宴이 대단했음을 알 수 있는데 신라사신들의 시는 한 수도 싣고 있지 않음은 백제계인들의 반신라 감정이 작용하였던 때문인지도 모르겠다.

필자가 다룬 작가들 중에서도 혹시 제외되어야 될 작가가 있을 수도 있으며 또한 시대를 고려하여 제외한 작가도 많이 있는데 이들 작가와 작품을 검토하는 작업이 이루어진다면 백제계 작가는 더 늘어날 수도 있다. 이 분야에 관한 연구지들이 늘어나 세심한 고증을 통하여 우리 문학영역을 확대할 수 있는 방안이 모색되기를 바란다. 작품분석 작업을 통한 일본 한시문과의 비교 연구는 앞으로의 큰 과제가 될 것이다.

참고문헌

1. 基本資料

經國集, 群書類從 第八輯 卷第125, 續群書類從完成會, 1977.

古今和歌集(日本古典文學大系本), 佐伯梅友 校注, 岩波書店, 1982.

古代歌謠集(日本古典文學大系本), 土橋 寬・小西甚一 校注, 岩波書店, 1980.

古事記, 祝詞(日本古典文學大系本), 倉野憲司・ 武田祐吉 校注, 岩波書店, 1981.

古語拾遺, 安田尙道・秋本吉德 校注, 現代思潮社, 1976.

凌雲集(日本古典全集第一回), 日本古典全集刊行會, 新樹製版印刷所, 1926.

萬葉集 一 ～ 四(日本古典文學大系本), 高木市之助 外 二人 校注, 岩波書店, 1981.

性靈集(弘法大師全集第三集), 密敎文化硏究所, 1965.

續日本紀 前篇・後篇(國史大系), 吉川弘文館, 1982.

新古今和歌集(日本古典文學大系本), 久松潛一 外 二人 校注, 岩波書店, 1967.

新撰姓氏錄の硏究 本文篇, 佐伯有淸著, 吉川弘文館, 1981.

日本書紀 上・下(日本古典文學大系本), 坂本太郎 外 三人 校注, 岩波書店, 1981.

風土記(日本古典文學大系本), 秋本吉郎 校注, 岩波書店, 1981.

懷風藻文華秀麗集 本朝文粹(日本古典文學大系本), 小島憲之 校注, 岩波書店, 1982.

2. 著書

韓國

金思燁, 記紀萬葉の朝鮮語, 六興出版, 1980.

______, 日本의 萬葉集, 民音社, 1983.

김성호, 비류백제와 일본의 국가기원, 지문사, 1982.

김수업, 배달문학의 길잡이, 鮮一文化社, 1986.

김승찬, 한국문학의 이해, 세종출판사, 1993.

東北亞細亞研究會編, 比較韓國文化, 三省出版社, 1980.

文定昌, 百濟史, 인간사, 1988.

박시형, 발해사, 이론과 실천, 1979.

사회과학원 역사연구소, 발해사, 한마당, 1989.

宋晳來, 鄉歌와 万葉集의 比較研究, 乙酉文化社, 1991.

李丙疇 외 5인 공저, 韓國漢文學史, 半島出版社, 1995.

李姸淑, 韓日古代文學比較研究, 박이정, 2002.

李鍾徹, 鄉歌와 万葉集歌의 表記法 比較研究, 集文堂, 1983.

임상선, 발해사의 이해, 신서원, 1991.

조동일, 한국문학통사, 지식산업사, 1982.

______, 국문학연구의 방향과 과제, 새문社, 1985.

崔性圭, 日本王家의 뿌리는 伽倻王族, 釜山日報社·을지서적, 1993.

崔在錫, 統一新羅·渤海와 日本의 關係, 一志社, 1993.

______, 百濟의 大和倭와 日本化過程, 一志社, 1990.

韓圭哲, 발해의 대외관계사, 신서원, 1994.

洪淳·田村圓澄共編, 韓日古代文化交涉史研究, 乙酉文化社, 1974.

홍윤기, 일본 천황은 한국인이다, 효형출판, 2001.

日本

岡田正之, 近江奈良朝の漢文學, 1976.

講座 日本の神話1~9, 有精堂, 1977.

契沖, 萬葉代匠記, 博信堂, 1906.

高木市之助 外 二人 校注, 佐竹昭光 外 2人 共譯, 萬葉集, 古書房, 1981.

古澤未知男, 漢詩文引用より見た万葉集の研究, 櫻楓社, 1972.

橋本達雄, 萬葉宮廷歌人の研究, 笠間書院, 1982.

菊池威雄, 額田王, 新興社, 1994.

金達壽, 古代文化と歸化人, 新人物往來社, 1972.

金錫亨, 古代朝日關係史, 勁草書房, 1981.

金澤壓三郎, 日鮮同祖論, 刀江書院, 1929.

金浩天, 古代朝日關係史 ノート, そしえて, 1985.

大久間喜一郎 外 二人 編, 万葉集歌人事典, 雄山閣, 1982.

大久保 正, 萬葉集の諸相, 明治書院, 1980.

稻岡耕二, 萬葉集事典, 別冊 國文學 46號, 學燈社, 1992. 8.

渡瀨昌忠, 柿本人麻呂研究, 櫻楓社, 1976.

藤堂明保 監修, 倭國傳, 學習研究社, 1985.

網干善敎 外 三人 著, 日本にきた韓國文化, 學生社, 1982.

武田祐吉, 記紀歌謠集全講, 明治書院, 1956.

尾崎暢殃, 萬葉歌の形式, 明治書院, 1981.

朴鐘鳴, 京都のなかの朝鮮, 明石書店, 1999.

司馬遼太郎 外 二人 編, 日本の朝鮮文化 座談會, 中央公論社, 中公文庫 440,
　　　　1882.

______, 古代日本と朝鮮 座談會, 中央公論社, 中公文庫 460, 1882.

______, 日本の渡來文化 座談會, 中公文庫 480, 中央公論社, 1882.

司馬遼太郎・ドナルド・キーン 對談, 日本人と日本文化, 中央公論社, 中公文
　　　　庫 280, 1884.

山口 博, 萬葉集の誕生と大陸文化, 角川書店, 1996.

山路平四郎, 記紀歌謠評釋, 東京堂出版, 1973.

山尾幸久, 古代の日朝關係, 塙書房, 1989.

森浩一 外 四人, 古代豪族と朝鮮, 新人物往來社, 1997.

小島憲之, 上代日本文學と中國文學 上·中·下, 塙書房, 1986.

阿蘇瑞枝, 柿本人麻呂論考, 櫻楓社, 1972.

五味智英·小島憲之 編, 萬葉集硏究 1~8, 塙書房, 1979.

窪田空穗, 萬葉集評釋 1~11, 東京堂出版, 1984.

伊藤 博·稻岡耕二 編, 萬葉集を學ぶ 1~8, 有斐閣, 1978.

＿＿＿＿＿, 萬葉集の歌人と作品 上·下, 塙書房, 1981.

＿＿＿＿＿, 万葉集の表現と方法 上·下, 塙書房, 1982.

＿＿＿＿＿ 外, 萬葉集全注 1~20, 有斐閣, 1985.

李進熙, 日本文化と朝鮮, 日本放送出版協會, 1981.

井上光貞, 日本の歷史 1 神話から歷史へ, 中央公論社, 1982.

佐伯有淸, 日本古代氏族事典, 雄山閣, 1994.

朱榮憲, 渤海文化, 雄山閣出版株式會社, 1979.

竹內理三 外 二人 編, 日本古代人名辭典, 吉川弘文堂, 1992.

中上史行, 隱岐の風土と歷史, 昭和堂, 1995.

中西 進, 山上憶良, 河出書房新社, 1973.

＿＿＿＿＿, 萬葉の時代と風土, 角川書店, 1980.

＿＿＿＿＿, 萬葉の歌びとたち, 角川書店, 1983.

＿＿＿＿＿, 萬葉のことばと四季(萬葉讀本 3), 角川書店, 1986.

＿＿＿＿＿, 萬葉集を學ぶ人のために, 世界思想社, 1992.

＿＿＿＿＿, 萬葉集の比較文學的硏究, 講談社, 1995.

＿＿＿＿＿, 万葉集事典, 講談社文庫, 1996.

中村修也, 秦氏とカモ氏, 臨川書店, 2000.

辰巳正明, 萬葉集と中國文學 二, 笠間書院, 1993.

村山出, 山上憶良の研究, 櫻楓社, 1976.

澤瀉久孝, 萬葉の作品と時代, 岩波書店, 1979.

________, 萬葉集注釋 1~20, 中央公論社, 1982.

澤田總淸, 懷風藻註釋, 大岡山書店, 1933.

土橋 寬, 古代歌謠全注釋 古事記編, 角川書店, 1981.

______, 萬葉開眼 上(NHK ブックス 313), 日本放送出版協會, 1981.

土屋文明, 萬葉集私注 1~10, 筑摩書房, 1982.

下田 忠, 山上憶良長歌の研究, 櫻楓社, 1981.

3. 論文

韓國

金東秀, <古事記>에 나타난 韓半島人의 役割에 관하여, 同大論叢 第17輯, 동
　　　덕여자대학교, 1987.

김성진, 「懷風藻」와 「文華秀麗集」을 통해 본 韓日間 文化交流, 東洋漢文學硏
　　　究 제10집, 東洋漢文學會, 1997. 7.

이연숙, 韓人系 作家의 『萬葉集』에 미친 影響 -山上憶良을 중심으로-, 韓國
　　　文學論叢 제21집, 1997. 12.

_____, 渤海와 日本의 문학교류 양상, 동의어문논집 제11집, 1998. 11.

_____, 日本 체류 韓人系 作家 文學硏究-百濟·渤海 문학을 중심으로-, 韓
　　　國文學論叢 제23집, 韓國文學會, 1998. 12.

洪淳昶, 7~8世紀에 있어서의 新羅와 日本과의 관계, 韓日古代文化交涉史硏
　　　究, 乙酉文化社, 1974.

日本

高橋庄次, 遺新羅使歌の百濟系の歌主と八幡神 (上), 上代文學 第66號, 上代

文學會, 1991. 4.

高木市之助, 萬葉集の本質(文藝讀本 萬葉集), 河出書房新社, 1981.

______, 周邊の意味 −憶良の場合, 日本文學研究資料叢書 萬葉集 1, 有精
堂, 1980.

橋本達雄, 萬葉集卷五の筆錄者につて, 國文學研究 第26輯, 1962. 10.

______, 柿本人麻呂の地盤, 萬葉宮廷歌人の研究, 笠間書院, 1982.

久松潛一, 山上憶良は歸化人か(文藝讀本 萬葉集), 河出書房新社, 1981.

菊池英夫, 山上憶良と敦煌遺書, 國文學 解釋と教材の研究(萬葉集いま何が
問題か) 第28卷 7號, 學燈社, 1983. 5.

龜井 孝, 憶良の貧窮問答のうたの訓ふたつ, 萬葉 第4號, 1952. 7.

今井福治郎, 憶良の作品の成立と傳來, 上代文學 第8號, 1957. 6.

大久保廣行, 憶良考序說−筑前守以前−, 國語と國文學 第59卷 第11號, 東京
大學國語國文學會, 1982. 11.

渡瀨昌忠, 高松塚壁畵の畵題−四人構成の場・序說−, 萬葉集研究 第4集, 塙
書房, 1975.

渡部和雄, 憶良の前半生, 國文學 解釋と鑑賞, 至文堂, 1969. 2.

東茂美, 子等を思ふ歌と宜子祥, 上代文學 第67號, 1991. 11.

木俣 修, 筑紫歌壇−憶良と旅人の周邊, 萬葉集 時代と作品, 日本放送出版協
會, 1981.

芳賀紀雄, 理と情, 萬葉集研究 第二集, 塙書房, 1973.

比護隆界, 山上臣憶良の出自, 文藝研究 28, 1972. 10.

______, 山上臣憶良の出自 補續, 文藝研究 46, 1981. 10.

山本信三, 万葉集に見えたる日鮮關係の詞藻, 朝鮮 116호, 1925, 12.

______, 懷風藻に見えたる日鮮關係の詩詞, 朝鮮 159호, 1928. 8.

上田三四二, 萬葉から古今へ−斷絶の底にあるもの, 國文學 解釋と教材の研究
第19卷 6號, 學燈社, 1974. 5.

上田正昭, 萬葉の歌と渡來人, 國文學 解釋と教材の研究 23卷, 學燈社, 1978. 4.

星野五彦, 萬葉集における歸化人, 國學院雜誌 LXXIV, 國學院大學, 1973. 10.

______, 万葉集と懷風藻に於ける同一歌人の相違性について, かながわ・高校國語の研究, 9號.

小島憲之, 歌はぬ憶良－令侍東宮, の解釋－, 國語と國文學, 東京大學國語國文學會, 1972. 10.

松本雅明, 詩經と萬葉集, 文學 第39卷 第9號, 岩波書店, 1971. 9.

松前 健, 尾張氏の系譜と天照御魂神, 古代傳承と宮庭祭祀, 塙書房, 1980.

松浦友久, 『文華秀麗集』考, 漢文學研究, 1962. 10.

植松 茂, 憶良短歌の文體, 日本文學研究資料叢書 万葉集 1, 有精堂, 1980.

神田秀夫, 萬葉集の用字－去來のこと, 天漢のことなど－, 萬葉 第4號, 1952. 7.

神田喜一郎, 萬葉集の骨骼となつた漢籍, 萬葉集大成 20. 平凡社, 1955.

奧野正男, 九州北部の渡來文化, 日本のなかの朝鮮文化 39號, 1978.

林 古溪, 懷風藻 陽春の作・作者と撰者, 國語と國文學, 東京大學校, 1948, 6.

田蒙透, 古に於ける稻作と稻及ひ米の名に見る日鮮關係, 國學院雜誌 49卷 4號, 1933.

井上秀雄, 渡來人の系譜, 日本神話と朝鮮, 有精堂, 1977.

井手 至, 憶良の用語「それ」と「また」, 萬葉 第二十六號, 1958. 1.

井村哲夫, 山上憶良 －萬葉史上の位置を定める試み－, 和歌文學講座 第3卷 萬葉集 Ⅱ, 1992. 3.

______, 山上憶良, 萬葉集を讀むための研究事典, 國文學解釋と教材の研究 第30卷 13號, 學燈社, 1985. 11.

______, 山上憶良の思想, 萬葉集を學ぶ 四, 有斐閣, 1978.

______, 憶良「思子等歌」の論, 日本文學研究資料叢書 萬葉集 1, 有精堂, 1980.

______, 憶良傳一斑 －世に出るまで－, 憶良と虫麻呂, 櫻楓社, 1973.

______, 遊藝の人憶良 －天平万葉史の一問題－, 國語と國文學 第59卷 第11

號, 東京大學國語國文學會, 1982. 11.

________, 人並に我もなれるを, 萬葉 109號, 1982. 2.

佐伯有淸, 憶良は天智朝の渡來人か, 國文學 解釋と教材の研究 記紀万葉の
  謎, 第25卷 14號, 學燈社, 1980. 11.

中西 進, 六朝風-旅人と憶良, 上代文學 第10號(武田祐吉博士追悼號), 1958. 7.

________, 大寶以前の憶良, 五味智英先生還曆記念, 上代文學論叢, 櫻楓社, 1968.

________, 相剋と迷妄 -山上憶良をめぐつて, 万葉史の研究, 櫻楓社, 1968.

________, 悲歡俗道假合卽離易去難留詩-憶良の歸結-, 文學 第39卷 第9號, 岩
  波書店, 1971. 9.

________, 憶良 渡來人論 補遺, 上代文學 36號, 上代文學會, 1975. 7.

川口常孝, 奈良朝歌人住宅考, 萬葉集研究 第6集, 塙書房, 1977.

靑木和夫, 軍王小考, 上代文學論叢(五味智英先生還曆記念), 櫻楓社, 1968.

________, 憶良歸化人說批判, 萬葉集研究 第二集, 塙書房, 1973.

淸水房雄, 貧窮表現の一類型, 日本文學研究資料叢書 萬葉集 1, 有精堂, 1980.

村瀨憲夫, 憶良作品にみえる父母・子・妻, 和歌文學論集 1, うたの發生と萬
  葉和歌, 風間書房, 1993.

土屋文明, 山上憶良, 文藝讀本 万葉集, 河出書房新社, 1981.

[ㅊ]